El rancho

Danielle Steel

El rancho

Traducción de
Gemma Moral Bartolomé

CÍRCULO DE LECTORES

Para Victoria y Nancy,
mis muy queridas amigas y hermanas del alma,
que me hacen reír, me ofrecen su hombro para llorar,
y siempre, siempre, puedo contar con ellas.
Con todo mi amor,

D. S.

En cualquier otro supermercado la mujer que recorría el pasillo empujando un carrito con latas y especias hubiera parecido fuera de lugar. La melena castaña, cuidadosamente peinada, le llegaba hasta los hombros, tenía un cutis perfecto, grandes ojos castaños, figura esbelta, las uñas pintadas, y vestía un traje de hilo azul marino que parecía comprado en París. También llevaba zapatos azul marino de tacón alto y un bolso de Chanel a tono. Fácilmente hubiera podido fingir que compraba en un supermercado por primera vez, pero lo cierto es que se desenvolvía a la perfección. De hecho se detenía a menudo en Gristede's, en Madison con la Setenta y siete, de camino a casa. El ama de llaves se encargaba de la compra en su mayor parte, pero Mary Stuart Walker conservaba un extraño y anticuado gusto por hacer las compras personalmente. Le gustaba tener preparada la cena para su marido Bill y jamás habían tenido cocinera, ni siquiera cuando los niños eran pequeños. Pese a su impecable aspecto, era una mujer pendiente de su familia y puntillosa con los detalles.

Su apartamento estaba situado en la Setenta y ocho con la Quinta y tenía una espléndida vista de Central Park. Habían vivido en él quince de sus casi veintidós años de matrimonio. Mary Stuart lo había convertido en un hogar impresionante. Sus hijos bromeaban a veces sobre lo «perfecto» que estaba todo siempre, sobre la manía de su madre de que todo estuviera siempre inmaculado. No había más que mirarla a ella para comprender que era algo compulsivo. Incluso a las seis de la tarde de un cálido junio neoyorquino, tras seis horas de reuniones, Mary Stuart llevaba el pintalabios y el peinado intactos.

Eligió dos filetes pequeños, dos patatas para asar, unos espárragos frescos, fruta y yogur, mientras recordaba los días en que llevaba el carrito lleno de chucherías para los niños. Siempre había fingido desaprobarlo, pero no podía resistir la tentación de comprar todo lo que los niños veían en la televisión y pedían después. Era una pequeña satisfacción en la vida, malcriarlos un poco, darles los cereales con sabor a chicle que tanto les gustaban; jamás comprendió por qué había que negárselos y obligarles a comer otros más sanos pero que detestaban.

Como la mayor parte de la gente de su ambiente en Nueva York, ella y Bill esperaban grandes cosas de sus hijos, notas excelentes, grandes proezas deportivas, una integridad total y unos elevados principios morales. De hecho, Alyssa y Todd eran jóvenes atractivos y brillantes que destacaban en todos los campos fuera y dentro de los estudios, y personas íntegras. Desde que eran pequeños Bill insistía siempre en lo mismo: que esperaba que fueran perfectos, que de hecho su madre y él contaban con ello. Al llegar a los diez y doce años respectivamente, Alyssa y Todd gruñían cada vez que se les recordaba. Sin embargo, sabían lo que quería decir su padre. Se esperaba de ellos que se esforzarían al máximo dentro y fuera del colegio, que pusieran todo su empeño, aunque al final no tuvieran éxito. No era fácil, pero Bill Walker siempre había puesto el listón muy alto y sus hijos lo habían sobrepasado. Por rígida que pareciera su madre, el auténtico perfeccionista era su padre. Era él quien en realidad los presionaba a todos, mujer e hijos.

Mary Stuart había sido la esposa perfecta en sus años de matrimonio, siempre hermosa, cumpliendo con lo que se esperaba de ella, una excelente anfitriona en un hogar feliz que además les había hecho aparecer en las páginas del *Architectural Digest*. No había nada chabacano ni ostentoso en su estilo de vida, todo se hacía del modo más discreto y meticuloso. Mary Stuart lo hacía parecer fácil, aunque la mayoría de la gente comprendía que no podía serlo tanto. Durante años, había organizado diversos actos a fin de recaudar cientos de miles de dólares para importantes obras de beneficencia, había formado parte de varias juntas de dirección de museos, como el Metropolitan o el Lincoln Center, y había trabajado incansablemente para la causa de niños heridos o con graves enfermedades. A la edad de cuarenta y cuatro años, con sus hijos ya crecidos, había añadido a esas actividades tres años de trabajos voluntarios con niños física y psíquicamente discapacitados en un hospital de Harlem.

Se mantenía muy ocupada, especialmente ahora que sus hijos estudiaban fuera y su marido trabajaba hasta tarde todos los días. Bill era uno de los socios principales de un bufete internacional de abogados en Wall Street. Llevaba los casos más importantes relacionados con Alemania e Inglaterra, y participaba activamente en los juicios. Las actividades sociales de Mary Stuart habían contribuido enormemente a aumentar su reputación. Aquel año, sin embargo, no había tenido demasiadas ocasiones de mostrar sus dotes de anfitriona. Bill había pasado gran parte del mismo viajando, sobre todo en los últimos meses, ya que debía preparar un juicio múltiple en Londres que lo había mantenido alejado de su hogar.

Alyssa se hallaba estudiando su primer año de universidad en la Sorbona, lo que permitía a Mary Stuart dedicarse un poco más a sí misma. Los domingos solía quedarse en la cama leyendo un libro o el *New York Times*. Ni el observador más avezado habría sospechado que la vida de Mary Stuart no fuera tan plena como parecía. Aparentaba cinco o seis años menos de los que tenía, sobre todo en los últimos tiempos en que había adelgazado más de lo normal y tenía un aspecto juvenil. Su carácter afable le granjeaba el afecto de cuantos la conocían, sobre todo de los niños a los que ayudaba. Su bondad era auténtica y trascendía las diferencias sociales, haciendo que los demás olvidaran su procedencia. De ella emanaba algo conmovedor, casi triste, como si hubiera conocido grandes desgracias y soportado grandes tristezas, pero sin que hubiera nada sombrío en su carácter. Su vida era maravillosa en apariencia. Su marido tenía un gran éxito profesional, que se traslucía en una situación financiera inmejorable y en un sólido prestigio gracias a los importantes casos internacionales que había ganado.

Mary Stuart tenía todo lo que deseaba la mayoría de la gente, pero al mirarla se le notaba ese punto de tristeza y autocompasión, más bien presentido, tal vez soledad, que causaba una impresión extraña. ¿Cómo podía sentirse sola una mujer en su situación? La gente dudaba de sus propias intuiciones, porque no tenían motivos para pensar que estuviera sola o triste, pero así era. Tras su elegante fachada, había algo trágico en aquella mujer.

–¿Qué tal se encuentra hoy, señora Walker? –El cajero le sonrió. Mary Stuart le gustaba. Era hermosa y siempre se mostraba cortés. Le preguntaba por su familia, por su esposa, y también por su madre mientras vivió. Solía volver a casa con sus hijos, pero ahora que ya no estaban, se detenía siempre a charlar con él.

–Bien, Charlie, gracias. –Al sonreírle, Mary Stuart pareció rejuvenecer. No había cambiado mucho desde que entraba en el supermercado con tejanos los fines de semana; algunas veces parecía tan joven como su hijo–. Qué bochorno hace hoy, ¿verdad? –dijo, pero no parecía tener calor.

En invierno también iba siempre muy elegante a pesar del frío intenso, las botas para la nieve, los gorros, bufandas y guantes. Era una de esas personas que mantenía siempre la compostura y desde luego nunca perdía los nervios. El cajero la había visto reír con sus hijos. La niña era una auténtica belleza. Él era buen chico. Charlie creía que su marido era un poco estirado, pero sobre gustos no hay nada escrito. Supuso que el marido se había quedado de nuevo en la ciudad, porque Mary Stuart sólo había comprado dos patatas para asar y dos filetes pequeños.

–Dicen que mañana aún hará más calor –comentó mientras metía las compras en una bolsa. Observó que ella echaba un vistazo al *Enquirer* y fruncía el entrecejo. Tanya Thomas, la superestrella de la canción, ocupaba la portada. El titular rezaba: «Nuevo divorcio de Tanya. Aventura con preparador físico destruye el matrimonio». Había unas fotografías poco favorecedoras de Tanya, una foto en recuadro del musculoso preparador y otra de su marido huyendo de la prensa, ocultando el rostro al entrar en un club nocturno. Charlie miró los titulares y se encogió de hombros–. Así es Hollywood, todos se acuestan con todos por allí. Es asombroso que se molesten en casarse. –Él llevaba treinta y nueve años casado con la misma mujer y para él las extravagancias de Hollywood eran historias de otro planeta.

–No crea todo lo que lee –dijo ella con cierta severidad, haciendo que él la mirara y sonriera. Los amables ojos castaños de Mary Stuart parecían preocupados.

–Es usted demasiado buena con todo el mundo, señora Walker. No son como nosotros, créame. –A lo largo de los años Charlie había visto a algunos actores y actrices que compraban regularmente en el supermercado siempre con parejas distintas. Eran totalmente diferentes de una persona como Mary Stuart Walker. Estaba seguro de que ella ni siquiera comprendía lo que le estaba diciendo.

–No crea lo que lee en las revistas, Charlie –repitió ella con inusual firmeza. Recogió su bolsa con una sonrisa y se despidió hasta el día siguiente.

El trayecto hasta el edificio donde vivía era corto. Aun después de las seis de la tarde, el ambiente era bochornoso.

Mary Stuart creía que Bill llegaría a casa alrededor de las siete, como de costumbre. Le prepararía la cena para las siete y media o las ocho dependiendo del humor con que llegara. Pensaba meter las patatas en el horno enseguida para luego tomar una ducha y cambiarse. Pese a su impecable aspecto, estaba cansada después de un largo día de reuniones. El museo proyectaba una campaña para recaudar fondos en otoño; pensaban organizar un gran baile en septiembre y querían que ella lo organizara. Hasta entonces Mary Stuart había conseguido zafarse de semejante responsabilidad y esperaba que bastara con ejercer de asesora. No tenía ánimos para organizar un baile. Además, había acabado prefiriendo su trabajo en el hospital con los niños discapacitados o con los niños maltratados de Harlem.

El portero la saludó al entrar, le cogió la bolsa y se la entregó al ascensorista. Mary Stuart le dio las gracias y subió a su apartamento, que ocupaba toda una planta. El edificio era sólido, antiguo y hermoso, uno de sus favoritos de la Quinta Avenida. La vista de que disfrutaba con sólo abrir la puerta era espectacular, sobre todo en invierno, cuando Central Park estaba cubierto por un manto de nieve y el horizonte al otro lado del parque ofrecía un vivo contraste. También era preciosa en verano, cuando todo era verdor y desde su atalaya del decimocuarto piso todo tenía un aire apacible. Hasta allí no llegaban los ruidos de la calle, no se veía la suciedad ni se percibía el peligro. Todo era bello y tranquilo; por fin la floración había estallado con la primavera tras un invierno largo e inclemente.

Mary Stuart agradeció la ayuda al ascensorista, cerró la puerta y cruzó el apartamento en toda su longitud hasta la enorme cocina, blanca e inmaculada. Le gustaba trabajar en habitaciones amplias, sencillas y funcionales como aquélla. Aparte de unos grabados franceses enmarcados, la cocina despedía un aire espartano, con paredes blancas, suelo blanco y extensas superficies de granito blanco. La cocina había aparecido en *Architectural Digest* cinco años atrás con una fotografía de Mary Stuart sentada en un taburete y vestida con tejanos blancos y un suéter de angora del mismo color. Pese a las excelentes comidas que Mary Stuart preparaba en ella, resultaba difícil creer que aquella cocina se usara alguna vez.

La asistenta ya se había ido y todo estaba en silencio cuando Mary Stuart guardó las compras. Encendió el horno y se quedó un rato contemplando el parque por la ventana. Al ver el parque infantil a una manzana de distancia recordó las incontables horas que había pasado allí, helándose en invierno, cuando sus hijos eran pequeños, empujando los columpios, contemplándolos en el subibaja o simplemente jugando con sus amigos. Parecía tan lejano… ¿Cómo era posible que el tiempo hubiera pasado tan deprisa? Parecía que era ayer cuando sus hijos estaban aún en casa, cuando cenaban todos juntos y todos querían hablar a la vez sobre sus actividades, sus planes, sus problemas. Incluso una de las peleas de Alyssa y Todd hubiera sido más reconfortante que aquel silencio. Mary Stuart sentiría un gran alivio cuando Alyssa volviera a casa en otoño para realizar un curso en Yale después de un año en París. Al menos cuando volviera pasaría algún que otro fin de semana en casa.

Salió de la cocina en dirección al pequeño estudio donde solía ocuparse del papeleo. Allí tenían el contestador automático. Lo puso en marcha y enseguida oyó la voz de Alyssa. Oír a su hija le hizo sonreír.

«Hola, mamá. Siento que no estés en casa. Sólo quería saludarte y preguntarte cómo estás. Aquí son las diez de la noche y voy a salir a tomar algo con unos amigos. Volveré tarde, así que no me telefonees. Te llamaré este fin de semana. Nos vemos dentro de unas semanas. Adiós.» Luego, como si se le acabara de ocurrir, añadía: «Oh… te quiero». El contestador había grabado la hora de la llamada. Mary miró su reloj lamentándose de no haber estado en casa para hablar con su hija dos horas y media antes, a las cuatro de la tarde hora de Nueva York. Mary aguardaba con impaciencia el momento de encontrarse con ella en París dentro de tres semanas para ir en coche al sur de Francia y luego a Italia. Pensaba pasar allí dos semanas de vacaciones, porque Alyssa quería aprovechar al máximo su estancia en Europa y sólo pensaba volver unos días a casa antes de que empezaran las clases en septiembre. Hablaba incluso de volver a vivir en París después de licenciarse en la universidad. Mary no quería pensar en eso por el momento. El último año sin ella había sido demasiado solitario.

«Mary Stuart —era la voz de su marido—, no iré a cenar. Tengo reuniones hasta las siete y acabo de enterarme de que tengo que cenar con unos clientes. Volveré a las diez o las once. Lo siento.» Después del sucinto mensaje, un clic. Seguramente le aguardaban los clientes mientras llamaba; además, Bill detestaba los contestadores. Afirmaba que era incapaz de relacionarse con ellos y jamás hubiera dejado un mensaje demasiado personal. Ella solía burlarse de su marido por ese motivo, como por otros muchos. Pero eso era antes de que todo cambiara, de que se produjeran tantas y tan sorprendentes revelaciones, tantos desengaños, tanta congoja. Sin embargo, exteriormente todo parecía normal. Algunas veces Mary Stuart se asombraba de que fuera posible. Cómo podía romperse el corazón de una persona irreparablemente y aun así seguir adelante, preparando café, comprando sábanas, haciendo camas y asistiendo a reuniones. Se levantaba, se duchaba, se vestía, se acostaba, pero una parte suya había muerto. En otros tiempos Mary Stuart se había preguntado cómo era posible vivir así, lo que despertaba en ella una curiosidad morbosa. Ahora lo sabía. Sencillamente se seguía viviendo. El corazón seguía latiendo y se negaba a dejarte morir. Seguías caminando, hablando y respirando aunque por dentro estuvieras deshecha.

«Hola –decía el siguiente mensaje–. Soy Tony Jones y le llamo para decirle que su vídeo está reparado. Puede recogerlo cuando quiera. Gracias, adiós.» Dos mensajes más sobre reuniones de la junta que se habían modificado. Una pregunta sobre el baile del museo y el comité que se iba a formar para organizarlo, y una llamada del jefe de voluntarios del centro de Harlem. Mary Stuart tomó algunas notas y recordó que tenía que apagar el horno porque Bill no iría a casa a cenar, circunstancia que se repetía cada vez más. Bill trabajaba demasiado. Así era como sobrevivía. Lo mismo hacía Mary a su modo con su infatigable tiovivo de reuniones y comités.

Apagó el horno y decidió prepararse unos huevos, pero todavía no. Se dirigió a su dormitorio. Las paredes eran de un tono amarillo pálido con un motivo blanco brillante, la alfombra era de encaje antiguo, comprada en Inglaterra. Había grabados y acuarelas antiguos, una hermosa chimenea de mármol y fotografías de sus hijos enmarcadas en plata sobre la repisa. A ambos lados de la chimenea se hallaban las mullidas butacas en las que ella y Bill solían sentarse frente al fuego para leer de noche o los fines de semana que ahora solían pasar en la ciudad. El verano anterior habían vendido la casa de Connecticut, puesto que ya no la visitaban desde que los chicos se habían ido a estudiar y Bill había aumentado la frecuencia de sus viajes.

«Últimamente parece que mi vida vaya menguando –le había comentado a una amiga en tono de broma–. Desde que se han ido los chicos y Bill viaja tanto nos estamos desprendiendo de todo. Incluso el apartamento empieza a parecer demasiado grande para nosotros dos solos.» A pesar de este comentario, Mary Stuart no tendría valor para vender el apartamento en que habían crecido sus hijos.

Cuando entró en el dormitorio y dejó el bolso, sus ojos se posaron en las fotografías de la repisa. Seguía siendo tranquilizador ver a los niños cuando tenían cuatro y cinco años, y diez y quince... y el gran perro labrador de color chocolate llamado *Mousse* que compartió su infancia. Se acercó a la repisa, atraída como siempre por aquellas fotos, y las contempló dejándose llevar por los recuerdos. A menudo deseaba volver atrás en el tiempo, cuando todos sus problemas eran sencillos. La rubia cabeza de Todd con su alegre carita de niño la miraba desde la foto. Aún podía oírle llamándola, o verle persiguiendo al perro, o cayendo en la piscina cuando tenía tres años y ella tuvo que zambullirse con la ropa puesta para salvarlo. Siempre había sido una madre excelente para sus dos hijos. Había una fotografía de toda la familia en la Navidad de hacía tres años, riendo abrazados y jugando mientras un exasperado fotógrafo les rogaba que guardaran la compostura un momento para que pudiera hacerles la foto.

Todd había insistido en cantarles canciones escandalosas que provocaron las carcajadas nerviosas de Alyssa y las risas de sus padres. Era tan agradable estar juntos que la voz de Alyssa en el contestador le pareció más conmovedora aún aquella noche. Luego, como siempre, se alejó de las fotografías, de las caritas que la enternecían y atormentaban a la vez, que le destrozaban el corazón y lo aliviaban. Tenía un nudo en la garganta cuando entró en el cuarto de baño. Se lavó la cara y luego se miró con severidad en el espejo.

–¡Déjalo ya!

Asintió. Era consciente de que no debía dejarse llevar. La autocompasión era un lujo que no podía permitirse. Lo único que podía hacer era seguir adelante, pero se había adentrado en un terreno desconocido con un paisaje que no le gustaba. Era desierto y desapacible y a veces insoportablemente solitario. En ocasiones se sentía como si hubiera llegado hasta allí sola, aunque sabía que Bill también estaba allí, perdido en el desierto, en su infierno privado. Hacía más de un año que lo buscaba, pero aún no lo había encontrado.

Pensó en prepararse la cena, pero no tenía hambre. Así

pues, tras cambiar el traje por unos tejanos y una camiseta rosa, volvió al estudio, se sentó en el escritorio y repasó unos papeles. A las siete aún era de día. Decidió llamar a Bill para decirle que había escuchado el mensaje del contestador. Poco tenían que decirse, salvo para hablar de sus respectivos trabajos, pero aun así lo llamó. Por mucho que se hubieran distanciado en el último año, Mary Stuart no estaba dispuesta a rendirse y sabía que seguramente jamás lo haría, no era su forma de ser. Tantos años de matrimonio lo merecían. Cuando las cosas se ponen difíciles no se abandona el barco, se hunde uno con él si es necesario.

Marcó el número de su marido y oyó sonar el teléfono hasta que por fin contestó una secretaria. No, el señor Walker no podía ponerse, estaba reunido. La secretaria le diría que había llamado la señora Walker.

–Gracias –dijo Mary Stuart en voz baja, y colgó girando lentamente en la silla para volver a mirar el parque por la ventana.

Si se esforzaba, veía a las parejas paseando al atardecer bajo la cálida brisa de junio, pero no quería hacerlo. Ya no tenía nada que decirles ni nada que aprender de ellos. Sólo le traían dolor y recuerdos de lo que en otro tiempo compartiera con Bill. Tal vez volvería a ser como antes. Tal vez... no quiso pensar en la inevitable conclusión si ese tal vez no se cumplía. Se dominó de nuevo y volvió a sus papeles. Estuvo trabajando unas horas más, mientras el sol se ponía, haciendo listas para comités y anotando sugerencias para el grupo con que se había reunido por la tarde. Cuando volvió a mirar fuera había oscurecido y la noche aterciopelada parecía envolverla. El apartamento estaba tan silencioso, tan vacío, que sintió deseos de gritar o de ir en busca de alguien. Pero no había nadie. Cerró los ojos y recostó la cabeza en la silla. Entonces, como si la Providencia la hubiera escuchado y le importara aún, aunque ella lo dudaba, sonó el teléfono.

—¿Sí? —Su voz sonó sorprendida y juvenil. El teléfono la había arrancado de su ensimismamiento y en la habitación en penumbra, con los cabellos un poco alborotados, estaba muy hermosa.

—¿Mary Stuart? —El suave deje de la voz hizo que ella sonriera. Hacía ya veintiséis años que conocía aquella voz y aunque no la había oído en varios meses, siempre estaba allí cuando la necesitaba, como si su dueña lo supiera. Estaban unidas por el poderoso vínculo de la amistad—. ¿Eres tú? Por un momento me has parecido Alyssa. —La voz era femenina, muy sensual y con un leve acento de Texas.

—No; soy yo. Ella aún está en París. —Mary Stuart suspiró al notar una mano que la alcanzaba y la llevaba de nuevo a la orilla. Al pensar en la gran ayuda que era siempre su amistad, recordó lo que había visto en Gristede's—. ¿Estás bien? He visto un artículo sobre ti esta tarde. —Frunció el entrecejo al pensar en el titular.

—Bonito, ¿eh? Sobre todo porque ahora tengo una preparadora. Despedí al tipo de la portada del *Enquirer* el año pasado. Me ha llamado hoy amenazándome con demandarme porque su mujer se ha puesto furiosa al ver la revista. Tiene mucho que aprender sobre la prensa sensacionalista. —La propia Tanya lo había aprendido del modo más doloroso—. Y en respuesta a tu pregunta, sí, estoy bien. Más o menos. —El suave arrullo de su voz volvía locos a la mayoría de los hombres.

Mary Stuart sonrió; para ella era como una bocanada de aire fresco en un ambiente cargado. Le hacía sentir así desde el día en que se conocieron veintiséis años atrás en la Universidad de Berkeley. Entonces eran cuatro amigas muy jóvenes y alocadas: Mary Stuart, Tanya, Eleanor y Zoe. Habían compartido habitación durante los dos primeros años y luego habían alquilado una casa en Euclid.

Durante los cuatro años de carrera habían sido como hermanas, inseparables. Tras la muerte de Eleanor, Ellie para ellas, todo había cambiado, era el último curso. Después de licenciarse, cada una había emprendido un nuevo rumbo, Tanya casándose en la capilla de la universidad dos días después de licenciarse, con su novio de toda la vida, su compañero de juegos en su Texas natal. Durante el año siguiente a la boda despegó su meteórica carrera haciendo pedazos su vida y su matrimonio. Bobby Joe, su marido, aguantó un año más, pero era demasiado para él, estaba fuera de su elemento y lo sabía. Bastante le intimidaba ya casarse con una mujer culta y con talento; una superestrella era más de lo que podía asimilar. Intentó ser justo, pero lo que en realidad quería era que Tanya lo dejara todo y se quedara en Texas con él. No quería abandonar la empresa constructora de su padre, negocio en el que se desenvolvía muy bien. La prensa sensacionalista, los agentes, los conciertos, las fans histéricas y los contratos multimillonarios que constituían la vida de Tanya no eran para él. Tanya amaba a Bobby Joe, pero no estaba dispuesta a renunciar a una carrera con la que tanto había soñado. Se separaron en su segundo aniversario y consiguieron el divorcio en Navidad. A él le costó mucho olvidarla, pero acabó casándose de nuevo; tenía seis hijos de su segunda mujer. Tanya lo vio un par de veces a lo largo de los años. Comentaba que estaba gordo y calvo y que era tan buen chico como siempre. Lo decía siempre con cierta tristeza y Mary Stuart se daba cuenta de que su amiga era consciente del enorme precio que había tenido que pagar por el éxito y la fama. Veinte años después de iniciar su carrera, seguía siendo la cantante número uno en las listas del país.

Mary Stuart también se había casado en el verano posterior a la graduación, mientras que Zoe había entrado en la facultad de medicina. Zoe siempre había sido la rebelde del grupo, la que defendía todas las causas revolucionarias. Las otras solían burlarse de ella afirmando que había llegado a Berkeley diez años tarde, pero sabían que ella era su ejemplo, la que siempre exigía que se hiciera lo correcto, la que se ponía de parte de los desvalidos en todo momento y luchaba por ellos. Ella fue quien encontró muerta a Ellie, la que lloró con desesperación y luego tuvo la presencia de ánimo necesaria para llamar a los tíos de Ellie. De todas las del grupo, Mary Stuart era la que más unida estaba a la fallecida, una joven amable e idealista cuyos padres habían muerto en un accidente durante el primer curso. Sus tres compañeras de habitación se habían convertido entonces en una familia para ella. Mary Stuart se preguntaba a veces si Ellie hubiera sido capaz de soportar las presiones del mundo real, pues era tan delicada que casi parecía etérea y tan soñadora que no se había planteado unos objetivos en la vida ni había trazado planes de futuro como las otras. Murió tres semanas antes de la graduación. Tanya estuvo a punto de aplazar la boda, pero las demás la convencieron de que Ellie hubiera preferido que siguiera adelante. Tanya decía además que Bobby Joe la habría matado si se atrevía a posponerla. Mary Stuart y Zoe fueron las damas de honor.

Tanya hubiera asistido a la boda de Mary Stuart de no ser porque en aquel momento se encontraba en Japón dando su primer concierto, y Zoe no pudo abandonar la facultad. Mary Stuart se casó en Greenwich, en la casa paterna.

La segunda vez que se casó Tanya, a los veintinueve años de edad, Mary Stuart se enteró por las noticias. La boda con su agente artístico se celebró en Las Vegas. Pretendía ser íntima, pero les persiguió una avalancha de periodistas, fotógrafos, helicópteros y cámaras de televisión.

A Mary Stuart nunca le gustó el segundo marido de Tanya. Por su parte Tanya afirmaba que quería tener hijos y disfrutar de una auténtica vida de familia en una casa que comprarían en Santa Barbara o en Pasadena. Su marido tenía otros planes en mente, sólo le interesaba la carrera de Tanya y su dinero, e hizo todo lo posible por impulsar la primera para obtener lo segundo. Tanya siempre decía que había hecho mucho por ella en el terreno profesional, como realizar cambios que ella no hubiera podido emprender sola, conseguirle conciertos en todo el mundo y contratos discográficos inmejorables. Convertirla en una leyenda. En sus cinco años de matrimonio, Tanya ganó tres discos de platino y cinco de oro, y todos los Grammy y demás premios musicales que tuvo a su alcance. Pese a la pequeña fortuna que su marido se llevó consigo tras el divorcio, Tanya tenía el futuro más que asegurado; su madre vivía en una casa de cinco millones de dólares en Houston y a su hermana y su cuñado les compró una finca cerca de Armstrong.

Ella poseía una de las mejores casas de Bel-Air y otra de diez millones de dólares en la playa de Malibú, que nunca visitaba y que había comprado para complacer a su marido. Tenía dinero y fama, pero ningún hijo. Tras el divorcio, Tanya creyó que necesitaba un cambio y se introdujo en el cine. El primer año hizo dos películas y el segundo ganó un Oscar. A los treinta y cinco años de edad, Tanya Thomas era y tenía todo cuanto pudiera soñar, menos la vida que hubiera querido compartir con Bobby Joe, menos el afecto, el amor y el apoyo de un compañero que cuidara de ella y de sus hijos. Tardó seis años en volver a casarse. Su tercer marido, Tony Goldman, era un promotor inmobiliario de la zona de Los Ángeles que había salido con media docena de actrices noveles. Sin duda se sentía impresionado por la carrera de Tanya, pero incluso Mary Stuart, celosa defensora de su amiga, tuvo que admitir que era un buen hombre y que estaba enamorado. Lo que inquietaba a los numerosos amigos de Tanya era si Tony sabría mantener la cabeza fría en medio de la vorágine de la vida de su mujer, o si perdería los papeles. Por lo que Mary Stuart había sabido durante los últimos años, el matrimonio funcionaba y ella sabía mejor que nadie que las noticias de la prensa amarilla no significaban nada.

También sabía que el mayor atractivo que Tanya había encontrado en su marido eran los tres hijos de su primera mujer, a los que ella acabó queriendo como si fueran hijos suyos. El día de la boda tenían nueve, once y catorce años. El mayor y el más pequeño estaban encantados con ella, y la mediana apenas podía creer que su padre se casara con Tanya Thomas. Alardeaba de ello con todo el mundo e incluso empezó a vestirse igual que Tanya para parecerse a ella. Tanya intentó corregirla llevándola de compras a menudo y regalándole cosas más apropiadas para su edad, comportándose como una madraza con ella y sus hermanos. No dejaba de hablar de tener un hijo, pero sus cuarenta y un años le hacían dudar y Tony no tenía demasiadas ganas de volver a ser padre, de modo que ella no quiso forzar las cosas. Bastante difícil fue su vida conyugal con las giras mundiales que realizó durante sus dos primeros años de casados y el par de demandas judiciales que entabló contra la prensa amarilla. Era más sencillo volcarse sobre los hijos de Tony y darles todo su cariño. Él afirmaba incluso que era mejor madre para ellos que su madre natural. Sin embargo, a pesar de las maneras amistosas y tranquilas de Tony, Mary Stuart había notado que Tanya parecía ocupada siempre en tratar con agentes y abogados, de concertar giras e incluso de enfrentarse con amenazas de muerte; en sobrellevar, en suma, todas las penas y preocupaciones sola, mientras Tony se limitaba a sus negocios o se iba a Palm Springs a jugar al golf con sus amigos, desentendiéndose de la carrera de Tanya por completo. Mary Stuart sabía lo dura y solitaria que era la vida de su amiga, cuánto trabajaba y cuán crueles eran las exigencias de sus admiradores, cuán dolorosas las traiciones. Por extraño que pareciera, Tanya no solía quejarse y Mary Stuart la admiraba por ello, pero le fastidiaba ver a Tony saludando a las cámaras cuando asistía con su mujer a la entrega de los Oscar o los Grammy, compartiendo con ella lo bueno sin preocuparse por ayudarla en lo malo. Mary Stuart pensó en ello cuando Tanya mencionó a la esposa del preparador físico que la había amenazado.

—En realidad a Tony tampoco le ha entusiasmado —musitó Tanya. El tono de su voz preocupó a Mary Stuart. Parecía cansada y triste. Llevaba demasiado tiempo librando batallas extenuantes–. Cada vez que me adjudican un nuevo romance en la prensa amarilla se pone como loco. Dice que lo avergüenzo delante de sus amigos y que no le gusta. Le comprendo. –Suspiró. Ella nada podía hacer. A la prensa le encantaba atormentarla. Con su espléndida cabellera rubia, sus grandes ojos azules y su espectacular figura les resultaba difícil creer que fuera una mujer normal que hubiera preferido beber un refresco antes que champán, pero esa noticia no vendía revistas.

Los intensos cuidados cosméticos habían conservado su apariencia juvenil. Tanya afirmaba tener treinta y seis años, ocultando con éxito los ocho años más que Mary Stuart reconocía.

–No es que a mí me entusiasme tampoco, pero normalmente son tan ridículas sus historias que no me preocuparían… si no fuera por Tony. –Y los niños, pensó–. Creo que se limitan a obtener una lista de posibles nombres de un ordenador y te juntan con cualquiera que se les ocurra.

Tanya se encogió de hombros y colocó los pies sobre la mesita que tenía delante entrecerrando los ojos y pensando en Mary Stuart. Hacía meses que no la llamaba. Ellas dos eran las únicas del grupo que mantenían el contacto. Hacía años que Mary Stuart no sabía nada de Zoe y Tanya se limitaba a llamarla de vez en cuando y a intercambiar postales de Navidad. Zoe ejercía como médico en San Francisco y permanecía soltera y sin hijos. Estaba completamente volcada en su trabajo para hospitales de beneficencia. Tanya no la había visto desde su último concierto en San Francisco y de eso hacía cinco años.

–¿Qué me dices de ti? –preguntó Tanya de repente–. ¿Qué tal te va? –Su voz tenía un filo penetrante con el que solía hurgar en el alma de su vieja amiga, pero Mary Stuart lo percibió enseguida y se zafó.

—Estoy bien. Siempre con lo mismo: los comités, las reuniones de la junta y el trabajo de voluntaria en Harlem. Hoy me he pasado todo el día en el Metropolitan discutiendo sobre un gran evento que preparan para recaudar fondos en septiembre. —Su tono era frío y sereno, pero Tanya la conocía demasiado bien. Mary Stuart podía engañar a mucha gente, a veces incluso a Bill, pero no a Tanya.

—No me refería a eso. —Se produjo un largo silencio durante el cual ninguna de las dos supo qué decir—. ¿Cómo estás, Mary Stuart? De verdad.

Ella suspiró y miró por la ventana. Había anochecido y estaba sola en el apartamento como había estado siempre a todos los efectos durante el último año.

—Estoy bien. —La voz le tembló levemente. Peor la había visto Tanya un año atrás, en el fatídico día en que Mary hubiera deseado morir—. Me voy acostumbrando.

—¿Y Bill?

—Supongo que también está bien. Apenas lo veo.

—Eso no me suena muy bien. —Hubo una nueva pausa mientras Tanya pensaba—. ¿Qué tal está Alyssa?

—Creo que bien. Adora París. Me reuniré allí con ella dentro de unas semanas. Vamos a pasar un mes viajando por Europa. Bill tiene que ocuparse de un caso muy importante en Inglaterra y pasará allí el verano, así que me ha parecido buena idea irme con Alyssa.

Tanya la notó más feliz al hablar de sus planes y sonrió. Alyssa Walker era una de las personas por las que Tanya sentía mayor aprecio.

—¿Irás a Inglaterra con él? —preguntó. Su amiga vaciló un momento y luego contestó rápidamente.

—No; me quedaré aquí. Tratándose de un caso tan importante no tendrá tiempo para prestarme atención y aquí tengo muchas cosas que hacer.

«Muchas cosas que hacer.» Conocía todas las expresiones correctas, el lenguaje de la desesperación encubierta.

«Tenemos que vernos un día de éstos... No, todo va bien... Todo va estupendamente... Bill está tan ocupado últimamente... Está de viaje... Tengo una reunión... Tengo que asistir a la junta... Tengo que ir al centro... Tengo que ir a Europa a ver a mi hija.» Era la política del disimulo, lo que se decía para que a una la dejaran en paz en un lugar tranquilo donde poder lamentarse lejos de miradas curiosas y compasivas. Era un modo de alejar a la gente sin hacerla partícipe de tus auténticos sentimientos.

—Tú no estás bien. —Tanya insistía con la tozudez que la caracterizaba. No dejaba piedra sin remover hasta descubrir la verdad, la respuesta, el culpable. Era esa determinación en la búsqueda de la verdad lo que tenía en común con Zoe, pero Tanya siempre había sido más sutil y mucho más amable cuando descubría lo que buscaba—. ¿Por qué no me dices la verdad, Stu?

—Te la estoy diciendo, Tan —insistió Mary Stuart. Stu... Tan... Tannie... nombres de una época lejana, de promesas, de esperanza... del principio. Ahora se sentía como si hubiera llegado al final, cuando todo se derrumbaba. Detestaba el modo en que su vida se hacía pedazos—. Estamos bien, en serio.

—Mientes pero lo comprendo. Tienes todo el derecho del mundo. —Ésa era la diferencia entre Zoe y Tanya. Zoe jamás le hubiera permitido mentir ni esconderse. Se hubiera creído obligada a hacerla hablar, a sacar su dolor a la luz con la convicción de que podría aliviarlo. Al menos Tanya se daba cuenta de que no podía. Tampoco ella estaba libre de angustias. Aunque el romance que le atribuía la prensa sensacionalista era falso, no se equivocaban al insinuar que ella y Tony atravesaban momentos difíciles. Al principio a Tony le había parecido divertido, pero con el tiempo había acabado por hartarse de vivir siempre bajo los focos, las mentiras, las amenazas, los oportunistas, los pleitos y la gente que intentaba aprovecharse de ella, de ponerla en evidencia o utilizarla a toda costa. Era agotador no poder disfrutar de una auténtica vida privada. ¿Cómo hallar siquiera a la verdadera Tanya en medio de tanto absurdo? Últimamente Tony se quejaba siempre de lo mismo y ella lo comprendía, pero en realidad no estaba en su mano cambiar aquella situación a menos que se retirara, cosa que no quería hacer, ni él esperaba que hiciera. Tan sólo les quedaba marcharse de vacaciones de vez en cuando, pero un viaje a Hawai, o incluso al sur de Francia o a África, no servía para resolver los problemas de fondo, sólo era una breve y placentera escapada. Aunque pareciera una locura, lo cierto era que el éxito, la fama internacional y los millones de admiradores que la adoraban hacían de ella una víctima, y poco a poco Tony había acabado por aborrecer esa vida. Por el momento Tanya sólo podía prometer que intentaría reducir ese ritmo de vida. Ni siquiera se había atrevido a ir a Texas para ver a su madre una semana antes, por temor a que su marcha diera alas a los rumores. Le asustaba el modo en que su marido decía que todo aquello empezaba a ser demasiado pesado para él y los niños, sobre todo porque no dependía de ella.

–Te llamaba porque iré a Nueva York la semana que viene –explicó Tanya–. Con la vida tan ajetreada que llevas, he supuesto que sería mejor pedirte una cita, o te encontraría cenando con el gobernador intentando birlarle dinero para una de tus causas. –Tanya se había mostrado muy generosa a lo largo de los años con los grupos con que colaboraba Mary Stuart, e incluso había actuado un par de veces para recaudar fondos, pero de eso hacía ya algún tiempo. El representante y el agente que tenía en aquellos momentos eran más exigentes que los anteriores, no le dejaban ni un respiro e insistían en que debía dar más conciertos, de los que surgirían nuevos álbumes. Querían que se concentrara en ellos, además de los nuevos CD y los contratos para comercializar muñecas con su imagen y perfumes con su nombre. Sin embargo, ella se inclinaba más bien por hacer otra película–. Voy a participar en un programa de televisión –comentó–. Pero sobre todo voy a hablar con un agente acerca de la posibilidad de escribir un libro. Me llamó un editor para proponérmelo, pero no creo que me interese. De todas formas escucharé lo que tengan que decirme. ¿Qué más se puede contar sobre mí?

Se habían publicado ya cuatro biografías no autorizadas, escritas todas en un tono cruel y llenas de inexactitudes. La primera supuso un golpe tan duro para Tanya que llamó a Mary Stuart en medio de la noche presa de un ataque de histeria. La amistad que existía entre ellas desde su juventud era del tipo que no se encuentra en la edad madura; nace, crece y se desarrolla como un roble al que riegas con cariño, y tiene profundas raíces en terreno firme.

–¿Cuándo vienes? Iré a buscarte al aeropuerto –se ofreció Mary Stuart.

–Te recogeré yo de camino al hotel y allí podremos charlar. Llegaré el martes. –Tanya volaba siempre en el avión de su compañía discográfica. Para ella era como subirse al coche para dar una vuelta. A Mary Stuart le divertía el modo en que su amiga recorría el mundo como si tal cosa–. Te llamaré desde el avión.

–Aquí estaré –dijo sintiéndose de repente como una niña. Tanya se comportaba como una madre que la protegía bajo su ala, haciéndola volver a la infancia. Mary Stuart sonrió al pensar en volver a verla. Ni siquiera recordaba cuándo la había visto por última vez, pero Tanya no lo había olvidado en absoluto.

–Nos veremos, cariño –dijo Tanya con una sonrisa. Y luego, con voz más seria y tan afable como Mary Stuart recordaba, añadió–: Te quiero.

–Lo sé. –Las lágrimas afluyeron a sus ojos. Era la bondad lo que Mary Stuart ya no podía soportar; le resultaba más fácil tolerar la soledad–. Yo también te quiero –dijo, atragantándose con sus propias palabras, y luego–: Lo siento. –Cerró los ojos esforzándose por dominar sus emociones.

–No lo sientas, cariño… está bien… lo sé… lo sé –dijo Tanya. En realidad no lo sabía, nadie podía saber lo que sentía Mary Stuart, ni siquiera su marido.

–Nos vemos la semana que viene –dijo Mary Stuart, recobrando el dominio de sí misma, pero sin engañar a Tanya. Había un torrente de dolor tras la presa que había construido para contener su pena y Tanya se preguntaba cuánto tiempo podría aguantar.

–Hasta el jueves. Ponte unos tejanos. Iremos a una hamburguesería o usaremos el servicio de habitaciones, o algo así. Hasta pronto… –Colgó.

Mary Stuart empezó a pensar en ella y en la época de Berkeley, antes de que sus vidas se hubieran llenado tanto y se hubieran vuelto tan duras y todas tuvieran que pagar un precio. Todo había sido muy fácil hasta que murió Ellie. Ésa fue su entrada en el mundo real. Mientras pensaba en ello, miró la fotografía de su mesita de noche en la que aparecían las cuatro amigas en su primer curso. Le parecía que eran todas unas niñas, más jóvenes incluso que su hija. Vio a Tanya con su larga cabellera rubia, tan sexy y despampanante como sería luego, y a Zoe con largas coletas pelirrojas, tan seria y apasionada, y a Ellie, tan etérea con su pequeño halo de rizos rubios, y a la propia Mary Stuart, toda ojos y piernas y una larga cabellera castaña, mirando directamente a la cámara. Al final se quedó dormida en tejanos y camiseta pensando en los viejos tiempos.

Cuando Bill llegó a las once la encontró allí. Estuvo contemplándola largo rato y luego apagó la luz. No le dijo nada ni la tocó, y ella durmió en tejanos toda la noche. Cuando se despertó a la mañana siguiente, Bill había vuelto ya a la oficina. Se había limitado nuevamente a pasar por su vida como un extraño.

2

Cuando Tanya Thomas despertó en su dormitorio de Bel Air al día siguiente, Tony estaba ya en la ducha. Compartían el mismo dormitorio, pero con dos grandes vestidores separados y cuartos de baño individuales. El dormitorio era grande y espacioso, decorado con antigüedades francesas, grandes cortinas de seda rosa y metros de tela rosa con motivos florales. El vestidor y el cuarto de baño de Tanya eran de mármol rosa, con tejidos de seda de un rosa pálido, mientras que el cuarto de baño de Tony era típicamente masculino, de mármol negro y granito, con toallas negras y cortinas de seda negra.

Tanya había comprado la casa antes de casarse y después la había reformado para adaptarla al gusto de Tony. Aunque también él era un hombre con prestigio en su profesión, ella sabía que le encantaba alardear del éxito de su mujer. Pese a los dolores de cabeza que lo acompañaban, le encantaba que todos supieran que estaba casado con Tanya Thomas. El mundillo de Hollywood siempre le había atraído, y tras varios años en la periferia, verse catapultado hasta el centro de ese mundo había sido como un sueño para él. A Tony le gustaban las fiestas de Hollywood, charlar con las estrellas y asistir a los premios de la Academia y a los Globos de Oro, y sobre todo a las galas de Barbara Davis, mucho más que a Tanya. Tras dieciocho horas de trabajo, ella se contentaba con llegar a casa por la noche, meterse en una bañera caliente y escuchar cualquier música, menos la suya.

Tanya se puso una bata de satén rosa sobre el camisón de

encaje mientras su marido aún se vestía y bajó a prepararse el desayuno. En la casa había otras personas que podían hacérselo, pero prefería prepararlo ella; además, significaba mucho para él. También cocinaba para los niños siempre que podía. Sus bistecs y sus platos de pasta eran excelentes y a todos les encantaba su sémola, aunque gastaran bromas a su costa. Muchas eran las cosas que le gustaba hacer para su marido; hacer el amor con él, estar a solas con él, ir de viaje y descubrir nuevos lugares juntos, pero nunca tenían tiempo suficiente entre ensayos, sesiones de grabación, películas, conciertos, actuaciones benéficas e incontables horas revisando documentos y contratos con sus abogados. Tanya no era sólo una actriz y cantante, sino todo un imperio.

Sirvió un zumo de naranja mientras esperaba a su marido y rompió los huevos sobre la sartén cuando la mantequilla empezó a chisporrotear. Mientras metía la rebanada de pan en la tostadora y preparaba el café, abrió el periódico de la mañana. El corazón le dio un vuelco cuando leyó el segundo titular. Hablaba sobre un antiguo empleado suyo que la demandaba por acoso sexual. Era la primera noticia que tenía al respecto. Al leer el artículo, recordó que el nombre pertenecía a un guardaespaldas que había trabajado para ella durante dos semanas el año anterior y al que había despedido por robar. En el periódico se publicaba una larga entrevista con el guardaespaldas en la que aseguraba que Tanya había intentado seducirlo y que lo había despedido sin motivo y sin explicaciones porque él la había rechazado. Mientras leía el artículo, supo con deprimente certeza que al final acabarían llegando a un acuerdo para que retirara la demanda a cambio de dinero, como le había ocurrido en todos los pleitos. Daba la impresión de que ya no tenía manera de defenderse ni de demostrar que era inocente, que todo eran mentiras, una forma más de chantaje. También su marido lo sabía, y él era siempre el primero que le aconsejaba llegar a un acuerdo por infame que fuera la calumnia o el ataque. Sencillamente, era más fácil. Pero Tanya sabía que Tony se pondría lívido cuando leyera aquel artículo. Dobló el periódico y lo guardó. Instantes después, Tony entraba en la cocina ataviado para jugar la golf.

–¿No vas a trabajar hoy? –preguntó ella intentando parecer relajada mientras cortaba un aguacate en rodajas y daba los últimos toques al desayuno.

–¿Dónde has estado los tres últimos años? –Tony la miró con sorpresa–. Siempre juego al golf los viernes. –Era un hombre apuesto de pelo negro y buenos músculos, que rondaba los cincuenta. Jugaba a tenis y golf con frecuencia y hacía ejercicio en un gimnasio que había hecho construir en el extremo opuesto de la casa con su preparador personal, diferente al que había aparecido recientemente en la prensa amarilla–. ¿Dónde está el periódico? –preguntó, sentándose y mirando alrededor.

Leía *Los Angeles Times* y el *Wall Street Journal* cada mañana. Tony había ganado una fortuna como constructor en los años en los que merecía la pena, pero a Tanya no le interesaba el dinero. Era la bondad innata de su marido, su honestidad, sus hijos y sus valores familiares lo que le había atraído de él. Para ella no era más que un hombre corriente que iba a trabajar todos los días y que jugaba a béisbol con sus hijos los fines de semana. Sobre todo le gustaba que no estuviera en «el negocio». Lo que no imaginaba al conocerlo era que a Tony le gustara el oropel de Hollywood mucho más que a ella. Sin embargo, no le agradaba el precio que había que pagar para estar allí. Tanya sabía que no se podía tener una cosa sin la otra y soportaba sus quejas sobre las molestias que padecían y la prensa sensacionalista.

«No se puede tener la gloria sin sufrimiento», le había explicado ella al principio, después de casados, ofreciéndose a retirarse la primera vez que en la prensa se publicaron acusaciones desagradables contra ella y se habló de todos sus antiguos novios. Él insistió en que no quería que se retirase. Pensaba que Tanya se aburriría. Ella sugirió entonces que lo dejaran todo y tuvieran un hijo, pero a él le gustaba lo que hacía, de modo que siguieron soportando ataques, amenazas de muerte y demandas judiciales. Tanya se negaba a tener guardaespaldas las veinticuatro horas del día, tan sólo contrataba a uno cuando asistía a algún evento multitudinario.

—Bueno, ¿dónde está el periódico? —repitió, atacando los huevos y levantando la vista hacia Tanya. Inmediatamente vio en los ojos de su mujer que había ocurrido algo—. ¿Qué pasa?

—Nada —respondió ella con vaguedad, sirviéndose una taza de café.

—Vamos, Tanya —dijo él con aire de fastidio—. Lo llevas escrito en la cara. No ganarás el Oscar por esta interpretación.

Tanya sonrió pesarosa y se encogió de hombros. De todas formas acabaría descubriéndolo, tan sólo hubiera querido que no fuera durante el desayuno. Sin decir una palabra más, le tendió el periódico y observó su reacción mientras leía el artículo. Vio cómo se le contraían los músculos del cuello y de la cara, pero no oyó una sola palabra suya hasta que lo terminó y dejó a un lado. Tony miró a su mujer con expresión sombría.

—Te va a costar una buena suma. Tengo entendido que ahora se pagan cantidades astronómicas en las demandas por acoso sexual. —Lo dijo sin emoción en la voz, pero era fácil ver que estaba furioso—. ¿Qué le dijiste? —preguntó con la vista fija en su mujer.

Tanya lo miró con asombro.

—¿Que qué le dije? ¿Estás loco? ¿Crees que le dije algo? Le expliqué dónde estaba el estudio y a qué hora tenía que llegar a los ensayos. Eso le dije. ¿Cómo puedes dudar siquiera? —Tenía lágrimas en los ojos.

—Sólo me preguntaba si le habías dicho algo en lo que pudiera basarse para montar toda esta historia, eso es todo. Mira, joder, ese tío cuenta toda una historia.

–Como todos –dijo ella con tristeza sin dejar de mirar a su marido a los ojos–. No es diferente de las otras veces. No es más que codicia y envidia. Ha olido el dinero y le gusta. Supone que conseguirá que le pague para que cierre la boca y deje de molestarme.

Tanya había tenido que soportar numerosas demandas por incumplimientos de contrato, concesiones de bienes raíces y accidentes laborales de sus empleados. La historia era ya vieja en Hollywood, como en muchos otros sitios en los tiempos que corrían, pero no por ello dejaba de preocupar a quienes lo padecían. Tony no se había acostumbrado a ese tipo de cosas. Afirmaba que le convertían en objeto de burla y que daba motivos a su ex mujer para quejarse. Tanya sabía muy bien cómo reaccionaba su marido ante tales historias. Primero fingía que no le molestaban, a medida que evolucionaba el asunto se volvía cada vez más desagradable, y acababa presionándola tanto como sus abogados para que lo solucionara de una vez llegando a un acuerdo. En cualquier caso, actuaba siempre como si fuera él la parte ofendida. Después, cuando le había hecho sentir culpable, decidía perdonarla. También eso se estaba convirtiendo en una historia demasiado familiar para Tanya, y no disfrutaba con ella.

–¿Vas a pagarle para que retire la demanda? –preguntó Tony.

–Ni siquiera he hablado aún con mi abogado –contestó ella con expresión de fastidio–. Acabo de leerlo en el periódico igual que tú.

–Si lo hubieras hecho bien hace un año, cuando le despediste, esto no hubiera ocurrido –dijo él, poniéndose una chaqueta y mirándola desde la puerta.

–Eso no es cierto y tú lo sabes. Ya hemos pasado antes por situaciones semejantes. Forma parte de la profesión, hagas lo que hagas.

Tanya era siempre muy cuidadosa y circunspecta. Jamás había tenido un comportamiento promiscuo, no se había drogado ni había tratado mal a sus empleados, ni se había emborrachado en público. Pero a nadie le importaba. El público creía lo que leía en la prensa, aunque no fueran más que calumnias. Peor aún, a veces Tony también lo creía.

—Ya no estoy seguro de saber nada —dijo él con expresión furiosa, dio media vuelta y se fue.

Instantes después, Tanya oyó el coche enfilando el sendero.

Llamó a su abogado, Bennett Pearson, quien se disculpó por no haberle advertido antes, ya que habían recibido los periódicos tarde el día anterior.

—Desde luego que ha sido una sorpresa enterarme en medio del desayuno —dijo ella con su más puro acento de Texas—. La próxima vez procurad avisarme un poco antes. No es que a Tony le entusiasmen estas cosas precisamente. La semana pasada fue el preparador físico, y ahora el guardaespaldas. —Había lágrimas en sus ojos.

El guardaespaldas insistía en que ella le había hecho proposiciones, poniéndole en evidencia, y que había sufrido un trastorno emocional por su causa. Incluso había conseguido que un psiquiatra charlatán estuviera dispuesto a declarar en su favor. Según los abogados de Tanya, era una demanda como tantas otras, pero ella recordaba que aquel individuo era un auténtico canalla y estaba segura de que no se lo quitaría de encima fácilmente. En otros tiempos se hubiera sentado a llorar, pero después de más de veinte años nada la sorprendía ya. En Hollywood había cientos de personas frustradas, más que dispuestas a aprovecharse de cualquiera que tuviera tanto éxito como ella, que se mantenía en la cima gracias a su esfuerzo y su increíble fuerza de voluntad.

El abogado le aconsejó que se olvidara del asunto, asegurándole que él se ocuparía de todo. Estaba convencido de que, pasado el impacto de la noticia, el caballero en cuestión estaría impaciente por llegar a un acuerdo económico. También le advirtió que los acuerdos en demandas por acoso sexual ascendían fácilmente a varios millones.

–Fantástico. ¿Y qué se supone que he de hacer? ¿Por qué no le regalo la casa de Malibú? Pregúntele si le gusta tomar el sol. O quizá preferiría la de Bel Air, aunque sea un poco más pequeña. –Era imposible no mostrarse cínica ni furiosa ante aquellos ataques de personas a las que apenas conocía. En cierto sentido, eran tan impersonales que se sentía como bajo el fuego de francotiradores.

Cuando colgó eran ya las nueve y su secretaria había llegado. Jean era una joven muy nerviosa que había trabajado antes para el presidente de una compañía discográfica y llevaba un año con Tanya. Eficiente y digna de confianza, a Tanya le disgustaba, sin embargo, que con ella pareciera aumentar siempre la sensación de agobio en lugar de disminuirla. Lo mismo ocurrió aquella mañana. Durante la primera hora después de su llegada, se recibieron tres llamadas de Nueva York, dos de revistas que solicitaban una entrevista y una del programa de televisión en que iba a participar. El abogado le llamó dos veces y también su agente para insistir en que debía tomar una decisión sobre su siguiente gira de conciertos, porque de lo contrario no podrían incluir Japón. Su agente en Gran Bretaña llamó para preguntar por un contrato. Les llegó el rumor de que se iba a publicar una nueva noticia falsa en la prensa amarilla, y llamaron para informarle de que se había producido un problema técnico en el nuevo disco que estaba grabando. Tanya tenía que llegar al estudio de grabación antes del mediodía y acudir luego a los ensayos para un concierto benéfico que daría la noche siguiente. Finalmente llamó su agente cinematográfico para hablarle de una nueva película.

–Dios mío, ¿qué pasa hoy? ¿Hay luna llena, o es que se han vuelto todos locos en esta ciudad? –Tanya se apartó el pelo de los ojos con una mano mientras cogía con la otra la taza de café que le servía Jean, recordándole al mismo tiempo que tenía que dar una respuesta sobre la gira antes de las cuatro y media–. No tengo que hacer nada, maldita sea, y si no incluyen Japón, pues lo siento mucho. No voy a permitir que me presionen para que tome una decisión antes de tiempo. –Hablaba con el entrecejo fruncido, cosa inusual en ella, que tenía un carácter afable. Sin embargo, la tensión a la que estaba sometida hubiera bastado para hacer que un volcán entrara en erupción.

–¿Y la entrevista con *View*? –prosiguió Jean implacablemente–. Necesitan que les conteste esta mañana sin falta.

–¿Por qué no llaman a los de relaciones públicas? –preguntó Tanya sintiéndose más agobiada cada minuto que pasaba–. Se supone que no deberían llamarme a mí directamente. ¿Por qué no se lo dices?

–Lo he intentado, pero no me hacen caso. Ya sabes lo que pasa, Tanya, en cuanto consiguen tu número todos quieren hablar contigo directamente.

–Sí, y también yo. –Era Tony, de vuelta de su partido de golf, de pie en el umbral de la puerta del despacho con cara de pocos amigos–. ¿Tienes un minuto, Tan?

–Claro –dijo ella, sintiendo un súbito nerviosismo al mirarlo. Media hora más tarde tenía que estar en el estudio de grabación, pero no quería negarse a hablar con Tony. Fuera lo que fuera, lo que quería decirle no parecía admitir retrasos.

Jean los dejó solos y Tanya aguardó a que él se sentase. No estaba segura de querer escucharle.

–¿Ocurre algo? –preguntó en un susurro.

–En realidad no. –Tony suspiró y apartó la vista para mirar por la ventana–. Lo de siempre, y no quiero que me interpretes mal. –Se volvió para mirarla y ella vio en sus ojos que seguía furioso, que se sentía traicionado, no por ella sino por lo que conllevaba su celebridad y por el hecho de que no hubiera forma de impedirlo. La Primera Enmienda amparaba a cualquiera que inventara una historia sobre ella–. No estoy enfadado por lo del periódico de hoy –prosiguió, mintiéndose a sí mismo más que a su mujer. Le gustaba creer que era justo con ella, aun cuando no lo era–. No es peor que otras cosas que han dicho de nosotros. Yo te respeto mucho, Tan. No sé cómo puedes apechugar con toda esa mierda. –Desde luego era más de lo que soportaría cualquier otro. Las Navidades anteriores habían tenido que contratar guardaespaldas para los niños a causa de las amenazas de muerte recibidas, y la ex mujer de Tony se había puesto hecha una furia–. Creo que eres una mujer asombrosa.

A Tanya no le gustó el modo en que la miró mientras lo decía. Hacía tiempo que se había dado cuenta: su marido estaba harto. Pero en cualquier caso seguirían igual durante mucho tiempo, quizá para siempre, y ambos lo sabían.

–¿Qué pretendes decirme? –Intentó no parecer cínica. Le había pasado lo mismo con otras personas de maneras distintas. Se dijo que estaba preparada para aceptarlo, pero en el fondo sabía que no era verdad. Siempre esperaba que la última vez fuera diferente, que él fuera más fuerte, que la quisiera lo suficiente para quedarse a su lado y ayudarla. Era todo lo que siempre había deseado, más incluso que unos hijos. Así se lo había dicho a Tony desde el principio y él lo había conseguido durante casi tres años, pero su irritabilidad había ido en aumento–. ¿Me estás diciendo que soy demasiado buena para ti, que merezco algo mejor que tú? ¿Es éste uno de esos nobles discursos que me hacen sentir una santa mientras tú escapas por la puerta? –Le miraba directamente a los ojos mientras hablaba con total franqueza. No tenía sentido esconderse de lo que se avecinaba.

–Eso es injusto. Yo nunca he escapado por la puerta. –Parecía dolido y ella se arrepintió de sus palabras. Tal vez sus acusaciones habían sido prematuras.

—No, pero estás pensando en hacerlo, ¿no es así? —preguntó Tanya en voz baja.

Él la miró durante largo rato sin negar ni confirmar nada.

—Ni siquiera estoy seguro —dijo al fin—. Sólo quería decirte que estoy cansado. La vida que llevas es más dura de lo que parece hasta que la vives.

—Ya te lo advertí —dijo ella, sintiéndose como si a medio camino de coronar el Everest, le fallara su compañero de escalada—. Te lo dije bien claro. Mi trabajo tiene cosas maravillosas y a mí me encanta, pero detesto todo lo que lleva consigo... lo mal que lo pasamos... y también los niños... Sé que es duro. Pero lo peor es que yo no puedo hacer nada para evitarlo y tú lo sabes.

—Lo sé, lo sé... y no tengo derecho a quejarme. —La miró con expresión avergonzada, pero ella supo que para él todo había terminado. Tanya había tenido su aventura hollywoodiense, pero el amor se había acabado—. Sé que para ti es más duro que nadie y no quiero empeorarlo más. Sé que trabajas mucho y que eres una perfeccionista, pero también eso forma parte del problema. Con tantos conciertos, ensayos y grabaciones no te queda tiempo para mí. Tú haces grandes cosas, Tan, y mientras tanto yo me siento aquí a leer historias sobre nosotros en la prensa sensacionalista.

—¿Y te las crees? —repuso ella con aspereza. Tal vez aquél fuera el auténtico motivo. El guardaespaldas que la había demandado era un hijo de puta, pero muy atractivo.

—No, no me las creo —dijo él y suspiró—, pero tampoco me divierten. Los amigos con los que he jugado a golf esta mañana me han hecho el numerito. Lo cierto es que a algunos les parecía muy gracioso tener una mujer a la que demandan por acoso sexual. La mayoría aseguran que sus mujeres no encuentran nunca el momento de acostarse con ellos. —Parecía violento al repetir aquellos comentarios. Tanya comprendió que estaba harto de que sus amigos le humillaran, pero podía salir de aquella situación cuando le apeteciera. A la prensa le interesaba Tanya, no su marido–. No sé muy bien qué quiero decirte –continuó con tono desdichado–. No llevamos una vida demasiado alegre, ¿no te parece?

–No, desde luego –admitió ella con tristeza, demasiado deprimida para discutir siquiera. Al final, bajo aquella terrible presión, siempre conseguían ganar los malos–. ¿Quieres separarte, es eso? –preguntó sintiéndose morir. Tony no rea el amor de su vida, pero se sentía cómoda con él, le quería, a él y a sus hijos. Si de ella dependiera, no rompería su matrimonio.

–No estoy seguro. –Llevaba un tiempo considerando esa posibilidad, pero aún no se había decidido–. No estoy seguro de cuántas historias más como ésa podrá soportar. Quiero ser sincero y justo contigo, y creo que debes saber que ya no aguanto más.

–Aprecio tu sinceridad –dijo ella sintiéndose traicionada una vez más. Le dolía que quisiera dejarla porque «le avergonzaba» estar casado con ella–. Ojalá pudiera evitarlo.

–Ojalá a mí no me molestara. Nunca creí que llegaríamos a esto. Todo parece más normal antes de empezar a vivirlo en carne propia. Entonces empiezas a sentirte como Alicia en el País de las Maravillas. Todo es irreal hasta que empiezas a caer y caer y caer…

Mientras le escuchaba, Tanya recordó los motivos que le hacían amarle, todas las cosas que tenían en común a pesar de sus diferencias.

–Es una manera muy interesante de verlo –dijo sonriendo con pesar–. ¿Qué hay de los niños? –preguntó de repente–. ¿Me dejarás verlos si te vas? –Tenía lágrimas en los ojos. Hasta entonces era todo tan frío, tan razonable. Pero aquélla no era más que la primera de muchas charlas para dar por terminado su matrimonio.

Él le cogió una mano al ver su expresión de dolor. Se sentía terriblemente mal por lo que estaba haciendo, se odiaba a sí mismo, pero había llegado al límite de su paciencia.

–Aún te quiero, Tan –susurró. Tanya le detestó entonces por seguir sintiéndose atraída hacia él pese a todo, por ser tan guapo, inteligente y sexy que le hiciera perdonarle siempre, incluso cuando más le fallaba–. Sólo quería decirte cómo me siento. Y aunque las cosas no salgan bien entre nosotros, nunca te impediría que vieras a los niños. Te quieren –dijo con una mirada compasiva que a Tanya le partió el corazón. Le estaba diciendo adiós aunque no usara esas palabras.

–Y yo los quiero a ellos. –Se echó a llorar. Tony se sentó junto a ella y le rodeó los hombros con el brazo.

–Ellos te quieren y yo también, Tan, aunque sea a mi manera –dijo, pero Tanya no le creyó. Si fuera verdad, no querría separase de ella.

–¿Y lo de Wyoming? ¿Vendrán? ¿Vendrás tú? –preguntó Tanya con súbita desesperación, sintiéndose muy asustada. ¿Querrían verla los niños si su padre la abandonaba? ¿Había conseguido crear un vínculo lo bastante fuerte en los tres últimos años? Cuando alzó los ojos, Tony la miraba de una manera extraña.

–Creo que deberían ir contigo. Creo que sería una gran experiencia para ellos –dijo, sintiéndose incómodo, y Tanya comprendió lo que no se atrevía a decir.

–Pero tú no vendrás. ¿Es eso?

–No, no creo que vaya. Sería bueno que nos separáramos una temporada. Creo que me iré a Europa.

–¿Cuándo se te ha ocurrido? ¿Hoy jugando al golf? –¿Qué estaba pasando?, se preguntó de repente. ¿Cuánto tiempo hacía que planeaba abandonarla? Clavó la vista en su marido, que parecía cohibido.

–He estado pensando en ello desde hace algún tiempo, Tan. No ha sido así, de repente, esta mañana. Creo que la noticia del periódico ha sido el detonante, pero la semana pasada fue el *Enquirer,* y el *Star* la anterior. Desde que nos casamos no ha habido más que demandas y crisis y amenazas de muerte y prensa sensacionalista.

—Pensaba que te habías acostumbrado ya –dijo ella.

—No creo que nadie pueda acostumbrarse. Tampoco tú.

—Sabía que a veces incluso personas jóvenes como ella sufrían colapsos a causa de tanto estrés o incluso morían, lo que era causa de gran preocupación para él–. Lo siento, Tanya.

—Bien, ¿y ahora qué? –Se preguntó si tal vez Tony pretendía que subiera y le hiciera sus maletas para marcharse, o que le hiciera el amor salvajemente para convencerle de que no se fuera. ¿Qué esperaba él? Y más importante aún, ¿qué quería ella? Aún no había superado la sorpresa inicial y estaba demasiado dolida para pensarlo.

—No lo sé –contestó él con franqueza–. Quiero pensarlo durante un tiempo. Sólo quería avisarte de mi decisión.

—Catastrófica –dijo ella intentando sonreír, pero las lágrimas no dejaban de brotar.

En aquel momento Jean llamó a la puerta y asomó la cabeza.

—Hace una hora que deberías estar en el estudio. Ha llamado el productor para recordarte que el contador está en marcha. Los músicos quieren saber si pueden comer antes y volver dentro de una hora. Y tu agente ha llamado para recordarte que necesita una respuesta antes de las cuatro y media. También ha llamado Bennett Pearson; quiere que le llames en cuanto puedas.

—Muy bien, muy bien. –Tanya alzó una mano para detenerla–. Diles a los músicos que pueden irse a comer. Llegaré dentro de media hora. Dile a Tom que espere y que hablaremos de la gira. –¿Y cómo se suponía que iba a cantar, a decidir sobre Japón, sobre una nueva película, sobre otra gira, y si pagaría para no volver a salir en la prensa? Cuando Jean se fue, miró a su marido–. Supongo que tienes razón. Esto no es divertido, ¿verdad?

—Algunas veces sí, pero el precio es demasiado alto —contestó, levantándose. Se sentía muy mal, pero al mismo tiempo era un alivio salir de la vida de pesadilla en que estaba metida Tanya—. Vete a grabar, Tan. Siento que llegues tarde por mi culpa. Ya hablaremos otro día. No hay nada que decidir ahora. Siento haberte entretenido tanto.

No importaba. Una hora. Tres años. Era muy divertido. Joder, ¿quién podía culparle por querer saltar en paracaídas? Tanya contempló a su marido saliendo de la habitación, desgarrada por la pena y el odio.

—¿Va todo bien? —preguntó Jean, de vuelta con un montón de mensajes para ella y para recordarle que tenía cinco minutos para marchar al estudio.

—De acuerdo, ya voy, y sí, estoy bien.

Bien. Todo iba siempre bien, aun cuando no fuera bien. Se preguntó cuánto tiempo tardaría la prensa en descubrir que Tony la había dejado, si finalmente lo hacía. No era eso lo que debería importarle, pero la perspectiva de una nueva serie de artículos sensacionalistas le pareció agotadora.

Se lavó la cara e intentó no llorar. Se puso unas gafas de sol y dejó que Jean condujera el coche. Durante el trayecto devolvió algunas llamadas, entre otras a su agente para aceptar la gira de conciertos con Japón incluido. El año siguiente estaría casi cuatro meses de gira, pero podría volver a casa de vez en cuando.

Trabajó en el estudio de grabación hasta las seis de la tarde y luego se fue a los ensayos para el concierto benéfico. No volvió a casa hasta las once de la noche. Al llegar, encontró una nota de Tony sobre la mesa de la cocina. Se había ido a Palm Springs a pasar el fin de semana. Tanya se quedó de pie largo rato con la nota en la mano, preguntándose a dónde había ido a parar su vida y cuánto tiempo tardaría su marido en abandonarla. No se necesitaba ser vidente para darse cuenta de que la nota la había escrito deprisa, a punto ya de marcharse. Pensó en llamar a Palm Springs para decirle lo mucho que le quería y cuánto sentía todo el dolor que le había causado. Pero cuando cogió el auricular, se detuvo. ¿Por qué él no se quedaba allí para apoyarla? ¿Por qué él no podía enfrentarse con las injurias que ella cargaba sobre sus espaldas? ¿Por qué estaba tan impaciente por huir? La única conclusión a la que llegó fue que Tony Goldman jamás la había amado realmente. Colgó el auricular y con lágrimas en los ojos se dirigió lentamente a su dormitorio.

3

Tanya voló a Nueva York en el avión de la compañía discográfica y decidió no llevarse a su secretaria para así estar sola. En realidad no necesitaba a Jean para un único programa en la televisión y una entrevista con un agente literario. Además, quería tiempo para pensar en Tony, que había vuelto a casa el domingo por la noche después de su fin de semana en Palm Springs. Habían cenado juntos con los chicos y nada más se había comentado sobre la situación ni las historias de la prensa. Tanya no tenía el valor ni la energía necesarios para discutir esos temas con él, y él puso cuidado en que no surgieran. Ni siquiera habló cuando la revista *People* se hizo eco de la demanda del guardaespaldas. Ya había dicho cuanto tenía que decir. El jueves, cuando Tanya salió en dirección al aeropuerto, él ya se había ido a la oficina.

El avión la estaba esperando. Era como si dispusiera de un vuelo comercial para ella sola. A bordo halló únicamente a un ejecutivo de la compañía discográfica que también se dirigía a Nueva York. Obviamente sabía quién era ella, pero se limitó a saludarla brevemente. Durante el viaje, Tanya tomó notas, realizó varias llamadas telefónicas y trabajó en algunas canciones. A mitad de trayecto llamó su abogado para comunicarle que su ex guardaespaldas pedía un millón de dólares por retirar la demanda.

–Dile que nos veremos en los tribunales –replicó ella fríamente.

–Tanya, no creo que eso sea muy inteligente –dijo Bennett Pearson.

–No voy a pagar a ese chantajista. No puede demostrar

nada, su demanda no se sostiene por ningún lado. Es pura invención.

—Es su palabra contra la tuya. Tú eres una gran estrella y, según dice, intentaste seducirlo, le causaste un trauma, le despediste y le arruinaste la vida porque no quiso acostarse contigo...

—De acuerdo, Bennett. No tienes por qué repetirlo. Ya sé lo que dice.

—La gente podría compadecerlo. Los jurados son impredecibles hoy en día. Piénsatelo bien. ¿Y si le conceden una indemnización de diez millones por sus sufrimientos? ¿Cómo te sentirías entonces?

—Pues dispuesta a matarlo.

—Piénsatelo. Creo que deberías pagarle. Y un millón es una suma asumible.

—¿Sabes cuánto me cuesta ganarlo? El dinero no lo regalan, ¿recuerdas?

—El año que viene te vas de gira. Sácalo de ahí y achácalo a la mala suerte, como si hubiera un incendio en la casa que no cubriera la compañía de seguros.

—Es repugnante. No es más que un atraco a mano armada.

—Cierto, y no es la primera vez que se hace. Te ha pasado a ti y a muchos otros.

—Me pongo enferma sólo de pensar en que tengo que pagar a gente como ésa.

—Tú piénsatelo bien. Ya tienes bastantes líos como para meterte en un juicio. Lo último que necesitas es prestar declaración para que la prensa sensacionalista se ponga las botas. Se haría público, igual que el juicio.

—Muy bien, muy bien.

—Llámame desde Nueva York.

¿Por qué era todo tan desagradable?, pensó Tanya. No era extraño que Tony quisiera dejarla. También ella deseaba a veces salir de su propia piel.

45

El vuelo duró apenas cinco horas. Tanya llamó a Mary Stuart justo antes de aterrizar para confirmar que la recogería media hora más tarde. Volvió a llamarla media hora más tarde desde el coche y cuando llegó a la casa, su vieja amiga la esperaba en la puerta, vestida con tejanos y un bonito suéter de algodón. Las dos mujeres se abrazaron largamente. Mary Stuart parecía más delgada y abrumada que un año antes. Tanya sabía lo mucho que había sufrido su amiga en el último año, sobre todo desde que Alyssa estaba en París.

–Dios mío, estás igual que siempre –dijo Mary Stuart con admiración, asombrada por lo bien que se conservaba Tanya, ajena su belleza al paso del tiempo–. ¿Cómo lo consigues?

–Secretos profesionales, querida mía –contestó Tanya entre risas. Aunque se había sometido a algunas operaciones de cirugía estética, lo cierto era que seguía poseyendo un cutis y una figura de ensueño, además de su aire juvenil. Mary Stuart también tenía buen aspecto, pero se le notaba más la edad–. Tú también estás muy bien, cariño, a pesar de todo.

–Pues yo creo que tú has hecho un pacto con el diablo –se quejó Mary Stuart–. No es justo. ¿Qué edad admites ahora? ¿Treinta y uno? ¿Veinticinco? ¿Diecinueve? Van a pensar que soy tu madre.

–Anda, calla. Aparentas diez años menos de los que tienes, no lo niegues.

–Ojalá. –El espejo devolvía a Mary Stuart la imagen de una mujer que había sufrido mucho en los últimos tiempos.

Fueron al J. G. Melon's, como tantas otras veces, y comentaron acerca de las caras que seguían viendo y las que ya no se veían. Tanya le contó que saldría de gira en invierno.

–¿Qué opina Tony? –preguntó Mary Stuart mirando a su amiga por encima de la hamburguesa.

Se produjo una pausa momentánea hasta que Tanya alzó la vista con una expresión que lo decía todo.

–No se lo he dicho. En realidad no lo he visto demasiado en los últimos días. Nosotros... bueno... creo que tenemos un pequeño problema. –Mary Stuart frunció el entrecejo y siguió escuchando–. Él... bueno... se fue a Palm Springs unos días y creo que tal vez necesitemos estar separados este verano. Dice que se irá a Europa mientras yo estoy en Wyoming con los chicos.

–¿Piensa hacer una peregrinación religiosa o hay algo más que no me cuentas?

–No. –Tanya dejó su hamburguesa y miró a su vieja amiga con expresión seria–. Creo que aún no me lo ha dicho todo, pero lo hará. Lo que ocurre es que aún no lo sabe. Cree que todavía no ha tomado una decisión, pero conozco los síntomas. Ya está decidido.

–¿Qué te hace creer eso? –Mary Stuart sintió lástima por su amiga, pero no podía decir que le sorprendiera. Era inevitable que su estilo de vida la apartara de los demás y ella lo sabía. Sin embargo, Tanya parecía triste y decepcionada.

–Lo creo porque no soy tan joven como me hace parecer mi médico. –Mary Stuart sonrió–. He visto a otros pasar por lo mismo. Ya se ha ido, aunque él no lo sepa. Al parecer no puede soportar más la presión de la prensa sensacionalista, ni los ataques, las difamaciones, la humillación. No le culpo.

–¿No te olvidas de algo? ¿Qué hay de las cosas buenas?

–Supongo que se difuminan entre tanto alboroto. Se olvidan. Yo también las olvido a veces, así que supongo que no puedo culparle a él. Sólo cuando canto estoy realmente satisfecha de lo que hago... cuando grabo o estoy en un concierto pongo el alma en mis canciones. Ni siquiera me importan los aplausos... sólo la música. Él no tiene esa satisfacción, sólo se lleva los palos mientras yo me llevo la gloria. Creo que está harto. Esta semana ha salido en los periódicos un antiguo empleado mío al que despedí el año pasado. El tipo afirma que yo lo acosé sexualmente y que luego lo despedí porque se negó a follar conmigo. Ya sabes, la típica historia inventada. Salió en primera página y Tony se avergonzó delante de todos sus amigos. Creo que fue la gota que colmó el vaso.

—¿Y tú? ¿Dónde te coloca eso a ti? —Mary Stuart estaba muy preocupada por su amiga—. ¿Quieres decir que las cosas se han puesto demasiado duras para él y por eso se marcha?

—Aún no lo ha dicho, pero es eso. Ahora dice que necesita un tiempo de separación para reflexionar. Yo me iré a Wyoming con los niños, pero no importa. Los quiero de veras.

—Lo sé, pero su padre no destaca mucho en cuanto a caballerosidad y devoción.

—Bueno, ¿y qué novedades tienes? —Tanya sonrió con tristeza apretando las manos de su amiga—. ¿Qué me cuentas de ti? ¿Qué tal anda Bill últimamente? ¿Ha sido tan difícil para él como para ti?

—Supongo que sí. —Se encogió de hombros—. No hablamos mucho de eso. No queda nada por decir. No se puede cambiar lo ocurrido. —Ni las cosas que se habían dicho el uno al otro, pensó.

Tanya se atrevió entonces a preguntarle algo que deseaba saber desde un año antes. Sospechaba que ahí estaba la raíz del problema.

—¿Te culpa a ti? —preguntó en un susurro apenas audible, pero incluso en medio del atestado restaurante Mary Stuart lo oyó.

—Seguramente —dijo con un suspiro—. Supongo que los dos nos echamos la culpa por no ver lo que estaba ocurriendo, pero sé que al principio él pensaba que yo debería haber adivinado el desastre antes de que cayera sobre nosotros. Bill me otorga poderes mágicos cuando le conviene. En cualquier caso, creo que tengo parte de culpa, aunque eso no cambia nada. Te engañas creyendo que podrás atrasar el

48

reloj y evitar que ocurra si le echas la culpa a la persona adecuada, pero no funciona de esa manera. No sirve de nada. —Se le llenaron los ojos de lágrimas y volvió el rostro.

Tanya lamentó haber sacado el tema a colación.

—Lo siento… No debí haberte dicho nada. —¿Para qué seguir hurgando en la herida? Se recriminó a sí misma mientras su amiga se secaba los ojos y la miraba con expresión tranquilizadora.

—No importa, Tan. De todas formas, nunca lo olvido. Es como un miembro cortado que nunca deja de dolerte, algunas veces más fuerte que otras, algunas es un dolor realmente insoportable, otras puedes seguir viviendo, pero siempre está ahí. No has sido tú.

—No puedes vivir así —dijo Tanya con expresión desolada, sufriendo por su amiga.

—Al parecer sí se puede —replicó ella con desesperación—. Mucha gente lo hace. Vive con dolores de todo tipo, artritis, reumatismo, indigestión, cáncer, y luego está la destrucción del corazón, la muerte de la esperanza, la pérdida de cuanto amabas; es un desafío para el alma —dijo con tono lastimero.

—¿Por qué no te vienes a Wyoming con los chicos y conmigo? —le propuso. Era lo único que se le ocurría para ayudarla.

—Me encantaría, pero voy a Europa para ver a Alyssa. Me encanta montar a caballo. —De pronto frunció el entrecejo, desconcertada por un viejo recuerdo—. Creía que a ti no te gustaba.

—Y no me gusta. —Tanya se echó a reír—. Lo detesto, pero se supone que vamos a un lugar fabuloso y me pareció que sería divertido para los chicos. —Por un momento pareció sentirse violenta—. Pensaba que a Tony también le gustaría, pero no va a venir. En fin, los chicos tienen doce, catorce y diecisiete años, y a todos les encanta montar. Me pareció perfecto para ellos.

—Estoy segura de que sí. ¿Montarás tú también? –bromeó Mary Stuart.

—Depende de lo guapos que sean los vaqueros –repuso Tanya, y las dos prorrumpieron en carcajadas–. Creo que soy la única chica de Texas que siempre ha detestado los caballos. –Mary Stuart recordaba, sin embargo, que Tanya montaba bien, aunque no le gustara.

—Tal vez Tony cambie de opinión al final.

—Lo dudo. Tengo la impresión de que lo tiene muy pensado. Tal vez una temporada lejos de mí le siente bien. –En realidad no creía que eso pudiera cambiar las cosas, y Mary Stuart lo sabía.

Siguieron charlando un rato más sobre Alyssa, sobre la siguiente película de Tanya y su nueva gira. Mary Stuart la admiraba, pues imaginaba el duro esfuerzo que suponía llevar semejante ritmo de trabajo. Después hablaron del programa de televisión en el que saldría a la mañana siguiente. Se trataba de uno de los programas de entrevistas más importantes del país.

—De todas formas tenía que venir a Nueva York para hablar con el agente literario. Espero que no pretendan hablar de la demanda judicial. Mi agente ya les ha advertido que no estoy dispuesta a hacerlo ni por todo el oro del mundo. –Recordó entonces una invitación que quería hacer extensiva a Mary Stuart–. Tengo una amiga que estrenó una obra aquí la semana pasada. Dicen que es muy buena y ha recibido excelentes críticas. Tendrán la obra en cartel durante el verano y, si funciona bien, seguirán el próximo invierno. Te conseguiré entradas si quieres. El caso es que mañana por la noche mi amiga da una fiesta y le dije que iría. Me encantaría que me acompañaras. ¿Le gustaría a Bill? Pensaba en invitarle también, pero no sé si le va ese tipo de cosas o si estará muy ocupado.

—Eres adorable. –Mary Stuart sonrió.

Tanya era siempre un rayo de luz y alegría en su vida.

Recordó su época juvenil, cuando era ella quien animaba a todos, los embarcaba en algún loco proyecto o les hacía pasárselo bien aun a su pesar. Pero no creía que Bill aceptara. No habían salido en varios meses, salvo a cenas o banquetes de negocios, y además Bill tenía mucho trabajo que preparar antes de irse a Londres al cabo de dos semanas. Mary Stuart esperaba que al final de su viaje con Alyssa pasarían un fin de semana los tres juntos en el Claridge's de Londres. Bill le había advertido que no dispondría de más tiempo para estar con ellas. Después Mary Stuart volvería a Nueva York. Bill afirmaba que le informaría sobre la marcha del juicio y le diría si podía volver a visitarlo. En cierto sentido no era muy diferente de lo que Tony le había dicho a Tanya. Ambas parecían estar a punto de perder a sus maridos sin poder evitarlo.

—No estoy segura de que Bill pueda. Se queda a trabajar cada noche hasta tarde para preparar el juicio de Londres. Pero se lo preguntaré.

—¿Querrás venir sin él? Es una chica muy agradable. —De repente Tanya reparó en que su amiga no era una actriz desconocida—. He de decirte que se trata de Felicia Davenport para que no te desmayes cuando te la presente. Hace años que la conozco y es realmente estupenda.

—Vaya —exclamó Mary Stuart. Felicia Davenport era una de las estrellas más rutilantes de Hollywood y acababa de dar sus primeros pasos en Broadway. Mary Stuart lo había leído en el *New York Times* del domingo—. Menos mal que me lo has dicho antes. Seguro que me hubiera dado un ataque, so boba.

Aún reían cuando abandonaron el restaurante. La fiesta de Felicia se celebraba en una casa que había alquilado. Esperaba que Mary Stuart confirmara su asistencia a la mañana siguiente. La dejó luego delante de su casa. Mary Stuart prometió ver el programa de televisión y la abrazó al despedirse.

–Gracias por esta noche, Tan. Me alegro mucho de que nos hayamos reunido. –Al ver a su amiga se había dado cuenta de lo sola y amargada que estaba. Se sentía como una planta marchita que hubiera revivido bajo un súbito chubasco, y sonreía cuando entró en el edificio con paso animado. Inclinó la cabeza para saludar al portero.

–Buenas noches, señora Walker –dijo él, y se tocó el sombrero, como de costumbre.

El ascensorista hizo saber a Mary Stuart que su marido había llegado unos minutos antes.

Lo encontró en el estudio guardando unos documentos. Ella estaba de buen humor y le sonrió cuando se volvió para mirarla. Bill se sobresaltó al ver su expresión, como si hubieran olvidado lo que era pasarlo bien, salir con amigos o charlar entre ellos.

–¿Dónde estabas? –preguntó con sorpresa. Su mujer parecía otra persona y no acertaba a imaginar dónde podía haber estado a esas horas y en tejanos.

–Tanya Thomas está en la ciudad y hemos cenado juntas. Ha sido fantástico volver a verla. –Se sentía como una borracha en una iglesia mientras sonreía a Bill, olvidando de repente la solemnidad que había presidido sus vidas en el último año y el silencio que se había alzado como un muro entre ellos. De pronto se sentía jovial, bulliciosa y extrañamente avergonzada delante de su marido–. Siento haber llegado tan tarde... Te he dejado una nota... –Titubeó y se le encogió el corazón al mirarlo, pues él tenía la mirada fría y el semblante inexpresivo. Las hermosas facciones de su marido se habían vuelto pétreas. Sólo conservaba una leve reminiscencia de lo que fuera antes.

–No la he visto. –Era una declaración más que una acusación. Mary Stuart lo miró, deseando que no fuera tan atractivo a pesar de sus cincuenta y cuatro años, tan alto, esbelto y atlético, y con aquellos penetrantes ojos azules que se habían vuelto de hielo.

–Lo siento, Bill –repitió en voz baja. Se sentía como si se hubiera pasado la vida pidiéndole perdón por algo de lo que no tenía culpa, sabiendo además que él nunca la perdonaría–. He dejado la nota en la cocina.

–He comido en el despacho.

–¿Qué tal va? –preguntó ella mientras Bill metía el resto de documentos en su maletín.

–Muy bien, gracias –dijo él como si hablara con una secretaria o una extraña–. Ya casi estamos preparados. Va a ser un juicio muy interesante –añadió, y luego apagó la luz del dormitorio como despidiéndola. Se llevó el maletín al dormitorio, algo que jamás hubiera hecho un año atrás, pero ya no importaba–. Creo que nos iremos a Londres un poco antes de lo que pensábamos. –No le había dicho nada hasta entonces. Se había limitado a trazar sus planes como si ya no tuviera nada que consultar con ella.

Mary Stuart quiso saber cuánto era «un poco antes», pero no se atrevió a preguntarlo. Seguramente le molestaría.

Si se iba antes, quizá también ella adelantara su viaje. Alyssa y ella habían reservado hotel en París, St.-Jean-Cap-Ferrat, San Remo, Florencia y Roma, además del Claridge de Londres. Mary Stuart estaba impaciente por ver a su hija, que había cumplido los veinte en abril. Su cumpleaños era una semana antes que el de su hermano y ambas fechas habían sido muy importantes para Mary Stuart.

Cuando Bill dejaba el maletín para ir al cuarto de baño y ponerse el pijama, ella recordó la invitación de Tanya y se lo comentó.

–Creo que es un cóctel o algo parecido. Lo ofrece Felicia Davenport; es amiga de Tanya. –Viendo la expresión de su marido, se sintió de nuevo como una chica de catorce años que pide permiso a su padre para ir al baile de fin de curso. Bill parecía horrorizado de que se hubiera atrevido siquiera a sugerirlo–. Creo que te divertirías. Ha obtenido muy buenas críticas con su nueva obra y Tanya dice que es una mujer muy interesante.

—Ya, pero mañana también tendré que trabajar hasta tarde. Éste es un caso muy importante. Creía que lo habías comprendido. —Era un reproche además de una negativa, y el tono de él molestó a Mary Stuart.

—Lo comprendo, pero reconoce que es una invitación poco corriente. Creo que deberíamos ir. —Ella quería ir; estaba harta de quedarse en casa lamentándose. Después de hablar con Tanya se había dado cuenta de que el mundo seguía girando. Tanya no se quedaba en un rincón llorando a pesar de sus múltiples quebraderos de cabeza y de sus problemas con Tony. Con su presencia le había recordado que existían otras opciones.

—Desde luego yo no voy a ir —repuso él con firmeza—, pero tú puedes ir si quieres. —Cerró la puerta del cuarto de baño.

Cuando salió vio a su mujer esperándole con mirada resuelta.

—Lo haré —dijo ella con expresión desafiante, como si esperara que su marido intentara disuadirla.

—¿Harás qué? —Parecía desconcertado. De no conocerla tan bien, hubiera jurado que su esposa estaba bebida; se comportaba de un modo muy extraño—. ¿De qué estás hablando? —preguntó con aire de fastidio, sin darse cuenta de que ella parecía más relajada de lo habitual y de que estaba muy hermosa.

—Iré a la fiesta —dijo.

—Bien. Y yo no iré, como te he dicho. Será divertido para ti conocer a ese tipo de gente. Desde luego Tanya parece tener amigos muy interesantes, y no me extraña. —Después de estas palabras pareció olvidarlo todo y se metió en la cama con una pila de revistas que debía ojear por motivos legales y financieros, ya que contenían artículos sobre algunos de sus clientes.

Mary Stuart se metió a su vez en el cuarto de baño y salió de él diez minutos más tarde con un camisón de algodón blanco. Podría haberse puesto una cota de mallas o un cilicio y él no se hubiera dado cuenta. Mientras Bill leía, ella se acostó y pensó en su conversación con Tanya y en lo que le había contado sobre Tony. Se preguntó si finalmente la dejaría, como creía ella, o volvería a intentarlo. Le parecía injusto que no apoyara a Tanya y que ésta pareciera tan resignada, casi como si lo estuviera esperando. No pudo evitar preguntarse si su amiga debería ser menos conformista e intentar al menos detenerlo. Era muy fácil observar la vida de otra persona y decidir qué debería hacer, cosa que era incapaz de hacer con la suya propia. Bill se hallaba tras un muro de hielo que se espesaba por momentos y ella empezaba a perder la esperanza de que pudieran derribarlo algún día. No tenía la menor idea de qué podían hacer con su futuro, y desde luego él no iba a plantearlo. Tenía la sensación de que su marido actuaría como si estuviera loca si alguna vez se le ocurría mencionarlo, igual que esa noche al verla aparecer con el paso más ligero y una sonrisa en la cara. La había mirado como si llegara de otro planeta. Era evidente que la risa no sería tolerada y que cualquier intimidad entre ellos era cosa del pasado. En realidad no lo había notado realmente hasta que se lo habían hecho ver otras personas. Alyssa había vuelto a París desconsolada después de pasar las Navidades en casa. En cualquier caso, Mary Stuart no sabía cómo acabar con todo aquello y Bill se desentendía totalmente.

Él apagó la luz cuando terminó de leer. Ella estaba tumbada de lado con los ojos cerrados fingiendo dormir, pero preguntándose si su marido volvería a quererla o a tocarla. A los cuarenta y cuatro años de edad, su vida parecía haber tocado fondo.

4

Mary Stuart se quedó en casa para ver a Tanya en la televisión a la mañana siguiente, y sintió ganas de levantarse y destrozar la pantalla cuando el entrevistador pasó de una pregunta sobre la infancia de su amiga en un pequeño pueblo de Texas a otra sobre el rumor reciente que la relacionaba con un preparador físico, y luego hizo un comentario sarcástico sobre la demanda judicial entablada contra ella por acoso sexual. Tanya controló la situación con diplomacia, mostrando una aparente compostura y una sonrisa amigable mientras explicaba que se trataba del típico chantaje del que se alimenta la prensa sensacionalista. Sin embargo, cuando abandonó el plató tenía los brazos entumecidos y sentía el inicio de un espantoso dolor de cabeza.

—Para que luego hablen de la programación nocturna —se quejó a la encargada de relaciones públicas que la había acompañado al plató y que fue con ella a su siguiente cita con el agente literario. Finalmente la propuesta no resultó demasiado atrayente. Todo lo que querían era escribir un libro escandaloso sobre su vida. Tanya estaba más que harta cuando llamó a Jean por la tarde y descubrió que no sólo volvía a ser primera plana en toda la prensa de Los Ángeles, sino que también su marido era protagonista de una noticia sensacionalista sobre un fin de semana en Palm Springs con una aspirante a actriz sin identificar.

—Ramera, querrás decir —comentó Tanya incisivamente y Jean se echó a reír.

La secretaria le leyó un nuevo artículo sobre la demanda

judicial y Tanya tuvo que contener las lágrimas mientras la escuchaba. El antiguo guardaespaldas afirmaba que ella le había provocado repetidamente paseándose desnuda por la casa cuando estaban a solas. Se hubiera echado a reír de no ser por la angustia que le producía toda aquella historia.

—Ojalá recordara cuándo fue la última vez que estuve a solas en casa —dijo Tanya con el ánimo decaído al pensar en la reacción de Tony.

No quiso que Jean le leyera también la noticia sobre su marido. Prefirió salir cuando colgó y comprar la prensa para leerla por sí misma. Encontró una fotografía de su marido intentando ocultarse de la cámara y una joven actriz a la que Tanya conocía y que no podía tener más de veinte años. Era imposible decir si la fotografía había sido computarizada para que pareciera que estaban juntos, pero a Tanya no le gustó en absoluto. Finalmente, aunque al principio se resistió, acabó llamando a Tony a su despacho y consiguió hablar con él justo antes de que se fuera.

—Creo que mi nombre ha vuelto a saltar al primer plano hoy —dijo ella, intentando poner un poco de humor.

—Es una manera de verlo. Tu amigo Leo parece tener muchas cosas que decir sobre ti. ¿Lo has leído? —preguntó él. Su tono de voz denotaba una furia que apenas conseguía disimular.

—Me lo ha leído Jean. Pero no son más que embustes. Espero que te des cuenta. —Hablaba con calma y perfecto dominio de sí misma, muy risueña.

—Ya no sé qué pensar, Tan.

—Lo que han escrito sobre mí no es peor que la historia de esa chica que supuestamente te llevaste a Palm Springs. Incluso han publicado una foto de los dos —dijo ella para provocarle—. Y tampoco eso es cierto, así que, ¿cuál es el problema?

Se produjo una larga pausa y luego él contestó muy despacio.

—En realidad, es cierto. Iba a contártelo, pero no tuve oportunidad antes de que te fueras.

Tanya se sintió como si la hubiera golpeado con un palo. Su marido la había engañado, se publicaba en la prensa amarilla y él lo admitía. Guardó silencio, sin saber qué decir.

—Eso cambia las cosas. ¿Qué esperas que diga ahora?

—Tienes derecho a estar cabreada, Tan. No te culpo. Creo que alguien les dio el soplo. No tengo la más remota idea de cómo aparecieron en el hotel. Supuse que acabaría siendo noticia.

—Eres un poco mayor para ser tan ingenuo, ¿lo sabías? Llevas en Hollywood lo suficiente para saber cómo funciona. ¿Quién crees que les llamó? Fue ella. Menudo bombazo para ella, salir con el marido de Tanya Thomas. ¿Cómo podía dejar pasar una oportunidad así, Tony? —No era agradable de oír, pero seguramente era cierto, aunque a él no se le hubiera ocurrido hasta entonces. Tony guardó silencio—. Ahora eres una celebridad, señor Goldman. ¿Qué te parece?

—No hay mucho que decir, Tan.

—No, en efecto. Al menos podrías haber sido discreto, o haberte llevado a alguien que no nos hubiera usado para salir en portada.

—No quiero jugar a esto contigo, Tanya —repuso él con tono avergonzado—. Mañana mismo me iré de casa.

Se produjo otro largo silencio mientras ella asentía y luchaba por reprimir los sollozos.

—Ya; me lo imaginaba —dijo con voz ronca.

—No puedo seguir viviendo de esta manera, sirviendo siempre de blanco para la prensa sensacionalista.

—A mí tampoco me gusta —dijo ella con pesar—. La única diferencia es que tú tienes alternativas y yo no.

—Entonces lo siento por ti.

Sus palabras sonaban a falso. De repente se había vuelto

mezquino. Le habían pillado con los pantalones bajados y no le gustaba. No le gustaba desempeñar un papel secundario al lado de su mujer, ni que lo traicionaran y lo hicieran aparecer como un estúpido. Estaba impaciente por salir de la casa y de la vida de Tanya y no seguir bajo los focos de la fama como se había visto obligado a hacer desde que se casara con ella. Al principio lo deseaba, pero cuando el calor se había hecho insoportable, descubría que no le gustaba.

–Lo siento, Tan... No quería hacerlo por teléfono. Iba a decírtelo mañana cuando volvieras a casa.

Tanya asintió y las lágrimas resbalaron por sus mejillas. Él preguntó si todavía estaba ahí y ella respondió por fin:

–Sí, estoy aquí. –Al menos lo que quedaba de ella.

Se sentía tan sola. Después de casarse con un representante que le robaba descaradamente, su último marido no tenía coraje para continuar a su lado a los tres años de matrimonio y escapaba a Palm Springs para follar con jóvenes actrices principiantes. ¿Qué creía que iba a hacer la prensa amarilla con todo eso? ¿Cómo podía ser tan negligente y tan estúpido?

–Lo siento –repitió él débilmente, pero ya daba igual.

–Lo sé... No importa, nos veremos cuando vuelvas –dijo ella, impaciente por colgar. Ya se sentía bastante dolida, no tenía nada más que decir. Pero entonces recordó otra cosa–. ¿Y lo de Wyoming?

–Llévate a los niños. Será bueno para ellos –dijo él con tono magnánimo, aliviado de haberse librado. Estaba deseando marcharse a Europa con la misma actriz de Palm Springs.

–Gracias... –Luego añadió–: Tony... yo también lo siento...

Tanya se echó a llorar y colgó. Aún lloraba cuando el teléfono volvió a sonar. Estuvo a punto de no cogerlo, creyendo que era Tony de nuevo. Pero no era él, sino Mary Stuart, que percibió inmediatamente lo alterada que estaba.

A través de las lágrimas, Tanya consiguió explicarle que su marido acababa de dejarla. Le habló de los dos artículos de prensa y de que Tony la había engañado en Palm Springs. Entremezcló las historias y apenas se la entendía, pero Mary Stuart imaginó lo ocurrido e insistió en ir a verla. Tenían mucho tiempo antes de la fiesta, si es que finalmente asistían. Tanya no veía el momento de volver a casa, pero no dispondría del avión hasta el día siguiente.

—Quiero que vengas aquí a tomarte una taza de té, o un vaso de agua, o por un kleenex... Vamos, si no vienes iré a buscarte.

Mary Stuart no cejó en su empeño. Tanya se mostró conmovida por el ofrecimiento, pero reacia a aceptarlo.

—Estoy bien —dijo, pero sonó poco convincente cuando arreció su llanto.

—No, no estás bien. —Mary Stuart acudió a la más temida amenaza—. Si no vienes, llamaré a los de la prensa —dijo con firmeza y Tanya se echó a reír.

—Eres incorregible —dijo sin dejar de reír—. Hace un año que no nos vemos y qué hago cuando te veo: acabo divorciándome en dos días.

—Al menos estás en mi ciudad. Ahora ven, antes de que telefonee al *Enquirer* y al *Globe* y al *Star*, y a cualquier otro sitio que se me ocurra. ¿Quieres que pase a recogerte, Tan? —preguntó.

—No, estoy bien. De acuerdo... iré. Llegaré en cinco minutos.

Así fue, despeinada, con los ojos y la nariz rojos, pero siempre guapa, como le aseguró Mary Stuart abrazándola mientras ella lloraba entre sus brazos como una niña. Mary Stuart era una buena madre y tenía veinte años de práctica en consolar. Desgraciadamente, no había sido suficiente para Tanya.

—No puedo creerlo... todo se ha desmoronado en cinco minutos —dijo, pero ambas sabían que en realidad había sido un proceso mucho más largo. Tony llevaba tiempo reconcomiéndose sin decir nada. Mirando hacia atrás, Tanya recordó todos los síntomas de la infelicidad de su marido, pero no había sabido verlos en su momento.

Mary Stuart le preparó una taza de té y Tanya se sentó en la blanca cocina inmaculada y se lo bebió.

—¿Y tú qué haces aquí? —preguntó, mirando alrededor—. ¿Pedir que te traigan la comida?

—No; cocino yo misma —respondió Mary Stuart con tono formal, pero sonriendo a su amiga, que parecía algo recuperada—. Lo que ocurre es que me gustan las cosas ordenadas y limpias.

—No —la corrigió Tanya—. Te gustan perfectas, pero no se puede ser siempre perfecto. Algunas veces se convierten en un auténtico embrollo y una no puede hacer nada por evitarlo. Quizá te haga falta aceptar eso. Siempre he tenido la impresión de que te castigas a ti misma por lo que ocurrió. —Quería aliviar el tormento que veía aún en los ojos de su amiga.

—¿No te castigarías tú? —preguntó Mary Stuart en voz baja—. ¿Cómo no voy a echarme la culpa? Bill me culpa a mí... lo sé... ni siquiera es capaz de mirarme. Vivimos aquí como extraños. Ya ni siquiera somos enemigos... al principio lo éramos, pero ni eso queda.

—¿Vendrá esta noche? —preguntó Tanya sintiendo pena por las dos. La vida las trataba con mano dura, al menos en los últimos tiempos.

Mary Stuart negó con la cabeza.

—Me ha dicho que tenía trabajo hasta tarde en el despacho.

—Se está escondiendo. —Siempre era más fácil aconsejar a los demás que a uno mismo. Tanya era una mujer inteligente, pero, para su desgracia, no sabía escoger a los maridos.

—Ya lo sé —dijo Mary Stuart mientras se dirigían al dormitorio—. Pero no he podido encontrarlo. He buscado en todas partes y ya no sé dónde está. Es como en *La invasión de los ladrones de cuerpos*. Hay un hombre viviendo aquí que se parece a Bill, pero sé que no es él y no tengo la menor idea de dónde han metido al auténtico.

–Sigue buscando –dijo Tanya, sorprendiendo a su amiga por su seriedad–. No se termina hasta que no se termina.

–Tenía la sensación de que aún valía la pena salvar aquel matrimonio después de veintidós años de vida en común. Pero si Mary Stuart no volvía a encontrar al hombre con quien se había casado, era un error malgastar su vida con él. Sencillamente, a Tanya le disgustaba ver que su amiga se rendía tan pronto. Además, era injusto que Bill culpara a su mujer.

–¿No te lo aplicas a ti misma? –preguntó Mary Stuart cuando volvieron al salón pasando por delante de varias puertas cerradas que debían de ser dormitorios, supuso Tanya–. ¿No se habrá terminado hasta que se termine?

–Creo que en mi caso es diferente –contestó Tanya después de un suspiro–. Creo que hace tiempo que terminó todo y yo no quería verlo. Nunca comprendí realmente la infelicidad que le producía toda la basura que afecta a mi vida. Si eso va a hacer que se vuelva loco, nada puedo hacer yo. –Seguía amando a su marido, pero también sabía cuándo había perdido la batalla. En ciertos aspectos algo no andaba bien entre ellos desde el principio y también lo sabía, pero detestaba admitirlo.

Se instalaron en el salón y charlaron durante un rato. Luego Tanya se levantó para ir al lavabo. Mary Stuart le indicó un pequeño cuarto de baño para invitados al final del pasillo, a la izquierda.

Tanya abrió la puerta, encendió la luz y emitió un gemido ahogado. Había entrado en el dormitorio de Todd por error. Se quedó mirando los trofeos, las fotos y los recuerdos que la rodeaban. Todo en la habitación estaba en orden, como si pudiera volver de Princeton en cualquier momento. Tanya no oyó llegar a Mary Stuart ni vio la desolación en sus ojos al mirar en derredor.

—Ya no entro nunca aquí —dijo en un susurro que hizo dar un respingo a su amiga. Se volvió y la abrazó instintivamente. No le parecía bien que la habitación siguiera igual, como un altar dedicado a su hijo. Saber que estaba allí tan cerca, día a día, debía ser extremadamente doloroso. Sobre el escritorio había una fotografía de Todd con dos amigos del colegio. Tanya había olvidado cuánto se parecía a su madre al sonreír, pero lloró al ver la foto y recordarlo.

—Oh, Mary Stuart —dijo con los ojos anegados en lágrimas—. Lo siento mucho... Me he equivocado de puerta y entré aquí...

La madre de Todd sonrió a pesar de las lágrimas y contempló la foto.

—Era tan maravilloso, Tanny... era un muchacho tan extraordinario... Siempre lo hacía todo bien, siempre era la estrella, el chico que todos querían imitar, el chico del que todos se prendaban...

Tanya siguió contemplando la foto como si esperara que Todd hablara o apareciera de pronto en la habitación.

—Lo sé. Lo recuerdo perfectamente... Se parecía tanto a ti —musitó.

—Aún me cuesta creer que pasara aquello —dijo Mary Stuart, y luego se sentó en el borde de la cama.

No lo hacía desde Navidades. Había entrado sola en la habitación en Nochebuena, casi de madrugada, y se había tumbado en la cama para llorar durante horas aferrada a la almohada de su hijo. Luego no se había atrevido a decirle a Bill que había estado allí. Su marido le había dicho que la habitación debía permanecer cerrada, pero cuando le preguntó qué creía que debía hacer con las cosas de Todd, él se había limitado a decirle que hiciera lo que quisiese. Mary Stuart no había tenido ánimos para vaciarla.

—¿No deberías guardar todas estas cosas? —le preguntó

Tanya. Aunque imaginaba lo doloroso que sería para Mary Stuart, lo consideraba más saludable para todos. Incluso le parecía que deberían pensar en vender el apartamento, pero no se atrevió a sugerirlo.

—Es que no he podido —respondió su amiga—. No puedo sacar sus cosas —dijo, y las lágrimas volvieron a resbalar por sus mejillas al pensar en el hijo que había vivido en aquella habitación—. Le echo tanto de menos... todos le echamos de menos. Bill no dice nada, pero lo sé. Esto le está matando... nos está matando a todos...

También Alyssa estaba destrozada. Mary Stuart la había visto una vez entrar en la habitación de su hermano y comprendía que quisiera quedarse en París en lugar de vivir en la deprimente atmósfera de su casa.

—No fue culpa suya —dijo Tanya con firmeza, cogiendo a su amiga por ambos brazos y mirándola a los ojos con la sensación de que el destino la había llevado hasta allí—. Tienes que creértelo. No podías detenerlo, una vez tomó su decisión.

—¿Cómo pude estar tan ciega y no ver lo que le estaba ocurriendo? ¿Cómo podía quererle tanto y no darme cuenta?

—Él no quería que lo vieras. Era un hombre adulto, tenía derecho a guardar sus secretos. No quería que lo supieras, de lo contrario te lo habría contado. No puedes saberlo todo ni leerle el pensamiento a los demás. Era imposible que lo supieras, Mary Stuart, admítelo. —Lo que Tanya no podía admitir era que Bill hubiera estado torturando a su mujer durante todo un año, confirmando su culpabilidad con su actitud y su silencio en lugar de librarla de ella.

—Siempre he creído que fue culpa mía —confesó Mary Stuart con pesar, pero Tanya no estaba dispuesta a dejarlo así. De una vez por todas iba a liberarla de las ataduras que la sujetaban. Sería la mayor prueba de su amistad.

—No eres tan importante —dijo en voz baja—. Por mucho

que te quisiera, no eras tan importante para él. Tenía su propia vida, sus amigos, sus sueños, sus desengaños y sus tragedias. No hubieras podido hacerle desistir por mucho que lo intentaras, a menos que él hubiera acudido a ti rogándote. Y él jamás lo hubiera hecho. Era una persona muy reservada, como tú.

–Pero yo nunca hubiera hecho algo así –repuso Mary Stuart, con la vista fija en la fotografía de su hijo como si todavía pudiera preguntarle el porqué.

En realidad todo tenía una explicación patética en su simplicidad: la chica a la que Todd amaba desde hacía cuatro años había muerto en un accidente de coche en una carretera de Nueva Jersey. Nadie se había dado cuenta de lo deprimido que estaba ni del alcance de su desesperación. Cuatro meses más tarde, por Pascua, creían que empezaba a superarlo. Pero al pensar en ello más adelante, Mary Stuart comprendió que sólo parecía más feliz porque seguramente ya había decidido hacerlo cuando volviera a la universidad. Durante las vacaciones de Pascua ella y su hijo habían estado muy unidos. Habían dado largos paseos por el parque, charlando y riendo, y él había hablado incluso de vagos planes de futuro. Dijo entonces a su madre que sabía que siempre sería feliz. Entonces lo hizo, la noche misma en que volvió a la universidad. Se suicidó dos semanas antes de cumplir los veinte años en su cuarto de Princeton. El chico de la habitación contigua entró para pedirle algo prestado y lo encontró en la cama durmiendo. El modo en que yacía despertó sus sospechas. Intentó auxiliarle hasta que llegó la policía. Más tarde confirmaron que Todd llevaba varias horas muerto cuando el otro chico lo encontró. Dejó una nota para cada uno de los miembros de su familia, contándoles que se sentía en paz, tranquilo y feliz por fin. Admitía que era una cobardía por su parte y lamentaba el dolor que les causaría, pero sencillamente no podía vivir sin Natalie. Afirmaba que lo había intentado con todas sus fuerzas, y esperaba que, cuando le perdonaran, se sintieran aliviados al pensar que él y Natalie estarían juntos en el Cielo por siempre jamás. Los dos jóvenes pensaban casarse en verano, después de la graduación, pese a las protestas de sus padres, que los consideraban demasiado jóvenes. En cierto sentido, decía Todd en su nota, por fin estaban casados.

Bill culpó a Mary Stuart. Dijo que había llenado la cabeza de Todd con tonterías e ideas románticas, que le había permitido desarrollar una relación demasiado seria con Natalie y que, de no haberle impuesto ella la religión, jamás habría tenido la absurda idea de que existía Dios y el más allá. Según Bill, su mujer había preparado la escena para el desastre, por lo que el suicidio de Todd debía recaer enteramente sobre su conciencia. En aquellos primeros momentos de la tragedia, sus palabras estuvieron a punto de matarla. Pero más terrible fue aún el sufrimiento de perder a su hijo mayor... al hijo que había sido siempre la alegría de su vida y del que tan orgullosa se sentía.

Mientras Tanya la escuchaba, hubiera deseado ir a ver a Bill para sacudirle. Jamás había oído acusaciones tan descabelladas. Estaba claro que Bill intentaba mitigar su propio dolor y el sentimiento de su propio fracaso culpando de todo a su mujer. Como resultado, Mary Stuart estaba destrozada.

—Pobrecillo —dijo sollozando quedamente—. Estaba tan enamorado de ella que cuando le llamaron después del accidente de Natalie, pensé que se moriría. —En realidad eso es lo que ocurrió, y todos habían muerto con Todd. Sus corazones, sus almas y sueños se habían ido con él.

—¿Alguna vez te has enfurecido con Todd por lo que hizo? —preguntó Tanya.

Mary Stuart la miró sorprendida.

—¿Con Todd? ¿Por qué?

—Porque os hizo daño a todos. Porque os arrebató algo.

Porque tomó el camino más fácil cuando debería haber tenido los arrestos de superarlo y haberle dicho a su madre cuánto sufría.

–Yo debería haberlo sabido.

–No puedes saberlo todo. No eres adivina, sólo un ser humano. Y fuiste una madre maravillosa para él. Todd no debería haberte hecho esto. –Mary Stuart no se había permitido jamás pensar tales cosas y le asustaba escucharlas–. No fue justo y tú lo sabes. Y no es justo que Bill te eche la culpa. Tal vez sea hora de que te enfades *tú* con ellos. Han dejado caer una terrible carga sobre tus hombros.

Durante un rato Mary Stuart miró a su amiga en silencio.

–Me he sentido culpable desde la noche en que murió.

–Lo sé, pero eso era lo más cómodo para todo el mundo, ¿no? Quizá sea necesario que recaiga sobre Todd la responsabilidad por lo que hizo. Quizá deberías aceptar eso y decirle a Bill lo que piensas. No puedes cargar con toda la culpa. Todd quedará como un héroe para la historia y no como un pobre chico enfermo que cometió una increíble insensatez que todos lamentaremos para siempre. Sea cual sea la razón, además, tal vez fuese ése su destino, y eso no se puede cambiar. No fue decisión tuya, sino de él, y Bill no tiene derecho a culparte para absolverse a sí mismo, para regodearse en su ira y su dolor. Tú no eres la responsable, sino el chivo expiatorio.

–Lo sé –dijo Mary Stuart–. Hace tiempo que me di cuenta, pero eso no cambia las cosas. Bill no lo admitirá jamás. En lo que a él respecta, todo fue culpa mía.

–Entonces, quizá deberías abandonarle. ¿O vas a dejar que te castigue durante el resto de tu vida? ¿Vas a quedarte de rodillas los próximos cuarenta o cincuenta años susurrando el *mea culpa*? Eres demasiado joven para eso.

Escuchándola, Mary Stuart se sentía como si alguien hubiera corrido las cortinas en una habitación oscura para dejar que entrara la luz del sol a raudales. Llevaba un año sentada en su oscuro rincón, perdida en la penumbra, lamentándose. Resultaba extraño hablar de aquello en la habitación de Todd, como si estuviera allí con ellas. De repente todo parecía distinto. Mary Stuart tenía ganas de encolerizarse, de gritar a su marido, de sacudirle con fuerza. ¿Cómo podía ser tan estúpido? ¿Cómo podía haber destruido su matrimonio?

–Ya no sé qué pensar, Tan. Es todo muy confuso. Y para la pobre Alyssa tuvo que ser una pesadilla venir a casa por Navidad. Estábamos tan destrozados que no vio el momento de volverse a París. –Alyssa se había marchado cuatro días antes de lo previsto, haciendo que su madre se sintiera aún más culpable.

–Tienes un montón de años para compensarla. Lo que has de hacer ahora es pensar en ti misma y en lo que necesitas. No puedes permitir que Bill siga tratándote así. Tienes que reconciliarte con lo ocurrido. Medita sobre ti y sobre tu hijo, y cuando estés lista, habla con él. Hasta ahora se ha evadido con demasiada facilidad.

–No lo creo –repuso Mary Stuart sensatamente–. Creo que es tan doloroso para él que se ha escondido tras un muro de hielo hasta quedar completamente paralizado, y ahora le aterra salir.

–Si no lo hace, te destruirá a ti y a vuestro matrimonio. –Quizá lo había hecho ya. Tanya no estaba segura de que su amiga pudiera salvarlo, pero al menos no lo daba por perdido.

–Gracias, Tanny –dijo poniéndose en pie. Tanya le rodeó los hombros con el brazo. Mary Stuart abrió las cortinas y la luz inundó la habitación–. Era un gran muchacho –añadió, mirando alrededor–. Sigo sin poder creer que se ha ido.

–En cierto modo no lo ha hecho –musitó Tanya–. Permanecerá para siempre en nuestro recuerdo.

Salieron de la habitación cogidas del brazo, con lágrimas en los ojos, y volvieron lentamente a la cocina. Tanya tomó otra taza de té y luego se fue al hotel a vestirse para la fiesta.

Mary Stuart volvió a la habitación de Todd, corrió las cortinas, cerró la puerta con suavidad y regresó a su dormitorio. Tal vez Tanya tenía razón. Quizá la culpa fuera de Todd y de nadie más, pero no podía enfadarse con él cuando era más fácil enfadarse con su padre.

Seguía dándole vueltas a lo mismo cuando llamó Alyssa. Charlaron un rato. Mary Stuart le habló de la visita de Tanya, pero omitió la conversación en el dormitorio de Todd. Le contó que Tanya la había invitado a una fiesta cuya anfitriona era Felicia Davenport, pero que estaba pensando en no ir. En realidad se sentía emocionalmente deshecha después de hablar con Tanya. Alyssa se enojó.

–¿Estás loca? No volverás a tener una oportunidad como ésa, mamá. A vestirte. Ponte el vestido de gasa negra de Valentino y ve.

–¿Ese que te pones tú siempre? –bromeó Mary Stuart, sintiéndose mejor.

Desde la muerte de Todd estaban más unidas que nunca. Mary Stuart hubiera querido pedirle perdón por haberse mostrado deprimida durante tanto tiempo, pero no le pareció buena idea revivir recuerdos dolorosos. Se despidió de Alyssa, colgó e hizo un esfuerzo para bañarse y ponerse el vestido de Valentino, que completó con zapatos de tacón alto. Luego se cepilló el pelo y se maquilló con esmero. Después de ponerse unos pendientes de diamantes que le había regalado Bill años atrás, se miró en el espejo y sonrió. Decidió que tenía buen aspecto, quizá más que bueno, pero se sentía extraña saliendo de noche sin su marido.

Tanya llamó para confirmar la hora en que pasaría a recogerla. Mary Stuart aguardaba en el vestíbulo cuando llegó la limusina. Tanya consiguió impresionarla. Llevaba una blusa de gasa rosa, casi transparente y muy suelta, con unos pantalones de raso negro que se ceñían a las piernas mostrando el duro trabajo de su preparador físico y su espectacular figura, y escarpines de tacón alto, también de raso negro. Con su rubia melena leonina su aspecto era muy sensual, pero a ella también le impresionó Mary Stuart.

–Estás muy elegante –dijo con admiración. Era una cualidad de Mary Stuart que siempre había envidiado, la sensación de que todo en ella era perfecto, de la cabeza a los pies. Por primera vez en un largo año, sus grandes ojos castaños no tenían una expresión atormentada–. Estás fantástica.

–¿Estás segura de que no te avergonzaré delante de tus amigos? –preguntó Mary Stuart tímidamente.

–En absoluto. Te pasarás la noche sacándote a los hombres de encima. –Sonrió y luego enarcó una ceja–. A menos, claro, que te interesen.

Mary Stuart meneó la cabeza. No buscaba a ningún otro hombre, al menos de momento, y probablemente nunca. Sin embargo, no le gustaba la sensación de que esa parte de su vida estuviera acabada, de que no hubiera luz al final del túnel. De todas formas, era agradable volver a vestirse para salir y conocer a nuevas personas.

La fiesta resultó mejor de lo que esperaban. Felicia Davenport se comportó maravillosamente con ambas, cordial y hospitalaria. Mary Stuart y ella charlaron largo rato sobre Nueva York, el teatro, e incluso los hijos. A Mary le pareció una mujer fascinante. Tanya pasó toda la noche rodeada de hombres. También ella tuvo su corte de admiradores, y aunque no se recató en hacerles saber que era una mujer casada, las conversaciones fueron interesantes y muy gratificantes para su autoestima. Se sentía estupendamente cuando por fin abandonó la fiesta con Tanya, que propuso una nueva visita a la hamburguesería, pero ella no quería abusar de su reciente independencia y decidió regresar a casa para no hacer enfadar a Bill.

Invitó a Tanya a subir cuando la dejó en la puerta de su

casa, pero ésta quería volver al hotel para hacer varias llamadas y descansar, ya que no iban a cenar juntas.

—Gracias por una velada tan agradable... y por todo lo demás... —Sonrió—. Me has salvado la vida, como siempre. Es curioso que siempre te encuentre cuando más te necesito.

—No hago más que aparecer una vez al año como un penique falso.

—Cuídate, ¿me oyes? —dijo Mary Stuart con tono de reprimenda, y las dos amigas se echaron a reír.

Después de abrazarse, se quedó en la acera despidiéndose con la mano hasta que la limusina desapareció, y cuando se volvió para entrar en el edificio, se sintió como la Cenicienta. Las visitas de Tanya transformaban siempre su vida y le recordaban tiempos pasados. Su amiga no podía haber sido más oportuna, incluso en momentos en que ella misma tenía serios problemas.

—El señor Walker acaba de subir —le comunicó el ascensorista cuando entró en el ascensor.

Instantes después se hallaba en su apartamento y veía a Bill entrar en su dormitorio. Le había oído llegar, pero no se volvió para mirarla. Su rechazo fue como una bofetada.

—Hola, Bill —dijo ella entrando en el dormitorio a su vez, y sólo entonces él la miró por encima del hombro. En la mano llevaba el maletín.

—No te he visto entrar —dijo, pero ella sabía que mentía—. ¿Qué tal la fiesta?

—Muy interesante. He conocido a personas muy inteligentes. Ha sido reconfortante. Felicia Davenport es maravillosa y me han gustado la mayoría de sus amigos. Me lo he pasado muy bien —contestó sin disculparse, para variar. De repente no creía ya necesario arrastrarse hacia él para suplicarle perdón por su fracaso. Era extraño, pero se sentía como si Tanya la hubiera liberado—. Es una pena que no pudieras venir.

–He salido del despacho hace veinte minutos, mientras tú te divertías –repuso él con severidad, pero tenía una sonrisa en los labios–. Nos vamos a Londres dentro de tres días. –Así pues, habían adelantado el viaje casi dos semanas.

–Es mucho antes de lo que me habías dicho –replicó ella, sintiéndose de nuevo castigada. En realidad no había razón alguna para que no pudiera ir con él a Londres, pero Bill había dejado bien claro que no quería que la acompañara.

–Nos veremos cuando vengas con Alyssa –dijo él, como si le leyera el pensamiento.

Sin embargo, dos días en tres meses difícilmente bastaban para mantener un matrimonio, sobre todo cuando no había motivos para separarse. Al pensar en que pasaría el resto del verano sola en Nueva York cuando volviera de su viaje con Alyssa, Mary Stuart tuvo la fugaz idea de irse a California con Tanya, dado que la mayoría de sus comités y actos de beneficencia harían una pausa estival. La idea la consoló, aunque sabía muy bien que seguramente no la llevaría a la práctica.

Bill se metió en el cuarto de baño y salió en pijama. No se había fijado siquiera en el atuendo de su mujer ni le importaba que pudiera estar guapa.

Mary Stuart también se fue a cambiar al cuarto de baño. Se quitó lentamente el vestido de Valentino y con él la ilusión de ser atractiva e independiente. Cuando salió en camisón, Bill le daba la espalda y leía unos documentos. Antes de pensárselo dos veces, ella sintió que una fuerza interior la compelía a encararse con su marido y se sorprendió de sus propias palabras, aunque no tanto como él.

–No pienso seguir así eternamente, Bill –dijo, y aguardó de pie frente a su marido. Él se volvió lentamente y la miró con las gafas en la mano y expresión de asombro.

–¿Qué quieres decir exactamente? –preguntó con su tono más inquisitivo de abogado, pero ella no se dejó intimidar. Tanya le había dado valor para hablar por fin.

—Quiero decir exactamente lo que he dicho. No pienso seguir viviendo así eternamente. No puedo. No me hablas, actúas como si yo no existiera. Me ignoras, me rehúyes, me rechazas, y ahora te vas a Londres tres meses y esperas que me conforme con una visita de dos días. Esto ya no es un matrimonio. Es esclavitud, y los amos debían de ser más amables con sus esclavos que tú conmigo.

A Bill no le gustó lo que oía, sobre todo porque Mary Stuart no le había hablado jamás con semejante dureza, y mucho menos en el último año.

—¿Crees que me voy por placer? Al parecer has olvidado que es un viaje de trabajo —dijo con tono glacial.

—Y al parecer tú has olvidado que estamos casados. —Bill sabía perfectamente de qué hablaba ella, de modo que no necesitaba darle más explicaciones.

—Ha sido un año muy difícil para los dos.

—Me siento como si nos hubiéramos muerto con él —dijo Mary Stuart tristemente, aliviada por una conversación que se había hecho esperar demasiado—. Y nuestro matrimonio también.

—Eso no tiene por qué ser cierto. Creo que los dos necesitamos más tiempo —dijo él, pero Mary Stuart se dio cuenta de que no era sincero. Su marido se comportaba como si las cosas fueran a arreglarse por sí solas, pero ella sabía que era imposible.

—Hace ya un año, Bill —le recordó, preguntándose cuánto tiempo aguantaría la presión que ahora ejercía sobre él. Sospechaba que estaba a punto de llegar al límite.

—Lo sé —dijo él, y se hizo el silencio—. Me doy cuenta de muchas cosas. Lo que no sabía era que pensabas darme un ultimátum.

—No era ésa mi intención. Me limitaba a informarte. Aunque quisiera seguir como hasta ahora indefinidamente, no creo que lo consiguiera.

—Puedes hacer lo que quieras.

–Entonces será que no quiero. No quiero que me trates como un mueble durante el resto de mi vida. Esto no es un matrimonio, es una pesadilla. –Era la primera vez que expresaba sus sentimientos, pero él no reaccionó. Se limitó a darle de nuevo la espalda, a ponerse de nuevo las gafas y a concentrarse en la lectura–. No puedo creer que vuelvas a ignorarme después de lo que acabo de decirte.

–No tengo nada más que decir –replicó él sin volverse. Viéndole, a Mary Stuart le resultaba difícil creer que hubiera habido amor entre ellos, que hubiera estado enamorada de él y que fuera el padre de sus hijos–. Te he oído y no tengo más comentarios que hacer.

Tan increíbles resultaban sus palabras, que ella se preguntó si era el dolor o el miedo lo que paralizaba a su marido. En cualquier caso, ella había aceptado por fin el hecho de que no podía seguir aguantándolo más.

Mary Stuart se acostó y apagó la luz. Durante largo rato siguió despierta en la oscuridad pensando en Tanya y en las personas que había conocido en la fiesta. Aún le quedaba mucho tiempo por delante y aún había personas dispuestas a mostrar un poco de interés por ella. Tanya había abierto una ventana al exterior y ella se había atrevido a mirar fuera por primera vez en mucho tiempo. Sin embargo, no sabía qué dirección tomar, y a juzgar por la conversación mantenida con su marido, tampoco él. Se hallaban atrapados en lados opuestos de lo que antes fuera un matrimonio y ahora era un abismo.

5

En los tres días siguientes, Bill y Mary Stuart apenas se vieron. Él trabajaba casi hasta la medianoche todos los días y daba la impresión de haberse mudado a su despacho. Mary Stuart ya estaba acostumbrada y apenas notó diferencias, salvo la de no tener que preparar la cena, lo que le hizo adelgazar aún más. En otro tiempo Bill se hubiera preocupado pero, tal como estaban las cosas, ni se dio cuenta.

El día antes de la partida, llamó a su marido al despacho para preguntarle si quería que le hiciera las maletas. Suponía que su respuesta sería afirmativa, puesto que siempre se había encargado ella, pero él la sorprendió anunciando que iría a casa por la tarde con ese propósito.

—¿Estás seguro? —preguntó ella, asombrándose una vez más del cambio operado en Bill—. A mí no me importa hacerlo. —Le parecía que era lo menos que podía hacer y también era un modo de mantenerse ocupada. Hasta ese momento no había asimilado completamente la idea de que su marido estaría fuera tres meses y que ella se quedaría sola. En cierto modo, eso la asustaba, pues no hacía más que ahondar la distancia entre ellos—. A mí no me importa hacerlo —repitió, pero Bill insistió en que tenía que elegir su ropa personalmente, pues tenía que ser muy cuidadoso con lo que llevara en el tribunal de Londres.

—Llegaré a casa a las cuatro —anunció con tono apremiante.

Abandonar el despacho durante tanto tiempo sería complejo y aún le quedaban muchos detalles por resolver. Le acompañaría una de sus ayudantes. De haber sido una mujer más joven y atractiva, Mary Stuart hubiera sacado la conclusión más obvia, pero se trataba de una mujer inteligente y muy poco agraciada de más de sesenta años.

–¿Quieres cenar en casa o prefieres que salgamos fuera? –preguntó Mary Stuart, muy deprimida, pero procurando que no se le notara. No obstante, entre ellos no cabían disimulos, perdida ya toda ilusión de intimidad.

–Tomaré algo de la nevera –repuso él con tono distraído–, no te molestes en hacer nada. –Ambos habían acabado por detestar sus cenas silenciosas.

–Compraré algo frío en William Poll o Fraser Morris –dijo Mary Stuart y colgó para salir a hacer unos recados.

Tenía que comprar un libro que sabía que su marido quería leer en el avión y recoger su ropa en la tintorería. Cuando se dirigía a Lexington, se alegró de que faltaran pocas semanas para irse de viaje con Alyssa, pues a pesar del abismo que los separaba, iba a sentirse muy sola sin Bill.

Compró unas viandas en William Poll, compró el libro, unas cuantas revistas, caramelos y chicles, y colgó todas las camisas limpias en el vestidor de su marido. Bill llegó a las cuatro y media y se dispuso a hacer las maletas sin pronunciar palabra. Mary Stuart no lo vio hasta que entró en la cocina a las siete. Llevaba aún la blanca camisa almidonada del despacho, pero se había quitado la corbata y estaba un poco despeinado. Tenía un aspecto tan juvenil que a ella le pareció estar viendo a Todd; a pesar del dolor que esto le causaba, intentó superarlo.

–¿Todo listo? Yo te lo hubiera hecho encantada –dijo, sirviendo la cena.

–No quería darte trabajo –repuso él sentándose en un taburete alto para comer sobre el blanco granito de la cocina–. Últimamente no te doy muchos motivos de alegría y no me parece justo que encima tengas que hacer todo el trabajo. Al menos así te librarás de mí y todo será más fácil.

Era la primera vez que Bill reconocía su situación y Mary Stuart lo miró asombrada, preguntándose si había escuchado sus palabras unos días antes, cuando ella había querido hablar y se había encontrado con un muro de indiferencia.

—No quiero librarme de ti —dijo ella sentándose frente a él; sus ojos eran como dos estanques oscuros. A él siempre le había gustado mirarla, le gustaba su aspecto, su estilo y la expresividad de sus ojos, pero el dolor que ahora veía en ellos resultaba insoportable y era más fácil esquivarlos—. En el matrimonio no se mantienen las distancias, se comparte todo. —Su problema radicaba en que no habían sabido compartir el dolor por la pérdida de un hijo; cada cual se había retirado a su rincón a lamentarse en silencio.

—No hemos compartido demasiadas cosas últimamente, ¿verdad? —comentó con tristeza—. Creo que he estado demasiado metido en mi trabajo.

Mary Stuart lo miró sin decir nada. Ambos sabían que ésa no era la verdadera causa de sus problemas. Él extendió una mano despacio y tocó la de su mujer. Los ojos de ella se llenaron de lágrimas; era el primer gesto cariñoso que recibía de él en muchos meses.

—Te he echado de menos —susurró, pero él se limitó a asentir. Sentía lo mismo, pero le era imposible expresarlo con palabras—. Y voy a echarte de menos cuando te vayas —añadió ella. En su matrimonio nunca había habido una separación tan larga—. Es mucho tiempo.

—Pasará deprisa. Tú vendrás a verme el mes que viene con Alyssa y yo espero volver a casa a finales de agosto.

—Serán sólo dos días en dos meses —dijo ella con desesperación, retirando la mano lentamente—. No es el mejor modo de llevar un matrimonio. Podría quedarme en el hotel y entretenerme por mi cuenta durante el día. —En realidad tenían amigos suficientes en Londres como para mantenerse ocupada día y noche durante meses y él lo sabía. De repente le pareció embarazoso tener que suplicarle para que la dejara ir con él.

—Me distraerías —dijo él con sequedad.

—Antes no te distraía —repuso ella—. En cualquier caso... es mucho tiempo... eso es todo. Creo que ambos lo sabemos.

—¿Qué quieres decir? —preguntó él clavando en ella una mirada inquisitiva.

Por primera vez parecía realmente preocupado. Mary Stuart no imaginaba que pudiera preocuparse por ella, que siempre había sido la esposa perfecta. Sin embargo, jamás la había dejado sola todo un verano y menos después de pasar por una experiencia traumática. Por otro lado, él era un hombre atractivo, y ella estaba segura de que tendría montones de mujeres alrededor en Londres.

—Quiero decir que dos meses o tres es mucho tiempo, sobre todo después del año que hemos pasado. No sé qué pensar, Bill. —Miró a su marido con inquietud, que él aumentó con su respuesta.

—Yo tampoco. Sencillamente me pareció que... quizá nos iría bien estar un tiempo separados para volver a centrarnos, para decidir qué vamos a hacer y cómo recomponer nuestra vida.

Mary Stuart se quedó atónita. No imaginaba que su marido estuviera dispuesto a reconocer que se habían distanciado por completo en el último año y mucho menos que tuvieran algo que recomponer.

—No veo cómo vamos a recomponer nuestra relación estando separados varios meses —replicó.

—Podría contribuir a aclararnos las ideas. No sé... Sólo sé que necesito alejarme de ti, pensar en otras cosas, concentrarme exclusivamente en mi trabajo.

Mary Stuart se sorprendió cuando Bill alzó unos ojos anegados en lágrimas. No le había visto llorar desde el día en que fueron a Princeton para recoger el cadáver de su hijo, ni siquiera en el funeral. Era la primera vez que asomaba la cabeza por encima del muro tras el que vivía. Quizá también él estaba alterado por la idea de marcharse.

—Quiero estar solo, Mary Stuart. Es que... —Le temblaron los labios. Ella volvió a cogerle la mano y la apretó suavemente—. Cada vez que te miro... pienso en él... es como si estuviéramos todos irremisiblemente atados unos a otros. Necesito alejarme de todo, dejar de pensar en él y en lo que deberíamos haber hecho o sabido, o en cómo podríamos haber cambiado las cosas. Creo que mi estancia en Londres puede ser un buen revulsivo, que separarnos ahora podría ser bueno para los dos. Tú debes de sentir lo mismo cuando me ves.

Mary Stuart sonrió a través de las lágrimas, conmovida pero también consternada por lo que oía.

—Te pareces mucho a él. Cuando has entrado en la cocina antes, me has sobresaltado.

Bill asintió. Lo comprendía perfectamente. Los dos estaban obsesionados por el recuerdo. Él no soportaba ya el apartamento, ni el correo para Todd que aún llegaba de vez en cuando, ni la habitación que sabía que estaba allí, pero en la que nunca entraba. Incluso Alyssa se parecía a Todd algunas veces. Todo era demasiado doloroso.

—No podemos huir el uno del otro para escapar del recuerdo de nuestro hijo —dijo ella con pesar—. No sólo lo perderemos a él, sino a nosotros mismos.

—¿Estarás bien mientras yo esté fuera? —preguntó Bill, sintiéndose culpable por primera vez. Se había dicho a sí mismo que lo más sensato era marcharse solo. Al fin y al cabo, sólo iba a trabajar. Pero en realidad veía con alivio la oportunidad de alejarse de ella, y aunque ahora le pareciera embarazoso y estúpido, no quería cambiar de opinión.

—Estaré bien —contestó con más generosidad que franqueza. ¿Qué alternativas tenía? ¿Decirle que se quedaría sentada llorando todo el día? ¿Que era más de lo que podía soportar? Lo cierto era que su marido la había abandonado desde el día en que murió Todd, al menos emocionalmente, y lo único que hacía ahora era abandonarla también físicamente. Unos meses más después de un año de soledad no supondrían mucha diferencia.

–Puedes llamarme si surge algún problema. Quizá deberías quedarte en Europa con Alyssa durante una temporada.

Mary Stuart se sintió como una tía solterona a la que se endosa a unos parientes o se envía a un crucero.

–Alyssa se va a Italia con unos amigos, tiene sus propios planes. –Todos tenían planes menos ella. Incluso Tanya tenía su viaje a Wyoming con los niños.

Tomaron la cena sin apetito y comentaron algunas cosas que ella necesitaba saber sobre gastos de mantenimiento, la prima de un seguro que estaba esperando Bill y el correo que quería que le enviase a Londres. Bill esperaba que ella pagara las facturas y se ocupara de todo en su ausencia. Después de la cena, se dirigió de nuevo al dormitorio para guardar el resto de documentos que precisaba. Estaba tomando una ducha cuando entró Mary Stuart. Bill salió del cuarto de baño en albornoz y con el pelo húmedo, oliendo a jabón y loción para después del afeitado. Mary Stuart se sorprendió al verle. Parecía haberse relajado un poco ahora que se marchaba y se preguntó si era porque lamentaba irse y de repente se sentía más unido a ella, o si por el contrario sentía un alivio tan grande que ya no le importaba.

Cuando se acostaron, él no hizo el menor movimiento para acercarse, pero incluso separados, a Mary Stuart le pareció que estaba menos tenso. Le hubiera gustado hablar con él, contarle cómo se sentía y lo que aún esperaba de él, pero instintivamente se daba cuenta de que él no estaba preparado todavía para compartir sus sentimientos, pese a la breve rotura del hielo. Además de la insoportable tristeza, se sentía estafada; estafada por la pérdida de un hijo. A Todd, a su vez, le habían robado el futuro, o se lo había robado a sí mismo. Y su espíritu se había llevado el de sus padres. Hubiera sido agradable poder compartir todo aquello con Bill abiertamente, pero no era el momento oportuno. Mientras ella se entregaba a estas reflexiones, su marido se dormía al otro lado de la cama. Todo lo que era capaz de expresar por el momento lo había dicho ya en la cocina.

Cuando se levantó al día siguiente, tenía prisa por organizarlo todo. Llamó al despacho, cerró las maletas, se duchó y se afeitó, y apenas le quedó tiempo para hojear el periódico durante el desayuno. Mary Stuart le preparó huevos, cereales y la tostada integral que tomaba todos los días; luego fue a vestirse. Regresó a la cocina con traje pantalón de hilo negro y camiseta de rayas negras y blancas.

–¿Tienes reunión hoy? –preguntó él mirándola por encima del periódico.

–No –contestó ella en voz baja. Tenía un nudo en el estómago.

–Vas muy bien vestida para estar por casa. ¿Vas a salir a comer?

Mary Stuart no pudo evitar preguntarse qué le importaba todo aquello si iba a pasar dos o tres meses fuera.

–No quería llevarte al aeropuerto en tejanos –dijo.

–No esperaba que me llevaras –dijo él enarcando una ceja–. He pedido una limusina para que me recoja a las diez y media. Primero irán a buscar a la señora Anderson, y también viene Bob Miller. Pensábamos adelantar trabajo en el coche de camino al aeropuerto. –No podían perder ni un momento. Eran como robots, ¿o tal vez se trataba de una nueva excusa para perderla de vista cuanto antes?

–No iré si no quieres –musitó Mary Stuart.

–No creo que sea necesario –explicó Bill, reanudando la lectura del periódico–. Será más sencillo despedirse aquí. –Y menos embarazoso, pensó ella. Que nadie fuese a pensar que él la amaba. ¿La amaba? La escasa ternura que había mostrado en aquella misma cocina durante la víspera parecía haber desaparecido, el muro impenetrable se alzaba de nuevo y él se ocultaba tras él–. Estoy seguro de que tienes cosas mejores que hacer hoy. El aeropuerto es un caos en esta época del año; te llevaría horas volver a la ciudad. –Sonrió tras estas palabras, pero sin calor. Era el tipo de sonrisa que se concede a un extraño.

Mary Stuart asintió sin decir nada, y cuando él se levantó, metió los platos en el fregadero e intentó no llorar. Antes casi de que se diera cuenta, las maletas estaban en el rellano y su marido se dirigía al ascensor. Llevaba un traje gris claro con el que estaba muy atractivo. Tácitamente se había decidido que ella no le acompañaría al aeropuerto, de modo que se quedó en el umbral de la puerta mientras el ascensorista se hacía cargo de las maletas.

–Te llamaré –dijo él, recuperando su aspecto juvenil.

Ella tuvo que esforzarse por no llorar. Le parecía increíble que su marido se fuera sin un solo gesto de cariño, y así hubiera querido decírselo.

–Cuídate –dijo al fin torpemente.

–Te echaré de menos –repuso él, y se inclinó para besarla en la mejilla.

Mary Stuart lo abrazó impulsivamente.

–Lo siento... lo siento por todo... –Lo sentía por Todd, por el año que dejaban atrás, por el hecho de que él creyera necesitar una separación de varios meses, por el hecho de que su matrimonio se hubiera hecho pedazos... Había tantas cosas de las que lamentarse que era difícil recordarlas todas, pero él sabía a lo que se refería.

–No te preocupes. Todo irá bien, Stu...

Aunque la llamaba así por primera vez en todo aquel año, ella dudaba que todo pudiera ir bien. Presentía que la separación no haría más que distanciarlos aún más y le parecía que su marido era un estúpido por creer que lo necesitaban.

Bill se apartó sin besarla y la miró con tristeza indescriptible.

–Nos veremos dentro de unas semanas.

Ella no pudo hacer otra cosa que asentir mientras las lágrimas rodaban lentamente por sus mejillas.

—Te quiero —susurró cuando ya se iba, pero él se dio la vuelta al oírla. Sólo la miró y asintió, luego las puertas del ascensor se cerraron silenciosamente sin que él hubiera respondido.

Cuando Mary Stuart entró de nuevo en el apartamento, la fuerza de su soledad le cortó la respiración. El sentimiento de abandono era devastador. Por mucho que él dijera, aquella separación no era más que el comienzo del fin de su matrimonio.

Se sentó en el sofá y lloró durante un rato, compadeciéndose. Después se dirigió lentamente hacia la cocina, metió los platos en el lavavajillas, tiró los restos del desayuno y estuvo a punto de no contestar cuando sonó el teléfono. Pensó que sería Bill desde el coche para decirle que había olvidado algo, o incluso para decirle que la quería. Pero era su hija.

—Hola, cariño. —Mary Stuart intentó animarse. No quería que Alyssa se diera cuenta de lo desgraciada que se sentía por la marcha de su padre. Ya eran todos bastante infelices sin necesidad de que ella preocupara a su hija con quejas sobre su vida conyugal—. ¿Qué tal París?

—Hermoso, caluroso y romántico —contestó Alyssa. La palabra romántico era nueva en su vocabulario y su madre se preguntó si tendría algo que ver algún guapo francés.

—¿Puedo preguntar por qué? —dijo con cautela, pero sin dejar de sonreír.

—Oh, porque sí. París es maravilloso. Adoro estar aquí. No quiero irme jamás.

—No te culpo por pensar eso —dijo Mary Stuart, contemplando Central Park desde la ventana de la cocina. El parque era precioso en aquella época del año, pero también estaba sucio y lleno de ladrones y vagabundos. Definitivamente no era París—. Estoy impaciente por verte —dijo, intentando olvidar a Bill por un rato.

Al otro lado se produjo un extraño silencio, pero Mary Stuart no se dio cuenta.

—¿Has organizado algo? —preguntó. Había pedido a su hija que reuniera los mapas necesarios para su ruta. Del resto se había ocupado la oficina de Bill—. ¿Has conseguido mapas de los Alpes? Me han hablado de un pequeño y bonito hotel a las afueras de Florencia. —Alyssa seguía callada—. ¿Alyssa? ¿Estás bien? ¿Ocurre algo? —preguntó al fin, preocupada. No lloraba, pero su voz sonaba un poco rara, como si se sintiera avergonzada.

—Mamá... tengo un problema...

—¿Estás embarazada? —preguntó su madre. Alyssa sólo tenía veinte años y Mary Stuart hubiera preferido no tener que enfrentarse con semejante calamidad, pero en todo caso estaría a su lado para apoyarla.

—¡Mamá, por Dios! —exclamó Alyssa, indignada por la sugerencia—. ¡Por supuesto que no!

—Bueno, perdona. ¡Qué sé yo! Bien, ¿cuál es el problema?

Alyssa respiró hondo y se lanzó a contar una larga y complicada historia como las que contaba cuando estaba en el colegio, llena de avatares que no parecían tener fin. En resumidas cuentas se trataba de que un grupo de amigos se iba a los Países Bajos y querían que les acompañara. Era una ocasión única, pues además visitarían Suiza y Alemania alojándose en casa de otros amigos o en hostales juveniles. Luego irían a Italia, donde en principio había planeado encontrarse con ellos. Sin embargo, Alyssa no quería perderse la primera parte del viaje.

—Me parece fantástico, pero sigo sin comprender cuál es el problema.

Alyssa suspiró. Su madre era un poco lerda a veces, pero al menos no lo era siempre como su padre.

—Se van esta semana. Estarán dos meses viajando antes de que nos encontremos en Capri. Yo podría dejar el apartamento ahora y marcharme con ellos, pero… –No concluyó la frase.

Por fin Mary Stuart entendía la situación. Su hija no quería viajar con ella por Europa. Era comprensible, pero no por ello menos decepcionante para ella, que esperaba aquel viaje como una bendición.

–Comprendo –dijo en voz baja–. No quieres ir conmigo. –Una vez dichas, deseó retirar aquellas palabras. No quería expresarlo de aquella forma.

–No es eso, mamá. Iré contigo si realmente quieres. Pensé… es una oportunidad única… pero haré lo que quieras… –Intentaba ser diplomática, pero era evidente que se moría de ganas de irse con sus amigos y a Mary Stuart no le pareció justo privarle de la diversión.

–Realmente suena muy bien –dijo con generosidad–. Creo que deberías ir.

–¿De veras? ¿Lo dices en serio? –Parecía una niña pequeña con zapatos nuevos–. Oh, mamá, eres la mejor. Sabía que lo comprenderías, pero temía que pensaras que yo…

De repente Mary Stuart comprendió el verdadero alcance de aquel viaje, pero no le sorprendió.

–¿Incluye por casualidad un caballero en ese plan? –preguntó, intuyendo la respuesta por el tono de su hija y sintiendo cierta nostalgia.

–Bueno… quizá… pero no es por eso que quiero ir con ellos. De verdad, es por el viaje. Será fantástico.

–Tú sí eres fantástica, y te quiero. Me debes un viaje en otoño. Iremos juntas a alguna parte antes de que vuelvas a Yale. ¿Trato hecho?

–Te lo prometo –dijo Alyssa, pero su madre sabía que no sería lo mismo. Su hija estaría impaciente por ver a sus compañeros y empezar un nuevo curso. De todas formas, reconocía que se lo pasaría mucho mejor en verano viajando con sus amigos que con ella, y Mary Stuart nunca había vacilado en sacrificarse por sus hijos.

—¿Cuándo te vas?

—Dentro de dos días, pero lo tendré todo preparado.

Comentaron el modo de enviar sus cosas a casa y los pagos que debía hacer antes de marcharse. Mary Stuart le aconsejó que comprara cheques de viaje con el dinero que le mandara por giro y luego charlaron sobre los detalles del viaje. Entonces su madre le preguntó si todavía pensaba ir a Londres.

—No lo creo. Inglaterra no entraba en nuestros planes y cuando hablé con papá la otra noche me dijo que estaría muy ocupado.

Mary Stuart sintió un escaso consuelo al oír que no era ella la única a la que rehuía su marido.

Después de colgar, se sentó a mirar por la ventana durante largo rato. Vio madres e hijos caminando hacia la zona de juegos y a los niños correteando mientras las madres se sentaban en bancos a charlar. Recordó la época en que ella bajaba todas las tardes al parque con sus hijos. Algunas de sus amigas habían vuelto al trabajo después de ser madres, pero ella siempre había considerado que era más importante criar a sus hijos y había tenido la suerte de poder hacerlo. Pero ahora se habían ido, una viajaba por Europa con sus amigos y el otro se hallaba en un distante lugar de la eternidad donde esperaba volver a verlo un día. Esa creencia era lo único a lo que podía aferrarse.

«Cuidadlos bien —quiso susurrar a las madres que veía allá abajo—. No os separéis de ellos mientras podáis.» Los hijos crecían demasiado rápido y todo terminaba. Como su matrimonio. Después de ver cómo se marchaba Bill, las cosas que no había dicho y el modo en que se había alejado de ella después de que le dijera que le quería, ya no le cabía la menor duda. Ni siquiera tenía el consuelo de que hubiera otra mujer. Sencillamente habían sufrido una tragedia y no habían sobrevivido a ella. Lo único que le quedaba era adaptarse a las nuevas circunstancias. Tenía dos o tres meses por delante para probar su libertad.

Esa tarde salió a dar un paseo y reflexionar. Pensó en Alyssa, que se iba de viaje con sus amigos, y en Bill, que permanecería en Londres todo el verano, y se dio cuenta de algo que siempre había temido: que al final uno se queda solo. Era ella quien tenía que superar su desgracia y seguir adelante, reconciliándose con lo que había hecho Todd y aprendiendo a superarlo. Tanya tenía razón, no podía ocultarse siempre. Quizás ella no era culpable, pero aun cuando lo fuera, no podía seguir llevando la muerte de su hijo como un sudario hasta que la matara a ella también.

Cuando volvió al apartamento y dejó el bolso, supo lo que debía hacer. Hubiera preferido no enfrentarse con ello sola, pero era necesario. Se sentía casi como si él estuviera esperándolo, como si lo hubiera aprobado y la hubiera animado a hacerlo. Abrió la puerta de su habitación y permaneció allí inmóvil durante largo rato. Luego descorrió las cortinas, abrió las persianas y dejó pasar la luz del sol. Se sentó en el escritorio de Todd y empezó a abrir cajones. Al principio se sentía como una intrusa. Encontró cartas y viejos exámenes, varios recuerdos de la infancia y una nota de Princeton sobre su iniciación en un club. Después de revisar los cajones uno por uno, conteniendo las lágrimas que pugnaban por aflorar a sus ojos, fue a la cocina para coger una pila de cajas. De vuelta en la habitación de Todd empezó a llenarlas y se echó a llorar. Sin embargo, fue un alivio dejarse llevar. Pasó horas en la habitación de Todd. Bill no llamó. Tenía que aterrizar a las dos de la tarde hora de Londres y llegar al Claridge a las tres y media.

Cuando terminó de empaquetar las cosas de su hijo, no quedaba nada en la habitación. Tan sólo conservó para sí unos cuantos recuerdos especiales, como su viejo uniforme de boy scout, que estaba arrinconado en un estante, su chaqueta de piel favorita y un suéter que le había hecho ella. El resto lo daría a alguna organización, y los papeles y libros los guardaría en el trastero del sótano. Dejó los trofeos alineados en una estantería con intención de buscar luego otro lugar donde ponerlos, y esparció todas las fotografías que había en la habitación por el resto del apartamento con la impresión de que de repente les había dejado algo que compartir. Colocó una fotografía de los cuatro en su propio dormitorio y otra de Todd en el dormitorio de Alyssa. A las dos de la madrugada se sentó por fin en la cocina inmaculada, sintiendo a su hijo muy cerca de ella, como si aún pudiera ver su rostro y oír su voz. Había creído que deshaciéndose de sus cosas acabaría olvidándolo, pero Todd era mucho más que un montón de objetos y lo que realmente importaba de él no lo olvidaría jamás.

Finalmente quitó la colcha verde oscuro y la metió en el armario para mandarla a la tintorería, y anotó mentalmente que debía cambiar las cortinas. Hasta entonces no se había dado cuenta de lo descoloridas que estaban. Era triste ver la habitación vacía con cajas por todas partes. Había tardado todo un año en despedirse realmente de Todd y las cosas nunca volverían a ser como antes. Parecía que era sólo cuestión de tiempo que tuviera que hacer lo mismo con el resto del apartamento.

Miró en derredor por última vez y cerró la puerta con suavidad. Al día siguiente daría las cajas de ropa para beneficencia y pediría al encargado de mantenimiento que bajara las otras cajas al sótano. Volvió a su dormitorio pensando de nuevo en todo lo ocurrido durante aquel largo año, luego contempló la foto de Todd, sus grandes ojos brillantes y claros. Aún podía oír el sonido de su risa cuando tomaron la foto. «Venga, mamá, date prisa.» Era en Cape Cod y se estaba helando en bañador. Él y Alyssa habían fingido una pelea, luego él había salido corriendo por la playa con la parte superior del bikini de su hermana y Alyssa lo perseguía chillando y tapándose con una toalla. Pero aquellos recuerdos databan de una época en la que había algo más en la vida de Mary Stuart que recuerdos y un apartamento vacío.

No se acostó hasta varias horas más tarde, y cuando lo hizo, soñó con todos ellos. Alyssa decía algo y meneaba la cabeza y Todd le daba las gracias por haberse deshecho de sus cosas en su nombre, y en la distancia vio a Bill alejándose de ella. Ella le llamó, pero él no se dio la vuelta ni la miró, sólo siguió caminando.

6

Tanya no estaba segura de lo que iba a encontrar a su regreso cuando aterrizó en Los Ángeles. Tony le había dicho que se iba, pero siempre cabía la posibilidad de que aún no lo hubiera hecho. Sin embargo, cuando llegó a casa y abrió sus armarios, los halló vacíos. Jean la esperaba con impaciencia para darle las últimas noticias y mostrarle los últimos ataques de la prensa sensacionalista. Tanya salía de nuevo en portada gracias a las escandalosas declaraciones del guardaespaldas. Además, alguien les había dicho que Tony había alquilado un apartamento, pero explicaban que sólo era temporal, y sacaban fotos de él con la actriz principiante después de una cena.

—Muy bien… muy bien —dijo Tanya con aspecto cansado—. Lo sé. Ya lo he visto. —Había comprado un ejemplar de la revista en el aeropuerto—. Creo que me iré a Santa Barbara un par de días. —Necesitaba escapar de los fotógrafos y curiosos, y de los armarios vacíos. Ni siquiera tenía tiempo para lamentarse por la rotura de su matrimonio, en lo único que pensaba era en protegerse de los medios de comunicación.

—No puedes irte —dijo Jean con tono práctico, mostrándole las cuatro páginas de su programa de actividades—. Tienes un concierto benéfico mañana por la noche, y ensayos los dos días siguientes. Y una reunión con Bennett Pearson este fin de semana para hablar sobre la demanda.

—Dile que no puedo —replicó Tanya con expresión desdichada—. Necesito un par de días de descanso. —Jamás hubiera dejado de cumplir con un concierto benéfico ni se hubiera saltado los ensayos, pero no estaba dispuesta a pasarse el fin de semana con Bennett Pearson preparando declaraciones.

–Creo que ya está concretado. Te han citado ya para declarar en el caso de Leo Turner y además Bennett dice que esta mañana le ha llamado el abogado de Tony.

–Eso sí que es rapidez –comentó Tanya dejándose caer en una amplia silla de raso rosa de su dormitorio–. Desde luego no ha perdido el tiempo. –Era como si sus tres años de matrimonio se hubieran desvanecido en una sola noche y no quedara más que discutir los detalles financieros. A veces se preguntaba si era eso a lo que se reducía todo, el dinero y la codicia. La de gentes, abogados, gente que vendía historias sobre ella y todos los que exigían dinero para no demandarla con falsas acusaciones.

–Necesito un día para mí –dijo a su secretaria en voz baja. Nadie podía imaginar hasta qué punto le resultaba insoportable tener que seguir sonriendo, cantando y trabajando. Algunas veces se sentía como si sólo trabajara para pagar a los demás. Ya no tenía una vida que pudiera llamar suya.

–Bennett cree que podrá librarte de Leo por quinientos mil –insistió Jean. La secretaria tenía aún muchas citas y mensajes que transmitirle y no se daba cuenta de la expresión sombría de Tanya.

–Que Leo se vaya al infierno. Díselo a Bennett.

Jean asintió y siguió hablando. Tanya sintió deseos de que la tierra se tragara a su secretaria, pero Jean era tan concienzuda como tenaz.

–Hoy han llamado de *L.A. Times*. Quieren conocer los detalles del divorcio, si Tony quiere que le pases una pensión o llegar a un acuerdo, o ambas cosas, y qué piensas darle tú.

–¿Eso lo pregunta su abogado o el periódico? –dijo Tanya, confusa y alterada.

—El periódico, y ha llamado Tony. Quiere hablar contigo sobre los niños.

—¿Qué les pasa a los niños? —Recostó la cabeza en la silla y cerró los ojos. Jean se sentó frente a ella y prosiguió. Un abogado, un contable, un decorador que creía que Tanya debía reformar la casa, un arquitecto que cambiaría la cocina de la casa de la playa, a todos tenía que recibir, escuchar y pagar, y si alguno decidía que ella no cumplía con sus expectativas, la demandarían. De nada servía que el abogado de Tanya les hiciera firmar acuerdos de confidencialidad—. ¿Por qué quiere Tony hablarme de los niños? —volvió a preguntar a Jean.

La secretaria consultó de nuevo sus notas. Algunas veces trabajaba diez o doce horas al día. No era un trabajo fácil, pero estaba bien pagada y Tanya solía ser una persona de trato agradable. A Jean, además, le gustaba la gloria que acompañaba a sus tareas, ir a conciertos y que la vieran con ella, vivir a su sombra. También ella había tenido aspiraciones de cantante, pero no cualidades suficientes.

—No estoy segura —respondió Jean—. Sólo ha pedido que le llamaras.

Jean comentó después que el ama de llaves le había dejado la cena preparada en la cocina. En lugar de comer, Tanya se sirvió un vaso de vino, repasó unas notas y leyó unos contratos que sus abogados habían dejado para que firmara, todos ellos con los promotores de la gira de conciertos. Cuando Jean se fue por fin a las nueve, Tanya llamó a Tony.

—Hola —dijo, y por su tono se notaba que estaba exhausta después de un día agotador—. Jean me ha dicho que querías hablar conmigo.

—Pues sí —dijo él. Parecía incómodo y distante—. ¿Qué tal te ha ido en Nueva York?

—Bien, más o menos. He visto a Mary Stuart Walker y sólo por eso ya valía la pena ir, y también a Felicia Davenport. Quisieron joderme en el programa de televisión tirándome a la cara toda la basura de la prensa. Y la reunión con el agente literario fue una pérdida de tiempo. –Mientras hablaba se dio cuenta de que en realidad Tony sólo quería ganar tiempo, que su vida ya no le interesaba lo más mínimo–. Pero eso ya no importa, ¿verdad? Lo único que queda es el trabajo, ¿eh?

–Siempre fue lo único, ¿no? ¿Qué más había aparte de tus conciertos, tu carrera, tus ensayos, tu música?

–¿Es así como lo ves ahora? Creo que te has dejado varias cosas en el tintero. Las cosas que hicimos juntos, los viajes, los niños… –Tony no era justo con ella. Se limitaba a rehuir responsabilidades cuando era él quien la había abandonado, no por culpa de su trabajo sino porque se sentía humillado a causa de las historias que aparecían en la prensa sensacionalista–. ¿Qué les has dicho a los niños, por cierto? –Había pensado en llamarles desde Nueva York, pero le había parecido más conveniente que su padre hablara primero con ellos.

–Su madre se ha encargado de hacerlo por mí –dijo él con tono furioso–. Les ha enseñado todo lo que han publicado sobre nosotros.

–Lo siento –dijo Tanya.

–Sí, yo también –dijo él sin la menor sinceridad, más aliviado que otra cosa. Sin embargo, de repente parecía violento–. La verdad es que Nancy quería que hablara contigo. Después de todo lo que han escrito sobre nosotros, no cree que… ha pensado que los niños… no quiere exponerlos a tu estilo de vida actual. –Escupió las palabras más que decirlas.

–¿Mi estilo de vida? –repuso Tanya, totalmente desconcertada–. ¿Qué estilo de vida? ¿Qué ha cambiado desde la semana pasada? –Rápidamente lo comprendió. Nancy se refería a las acusaciones vertidas contra ella por su ex guardaespaldas–. Tony, tus hijos prácticamente han vivido con nosotros durante los últimos tres años. ¿Alguna vez han sufrido algún daño? ¿He hecho algo malo? ¿Qué cree que voy a hacer ahora? ¿Qué puede haber cambiado?

–Yo ya no estoy ahí. No ve razones para que se queden contigo no estando yo. Pueden visitarte si yo les acompaño –dijo, atragantándose casi con las frases, avergonzado por lo que Nancy le obligaba a decir–. Pero no quiere que se queden ahí.

–¿Estamos hablando de visitas? –¿Es que acaso negociaban ya las condiciones del divorcio?, pensó Tanya.

–Tendremos que hacerlo en su momento –explicó él. También quería hablar sobre la casa de Malibú que ella había comprado con dinero propio cuando ya se había casado con Tony. En realidad él era el único que la usaba, porque ella nunca tenía tiempo, y le había cogido cariño–. A lo que se refiere ahora es a Wyoming.

Se produjo un largo silencio mientras Tanya empezaba a ver claro. Nancy no quería que llevara a sus hijastros a Wyoming.

–¿Podemos negociarlo? –preguntó al fin, amargamente decepcionada–. Es un sitio estupendo, Tony. Todo el mundo dice que es fabuloso y a los niños les encantará. –Había reservado una lujosa cabaña de tres dormitorios para dos semanas–. ¿Qué haré ahora que está todo reservado?

–Cancélalo. ¿No te devolverán el depósito?

–No, pero ésa no es la cuestión. Yo quería hacer algo especial con los niños.

–Lo siento, Tan –dijo Tony, incómodo de nuevo. Sabía cuánto esperaba Tanya de aquel viaje y se encontraba en una situación muy embarazosa, sobre todo teniendo en cuenta que acababa de dejarla–. Nancy no quiere, Tan. He hecho todo lo posible para convencerla. Llévate a un par de amigas. ¿Qué me dices de tu vieja amiga de Nueva York, Mary Stuart?

–Gracias por la sugerencia. Lo que quiero es saber qué está ocurriendo. ¿Podré volver a verlos? –preguntó con lágrimas en los ojos. Quería que se lo dijera claramente. No tenía derecho a negárselo.

—¿A quiénes? —preguntó él a su vez, intentando salirse del tema, aunque sabía perfectamente a qué se refería.

—Ya sabes a quiénes, maldita sea, no juegues conmigo. A los niños. ¿Podré volver a verlos?

—Claro, yo... estoy seguro de que Nancy...

—La verdad. ¿Qué trato has hecho con ella? ¿Podré verlos o no? —repitió Tanya, pero él no sabía cómo contestar para no encolerizarla.

—Tendrás que resolverlo con tu abogado —dijo vagamente, esperando evitar una confrontación directa.

—¿Qué demonios significa eso? —preguntó ella a voz en cuello, perdiendo el control. De pronto se había apoderado de ella una sensación de pánico. ¿Cómo era posible que le arrebatasen tan fácilmente todo lo que tenía?—. ¿Vas a permitir que los vea o no?

—No depende de mí, Tan —respondió él, acobardado—. Si por mí fuera podrías verlos siempre que quisieras. Es cosa de su madre.

—Y un cuerno es cosa de ella. A esa zorra no le importan lo más mínimo y tú lo sabes. Por eso la dejaste.

Por eso y por unas cuantas cosas más, como su problema con la bebida, su afición al juego y el hecho de que se hubiera acostado con todos los hombres que conocía. En más de una ocasión Tony había tenido que ir a buscarla a ella y los niños a Las Vegas. Pese a todo, eran unos chicos maravillosos y Tanya quería seguir formando parte de sus vidas. Nancy no tenía derecho a impedírselo.

—Resuélvelo con tu abogado —repitió él.

Unos minutos después colgaban.

Tanya se paseó esa noche por la casa como un león enjaulado, incapaz de asimilar todo lo que le estaba ocurriendo. Consultó a su abogado cuando éste la llamó más tarde, pero tampoco él le dio esperanzas.

–Existen los llamados derechos de los padrastros –le explicó pacientemente, pero Tanya empezó a detestar el timbre de su voz mientras le daba sus explicaciones. Siempre era lo mismo. Te decían cuáles eran los derechos de las personas normales y cuáles los de las celebridades, y por qué eran diferentes. Con circunstancias atenuantes, podías estar seguro de que acabarían jodiéndote del todo–. Tienes que comprender, Tanya –prosiguió el abogado–, que últimamente la prensa no te describe precisamente como la Virgen María. Leo ha estado contando unas cuantas historias desagradables y supongo que la ex mujer de Tony no quiere que sus hijos se expongan a ese tipo de comportamiento. Creo que si subieras al estrado y su abogado te interrogara, por muy inocente que seas, cuando terminara contigo nadie te permitiría siquiera que llevaras a esos niños a tomar el té en la catedral de San Pablo, y mucho menos vivir en tu casa o irte con ellos a Wyoming de vacaciones. Lo siento, Tanya. Así son las cosas. Creo que tendrás que dejarlo correr por el momento. Al menos hasta que pase la polvareda de esta demanda.

–Pero ¿y la próxima? –dijo ella después de sonarse la nariz. El abogado ignoraba cuánto dolor le estaba causando.

–¿Cuál es la próxima? –preguntó él, confundido–. ¿Te has metido en otro lío? ¿Te han mandado otra citación?

–No, pero estoy segura de que la mandarán. Sólo hace una semana de la última. Dame tiempo y verás.

–No seas cínica –dijo él, aun sabiendo que Tanya tenía razón–. De todas formas, tenemos que hablar de Leo –prosiguió Bennett, olvidando la preocupación de Tanya por los hijos de su marido. No le apetecía discutir ante un tribunal, e inevitablemente ante las cámaras, si Tanya tenía o no la costumbre de pasearse desnuda por la casa delante de sus guardaespaldas o la de acostarse con sus preparadores físicos, aunque estaba seguro de que no hacía nada de eso.

–No quiero hablar de Leo –replicó ella con aspereza, sintiéndose desdichada.

–Está dispuesto a bajar hasta cuatrocientos noventa mil si aceptamos de inmediato. Francamente, creo que deberíamos hacerlo –aconsejó con tono pragmático, pero Tanya estuvo a punto de colgarle el teléfono.

–¿Cuatrocientos noventa mil dólares? –chilló–. ¿Te has vuelto loco? –Al otro lado del teléfono, el abogado ni siquiera parpadeó–. Ese tipo se inventa una historia, ¿y vamos a pagarle medio millón de pavos por ella? ¿Por qué no se conforma con un papel en una película?

–Porque nadie ha oído hablar de él y tendría que trabajar en cuatro o cinco películas para ganar todo ese dinero. Eso podría llevarle un par de años con suerte. Es más fácil sacártelo a ti.

–Es repugnante. –Sin embargo, él no se equivocaba; eso era lo peor–. No puedo creerlo.

–Si esperamos podría doblar su precio. ¿Puedo llamar a su abogado esta noche y decirle que estamos de acuerdo? Quiero supeditar el pago a la confidencialidad, por supuesto. Su abogado dice que Leo está en tratos con una cadena para hacer un telefilme.

–Oh, Dios mío –gimió Tanya y cerró los ojos. ¿En qué clase de pesadilla vivía? No era de extrañar que Tony se hubiera ido–. Todo esto es asqueroso. ¿Qué tipo de profesión es ésta? ¿Cómo me metí en ella y por qué he continuado tanto tiempo?

–¿Te gustaría ver tu devolución de Hacienda del año pasado? A lo mejor te sirve de consuelo –dijo el abogado animadamente, pero ella meneó la cabeza con pesar. Jamás hubiera creído que se vería obligada a vivir entre tanto fango.

–¿Sabes una cosa, Bennett? No es suficiente para compensar tanta sordidez. Es mi vida con lo que están jugando y es de mí de quien cuentan todas esas mentiras. Me he convertido en un objeto, en una caja registradora.

Por primera vez, escuchando a Tanya, Bennett enmudeció. Detestaba presionarla, pero no tenía más remedio.

–¿Qué le digo al abogado de Leo, Tan? Necesito una respuesta.

Hubo una larga pausa llena de tristeza y finalmente ella asintió. Se sabía derrotada.

–De acuerdo –dijo con voz ronca–. Dile que pagaremos… el muy cabrón… –Luego, intentando apartar aquel repugnante asunto, formuló a su vez una pregunta–: ¿Qué hay de Wyoming? ¿Podrás hacer algo?

–¿Como qué? ¿Comprarlo? –Bennett bromeaba con la intención de animarla, aunque se daba cuenta de que no lo estaba consiguiendo. No podía culparla. También las celebridades eran seres humanos.

–¿Podrás conseguir que su madre me deje llevar a los niños conmigo? Me conformaré con una semana si eso sirve de algo.

–Lo intentaré si quieres, pero creo que será inútil. Además, seguro que los de la prensa se enterarían de que te lo ha negado, lo que no te favorecía en absoluto, y teniendo en cuenta que estamos presionando a Leo en la cuestión de la confidencialidad, preferiría que toda esa basura no llegara a la prensa.

–Fantástico. Gracias –dijo Tanya, tratando de aparentar que no le afectaba.

–Lo siento, Tan –dijo él con tono sombrío.

–Ya, gracias. Hablaremos mañana. –Tanya lloraba al despedirse.

–Te llamaré yo. Tenemos que revisar los contratos de la gira. Llamaré por la mañana.

Tanya colgó con desaliento. Sólo en momentos como aquéllos veía con claridad en qué se había convertido su vida. Pese a la adulación, los aplausos, el dinero y los premios, todo se reducía a aquello. Era un milagro que en Hollywood hubiera alguien que conservara la cabeza alta o que tuviera fuerzas para seguir adelante.

Pasó la noche pensando, deseando morir, pero demasiado triste y asustada para atreverse a hacer algo. Pensó en Ellie por primera vez en muchos años, y en el hijo de Mary Stuart. El suicidio parecía la salida más fácil, pero no lo era. Requería una peculiar mezcla de cobardía y valor de la que ella carecía.

Permaneció sentada en el salón hasta que salió el sol. Quería odiar a Tony, pero no podía. No conseguía hacer nada más que sentarse y llorar sin nadie que la oyera. Por fin se levantó y se fue a la cama. Ya no le importaba la reserva de Wyoming. Que la aprovechara Jean, o su peluquero, o que Tony se llevara allí a su nueva amiga. Pero luego recordó que Tony y su amiga se iban a Europa. Todo el mundo tenía amigos, hijos, una vida privada, incluso una reputación. Ella sólo tenía un puñado de discos de oro y de platino colgados de una pared y una hilera de premios en un estante debajo. Jamás podría volver a confiar en un hombre. Era grotesco. Después de haber llegado a la cima, descubría que nadie quería estar en ella. Se tumbó en la cama pensando en los niños y en que seguramente no volvería a verlos. Era como si Tony y sus hijos y su vida se hubieran desvanecido en el aire, como si no hubieran existido. Desaparecían en medio de una nube de humo, en un gigantesco incendio... toda una vida en llamas... y la prensa sensacionalista era la leña.

7

Cuando Tanya despertó por la mañana, se sentía como si le hubieran dado una paliza. La falta de sueño y las noticias recibidas la víspera habían acabado por destrozarla. Le dolía la cabeza como si tuviera resaca, aunque no había bebido nada. Hizo una mueca y se miró en el espejo del cuarto de baño.

–Dios, voy a necesitar otra visita al cirujano plástico después de esto –dijo a su imagen.

Llenó la bañera de agua caliente y se metió despacio en el agua. Al mediodía tenía que reemprender sus numerosas obligaciones, por la tarde acudir a un corto ensayo y por la noche actuar en un concierto benéfico para una causa que le importaba.

Entró en la cocina en bata, hizo café y hojeó el periódico. Por una vez no aparecían en portada ni ella ni el que pronto sería su ex marido, ni ningún empleado suyo, pasado o presente. Volvió las páginas con cautela como si esperara encontrar una tarántula entre ellas, pero lo único que atrajo su atención fue un artículo sobre una doctora de San Francisco, Zoe Phillips. Lo leyó con avidez y cuando terminó sonreía. Zoe había puesto en marcha la clínica para enfermos de sida más importante de San Francisco y al parecer la dirigía con un talento único para obtener fondos y convertir los panes en peces. En su clínica se acogía a personas sin hogar y enfermas de sida. En el artículo la describían como una especie de madre Teresa. Tanya se conmovió hasta tal punto que cogió la guía telefónica, buscó el número y llamó a su antigua compañera de cuarto. Aunque hacía dos años que no hablaba con Zoe, no había perdido totalmente el contacto como Mary Stuart. Zoe y Mary Stuart no se habían reconciliado nunca tras la ruptura provocada por la muerte de Ellie, pero Tanya no había dejado de querer a ninguna de las dos.

Cuando le contestó una enfermera, preguntó por la doctora Phillips. La enfermera le informó que la doctora se hallaba con un paciente y preguntó si quería dejarle algún mensaje.

–Sí, claro –contestó Tanya sin vacilar.

–¿De parte de quién, por favor?

–De Tanya Thomas.

Se produjo una larga pausa. Lo normal era que la enfermera lo tomara como una coincidencia, pero la doctora Phillips tenía un extraño don para conseguir que gente famosa participara en obras benéficas o donara dinero directamente a la clínica.

–¿Tanya Thomas? –La enfermera se sintió estúpida preguntándolo.

–Supongo que sí. –Se echó a reír–. La doctora Phillips y yo fuimos juntas a la universidad –explicó. Era interesante que Zoe no alardeara de sus amistades. Lo único que le interesaba de Tanya eran los momentos compartidos con ella.

Impresionada, la enfermera declaró que comprobaría si la doctora Phillips había terminado con su paciente. Tras una breve espera, Tanya oyó la voz familiar al otro lado de la línea. Zoe tenía una voz que transmitía seriedad incluso por teléfono.

–¿Tan? –preguntó–. ¿Eres tú? Has vuelto locas a mis enfermeras.

–Soy yo. Por lo que he leído en los periódicos, te has convertido en un nuevo doctor Salk[1]. Has estado muy ocu-

---

1. Jonas Edward Salk fue el microbiólogo estadounidense que desarrolló la primera vacuna contra la polio. *(N. de la T.)*

pada y olvidaste enviarme una postal de Navidad el año pasado. —Cuando hablaba con ella se sentía de nuevo como una jovencita, igual que con Mary Stuart.

—No envié ninguna. Estaba demasiado ocupada. Tengo una hija. —Tanya imaginó la sonrisa afable de su amiga al decirlo.

—¿Cómo? ¿Te has casado? —preguntó con extrañeza, sabiendo que Zoe siempre había estado más interesada en cambiar el curso de la historia médica que en su vida privada—. ¿Te has unido por fin al resto de la población burguesa? ¿Qué ha ocurrido?

—No te excites. Es adoptada. No, no me he casado. No he cambiado tanto. Sencillamente he estado muy ocupada.

—¿Cuántos años tiene la niña? —preguntó Tanya, aún sorprendida. Nunca hubiera creído que Zoe tuviera instintos maternales. Por su edad, seguramente había decidido probar la maternidad antes de que fuera demasiado tarde. Lo raro era que no hubiera preferido quedarse embarazada.

—Casi dos. Lo cierto es que apareció en mi vida por casualidad. Su madre era paciente mía. Afortunadamente no tenía sida, pero carecía de hogar y de medios económicos. No quería quedarse con Jade, así que me la quedé yo. Es medio coreana y ha sido perfecto. Con mi trabajo, jamás hubiera tenido tiempo para quedarme embarazada. —Tampoco tenía una relación permanente con ningún hombre. Su corazón estaba en su trabajo.

—¿Cuándo podré verla? —preguntó Tanya melancólicamente pensando en su vieja amiga y en la pequeña coreana que había adoptado. Le encantaba el nombre, Jade. Aquello era muy propio de Zoe.

—Te enviaré una foto —dijo Zoe al tiempo que hacía señas a una enfermera que la aguardaba en el umbral de la puerta. Señaló su reloj y levantó cinco dedos. Quería hablar cinco minutos más con Tanya, pero había cuarenta pacientes en la sala de espera, algunos de ellos demasiado enfermos para esperar.

–¿Y si fuera algo más que una foto? ¿Qué te parecería venir a Wyoming? –La invitación se le había ocurrido de improviso. Pensó en invitar también a Mary Stuart, pero recordó que se iba a Europa con su hija–. No es más que una idea. He alquilado una cabaña en un rancho para turistas y no tengo a nadie con quien ir. Serán dos semanas en julio. –Su voz delataba cansancio y sensación de abandono. Zoe la conocía demasiado bien para intuir que las cosas no marchaban bien y lo lamentó sinceramente.

–¿Y tu marido?

–Tu pregunta demuestra lo que siempre he sospechado de ti: no compras comestibles y no lees la prensa sensacionalista. –Zoe había sido siempre la envidia de las demás mujeres por su extrema delgadez.

El comentario hizo reír a Zoe.

–Tienes razón en ambos casos. Nunca tengo tiempo para comer y no leería esa basura aunque me pagaran por hacerlo.

–Es un consuelo. De todas formas, en respuesta a tu pregunta, se ha ido. Esta misma semana. Y ahora su ex mujer no quiere dejarme ver a sus hijos porque un guardaespaldas me ha demandado aduciendo que intenté seducirle. En realidad es todo tan repugnante que no merece la pena explicárselo a un ser humano racional. No te molestes en intentar comprenderlo. Yo no lo comprendo y vivo aquí.

–No parece muy divertido. –Más que las palabras, a Zoe le preocupó el tono angustiado de su amiga–. Lo de Wyoming parece una gran idea. Ojalá pudiera ir contigo. –La enfermera volvía a estar en la puerta haciendo aspavientos, pero Zoe no quería cortar a Tanya, que realmente parecía necesitar alguien con quien hablar, de modo que pidió cinco minutos más por señas y la enfermera se marchó con expresión desesperada.

–¿No crees que podrías venir, Zoe? ¿Quizá sólo el fin de semana?

–Ojalá. Ahora mismo no tengo a nadie trabajando conmigo. Tendría que dejar a un grupo de médicos de guardia para que se ocuparan de mis pacientes, y la mayoría de ellos están tan enfermos que necesitan saber que me tienen a su lado.

—¿No tienes nunca tiempo libre? —preguntó Tanya con asombro. Tampoco ella disponía de mucho, pero su trabajo no era tan duro como cuidar enfermos agonizantes.

—No demasiado —admitió Zoe—. De hecho —añadió para disculparse—, sería mejor que volviera al trabajo ahora mismo, de lo contrario van a derribar la puerta para lincharme. Ya te llamaré. No dejes que esos idiotas te desanimen, Tan. No son más que unos pobres desgraciados y no vale la pena.

—Intento recordarlo, pero de todas formas lo consiguen. No sé cómo, pero siempre ganan, al menos en esta ciudad, o en esta profesión.

—No te lo mereces —dijo Zoe con su amable voz, y Tanya sonrió por primera vez en toda la mañana.

—Gracias. Oh, por cierto, el otro día vi a Mary Stuart.

—¿Cómo se encuentra? —preguntó Zoe con voz tensa, sin que a Tanya le importara. A lo largo de los años no había dejado de informar a cada una de sus amigas sobre la otra y seguía soñando con reconciliarlas para que todo volviera a ser como en los viejos tiempos.

—Se encuentra bien, más o menos. Su hijo murió el año pasado. No creo que se hayan recobrado todavía del golpe. Aún siguen bastante trastornados.

—Dile que lo siento —pidió Zoe en voz baja—. ¿De qué murió? ¿De un accidente?

—Creo que sí —contestó Tanya vagamente. No quería decirle que había sido un suicidio, porque sabía cuán mortificada se sentía Mary Stuart al respecto—. Estaba estudiando en Princeton. Tenía veinte años.

—Qué pena. —Zoe se enfrentaba con la muerte diariamente, pero era algo a lo que jamás se había acostumbrado. Era una derrota que aún detestaba y sabía que nunca la aceptaría con resignación. Cada vez que perdía a un paciente se sentía enfadada.

–Bien, tienes que colgar… pero piensa en lo de Wyoming. Sería divertido, ¿no crees? –Zoe sonrió. Para ella era algo casi imposible. Hacía once años que no tenía vacaciones–. Llámame. –Parecía triste y solitaria y Zoe deseó poder abrazarla. Era extraño pensar que una persona que tenía tantas cosas pudiera ser tan vulnerable y desdichada.

–¡Te enviaré fotos de Jade, lo prometo! –dijo Zoe antes de colgar, y tan pronto lo hizo, tres enfermeras cayeron sobre ella quejándose de que la sala de espera estaba atestada.

La enfermera que había atendido la llamada la miraba con asombro.

–No puedo creer que fuera ella. ¿Cómo es? –preguntó, y las demás corearon su petición.

–Es una de las mujeres más agradables que conozco y la más decente. Trabaja como una mula y tiene tanto talento que ni siquiera se da cuenta. Merece mejor suerte de la que ha tenido. Quizá le llegue algún día –dijo Zoe encaminándose a su consulta, pero la enfermera no comprendió sus palabras.

–Ha ganado Grammys, Oscars, discos de platino, dicen que gana diez millones de dólares en cada gira, y un millón por cada concierto cuando no está de gira. ¿Qué más puede pedir?

–Mucho más, Susan, créeme. Tú y yo tenemos más que ella. –A Zoe le dolía pensar que Tanya había tenido que llamar a una amiga de la universidad para encontrar a alguien con quien irse de vacaciones. Al menos ella tenía a su hija.

–No lo entiendo –dijo la enfermera meneando la cabeza, mientras Zoe entraba en una de las salas de tratamiento.

En Los Ángeles, Tanya se quedó sentada mirando la fotografía de Zoe en el periódico. Entonces decidió llamar a Mary Stuart, simplemente para hablar con ella.

–Hola, adivina con quién acabo de hablar hace cinco minutos.

–Con el presidente –bromeó Mary Stuart, feliz de oír su voz.

–No; con Zoe. Ahora dirige una clínica para enfermos de sida en San Francisco. Había un artículo sobre ella en *Los Angeles Times* de esta mañana. Y también ha adoptado a una niña. Tiene casi dos años, se llama Jade y es medio coreana.

–Eso es estupendo –dijo Mary Stuart intentando sentirse generosa con su antigua amiga, pero las viejas heridas aún escocían–. Me alegro por ella. Es típico de ella, ¿verdad? Lo de adoptar a una niña, quiero decir, y además asiática. Realmente ha acabado siendo lo que pretendía ser desde un principio. Y lo de la clínica para enfermos de sida tampoco me sorprende. ¿Se ha casado?

–No. Creo que es más lista que nosotras. ¿Se ha marchado ya Bill a Londres?

–Ayer… –Mary Stuart enmudeció de repente al pensar en lo que había hecho la noche anterior. Sabía que Tanya aprobaría su acción, aunque hubiera sido muy dolorosa–. Anoche saqué todas las cosas de Todd de su habitación. Supongo que hacía tiempo que debería haberlo hecho, pero no estaba preparada.

–Nadie te lo reprochará –dijo Tanya cariñosamente–. Por aquí uno hace lo que tiene que hacer para sobrevivir. –Le contó entonces que Nancy no le dejaba llevar a los niños a Wyoming.

–Eso sí es una mala pasada –dijo Mary Stuart, sabedora de lo mucho que significaban los niños para su amiga.

–¿Hay algo que no lo sea? Acabo de acceder a pagar medio millón de dólares al bastardo que me acusó falsamente en la prensa amarilla.

–Dios mío, qué horror. ¿Por qué tanto?

–Porque todo el mundo tiene miedo. A mis abogados les

aterran los jurados. Dan por sentado que no podrían ganar nunca un juicio porque la otra parte me haría aparecer como un monstruo nadando en dinero. Al parecer no es posible que crean que hay algo bueno o íntegro en mí. Celebridad es igual a zorra, o cuando menos persona que merece soltar grandes cantidades de dinero a los que son menos afortunados, menos honrados o más perezosos. Deberían incluir esa definición en el diccionario –dijo, y masticó un trozo de tostada. Mary Stuart sonrió. Tanya parecía alterada, pero no hundida, aunque tenía motivos para ello. Admiraba su gran coraje. A pesar de las adversidades, cada vez que caía volvía a ponerse en pie, siempre radiante, para cantar con todo su corazón–. ¿Has tenido noticias de Bill desde que se fue? –preguntó Tanya.

–Aún no. Pero ayer llamó Alyssa. Nuestro viaje se ha cancelado.

–¿Cómo? –preguntó Tanya, atónita–. ¿Qué ha ocurrido?

–Alyssa tenía una oferta mejor. Con un chico, por añadidura. –Mary Stuart sonrió, pero se le notaba decepcionada–. No se puede mejorar una oferta así a su edad.

–Ni a la mía –repuso Tanya entre risas–. Bueno, ¿y cómo quedas tú?

–Bastante colgada, supongo. Estoy intentando decidir qué hacer los próximos dos meses. Hablé con Bill otra vez antes de que se fuera, pero dejó muy claro que no quiere verme por allí. Cree que le «distraería». A decir verdad, pensaba ir a visitarte unos días, si tienes tiempo. Puedo ir a un hotel. Nueva York es horrible en julio y agosto, y este año no hemos alquilado casa para el verano porque sabíamos que Bill se marcharía a Londres.

–¿Qué te parecería Wyoming? –La cara de Tanya se iluminó al proponerlo. Al menos la mitad de su sueño podía hacerse realidad. Aunque Zoe no las acompañara, Mary Stuart y ella podían irse dos semanas al rancho y jugar a ser vaqueras–. ¿Quieres venir conmigo? Tengo alquilada una cabaña. Se supone que es el colmo del lujo, al estilo del Oeste, y no tengo ganas de ir sola. Iba a cederle las reservas a alguien, a mi secretaria seguramente, o a algún colaborador.

–Parece divertido –dijo Mary Stuart, pensativa–. No tengo nada más que hacer. No estoy segura de ser tan buena amazona como antes, aunque desde luego estoy bien acolchada.

–No me vengas con ésas, pesas diez kilos menos de lo que debieras. Pero ¿a quién le importa si no montamos? ¿Quién va a enterarse? Podemos contemplar las montañas, beber champán y perseguir a los vaqueros.

–Qué bien. Pronto se enteraría la prensa. No pienso ir a ninguna parte contigo si vas a destrozar mi reputación. –Mary Stuart bromeaba entre risas. Le encantaba la idea de pasar dos semanas en ese rancho ahora que las dos se habían quedado sin acompañantes.

–Me portaré bien, lo prometo. Sería fantástico. –A Tanya le brillaban los ojos–. ¿Vendrás, Stu?

Mary Stuart sonrió al oír el viejo diminutivo de la universidad.

–Me encantaría. ¿Cuándo nos vamos?

–Justo después del Cuatro de Julio. Sal y cómprate unas botas. Yo aún tengo las viejas.

–Iré de compras esta tarde. ¿Cómo llego hasta allí? –De repente se sentía renacer. Necesitaba un viaje como aquél.

–¿Por qué no te vienes a Los Ángeles y luego vamos en mi autobús hasta Jackson Hole? No tardaremos más de dos días. Podemos dormir, comer, leer, ver películas, lo que quieras. El conductor no habla nunca. –Tanya tenía un auténtico autobús de estrella del rock, con dos salas de estar, camas disimuladas, cuarto de baño y cocina completa.

–Allí estaré.

–Te recogeré en el aeropuerto. –Mary Stuart anotó las fechas. De repente se daba cuenta de que aquel inesperado viaje era su billete para la libertad.

Envió un fax a Bill nada más colgar para decirle que Alyssa había cancelado su viaje y que no irían a Londres, que en su lugar ella y Tanya Thomas se irían dos semanas a Wyoming. Prometía también que le enviaría los detalles cuando llegara a Los Ángeles la semana siguiente, después del Cuatro de Julio. Expresó su deseo de que todo fuera bien y de que el hotel fuera confortable. Escribió «Besos», pero esa vez no le dijo que lo echaba de menos.

Después de mandar el fax, cogió el bolso y se fue a Billy Martin's para comprarse unas botas.

Mientras tanto, en California, Tanya brincaba por la cocina como una chiquilla pensando en el viaje. Pensó en organizar un baile en el rancho y pasó el día muy animada pensando en ello. Por la noche, en el concierto benéfico, lució una espectacular figura embutida en un vestido negro de lentejuelas y todos afirmaron que jamás había cantado mejor.

—¡Has estado genial! —susurró Jean cuando Tanya abandonó el escenario, cansada y satisfecha—. ¡Eres la mejor!

Tuvo que salir a saludar y a hacer unos bises. La multitud lanzaba gritos histéricos y le arrojaba flores, le entregaba regalos, e incluso tuvo que esquivar prendas de ropa interior que le llegaban volando. El público la adoraba. Tuvo que salir escoltada por la policía para poder volver a casa y pensó en que todo aquello era una locura y en la paradójica dicotomía que acarreaba la celebridad: la pasión del amor y la desesperación del odio que sentían por ella.

8

Después de la llamada de Tanya, el resto del día para Zoe Phillips pasó volando entre paciente y paciente. La mayoría eran hombres homosexuales, pero en los últimos años cada vez eran más las mujeres y los hombres heterosexuales que habían contraído la enfermedad por relaciones sexuales, jeringuillas contaminadas o transfusiones. Los casos que más le dolían, y tenía muchos, eran los niños. Se sentía como si trabajara en un país subdesarrollado. No podía curarlos, y poca cosa podía hacer en su ayuda. Algunas veces se limitaba a un gesto, una caricia, un momento junto a su lecho de muerte. Zoe se había mostrado infatigable desde que se documentaran los primeros casos de sida a principios de los ochenta. En los años posteriores, el sida se había convertido en su obsesión.

Al concluir la jornada, se habían agotado todas sus reservas de energía y emoción. El único ser humano al que aún podía ofrecerle algo era su hija. Intentaba pasar con ella el mayor tiempo posible, incluso comía en casa algunas veces para estar con ella. Al principio la llevaba al trabajo y la tenía en su consulta en un moisés, pero en cuanto Jade empezó a caminar ya no pudo ser. Ahora se disponía a volver a casa cuando apareció Sam Warner, el único médico que hacía suplencias en la clínica en aquellos momentos, para saludarla. Sam era un buen médico y una gran persona. Habían sido buenos amigos en la facultad de medicina de Stanford, inseparables incluso durante un tiempo. Zoe siempre había sospechado que a él le gustaba, pero estaba demasiado dedicada a su trabajo para darse por aludida, y él no había llegado a insinuarse. Sam se fue a Chicago como residente en un hospital y perdieron el contacto el tiempo suficiente para que él se casara y se divorciara. Finalmente Sam volvió a California, donde se reencontraron y reanudaron su amistad.

–¿Qué tal va por aquí? –preguntó Sam asomando la cabeza por la puerta–. Hace semanas que no sé nada de ti. –Tenía el aspecto de un enorme oso de peluche, alto, fornido y cálido, con cabellos castaños siempre despeinados y grandes ojos castaños, y por mucho que se esforzara siempre parecía desaliñado. Sin embargo era un médico brillante que sabía tratar a sus pacientes, y el único en quien Zoe confiaba para las suplencias–. ¿Nunca te tomas un día libre? –añadió Sam con expresión preocupada. Sam se ganaba la vida como suplente de diversos médicos y no tenía consulta propia. Le gustaba mucho la clínica de Zoe, a la que tenía en la más alta consideración.

–Procuro no hacerlo –contestó Zoe–. A mis pacientes no les gusta. –Aunque sabía que Sam también les gustaba, creía que era su deber no abandonarlos. No sólo los visitaba en la clínica, sino también en sus casas, incluso en domingo. Sam lo sabía.

–Necesitas algo de tiempo para ti –la regañó él mientras contemplaba cómo se quitaba la bata blanca y la arrojaba al cesto para la lavandería–. Te sentaría bien, y además –sonrió– necesito el dinero.

–Creo que aún te debo lo de la última vez, Sam. Tengo una nueva contable y por el momento ha resultado un desastre. –Zoe le sonrió.

Sam era en extremo paciente con los pagos. Procedía de una familia rica del Este y tenía rentas propias, pero él nunca comentaba nada al respecto ni mostraba la menor ostentación. Conducía un viejo coche, vestía ropas sencillas, sobre todo camisas deportivas y tejanos, además de un par de gastadas botas a las que sin duda tenía gran cariño.

–¿Alguna novedad por aquí? –preguntó Sam.

Le gustaba mantenerse al día sobre los pacientes de Zoe para no sentirse perdido cuando ella le llamaba para una suplencia, cosa que hacía únicamente cuando estaba enferma o tenía que asistir a un acontecimiento especial. En los últimos tiempos sus salidas escaseaban. Por la noche estaba demasiado cansada e increíblemente ocupada durante el día, pero se sentía feliz quedándose en casa con su hija, y cuando tenía alguna cita, como sucedía alguna que otra vez, se llevaba el busca y respondía a las llamadas personalmente, aunque tuviera que salir de un teatro o abandonar una cena. Por ese motivo salir con ella no era demasiado excitante, pero no se podía negar que como médico era extraordinaria.

–Nada especial –contestó mientras se cambiaba de zapatos–. Ahora tenemos un montón de bebés. –Los bebés contraían el sida durante la gestación, contagiados por sus madres.

–Echaré un vistazo cuando te vayas. –A ella no le importaba que Sam repasara sus archivos; no tenía secretos para él–. Dale un beso a Jade de mi parte.

–Gracias.

Abandonó su consulta sonriendo. Echó un vistazo a su reloj porque era una de esas escasas noches en que tenía una cita y debía darse prisa. Eran las siete menos cuarto y Richard Franklin pasaría a recogerla por casa a las siete y media. Richard era un conocido especialista en patologías mamarias del UC, el Hospital de la Universidad de California. Se habían conocido hacía dos años en un congreso en el que ambos participaban como oradores. A ella le había intrigado la rivalidad natural entre sus dos especialidades. A él le había molestado que el sida monopolizara la atención de la prensa y había citado el hecho de que muriera más gente de cáncer de mama que de sida, por lo que los fondos para investigación debían destinarse al cáncer. La discusión entre ambos había sido muy enconada y había sentado la base para una peculiar amistad. En los dos años siguientes habían salido juntos varias veces, sobre todo recientemente. Richard era un hombre brillante y Zoe disfrutaba con su compañía, algunas veces incluso con algo más, pero no era el tipo de hombre del que pudiera enamorarse. El último hombre al que realmente había amado había muerto de sida diez años atrás por culpa de una transfusión, dejándole todo el dinero con el que ella había financiado su clínica. Ningún otro había significado tanto para Zoe desde entonces, al menos no para casarse, y mucho menos Richard Franklin.

Zoe se dirigió a su casa en su vieja furgoneta Volkswagen. La había comprado tras adoptar a Jade y la utilizaba a menudo para transportar a sus pacientes. Más adelante pensaba destinarla exclusivamente a ese uso. Tenía una bonita casa antigua en Edgewood, cerca del UC y del bosque, por el que solía pasear con Jade. La vista desde su salón era espectacular: el Golden Gate y los Marin Headlands. En cuanto abrió la puerta, Jade dejó escapar una exclamación emocionada: «¡Mami!». Zoe la aupó y la abrazó mientras Jade agitaba los brazos y le hablaba de un perro y de un conejo. No se le entendía muy bien, pero Zoe sabía de qué hablaba.

—¡Onejo! ¡Onejo! —decía excitadamente, refiriéndose a los animales que había visto en casa de sus vecinos—. ¡Mami, onejo!

—Lo sé. Quizá compremos uno un día de éstos —dijo Zoe entrando en la cocina.

Dejó a la niña en el suelo y probó la hamburguesa y el arroz que le había preparado la canguro danesa. No era una comida fabulosa, pero sí saludable. Mientras Jade blandía un puñado de zanahorias crudas que había estado mordisqueando, Zoe subió a su dormitorio. Quería cambiarse deprisa para disfrutar de unos minutos con Jade antes de salir.

Aquél era precisamente el motivo por el que detestaba salir de noche, aunque lo hiciera muy raras veces, porque le privaba de la compañía de su hija.

Bajó veinte minutos más tarde vestida con una larga falda negra de terciopelo y una blusa blanca de encaje. Tenía el aire de un viejo retrato de familia. Llevaba recogida la larga melena pelirroja en una trenza, igual que en la universidad.

—¡Mamá gapa! —dijo la niña, palmoteando de nuevo.

Zoe sonrió y la sentó en su regazo, aunque estaba exhausta.

—Gracias, Jade. ¿Qué tal está hoy mi mujercita? —preguntó.

La niña se apretó contra ella y Zoe pensó, abrazándola, que aquello era lo más importante en la vida. El dinero y el éxito no eran nada comparados con la salud y los hijos. Los casos que trataba en su consulta cada día se lo recordaban.

Zoe y Jade jugaron con unas grandes piezas Lego de color rosa durante unos minutos hasta que sonó el timbre de la puerta. Era Richard Franklin. Su aspecto era muy elegante. Llevaba pantalones grises y una chaqueta informal, pero Zoe observó que no le faltaba la corbata de marca y, como de costumbre, su pelo parecía recién cortado. El doctor Franklin siempre tenía un aspecto impecable, como si estuviera a punto de dar una conferencia a los donantes más importantes del hospital. No podía ser más diferente de Zoe, pues si bien era brillante en su especialidad, su manera de tratar a los enfermos no era demasiado cordial. Quizás el saberse tan diferentes era lo que les atraía.

—¿Cómo está esta noche el doctor Franklin? —preguntó Zoe cuando la canguro le abrió la puerta, acuclillada aún y sin dejar de jugar con su hija.

—Estoy impresionado —contestó él, muy atractivo y al mismo tiempo distante. Zoe sospechaba que lo que más le gustaba de su compañía era el deseo de dominar su arrogancia, deseo que por el momento había reprimido—. ¿Lo haces a menudo? –preguntó Richard refiriéndose al juego, mientras Zoe levantaba una estructura de piezas y Jade la derribaba.

–Siempre que puedo –contestó ella con sinceridad, aunque sabía que a él le hacía sentirse incómodo. Richard le había confesado que los niños no le gustaban y a sus cincuenta y cinco años ni siquiera se había casado. Afirmaba que nunca se le había presentado la oportunidad en el momento justo, pero Zoe intuía con perspicacia que en realidad era demasiado egocéntrico–. ¿Quieres jugar con nosotras? –bromeó; no se imaginaba a Richard a cuatro patas en el suelo jugando con un niño. Podría despeinarse, o arrugarse los pantalones. Sabía que la gente opinaba que era demasiado estirado, y lo era en cierto sentido. Superficialmente era el tipo de hombre con el que los padres de Zoe hubieran querido que se casara su hija, pero hacía años que ambos habían fallecido.

–¿Estás lista? –preguntó él con impaciencia. Se había cansado de ver jugar a Zoe con su hija en menos de un minuto. Además, la reserva en el Boulevard era a las ocho y había un buen trecho hasta allí desde Edgewood. El restaurante era muy popular y no les gustaba guardar mesas, aunque fuera para médicos importantes.

–Lista, caballero –dijo ella poniéndose una chaqueta corta de terciopelo. Las noches en San Francisco eran frescas, aun en junio.

Luego cogió en brazos a Jade para darle un beso.

–Te quiero, ratoncita –dijo, frotando la nariz contra la de la niña. Después le dio un beso de mariposa en la mejilla con las pestañas y la niña se echó a reír–. Hasta luego.

Cuando pronunció estas palabras, Jade empezó a poner morritos y Zoe adivinó que estaba a punto de echarse a llorar. La puso en brazos de la canguro y se despidió con la mano cuando Jade soltaba ya un quejido, pero para entonces Zoe y Richard ya habían salido y la canguro le daba la vuelta para distraerla. Zoe se había convertido en una maestra de las despedidas rápidas.

–Lo haces muy bien –dijo Richard con admiración.

No era habitual en él salir con mujeres que tuvieran hijos pequeños. En general prefería mujeres que estuvieran dedicadas en cuerpo y alma a su carrera, como era el caso de Zoe cuando se conocieron. Pero después ella le había dejado estupefacto al adoptar a Jade. No era lo que esperaba de ella y en cierto modo había alterado su relación, pero seguía encontrándola sumamente atractiva y le hubiera gustado que pasaran más tiempo juntos en lugar de limitarse a las migajas que le dejaba su profesión y su hija.

–Hace dos semanas que no te veo –dijo al poner en marcha su Jaguar verde oscuro.

–He estado ocupada –repuso ella–. Tengo muchos pacientes muy enfermos. –Varios habían muerto reticentemente y ella se había sentido muy deprimida porque siempre acababa estableciendo una estrecha relación con ellos, sobre todo al final, cuando todo era tan conmovedor y patético.

–Yo también tengo pacientes muy enfermos –dijo él con una leve irritación, dirigiendo el coche hacia el centro.

–Sí, pero tú tienes colaboradores.

–Cierto. Deberías pensar en ello. No sé cómo te las arreglas. Caerás enferma uno de estos días. Te contagiarán una hepatitis, o peor aún, el sida.

–Qué idea tan agradable –dijo ella, apartando la vista para mirar por la ventanilla.

–Puede ocurrir –replicó él con seriedad–. Deberías pensar bien en lo que haces. No tiene sentido que actúes como una heroína o una mártir.

–He pensado en ello y es lo que quiero hacer. Me necesitan, Dick.

–También los demás. También te necesita tu hija. Necesitas más tiempo libre. –Era la segunda persona que se lo decía en un mismo día y Zoe lo miró con curiosidad, preguntándose por qué lo había dicho. Richard no solía mostrarse tan solícito ni preocupado por nadie, aunque fuera médico–. Pareces cansada, Zoe –añadió él y luego sonrió y le palmeó la mano–. Una buena cena fuera de casa te haría bien. Seguro que tampoco sigues una dieta adecuada.

Zoe no recordaba siquiera si había desayunado o comido. La mayoría de días no paraba de trabajar hasta concluir la jornada. Sin embargo, cuando llegaron al restaurante Zoe se sintió inclinada a darle la razón a Richard. El local era cálido y acogedor y la mesa estaba tan bien preparada que casi lamentó no salir con él más a menudo. Richard pidió el vino. Escogieron asado de cordero y soufflé de postre. Desde luego no se parecía en nada a las sobras de hamburguesa del plato de Jade que cenaba en casa o la pizza fría que solía encontrar en la nevera de su consultorio.

–Qué sitio tan acogedor –dijo ella con expresión agradecida.

–Te he echado de menos –respondió él, alargando la mano para cogerle la suya.

Pero Zoe no tenía ganas de ponerse romántica; había algo en la arrogancia de Richard que le impedía caer a sus pies, aunque lo encontrara físicamente atractivo. Pese a la luz de las velas y el vino, aquella noche prefería mantener las distancias.

–He estado muy ocupada –dijo ella de nuevo.

–Demasiado. ¿Qué te parecería pasar un fin de semana en alguna parte? He alquilado una casa en Stinson Beach para julio y agosto. ¿Por qué no te vienes un fin de semana?

Zoe sonrió. Le conocía mejor de lo que creía.

–¿Con Jade? –preguntó.

Richard vaciló antes de asentir.

–Si lo prefieres… pero quizá te sentaría bien alejarte de ella un par de días.

–La echaría de menos –replicó Zoe y luego se echó a

reír–. Seguramente sería una huésped insoportable. Estoy tan cansada que me pasaría el fin de semana durmiendo.

–A lo mejor yo encontraba el modo de despertarte –sugirió él con expresión sensual al alzar su copa hacia ella y beber luego un sorbo de vino.

–No lo dudo, doctor Franklin –dijo Zoe volviendo a sonreír.

La velada transcurrió afablemente, charlando sobre el hospital en el que ambos trabajaban, sobre la política que solía practicarse en todos los hospitales universitarios de importancia y sobre ciertos rumores intrigantes. Richard le explicó una nueva técnica que había perfeccionado y que aparecería en los libros de texto. No era excesivamente modesto, pero a Zoe no le importaba, le gustaba hablar de medicina con él, porque sus conocimientos eran fascinantes. Zoe se lo había comentado a Sam alguna que otra vez y él la había acusado de estar obcecada con su trabajo. Sam decía que detestaba salir con mujeres médicos y hablar de trasplantes de hígados mientras comía pasta. Opinaba que Zoe debía ensanchar sus horizontes. Además, no soportaba a Dick Franklin. Lo consideraba intratable y pomposo.

Ambos tomaron un capuchino después del soufflé. Eran casi las once, y aunque Zoe no quería admitirlo delante de él, estaba exhausta. A duras penas se mantenía despierta y tenía que pasar visita en el hospital a las siete de la mañana, lo que quería decir que se levantaría a las cinco y media con Jade. Se levantaba con ella todas las mañanas para jugar antes de irse al trabajo. Era su momento predilecto del día.

Dick la llevó de vuelta a casa y le recordó que quería pasar un fin de semana con ella en Stinson.

–Dime cuándo te va bien –pidió con una cálida mirada–. Estoy a tu disposición.

–Primero tengo que hablar con el médico que me sustituye y preguntar a la canguro si puede quedarse con Jade hasta el domingo. –Pese a que antes bromeaba con él, nunca le hubiera castigado imponiéndole la presencia de Jade todo un fin de semana. Él quería escuchar música clásica, hacer el amor por la tarde y charlar sobre técnicas quirúrgicas, no cambiar pañales o limpiarle la cara a un niño después de comer, y Zoe lo comprendía–. Veré cuándo están libres los dos y te llamaré.

Estaban sentados en el coche frente a la casa. Él había querido pasar por su casa de Pacific Heights, pero la vio bostezar por el camino y siguió hacia Edgewood. Zoe se disculpó por ser una mala compañía.

–El problema es que no lo eres –dijo él con su voz más agradable y mirando con anhelo hacia la casa, pero no sabía cómo abordar el tema de la niña y la canguro y sabía que Zoe prefería ir a la casa de él–. Cada vez que te veo quiero pasar más tiempo contigo y tú siempre estás demasiado ocupada. –A pesar de sus quejas, Dick comprendía a Zoe perfectamente. También él tenía una agenda muy apretada, no sólo en su especialidad y como cirujano, sino impartiendo conferencias a lo largo y ancho del país.

–Quizá sea eso lo que mantiene vivo el interés entre nosotros –dijo Zoe con una sonrisa mirándole, disfrutando de su compañía aun sabiendo que jamás podría amarle–. Quizá si pasáramos más tiempo juntos acabaría aburriéndote.

–No creo que sea probable –repuso él, echándose a reír. En ciertos aspectos Zoe era una tentación continua. Conseguía ser vulnerable e inalcanzable a la vez, poderosa y gentil, y esos contrastes le excitaban más de lo que expresaba con palabras–. Supongo que no podré convencerte de que escandalicemos a la canguro esta noche, ¿verdad? –preguntó esperanzado.

Zoe meneó la cabeza lentamente. Jamás hacía ese tipo de cosas desde que tenía a Jade, y no pensaba empezar con el doctor Franklin.

–Me temo que no, Dick. Lo siento.

–No me sorprende –dijo él con una sonrisa–, sólo estoy decepcionado. Bueno, echa una mirada a tu agenda y elige un fin de semana. Que sea pronto, por favor.

–Sí, señor.

Dick la acompañó hasta la puerta y le pidió la llave para abrírsela. Se despidió besándola castamente en los labios. No tenía sentido empezar nada que no pudieran acabar, y él era un hombre paciente. Le hubiera gustado hacer el amor con ella esa misma noche, pero estaba dispuesto a aceptar las limitaciones de Zoe. Ella le dio las gracias por la cena y, en cuanto se fue Dick, subió rápidamente a su dormitorio, se desvistió y se metió en la cama sin ponerse siquiera el camisón ni lavarse los dientes; estaba demasiado cansada. Durmió como un tronco hasta las seis de la mañana.

Jade ya estaba despierta cuando Zoe entró en su cuarto, y jugaba alegremente con los juguetes que la canguro había dejado en su cama la noche anterior. La niña hablaba y canturreaba para sí, pero se levantó y dio un chillido cuando vio a su madre.

–Hola, monito –dijo Zoe, cogiéndola en brazos para cambiarle el pañal. Al hacerlo se dio cuenta de que Jade parecía más pesada de lo habitual y de que ella seguía cansada pese a haber dormido varias horas. Era algo que le ocurría cada vez con mayor frecuencia y le recordó que tenía que llamar al laboratorio cuando llegara a su consulta.

Salió de casa a las siete menos cuarto y llegó al Hospital a las siete para hacer sus visitas. A las ocho y media estaba en su consulta y había ya dos docenas de pacientes esperándola. Fue uno de los días más ajetreados de los últimos meses y no tuvo tiempo de llamar al laboratorio hasta la hora de comer. Cuando por fin llamó, aún no tenían los resultados y por una vez perdió los estribos.

–Hace dos semanas que los estamos esperando, maldita sea –se quejó–. No es justo tener a la gente esperando tanto tiempo. Se trata de un asunto de vida o muerte, no es un simple análisis de orina, por amor de Dios. ¿Cuándo lo tendréis?

Los del laboratorio se disculparon por el retraso y le prometieron tenerlos para las cuatro, pero ella no tuvo ocasión de llamar hasta las cinco y media. Aún quedaban pacientes esperando, pero quería tener los resultados antes de irse a casa. Tardaron un rato en encontrarlos, mientras ella maldecía y entregaba varios mensajes a las enfermeras. Por fin volvieron a coger el teléfono y se lo dijeron.

–Positivo –dijo el técnico de laboratorio con tono profesional. No era una gran sorpresa. Todos los pacientes de Zoe daban positivo en la prueba del sida. Por eso iban a verla. No obstante, para ella fue como un mazazo.

–¿Positivo? –repitió, como si nunca hubiera oído esa palabra–. ¿Positivo? –El mundo entero daba vueltas.

–Eso he dicho –dijo él tranquilamente–. ¿No lo esperaba esta vez?

En realidad aquel resultado explicaba el cansancio de Zoe, la pérdida de peso, las diarreas que tenía de vez en cuando y los síntomas que la habían inquietado durante seis meses, desde Navidad. Recordó el día en que se había pinchado accidentalmente con una jeringuilla usada cuando extraía sangre a una niña que había muerto de sida en abril.

Dio las gracias al técnico de laboratorio por el resultado y colgó, sintiéndose como si de pronto el mundo se hubiera acabado, exactamente igual que sus pacientes cuando ella les decía lo mismo. El técnico de laboratorio no había mostrado la menor sutileza ni amabilidad al pronunciar su sentencia. «Positivo»... Zoe tenía sida... ¿qué haría con Jade...? ¿Cómo iba a trabajar...? ¿Quién cuidaría de ella cuando se pusiera enferma... Considerando la enormidad de su desgracia, se sintió abrumada. Al principio había rechazado la idea, pero luego habían crecido las sospechas al aparecerle una extraña llaga en el labio. La llaga había desaparecido rápidamente, pero sus sospechas no. Finalmente sus conocimientos profesionales la había obligado a enfrentarse con los hechos y se había hecho la prueba. Su preocupación la había llevado a no verse con Dick Franklin mientras esperaba los resultados, aun cuando había tomado siempre las mayores precauciones desde que su amante muriera de sida y había advertido de su relación a cuantos hombres pasaban por su vida. Dick lo sabía y ambos habían sido muy prudentes para no exponerse a ningún riesgo. No obstante, si quería seguir viéndole tendría que contárselo. Lo cierto era que no tenía ganas de verlo ni de decírselo. Dick le había advertido del riesgo que corría con sus pacientes. Le había ocurrido antes a otros médicos y él no creía que mereciera la pena.

Dick era un científico y un buen amigo sin duda, pero no era el tipo de personal al que se podía acudir en busca de comprensión y ayuda, sino simplemente para pasar una velada agradable. Zoe sabía que su vida social estaba acabada, como tantas otras cosas. Sintió el acuciante deseo de prorrumpir en sollozos, pero no podía permitirse ese lujo mientras hubiera pacientes esperando, aunque de repente ya no podía pensar con claridad.

–¿Hay alguien en casa? –Sam asomó la cabeza por la puerta y se sobresaltó al ver la expresión demudada de Zoe–. ¿Estás bien? Tienes muy mala cara –dijo sin rodeos.

–Creo que estoy incubando algo –explicó ella vagamente, buscando una excusa para justificar su alteración–. Un resfriado, la gripe, algo así…

–Entonces no deberías estar aquí –repuso él–. No es que quiera presionarte para que me des trabajo, pero tus pacientes no pueden permitirse contagiarse de ti, ya lo sabes.

–Llevaré mascarilla –dijo ella, buscando una en el cajón de su mesa con dedos temblorosos. Sam vio el temblor de sus manos cuando intentaba atársela. No dijo nada, pero su semblante expresó preocupación–. Yo... de verdad... estoy bien... –le aseguró ella–. Es sólo que... me duele la cabeza.

–Estás hecha una piltrafa –dijo Sam, sacándole el estetoscopio y dejándolo sobre la mesa–. Vete a casa. Yo veré al resto de tus pacientes sin cobrarte. Algunas personas no saben cuándo es hora de dejarlo –añadió, agitando un dedo y empujándola casi para que se marchara, pero ella no opuso resistencia. De repente no podía respirar, no podía creer lo que había oído. Tenía sida... sida... el asesino que mataba a todos sus pacientes... su vida había acabado. Claro que podía vivir durante años con los cuidados apropiados, y lo sabía, pero el virus estaba en su sangre como un francotirador o una bomba de relojería–. Vete a casa –le decía Sam–, métete en la cama y quédate allí. Yo pasaré más tarde a ver cómo estás.

–No es necesario, estoy bien. Y gracias por acabar las visitas por mí.

Sam era una persona maravillosa y le tenía un gran afecto. Se preguntó si debía decirle lo que le ocurría, de hecho parecía lo más sensato, pero Zoe no quería que nadie lo supiera, al menos hasta que no tuviera más remedio. Por supuesto tendría que hacer una excepción con Dick Franklin, no porque temiera haberle contagiado, sino por una mera cuestión de ética, y aunque no pensara volver a acostarse con él. En toda caso, como hacía con todos los demás, quería guardarse la mala noticia para sí. Zoe Phillips no lloraba en el hombro de nadie.

Sin embargo, lloró durante todo el camino de vuelta a casa en su vieja furgoneta Volkswagen, y cuando llegó tenía un aspecto deplorable. La canguro se asustó al verla entrar y también Jade se quedó mirándola un momento.

–¿Mami triste? –preguntó con expresión preocupada.

–Mami te quiere –dijo Zoe abrazándola con fuerza, pensando que tendría que tener mucho cuidado en no cortarse o acercarse a ella si se cortaba. Se preguntó si debía llevar mascarilla y guantes en casa, pero pronto se dio cuenta de que estaba dejándose llevar por el pánico. Era médica, sabía lo que debía hacer. Pero aquello era diferente, porque se trataba de su propia vida, y resultaba difícil ser racional y objetiva.

Siguió el consejo de Sam y se metió en la cama. Jade se acurrucó a su lado y Zoe la acunó entre sus brazos durante largo rato. Era como si la niña presintiera que ocurría algo terriblemente malo y que podía perder a su madre. Lo cierto era que la perdería un día, se recordó Zoe, la cuestión era cuándo, como para cualquier otro enfermo de sida. Teniendo en cuenta cómo lo había contraído Zoe, sería pronto, y volvió a embargarla el pánico al pensar que no tenía nadie a quien dejar a Jade cuando muriera. Tenía que solucionarlo con rapidez y tomar decisiones.

Una hora más tarde entró Inge para decirle que el doctor Franklin la llamaba por teléfono. Zoe vaciló un momento y luego negó con la cabeza. Pidió a Inge que le dijera que no estaba. La canguro volvió con un número de teléfono de Stinson Beach, pero Zoe no quería hablar con Franklin; había decidido enviarle una nota. Sería más fácil contárselo por escrito. Zoe tenía la conciencia tranquila, porque siempre había sido muy cuidadosa, pero consideraba que tenía el deber de decírselo y tan sólo esperaba que él no propagara la noticia en la comunidad médica, que era tan reducida y proclive a los chismes. Suponía que con el tiempo, cuando estuviera muy enferma, todo el mundo se enteraría, pero si tenía suerte podía tardar mucho. Mientras tanto, no quería que Dick Franklin les pusiera al corriente. En todo caso, queriéndose quitar ese peso de encima, le escribió una breve carta esa misma tarde. En ella le decía únicamente que había dado positivo en la prueba del sida y que creía que él debía saberlo, pero le recordaba que nunca habían corrido el menor riesgo. También le decía que necesitaba estar sola durante un tiempo y que era mejor que cada uno siguiera por su lado. Así, con la mayor amabilidad, Zoe le liberaba de su relación. Releyendo la carta, se preguntó si él volvería a llamarla. No le imaginaba ofreciéndole consuelo o telefoneando para preguntar cómo estaba, y mucho menos para ofrecerse a ayudarla con Jade. Dick era estrictamente un compañero para ir a cenar, al teatro o a la ópera, o para pasar un fin de semana. De todas formas no esperaba nada de él, sólo que no comentara nada en el hospital. No era pedir demasiado.

Después de escribir la carta, Zoe volvió a meterse en la cama acurrucada junto a su hija. Después de un rato entró Inge para llevarse a Jade a cenar y contempló a Zoe con preocupación. Jamás la había visto tan apática ni alterada, y Zoe jamás se había sentido tan angustiada como entonces, salvo quizá cuando su amante murió de sida. Estaba aterrorizada, sólo deseaba taparse con las sábanas y aferrarse a alguien, pero no tenía a nadie con quien hablar.

No se molestó en encender la luz cuando empezó a anochecer. Oía a Jade jugando en el cuarto contiguo con Inge mientras la canguro le daba de comer y se durmió con aquellos sonidos reconfortantes, hasta que oyó que alguien hablaba y despertó con sorpresa. Sam Werner se hallaba de pie junto a ella y le palpaba la frente para comprobar si tenía fiebre.

–¿Cómo te sientes? –preguntó en voz baja y ella se sintió muy agradecida. Comprendía perfectamente por qué le querían tanto sus pacientes. Algunas veces el calor humano era más importante que los conocimientos médicos.

–Estoy bien –contestó, y era verdad por el momento, pero estaba tan asustada, y también furiosa consigo misma por ser tan patética.

–No, no lo estás –dijo él. Se sentó en el borde de la cama y la miró, examinándole los ojos y el semblante sin tocarla–. No tienes fiebre –añadió, desconcertado–, pero pareces hecha polvo. –Más que nada Zoe parecía terriblemente angustiada, lo que le dio una idea–. ¿Podría ser que estuvieras embarazada? –preguntó.

Zoe sonrió. Ojalá fuera tan simple, o tan agradable.

–Me temo que no –respondió con tristeza–, pero es una bonita idea. Casi lo preferiría.

–Estoy dispuesto a ayudarte si eso te anima –dijo Sam. Ella se echó a reír y él le cogió la mano–. Zoe, sé que creerás que lo hago por conseguir trabajo, pero no es así. –Ella volvió a sonreír al recordar lo ocupado que estaba haciendo sustituciones–. Pequeña, necesitas un descanso. No sé qué te preocupa –empezaba a creer que era algo emocional más que físico–, pero creo que necesitas más tiempo libre. No puedes rendir al máximo continuamente sin que eso repercuta a la larga en tu organismo. ¿Por qué no te tomas unos días de descanso?

Zoe pensó en la invitación de Dick, pero ya no era apropiado aceptarla, y además no quería hacerlo, pero Sam estaba en lo cierto. Tenía que hacer algo por sí misma. Si quería luchar por su vida, tendría que intentar prolongarla, y eso quizá significaba descansar un poco para recobrar fuerzas.

–Lo pensaré.

–No, no lo harás. Te conozco. Estarás haciendo tu ronda de visitas mañana a las siete. ¿Por qué no me dejas al menos que lo haga yo durante unos días y tú empiezas a trabajar a las nueve en tu consulta como una persona civilizada?

La oferta era muy tentadora. Desde luego agradecería una noche entera de sueño para pensar y orientar su vida.

–¿Me sustituirás esta noche y mañana por la mañana? –preguntó, sintiéndose agotada de nuevo. No sabía si se debía a la enfermedad o a que estaba emocionalmente deshecha por el resultado del análisis.

–Haré todo lo que quieras –dijo él amablemente.

Zoe se sintió conmovida y tentada de contarle su tragedia, pero no, no quería que nadie lo supiera. Con el tiempo, claro está, tendría que reducir el número de pacientes, y quizás incluso pedir a Sam que trabajara con ella, pero aún era demasiado pronto para pedírselo y le deprimía pensar en ello.

—Te lo agradezco de veras —dijo en voz baja mientras Sam se levantaba.

—Tú calla y duerme. Llamaré al servicio de guardia por ti. Seguramente te encontrarás bien cuando te despiertes mañana, pero no quiero verte en el hospital. Y ahora que lo pienso, ¿por qué no empiezas a las diez?

—Me convertirás en una holgazana, Sam —dijo, recostándose en las almohadas.

—No creo que nadie lo consiguiera —dijo él, sonriéndole desde la puerta de la habitación.

Muchas eran las cosas que le hubiera gustado decirle sobre el respeto y la amistad, pero nunca encontraba la oportunidad. Quería invitarla a salir desde que había vuelto a San Francisco, pero ella siempre mantenía las distancias y Sam la había visto salir una o dos veces con el ilustre Richard Franklin. No creía que hubiera nada serio entre ellos, pero tampoco le parecía apropiado preguntárselo a ella. Pese a su larga amistad, Zoe se mostraba muy poco dispuesta a hablar de su vida privada. Sin embargo, Sam la admiraba más de lo que podía expresar y haría cualquier cosa por ella.

—Gracias, Sam —dijo Zoe, y él se despidió con la mano y cerró la puerta.

Permaneció acostada, sumida en amargas reflexiones durante largo tiempo. Los pensamientos se agolparon en su cabeza, dando vueltas vertiginosamente. Cerró los ojos. De repente se acordó de Tanya. Era exactamente lo que hubiera recomendado a uno de sus pacientes, así que decidió llamarla.

Buscó el número en su agenda y lo marcó. Sabía que era una línea privada. Al principio creyó que no estaba, pues Tanya no contestó hasta la cuarta señal. Se oía música de fondo y ella parecía sin resuello. Tanya estaba haciendo ejercicios junto a la piscina.

—¿Sí? —Su voz sonaba igual que en la universidad. Era extraño que ciertas cosas no hubieran cambiado nunca y otras hubieran cambiado tanto.

—¿Tanny? —La voz de Zoe sonaba cansada y vulnerable. Por un momento deseó fundirse en un abrazo con su amiga y estallar en lágrimas, pero se obligó a ser fuerte para que Tanya no sospechara nada.

—No pensaba que me llamarías tan pronto —dijo Tanya, sorprendida y complacida a la vez—. ¿Qué ocurre?

—Hoy me ha ocurrido algo increíble. Hay un médico que me sustituye algunas veces. Pues me ha echado de mi consulta durante unos días. Dice que necesita el trabajo.

—¿Hablas en serio? —preguntó Tanya, todavía sorprendida por la llamada.

—Sí, y he pensado... en el viaje del que me hablaste ayer... Supongo que... no quisiera ser un estorbo... ¿vas con alguien? Es que he pensado que...

Tanya comprendió al fin el motivo de la llamada y le pareció la oportunidad perfecta para volver a estar todas juntas de nuevo. Pero sabía que si Zoe se enteraba de que también iría Mary Stuart, seguramente no querría ir. Habría tiempo para explicárselo a las dos cuando llegaran al rancho, y Tanya estaba convencida de que, una vez allí, todo se resolvería entre ellas.

—No; voy sola —mintió. Le dio todos los detalles y sugirió que cogiera un avión directamente hasta Jackson Hole. Tanya no quería arriesgarse a que Mary Stuart se negara a subir al autobús con ellas si Zoe las acompañaba desde Los Ángeles hasta Wyoming. Estaba segura de que se reconciliarían en el rancho, pero no quería darles ocasión de echarse atrás.

—Pero sólo podré ir una semana —dijo Zoe, asustada ya por la idea de dejar a sus pacientes, aunque sabía que necesitaba hacerlo. En cualquier caso, una semana era más que suficiente.

–No importa. Quizá podamos convencerte de que te quedes otra cuando estemos allí –repuso Tanya alegremente.

–No irás con acompañante, ¿no? –preguntó Zoe, que había reparado en la primera persona del plural, pero cuando Tanya le aseguró que no, supuso que no era más que una forma de hablar. Ni siquiera se le ocurrió que su amiga hubiera invitado a Mary Stuart.

–¿Traerás a la niña? –pregunto Tanya, a quien no le hubiera importado que Jade pasara las vacaciones con ellas.

–Creo que no, Tan –contestó Zoe meneando la cabeza–. Es demasiado pequeña. A su edad no lo disfrutaría. Además, me haría bien alejarme de todo durante unos días. –Pese a sus palabras, Zoe detestaba la idea de dejar a su hija y sus pacientes.

–¿Estás bien? –Algo en la voz de Zoe le recordaba vagamente el modo en que hablaba su amiga en la época universitaria cuando tenía problemas o estaba preocupada por algo, pero no teniendo nada en lo que basarse después de tantos años, no se atrevió a insistir.

–Estoy bien –aseguró Zoe–. E impaciente por verte.

–Nos vemos en el rancho –dijo Tanya, despidiéndose feliz y pensando ya en que Zoe y Mary Stuart harían las paces la primera noche y podrían estar las tres juntas como en los viejos tiempos.

–Hasta entonces –se despidió Zoe.

Se dio la vuelta en la cama y colgó. Estaba dispuesta a hacer cualquier cosa para prolongar su vida, más preciosa que nunca por el hecho de ser madre. Sabiendo con lo que tendría que enfrentarse en el futuro, de repente el viaje a Wyoming adquiría una importancia inusitada.

9

Sam trabajó con Zoe varias horas al día durante la semana siguiente para familiarizarse con sus pacientes. A unos cuantos los conocía ya por las escasas noches en que hacía guardias para ella, pero cuando leyó los historiales de los más graves se asombró del gran número de enfermos que trataba Zoe. Eran unos cincuenta pacientes terminales, y no dejaban de acudir.

Los llevaban amigos o parientes, o simplemente personas que conocían la competencia de Zoe. Ella los acogía a todos sin excepción. A Sam le conmovieron especialmente los niños afectados de sida y no se extrañó de que Zoe se sintiera especialmente dichosa de tener a Jade.

–Es increíble la cantidad de pacientes que atiendes cada día –comentó Sam una tarde–; es inhumano. No me extraña que estés siempre cansada.

Hubiera sido fácil decirle en aquel momento que tenía sida, pero Zoe ya había decidido sobrellevar ese peso sola. Tenía pensado ahorrar dinero para su tratamiento e incluso un servicio de enfermeras si lo necesitaba. El único problema pendiente era el futuro de Jade. Era horrible pensar en ello, pero necesario. Una parte de ella se resistía aún, pero la otra se había resignado ya a su suerte. Era un triste final para una carrera tan brillante, pero no quería regodearse en su desgracia. Lo mejor que podía hacer era disfrutar del tiempo que le quedara, tal vez diez años incluso, aunque no fuese frecuente en enfermos de sida. El descanso en Wyoming, el paisaje, la altitud, el aire puro y el consuelo de ver a su vieja amiga Tanya la ayudarían.

–¿Qué hay de éste? –preguntó Sam interrumpiendo sus meditaciones y tendiéndole un historial.

Pertenecía a un joven que había entrado ya en las últimas fases de demencia por sida; Zoe dudaba que viviera mucho más. El joven había luchado valientemente durante meses, pero Zoe ya no podía hacer más por él salvo evitarle sufrimientos y consolar a su amante. Lo visitaba todos los días. Sam meneó la cabeza al oír sus explicaciones, admirado como siempre por la tenacidad y compasión de Zoe, que no dejaba piedra sin remover en busca de nuevos medicamentos o formas de tratar la enfermedad, incluso los tratamientos más heterodoxos basados en el conjuntismo[1].

–Uno de estos días tendremos suerte –dijo Zoe con tristeza, sabiendo que sería tarde para ella.

–Creo que tienen mucha suerte al encontrarte a ti –repuso él. Zoe le gustaba más que nunca tanto personal como profesionalmente. Se preguntó si la muerte de su amante a causa del sida tendría algo que ver y si había amado a algún otro hombre desde entonces. Desde luego no creía que el elegido fuera Dick Franklin. Sam lamentaba que ella no mostrase interés en que fueran algo más que amigos y colaboradores.

En las últimas semanas Zoe se había propuesto mantener las distancias entre ella y el resto del mundo, incluso Sam. No quería dar pie a malentendidos, quería dejar claro que no debía ser considerada ya como mujer sino sólo como médico. Le parecía lo más justo en su situación. Había pensado incluso en comprarse una alianza barata para alejar a posibles pretendientes.

Sin embargo, mientras repasaban el último historial, Sam se preguntó si podía invitarla a cenar. Aún tenían mucho de que hablar y a él no le esperaba nadie en casa.

---

1. Término de psicología que aborda las enfermedades tratando al individuo en su conjunto, desde los genes heredados a su educación. *(N. de la T.)*

–¿Qué te parece si terminamos mientras cenamos algo? Podríamos tomar un plato de pasta por aquí cerca. ¿Qué me dices? –preguntó, casi conteniendo el aliento y sintiéndose estúpido por ello. Pero en realidad le gustaba que a veces le hiciera sentirse como un crío.

–Estupendo –dijo ella sin pensar siquiera en que Sam pudiera encontrarla atractiva.

De todas formas había pensado ya en salir a cenar con él para agradecerle la oportunidad de tener unas auténticas vacaciones. Se sentía un poco culpable por dejar a Jade en casa, pero Sam había prometido ir a verla a ella y a la canguro al salir de la consulta.

–Realmente eres un médico todoterreno –bromeó ella cuando se sentaron en un reservado de un pequeño restaurante italiano de Upper Haight que conocía desde hacía años y del que apreciaba su tranquilidad y su buena comida.

Era la primera vez que Sam y ella se sentaban a charlar durante una cena desde los tiempos de la facultad. Rieron y comentaron el tiempo transcurrido y el hecho de que sus caminos se hubieran cruzado regularmente a lo largo de los años sin que hubieran podido disfrutar de buenos momentos como aquél a causa del trabajo.

Los dos pidieron raviolis. Sam sugirió que tomaran vino, pero Zoe lo rechazó. Después volvieron al tema del trabajo. A mitad de la cena, Sam la miró con su sonrisa de adolescente y sus ojos cálidos y amistosos, haciendo que Zoe se sintiera a sus anchas.

–¿No haces nada más aparte de trabajar? –preguntó Sam. Sabía por experiencia que el trabajo con pacientes terminales era agotador y lamentaba que no hubiese nadie que cuidara de ella. No concebía que su relación con Dick Franklin u otro como él pudiera servirle de consuelo y ayuda.

–Últimamente no –respondió ella–. Sólo estar con Jade.

–¿Te has casado alguna vez? –preguntó Sam.

Zoe confirmó sus sospechas.

—Pues no.

—¿Por qué no? Si no te importa que lo pregunte.

Zoe sonrió. No le importaba en absoluto. No tenía secretos para él, salvo el de su enfermedad.

—Cuando era joven me negué a ello, y el único hombre con el que seguramente me hubiera casado murió de sida hace más de diez años por culpa de una transfusión. Era un investigador brillante. A los cuarenta y dos años le hicieron un *bypass,* lo que a la postre le causó la muerte. No sobrevivió más de un año a la transfusión. Yo había pensado dedicarme a investigar con él. Siempre me habían fascinado los misterios sin resolver y las enfermedades exóticas. Entonces surgió el sida y acabé ocupándome de los cuidados físicos en lugar de la investigación.

—Hubiera sido una gran pérdida para muchas personas que te dedicaras a otra cosa —dijo él con franqueza. Conocía la historia del amigo de Zoe por terceras personas. Contemplándola mientras hablaba de él, la vio triste pero no desolada, y comprendió que había superado su muerte, aunque nunca hubiera habido otro como él.

—Antes del sida estaba bastante interesada en la diabetes juvenil. A su manera es otro azote de la sociedad como el sida, aunque reciba menos atención.

—Yo también me he interesado por ese tema. Supongo que soy una especie de barrendero, me encanta visitar las consultas de otros médicos para recoger trocitos de información aquí y allá, resolver los problemas y luego buscar en otra parte. Aunque parezca un irresponsable, lo cierto es que nunca he deseado tener consulta propia. Supone demasiado papeleo y cosas que no tienen nada que ver con la medicina y los enfermos. Me gusta tratar a la gente y no quiero perder el tiempo con contratos y seguros, preocupándome por las propiedades y el politiqueo en el que acaban metidos todos los médicos establecidos. Quizá sea porque aún no he madurado. Sigo esperando a que uno de estos días querré asociarme con un grupo de médicos, pero nunca lo hago. Lo que veo en la mayoría de los casos me quita las ganas por completo, salvo para trabajar en sustituciones, como hago contigo. De ese modo sólo tengo que ocuparme de lo que realmente importa.

Zoe sonrió. Las ideas de Sam se parecían un poco a la filosofía de los médicos de urgencias: querían ocuparse de los pacientes y no del papeleo ni de los gastos generales ni de los problemas burocráticos.

–Me recuerdas un poco al Llanero Solitario –dijo–. Mis pacientes te adoran. Haces un gran trabajo. No te culpo por rehuir toda la parafernalia que conlleva una consulta privada. Realmente echo de menos no tener socios, para poder trabajar menos, pero tampoco me gusta tener los dolores de cabeza, las discusiones, los celos mezquinos y todos los problemas que surgen entre varios. La muerte de Adam me permitió establecer el tipo de clínica que yo quería. Aun así es muy duro carecer de la ayuda adecuada, excepto en contadas ocasiones –añadió con una sonrisa.

Sam volvió a preguntarse qué tipo de relación mantenía con el doctor Franklin, pero no se atrevió a mencionarlo.

–¿Antes de que enfermara pensabas casarte con Adam? –Quería saberlo todo sobre aquella misteriosa mujer, por qué había adoptado a una niña y por qué parecía tan cómoda sin ataduras sentimentales.

–No exactamente. Creo que hubiéramos acabado casándonos, pero no hablamos de ello. Él había estado casado y tenía hijos, y yo estaba ocupada en mi trabajo de internista. Entonces compartía consulta con otros dos médicos, pero lo dejé cuando abrí la clínica. Nunca me sentí impelida a casarme ni a estar con alguien indefinidamente. Adam y yo nos veíamos mucho y estábamos muy unidos, pero en realidad no vivimos juntos hasta su etapa de agonía. Dejé de trabajar tres meses para hacerme cargo de él. Fue muy triste.

Zoe había superado la muerte de Adam. Hablaba con expresión seria, pero no afligida. Era mucho el tiempo transcurrido y habían pasado muchas cosas. Aún seguía viendo a los hijos de Adam de vez en cuando, pero nunca habían estado unidos. Sólo después de adoptar a Jade había comprendido la extraordinaria dicha de tener hijos. Sam inquirió también acerca de Jade, y Zoe le explicó que su madre era una joven soltera de diecinueve años que no quería quedarse el bebé, y su familia se había negado a acogerlo al enterarse de que el padre era asiático.

—Jade es lo mejor que me ha ocurrido en la vida —dijo Zoe con sencillez. Luego fue ella la que se interesó por la vida de Sam—. ¿Y qué me dices de ti? ¿Qué pasó con tu matrimonio? —Sam ya estaba divorciado al volver de Chicago y nunca hablaba de esa etapa de su vida.

—Duró dos tristes años mientras yo trabajaba como residente —explicó con expresión cansina—. Pobrecilla, no nos veíamos apenas. Ya sabes cómo es. Ella detestaba mi trabajo. Dijo que no quería saber nada más de médicos, pero estaba predestinada. Su padre era un importante cirujano de tórax de Grosse Pointe, su hermano es médico deportivo en Chicago, y después del divorcio acabó casándose con un cirujano plástico. Ahora tiene tres hijos y vive en Milwaukee, y creo que es muy feliz. Hace años que no la veo. Cuando volví a California, viví con una mujer varios años, pero ninguno de los dos tenía interés en casarse. Ambos habíamos pasado por una mala experiencia anterior y no estábamos dispuestos a repetirla. Lo cierto es que tú me recuerdas un poco a ella. Es una especie de santa como tú. Sentía una auténtica ansia de cambiar las cosas y siempre me estaba presionando para que yo hiciera algo. Al final hizo lo que tenía que hacer y yo no la seguí. Es enfermera en una leprosería de Botswana.

Zoe recordaba vagamente haber oído hablar de ella, pero había ocurrido antes de que Sam hiciera sustituciones en su clínica.

—¡Vaya! Eso sí es serio. —Lo miró fascinada por la historia—. ¿Y no consiguió convencerte de que fueras con ella?

—A Zoe le parecía una idea atrayente, pero él no era de la misma opinión y meneó la cabeza con expresión de horror.

—Ni por todo el oro del mundo —dijo con una sonrisa—. Por mucho que la quisiera. Odio las serpientes y los bichos, nunca he estado en los boy scouts y creo que las acampadas y los sacos de dormir son auténticas torturas. Definitivamente no estoy hecho para pasarme la vida sirviendo a la humanidad en la jungla. Me gusta dormir en mi cómoda cama, las buenas comidas, los restaurantes acogedores y el buen vino, y la vegetación más selvática que quiero ver es la del Golde Gate Park los fines de semana. Rachel viene por aquí de vez en cuando y todavía somos amigos. Vive con el director de la leprosería y tienen un hijo. Le encanta África y dice que no sé lo que me pierdo.

—¿Por no tener hijos o por vivir aquí? —repuso Zoe entre risas, aunque impresionada por la historia.

—Por ambas cosas. Afirma que nunca abandonará África, pero nunca se sabe. Los asuntos políticos suelen ponerse feos por allí. Desde luego, no es para mí. Es una chica estupenda e hizo lo correcto. Se fue hace cinco años y, no sé, el tiempo ha pasado volando. Tengo cuarenta y seis y supongo que me he olvidado de casarme.

—Yo también —dijo ella, todavía riendo—. Mis padres solían enfadarse conmigo, pero los dos murieron hace años y ahora no hay nadie que me atosigue en ese sentido. —Su enfermedad había zanjado la cuestión para siempre. Sin embargo, hablando sobre su propia vida había hecho que Sam reuniera valor.

—¿Y qué hay del doctor Franklin? —preguntó con nerviosismo. Quería saber por qué Zoe tenía una actitud tan cerrada hacia los hombres. Le resultaba difícil creer que a una mujer como ella no le interesara nada más que su profesión y su hija.

–¿Qué pasa con Dick? –preguntó Zoe a su vez, desconcertada–. Somos buenos amigos, eso es todo. Es un hombre interesante –añadió con tono afable, pero Sam la miró a los ojos buscando un significado oculto.

–No sueltas prenda, ¿verdad? –dijo.

Zoe se echó a reír.

–¿Qué quiere saber exactamente, doctor Warner? ¿Si lo nuestro va en serio? Pues no. De hecho ya no salimos juntos. No salgo con nadie y así pienso seguir.

La firmeza de su voz sorprendió a Sam

–¿Es que piensas meterte en un convento? –bromeó–. ¿O simplemente vas a vivir como una monja por tu cuenta?

Escuchando a Sam, Zoe se rió de sí misma. Todo aquello era nuevo para ella y comprendió que podría haber aprendido mucho de sus pacientes. ¿Cómo se comportaban? ¿Qué decían? Sabía que muchos de ellos explicaban que tenían el sida antes de iniciar una relación, pero ella no quería hacer eso. Hubiera sido diferente si al enterarse de que estaba enferma existiera ya alguien especial en su vida, pero puesto que no era así, en lo que a ella se refería las puertas estaban cerradas.

–No tengo tiempo para una relación sentimental –se limitó a decir, sorprendiendo de nuevo a Sam por su tono tajante. No parecía propio de ella, que era una mujer tan cariñosa con sus pacientes.

–¿Me estás diciendo que has tomado una decisión como ésa a tu edad? –preguntó, incrédulo.

–Más o menos. –Empezaba a pisar terreno peligroso y Zoe no quería seguir adelante, pero él estaba dispuesto a insistir–. No tengo nada que ofrecer, Sam. Estoy demasiado absorbida por mi profesión y mi hija. –Era una excusa, pero Sam se convenció de que hablaba en serio.

–Zoe, eso es una tontería. Te equivocas si crees que no tienes nada que ofrecer. Hay más cosas en la vida aparte de una profesión y una hija. –No podía estar tan obsesionada con su hija y su trabajo. ¿O sí?–. Eres demasiado joven para cerrar las puertas a una nueva relación. Piénsatelo bien. –Sam experimentó una sensación de pérdida personal al mirarla.

Ella sonrió, pero no pareció afectada por sus palabras.

–Hablas como mi padre. Solía decirme que las mujeres con excesiva educación asustan a los hombres y que cometía un gran error al marcharme a estudiar a Stanford, que la facultad de medicina era ir demasiado lejos. Decía que si quería ayudar a la gente, debía estudiar para enfermera y ahorrarle un montón de dinero. –Zoe rió mientras Sam meneaba la cabeza. Conocía bien a las personas como ella. Todos en la familia de Sam eran médicos, incluyendo a su madre.

–Bueno, deberías haber estudiado para enfermera, si ser médico iba a llevarte a tomar una decisión tan tonta. Zoe, en serio, es una auténtica tontería. –Sam se dijo que tal vez había tenido una experiencia traumática, como una violación, o quizá Franklin había hecho algo que la había alterado y todavía seguía fresco en su memoria, o tal vez salía en secreto con un hombre casado. O quizá pretendía decirle amablemente que él no le interesaba. Fuera una cosa u otra, seguía sin comprenderlo.

Ella desvió la conversación por otros derroteros, lo que no hizo sino aumentar la curiosidad de Sam. Él y Zoe tenían más cosas en común de las que pensaba y, peor aún, se sentía más atraído por ella de lo que quería reconocer. Zoe tenía un gran sentido del humor y una mente despierta. Había viajado mucho y había algo sincero y auténtico en su forma de ser. Explicaba las cosas tal como eran, analizaba las situaciones con perspicacia y mostraba gran cariño por sus pacientes. Era la primera mujer por la que perdía la cabeza en muchos años y deseaba salir con ella desesperadamente. El interés que ya existía desde que se conocieran en la universidad se convirtió en amor mientras charlaban durante aquella cena, y resultaba aún más atrayente por el hecho de que insistiera en negarse a tener una relación y a hablar de ello siquiera. Sam estaba seguro de que existía alguien más, y cuanto más lo pensaba más se convencía de que era un hombre casado, y lo lamentaba de verdad.

Zoe lo contempló a su vez mientras cenaban y tomaban luego un capuchino, dándose cuenta de que él le gustaba. Era exactamente lo que siempre le había parecido: un hombre cálido y acogedor como un osito de peluche, un hombre inteligente y bueno en quien podía confiar.

–De todas las consultas que he visto, la tuya es la que más me gusta y más respeto –dijo Sam–. Me agrada mucho la forma en que se trata a tus pacientes, sobre todo que dispongan de asistencia a domicilio.

–Ésa fue la parte más difícil, encontrar a las personas adecuadas en las que puedas confiar plenamente. Yo las controlo, pero tienen libertad de acción. Aunque también los pacientes asumen una gran responsabilidad.

La mayoría de los amantes y familiares de sus pacientes los cuidaban casi sin ayuda profesional hasta el último momento, cuando les ayudaban los grupos de asistencia a enfermos terminales. Morir de sida no era fácil.

Siguieron charlando un rato sobre lo que Zoe quería que hiciera Sam durante su ausencia. Él sabía que le resultaría duro alejarse de sus pacientes e intentó tranquilizarla, asegurándole que los dejaba en buenas manos.

–Bueno, cuéntame qué vas a hacer en Wyoming –dijo Sam al llegar al segundo capuchino, pero se dio cuenta de que Zoe parecía exhausta. Había notado en los últimos tiempos que siempre estaba pálida y cansada, pero no le sorprendía, dado su trabajo. Fue aquella noche, sin embargo, cuando empezó a fijarse en que estaba demacrada y se alegró de que por fin se tomara unas vacaciones que obviamente necesitaba–. ¿Con quién vas? Espero que no irás de acampada –añadió, y deseó poder acompañarla.

–No lo creo –contestó ella con una sonrisa–. Voy con

una vieja amiga de la universidad. Hacía tiempo que no la veía, pero me llamó para invitarme. Al principio le dije que no, pero decidí aceptar aquella noche que me encontraba tan mal. Pero créeme, conociendo a mi amiga, seguro que no iremos de acampada. –A Zoe tampoco le gustaban las serpientes ni los bichos–. Vive en Los Ángeles y seguro que iremos a un rancho estilo Hollywood.

–¿Quién es? –preguntó mientras abría la cartera para pagar la cuenta–. ¿Es médico?

–No exactamente –respondió Zoe, sonriente–. No ha cambiado nada desde que estudiábamos juntas, aunque nadie lo creería. Los medios de comunicación no se portan bien con ella y no es justo. Casi me disgusta decirle a la gente quién es, pues enseguida sacan mil conclusiones erróneas.

–Estoy intrigado –dijo él mientras la camarera se llevaba la cuenta y el dinero–. Bueno, ¿quién es?

–Tanya Thomas –contestó Zoe en voz baja. Para ella no era más que un nombre, para todos los demás era una voz de oro, una leyenda.

Sam tuvo la reacción habitual: se quedó boquiabierto, pero luego se rió de sí mismo y sonrió con timidez.

–No me lo puedo creer. ¿La conoces?

–Era mi mejor amiga en la universidad. Fuimos compañeras de habitación. Es mi amiga más entrañable. No nos vemos mucho, pero nuestra amistad perdura inmutable, pese a todos los vuelcos que ha dado nuestra vida. Es una mujer extraordinaria.

–¡Vaya! Estoy impresionado. Ya sé que parece una tontería, pero siempre me asombra que alguien conozca a ese tipo de personas, que salgan con ellos, que se sienten y coman pizza y tomen café como el resto de los mortales, y que se duchen y lleven pijama. Es difícil imaginarlos como personas reales.

–Ha sufrido mucho por ese motivo. Me parece que volverá a divorciarse. Creo que sería imposible llevar una vida normal con las presiones a las que ella está sometida. Se casó con un chico estupendo cuando nos graduamos, su novio del instituto, pero al cabo de un año consiguió dar el salto a la fama, ganó un disco de oro y su carrera despegó. Y eso arruinó su matrimonio. El pobre Bobby Joe no supo la que le había caído encima, y tampoco Tanya. Después de eso se casó con un auténtico cabrón, su representante, que se aprovechó de ella cuanto pudo. Creo que es bastante habitual en ese mundo, pero a ella la destrozó. Y hace tres años se casó con un tipo de Los Ángeles, creo que un constructor. Pensaba que les irían bien las cosas, pero ahora han roto y él no le permite que lleve a sus hijos a Wyoming como habían planeado, así que me ha invitado a que la acompañe. —Por su forma de contarlo parecía todo tan corriente que Sam sonrió.

—¡Qué suerte la tuya! —dijo—. ¡Qué divertido!

—Sí, ver a Tanny será magnífico. A ninguna de las dos nos entusiasman los caballos. —Rió—. En realidad todo lo que quiero hacer es dormir la semana entera.

—Te haría bien —dijo él mirándola, y luego enarcó una ceja—. ¿Estás bien, Zoe? Últimamente te veo muy cansada y sé que no te has encontrado muy bien. Creo que te estás excediendo con el trabajo. —Lo dijo con gran bondad y sus palabras la conmovieron. Estaba tan acostumbrada a ser ella quien cuidara de los demás que siempre le sorprendía que alguien se preocupara por ella.

—Estoy bien. De verdad —mintió, pero de repente se preguntó si se le notaba algo. Estaba muy cansada, pero no veía signos de su enfermedad cuando se miraba al espejo, ni llagas ni otros síntomas. Sabía que no los habría durante mucho tiempo o que surgirían a montones en cualquier momento. El mayor riesgo era el de las infecciones, pero ella tomaba todas las precauciones—. Eres muy amable al preguntármelo —dijo, y se sorprendió al ver que Sam le cogía la mano.

—Me preocupas. Quiero ayudarte, pero la mayor parte del tiempo te comportas como una cabezota.

Zoe le miró a los ojos. Eran de color castaño oscuro y de una infinita bondad.

Era tan fácil salir con Dick. Su relación no iba más allá de la amistad, y si alguna vez hacían algo más, no significaba nada. Zoe no se hacía ilusiones con respecto a lo que Dick quería de ella: sólo una buena compañía para ir al teatro, a un concierto, al ballet o a cenar. No pedía nada más de lo que él podía dar y, de hecho, se habría asustado si ella hubiera intentado darle más. Era una pena descubrir que Sam Warner podría haber sido importante para ella justamente cuando su vida acababa de dar un giro sin retorno. Sentía algo hacia él, pero no tenía derecho a explorar esos sentimientos. Apenas le quedaban unos años de vida y siempre existía el riesgo de contagio. Ella lo había vivido en carne propia con Adam y no podía hacerle eso a nadie, menos aún a Sam. Decidió que por nada del mundo permitiría que Sam traspasara los límites de la amistad.

Al abandonar el restaurante, él sintió tristeza. No le gustaba que ella mantuviera las distancias sin saber el motivo, pero se sentía impotente para descubrirlo. La miró durante largo rato cuando se sentaron en el coche.

—Me lo he pasado muy bien esta noche —dijo, y ella asintió.

—Yo también, Sam.

—Y quiero que tú te lo pases bien en Wyoming —repuso él mirándola a los ojos, haciendo que Zoe adivinara sus pensamientos. Pero ella no quería que le abriera su corazón ni abrirle el suyo ni contarle el porqué.

—Gracias por sustituirme —dijo para cambiar de tema, notando que no pisaba tierra firme y que, pese a sus esfuerzos, se sentía atraída por él cuando lo veía vestido con su chaqueta de mezclilla y su jersey de cuello alto.

—Ya sabes que lo haré siempre que quieras —dijo él, sin

poner en marcha el coche. Quería decirle algo y no sabía cómo empezar–. Quiero hablar contigo cuando vuelvas –añadió, y ella no se atrevió a preguntar por qué, temiendo que de repente Sam quisiera declarársele–. Creo que deberíamos charlar más sobre algunas cosas que se han dicho esta noche –concluyó él con tono tajante.

–No creo que sea buena idea –respondió ella alzando lentamente la vista hacia él. Sus ojos expresaban toda una vida de pesares. Sam tuvo que reunir toda su fuerza de voluntad para no rodearla con sus brazos–. Hay cosas que es mejor no decir, Sam.

–No estoy de acuerdo –afirmó él clavando los ojos en ella, suplicándole que le escuchara–. Eres una mujer valiente. Te he visto mirar la muerte a la cara y desafiarla. No puedes ser cobarde con tu propia vida.

Por un momento el pánico se apoderó de Zoe. Le pareció extraño que Sam le hablara así sin conocer su secreto, pero comprendió que era imposible, dado que los análisis del laboratorio no llevaban nombre, sólo un número.

–No creo que sea cobarde con mi propia vida –replicó con tristeza–. He tomado las decisiones que he creído convenientes no por cobardía sino por prudencia.

–Eso son memeces –dijo él acercándose a ella.

Zoe volvió el rostro para mirar por la ventanilla.

–Sam, no… no puedo. –Tenía lágrimas en los ojos, pero él no llegó a verlas.

–Sólo dime una cosa –pidió él mirando al frente, deseando besarla y conteniéndose a duras penas–. ¿Hay otro? Contéstame con sinceridad. Quiero saberlo.

Zoe vaciló. Era la vía de escape perfecta. Todo lo que tenía que hacer era decirle que había otro hombre, pero era demasiado honesta para eso. Meneó la cabeza y lo miró.

–No, no lo hay, pero eso no cambia nada. Tienes que entenderlo. Podemos ser amigos, Sam, pero no puedo ofrecerte nada más. Así de sencillo.

—No lo entiendo —replicó Sam intentando no parecer furioso ni frustrado—. No te pido que te comprometas conmigo. Sólo quiero que te expliques. Si no te atraigo, ni sientes absolutamente nada por mí, lo aceptaré; pero no haces más que decirme que la puerta a esa parte de tu vida está cerrada, y eso no lo comprendo. ¿Es por el hombre que murió? ¿Aún no lo has olvidado?

—No, no es eso. Hace mucho tiempo que acabé aceptando la muerte de Adam. Confía en mí, seamos amigos. Además —añadió con una sonrisa, tocándole la mano—, tengo un carácter difícil.

—Desde luego —dijo él, poniendo el coche en marcha. Le volvía loco la idea de que los sentimientos que habían aflorado por fin después de tanto tiempo se quedaran sin respuesta.

Durante el trayecto hasta la casa de Zoe no dejó de mirarla de reojo. La vio serena y hermosa, casi luminosa. Era como una joven santa. Intentó decirse a sí mismo que no se podía tener todo en esta vida, pero no le parecía justo cuando se trataba de ella. Cuando llegaron, Sam rodeó el coche para abrir la puerta de Zoe. Al cogerla del brazo la encontró ligera como una pluma y tan desvalida como una niña.

—Intenta engordar un poco en el rancho —le aconsejó—. Lo necesitas.

—Sí, doctor —dijo ella devolviéndole una afectuosa mirada, deseando que las cosas pudieran ser diferentes—. Me lo he pasado muy bien. Tienes que venir a cenar con Jade y conmigo cuando vuelva. Preparo unas salchichas estupendas.

—Quizá debería llevaros a las dos a cenar. —Sam sonrió. Sin saber exactamente por qué, percibía que Zoe ocultaba algo y hubiera querido sacarla de su fortaleza y llegar hasta el fondo de lo que él sospechaba, y por eso ella estaba tan asustada.

—Gracias por una velada tan agradable.

–Yo también me lo he pasado muy bien, Zoe... y siento haberte presionado. –Temía que su forma de hablar aumentara su reserva.

–No importa. Lo comprendo.

–No estoy seguro. Tampoco estoy seguro de que lo comprenda yo –dijo con pesar–. Hace tiempo que quería hablarte, desde la época de la facultad. Quizás he esperado demasiado.

–No te preocupes. No importa –repitió Zoe palmeándole el brazo.

Se dirigieron lentamente hacia la puerta y cuando llegaron Sam deseó besarla. Al día siguiente no iría a la clínica, pero Zoe sabía que se verían antes de que se marchara a Wyoming y le consoló pensar que al menos podrían trabajar juntos de vez en cuando.

–Nos veremos dentro de unos días –dijo él, besándole la coronilla, y cuando ella abrió la puerta, bajó corriendo los escalones y se quedó parado junto al coche contemplando cómo entraba en casa.

Ella se dio la vuelta y sus miradas se encontraron por un instante, luego se despidió con la mano y entró. Poco después oyó el coche alejándose.

Dentro del vehículo, Sam se sentía aturdido por la intensidad de sus sentimientos. La noche no había transcurrido como esperaba, pero también Zoe era una sorpresa. Pese a lo que sentía por ella y a su vieja amistad, aquella mujer era un verdadero misterio.

10

El día en que Mary Stuart abandonó Nueva York, estuvo largo rato en la sala de estar de su apartamento contemplándolo todo. Las persianas y las cortinas estaban echadas, había apagado el aire acondicionado y el ambiente empezaba a caldearse. Nueva York padecía los efectos de una terrible ola de calor desde hacía una semana. Mary Stuart había hablado con su hija la noche anterior. Alyssa se hallaba en Holanda con cinco amigos y su madre intuía que disfrutaba también de su primera aventura amorosa seria. Se alegraba por ella, pero seguía pensando con tristeza en la oportunidad perdida de viajar juntas por Europa.

También había hablado varias veces con Bill. Su marido se sorprendió cuando le dijo que se iba a Wyoming. No comprendía por qué y pensaba que debía ir a Martha's Vineyard o a los Hamptons para pasar las vacaciones con sus amigos, igual que había hecho el Cuatro de Julio. En realidad no había aprobado nunca la amistad de Mary Stuart con Tanya Thomas, y no entendía por qué su mujer quería irse a un rancho para turistas. Nunca hubiera pensado que Mary Stuart tuviera un interés especial por los caballos. Le dijo todo lo que años atrás hubiera obligado a Mary Stuart a reconsiderar su decisión, pero esta vez no la afectó. Quería estar con su amiga, hablar con ella y contemplar las montañas al amanecer. Necesitaba marcharse para reflexionar sobre su vida, y si su marido no podía entenderlo, no era su problema. Él, que no quería tenerla a su lado en Londres, no tenía ningún derecho a hacer que se sintiera incómoda por su viaje a Wyoming. Ella no podía seguir viviendo en la atmósfera sin amor y sin alegría que él había creado, y aunque la noche anterior a su partida había vislumbrado al Bill de antes, no tenía la seguridad de que volviera a encontrarlo al final del verano.

Por mucho que le costara creerlo, empezaba a pensar que no valía la pena seguir con su matrimonio. Tras la muerte de Todd habían perdido sus sueños. Marcharse a Wyoming era un modo de dejar atrás lo que habían sido para intentar averiguar lo que aún era posible entre ellos. Al mirar en derredor tuvo la extraña sensación de que abandonaba su antigua vida para siempre. Nada volvería a ser como antes. O bien volvería para encontrar al hombre que en otro tiempo había conocido, o no volvería. En cualquier caso, quería decidir si le pediría a Bill que vendiera el apartamento.

La perspectiva de recuperar la soltería a su edad la atemorizaba, pero la idea de seguir a solas con Bill en la tumba que había creado él para los dos era un destino aún peor. Recorrió el largo pasillo y se detuvo durante un buen rato frente a la habitación de Todd. Había quitado las cortinas y enviado la colcha a lavar. No quedaba de él más que el recuerdo en su corazón.

Cogió la maleta de nuevo y siguió por el pasillo pensando en Todd... y en Bill... y en Alyssa... en lo felices que habían sido. Pero un cruel golpe del destino había acabado con todo. Se sentía como si hubiera estado nadando en un mar helado durante mucho tiempo, a punto de ahogarse, pero avanzando de nuevo hacia delante, herida, dolida, pero pensando al fin que no se ahogaría. De pie ante la puerta y con las llaves en la mano, quiso despedirse de alguien... de su marido, de su hijo, de la vida que habían compartido...

–Te quiero –musitó al pasillo vacío, sin saber a quién se lo decía. Tras una última mirada, salió y cerró la puerta con suavidad.

El portero paró un taxi que la llevó al aeropuerto Kennedy. El viaje a Los Ángeles transcurrió sin incidentes.

Tanya abandonó su casa en medio de un torbellino de actividad. Su equipaje se componía de seis maletas, dos cajas llenas de sombreros y nueve pares de botas vaqueras de piel de caimán y de lagarto. El ama de llaves se ocupaba de meter las bolsas de comida en el autobús. Tanya había comprado una docena de vídeos nuevos para tenerlas entretenidas durante el viaje por tierras de Nevada e Idaho. Era un trayecto largo y aburrido, según le habían dicho, e incluso se llevaba media docena de nuevos guiones, de otras tantas películas que le habían ofrecido, para echarles un vistazo.

Eran las once y el avión de Mary Stuart aterrizaba a las doce y media, pero Tanya quería hacer una última parada en Gelsen's para comprar más provisiones.

El chófer aguardó fuera mientras Tanya le daba un beso de despedida a su perro, le daba las gracias al ama de llaves y le recordaba sus instrucciones sobre la seguridad de la casa, cogía sombrero, bolso y agenda y subía corriendo la escalerilla del autobús. Tenía un aspecto sensacional con una camiseta blanca, tejanos ceñidos y sus viejas botas vaqueras de color amarillo. Las había comprado en Texas el día de su decimosexto cumpleaños y se les notaba. Las había llevado mientras estudiaba en la universidad y todo el mundo sabía que les tenía un gran aprecio.

–Gracias, Tom –dijo al chófer, que empezó a maniobrar lentamente el vehículo para traspasar la verja de entrada y enfilar el estrecho sendero.

El autobús estaba dividido en dos grandes habitaciones. La sala de estar estaba decorada enteramente en madera de teca y terciopelo azul marino, con sillas confortables, dos sofás, una larga mesa para ocho y pequeños rincones para conversar. La habitación del fondo estaba decorada en verde oscuro y se convertía fácilmente de sala de estar en dormitorio. Entre ambas habitaciones había una cocina funcional y un cuarto de baño completo. Tanya había comprado el autobús tras obtener su primer disco de platino. Se parecía mucho a un yate o a un avión privado, y costaba casi lo mismo.

Ella y Mary Stuart dormirían en la sala de estar dormitorio y aparcarían delante de un motel para que Tom cogiese una habitación. Un complejo sistema de alarma las protegería. En algunas ocasiones Tanya se hacía acompañar por guardaespaldas, pero le pareció innecesario para aquel viaje. Esperaba con ansia el momento de reunirse con ella. Si viajaban diez horas por día, podrían llegar a Jackson Hole al día siguiente a tiempo para cenar.

El autobús llegó al aeropuerto diez minutos antes de que aterrizara el vuelo de Mary Stuart. Tanya se encontraba esperando en la salida con gafas oscuras y un sombrero vaquero negro cuando Mary Stuart apareció en tejanos y chaqueta deportiva con su bolso de mano Vuitton. Su aspecto era tan inmaculado como de costumbre. Parecía que le hubieran planchado la chaqueta en el avión y que acabara de pasar por la peluquería.

–Ojalá supiera cómo lo haces –dijo Tanya con una sonrisa, y la abrazó con fuerza–. Estás siempre tan elegante y pulcra.

–Es congénito. Mis hijos me odiaban por ello. Todd solía intentar «desarreglarme» para que pareciera «normal».

Cogidas del brazo se encaminaron a la salida de equipajes, donde les aguardaba el chófer de Tanya para ayudarlas. Al cabo de unos minutos empezaron a volverse cabezas; Tanya vio susurrar a unas cuantas personas, algunas sonrisas tímidas, y cinco minutos más tarde un grupo de adolescentes se acercó con bolígrafo y papel.

–¿Podría darnos su autógrafo, señorita Thomas? –pidieron, soltando risitas de complicidad y dándose codazos. Tanya estaba acostumbrada y siempre firmaba autógrafos cuando se lo pedían, pero también sabía que tendrían que moverse con rapidez si no querían verse completamente rodeadas en poco tiempo. Una vez la reconocían, en pocos momentos se vivían escenas de histerismo. Sonrió a Mary Stuart por encima de las cabezas adolescentes.

—Tenemos que irnos... —le susurró cuando firmaba el último papel—, esto se desmandará en cualquier momento. —Luego dijo algo a Tom.

Mary Stuart describió su maleta al chófer y le entregó el resguardo. Se dirigió a la salida, azuzada por Tanya, tan deprisa como le fue posible, pero un numeroso grupo de mujeres y adolescentes se encaminaban ya hacia Tanya y dos tipos de aspecto rudo la cogieron por el brazo. Uno de ellos agitó un bolígrafo delante de su cara.

—Eh, Tanya, qué te parece si me firmas algo. Eh, nena, me gusta tu sostén. —Los dos hombres se echaron a reír pensando que eran muy graciosos. Tom, que vigilaba la escena, se acercó enseguida.

—Gracias, chicos, en otra ocasión... Adiós.

Y antes de que Mary Stuart se diera cuenta de lo que había pasado, habían salido por la puerta y cruzado la calle, y estaban delante de las mujeres que corrían hacia Tanya. Pasaron junto a ellas como un rayo. Dos mujeres le hicieron una foto. Tom, que llevaba la llave del autobús en la mano, abrió la puerta e hizo entrar a Tanya y luego a Mary Stuart. En una fracción de segundo las dos amigas estaban dentro y Tom había cerrado la puerta. Sin embargo, persistía la sensación de que habían tenido que salir huyendo. Aquel incidente hizo recordar a Mary Stuart las dificultades de Tanya para llevar una vida normal. Le ocurría lo mismo en todas partes, no podía ir a ningún sitio sin llamar la atención.

—Ha sido horrible —comentó Mary Stuart mientras Tanya sacaba dos coca-cola de la nevera de la cocina y le tendía una al chófer, sonriendo.

—Al final te acostumbras... o casi. Gracias, Tom. Has sido muy eficiente.

—Descuide. —Tom anunció que volvía en busca del equipaje de Mary Stuart y recordó a Tanya que cerrara la puerta con llave.

–Cielos, no pensaba salir yo misma y vender entradas –sonrió. Con las botas y el sombrero vaquero se le notaba aún más que era de Texas.

–Tenga cuidado –insistió él antes de marcharse.

Las dos amigas vieron que se estaba formando una pequeña multitud en la acera, que tomaban fotos del autobús y lo señalaban, aunque no se podía ver el interior ni había nada por fuera que lo identificara. Era sólo un largo y esbelto autobús negro sin distintivos. Pero se había esparcido la noticia. Habían visto a Tanya. Cuando regresó el chófer había cincuenta personas junto al autobús, empujándose, dándose codazos y hablando con animación. Intentaron detener a Tom cuando subía, pero el chófer era un tipo fuerte y no se arredró. Se hallaba en el interior del autobús con la maleta de Mary Stuart y la puerta cerrada de nuevo antes de que pudieran atraparlo.

–Caray, los nativos están agresivos hoy, ¿eh? –comentó Tanya mirando al exterior. A veces aún le asustaba que la persiguieran de una manera tan compulsiva.

Mary Stuart la contemplaba compadeciéndose de ella.

–No sé cómo lo aguantas –dijo.

Ambas se sentaron cuando el autobús arrancó.

–Ni yo tampoco –contestó Tanya, dejando su lata de coca-cola sobre una mesa de mármol blanco–, pero supongo que sencillamente lo hago. Es parte de la profesión. Lo que pasa es que nadie te lo explica cuando coges el micrófono por primera vez para cantar. Al principio crees que sólo se trata de ti y de la música, pero después de un tiempo ya no tiene nada que ver con eso. Eso se tiene en cualquier sitio, sola en el campo o en la ducha. Lo que importa luego es el resto. Te devorarían si pudieran. Te lo dan todo, su mente, su alma, su cuerpo si lo deseas, y luego te quitan todo lo que tienes y no vuelves a recuperarlo si no eres cuidadosa.

Tanya había trabajado duramente, había depositado su confianza en otras personas, les había dado amor y cariño, y al final, estaba sola en la cima de la montaña.

–Bueno, ¿qué tal todo...? ¿Cómo ha ido tu vuelo? ¿Cómo está Alyssa? –preguntó, aposentándose en un sillón para el largo trayecto hasta Winnemucca, Nevada, donde pasarían la noche.

–Alyssa está bien. En Holanda, y enamorada. Parece tan feliz que casi me duele oírla. Y Bill también está bien –añadió, y su rostro se ensombreció inmediatamente–. Parece que tiene mucho trabajo. –No dio más detalles, pero era evidente que se sentía desdichada.

–¿Qué tal os va?, si puedo preguntarlo.

–No estoy segura. –Mary Stuart vaciló, mirando por la ventanilla–. He reflexionado mucho. –Miró a su amiga a los ojos y recordó las interminables confesiones en Berkeley, las horas dedicadas a conversar sobre sus sueños de futuro. En aquella época Tanya sólo pensaba en casarse con Bobby Joe, y Mary Stuart quería un buen trabajo, un marido estupendo y unos hijos maravillosos. Parecía haberlo obtenido todo con Bill, pero ya no estaba tan segura–. No sé si quiero volver después del verano –dijo al cabo.

Tanya la miró sorprendida.

–¿A Nueva York? –No imaginaba a su amiga viviendo en California, donde sólo la conocía a ella.

Mary Stuart meneó la cabeza. Su respuesta sorprendió aún más a Tanya.

–No; con Bill. No lo sé. Algo ocurrió cuando se fue. Es como si pensara que ahora puede hacer lo que le venga en gana. Tenía la posibilidad de llevarme consigo a Londres, el bufete me hubiera pagado el viaje incluso, pero él no lo quiso así. Sin embargo, da por sentado que me quedaré esperándole, que seguiré gobernando su casa, anotando sus mensajes y preparándole la cena todos los días. Pero él ya no tiene que hablar conmigo ni preocuparse por mí ni llevarme a ninguna parte. Ya no actúa como un marido. Ése es mi castigo. Yo estoy casada, pero él no. Es como una condena en el purgatorio, y yo he dejado que me castigara porque me sentía culpable. Pero cuando saqué las cosas de la habitación de Todd ocurrió una cosa extraña, fue como una liberación. Me sentía triste y perdida, aún me siento terriblemente triste a veces, pero ya no me siento tan culpable. No fue culpa mía. Fue algo terrible, pero lo hizo Todd. Por terrible o estúpido que fuera, y aunque yo era su madre, no hubiera podido impedírselo.

—¿Lo crees de veras? —repuso Tanya con alivio. Era exactamente lo que había intentado hacerle comprender, pero antes su amiga no estaba preparada para escucharlo. O quizás ella le había abierto los ojos.

—Lo creo ahora. Pero no me parece que Bill piense lo mismo. Temo que va a seguir castigándome por siempre jamás. —Miró por la ventanilla pensando en su marido. En aquel momento abandonaban el condado de Los Ángeles—. Ya no estamos casados, Tan. Todo ha terminado. Él no lo admitiría, pero no queda nada y creo que él lo sabe. Si quedara algo, estaría en Londres con él.

—Quizá no sea capaz de enfrentarse contigo todavía —apuntó Tanya con el afán de ser equitativa, pero por lo que le había contado en Nueva York, sospechaba que su amiga estaba en lo cierto.

—No creo que haya nada a lo que volver. Me ha llevado mucho tiempo aceptarlo. Supongo que para mí ha sido más difícil porque antes creía que nuestro matrimonio era perfecto. Más de veinte años no está mal, y era perfecto cuando todo iba bien. Siempre creí que estábamos muy unidos y que éramos felices —dijo Mary Stuart con tristeza—. Es increíble que una desgracia haya dado al traste con todo. Lo normal hubiera sido que nos uniera aún más.

—No creo que sea tan fácil. La mayoría de los matrimonios no sobreviven a la muerte de un hijo. Se echan la culpa unos a otros, o se marchitan por dentro. No lo digo por experiencia, pero he leído mucho sobre ese tema. No creo que debas sorprenderte por lo ocurrido.

–Es como si todos los años felices no contaran. Creía que era como tener ahorros en el banco para los casos de necesidad, y luego resultó que cuando se nos cae el techo encima la cuenta está vacía. –Sonrió pensativamente. En realidad estaba empezando a aceptar las cosas tal como eran–. Sencillamente, no creo que pueda volver a vivir como el año pasado ni que podamos arreglarlo.

–¿Lo intentarías si él te lo pidiera? –preguntó Tanya. También ella había creído siempre que el matrimonio de Mary Stuart era perfecto.

–No estoy segura. Aún no lo sé. Hemos padecido una experiencia tan dolorosa que lo único que quiero es olvidarla.

Ambas guardaron silencio durante un rato mientras se adentraban en las montañas de San Bernardino. Las dos se tumbaron en los sillones y Tanya se quitó el sombrero y las botas.

–¿Qué pasa con Tony? –preguntó por fin Mary Stuart.

–Poca cosa. Llamó a un abogado. El mío se encarga de todo en mi nombre. Todo es absolutamente predecible y bastante repugnante. Tony quiere la casa de Malibú y yo no quiero dársela. La compré y la arreglé yo, pero al final tendré que darle un montón de dinero para poder conservarla, además de otras cosas. Se llevó el Rolls y quiere que acordemos una cantidad de dinero y que le pase una pensión. Seguramente lo conseguirá. Dice que mi estilo de vida le causó dolor y sufrimientos y que quiere que le pague por ello. –Se encogió de hombros.

Mary Stuart se puso lívida de indignación.

–Debería darle vergüenza –dijo con ceño. Detestaba las cosas que la gente hacía a Tanya. Era como si todos creyeran que era normal por ser ella quien era.

Tanya también detestaba todo aquello, pero había acabado por aceptarlo como el precio de la fama.

–No le queda mucha, ni a él ni a ningún otro –dijo con la cabeza apoyada en las manos–. Así son las cosas. Algunas veces creo que me he acostumbrado y otras me pongo hecha una furia. Mi abogado me dice siempre que sólo es dinero, que no deje que me altere, pero es mi dinero y mi vida, y he trabajado como una posesa para ganármelo. No veo por qué un tipo, cualquier tipo que aparece por casualidad y duerme conmigo un tiempo, tiene que llevarse luego la mitad de lo que tienes. Es un precio demasiado alto por un par de años en la cama con alguien que además te engaña. ¿Qué hay de mi dolor y mi sufrimiento? Supongo que eso no importa. Iremos a juicio el mes que viene. A los medios de comunicación les encantará.

–¿Estarán allí? –preguntó Mary Stuart con horror.

–Por supuesto. Las salas de los tribunales están abiertas a la prensa y la televisión. Por la Primera Enmienda, ¿recuerdas? –comentó cínicamente.

–Eso no tiene nada que ver con la Primera Enmienda y tú lo sabes.

–Cuéntaselo al juez –repuso Tanya, cruzando las piernas. Se hallaba en uno de los raros momentos en que podía disfrutar de su intimidad. Tenía plena confianza en Tom, el chófer. Hacía años que trabajaba para ella y era la discreción personificada. Tenía esposa y cuatro hijos y jamás le decía a nadie para quién trabajaba. Admiraba mucho a Tanya y estaba dispuesto a protegerla a toda costa.

–No sé cómo soportas toda esa basura –dijo Mary Stuart con admiración–. Yo me volvería completamente loca al cabo de dos días.

–No, no te volverías loca. Te acostumbrarías, igual que me pasó a mí. Hay muchas cosas que te animan a seguir. Eso es lo que te atrae al principio, lo malo no llega hasta después, y entonces ya es tarde, has llegado demasiado lejos para dejarlo e imaginas que vale la pena seguir hasta el final. Sin embargo, no estoy segura de que lo merezca. Algunas veces lo dudo, y otras me encanta. –Seguía en la profesión porque aún disfrutaba cantando, aunque el resto del tiempo no supiera por qué.

El viaje continuó en silencio durante un trecho y luego Tanya preparó palomitas. Por la tarde tomaron unos sándwiches. Tanya le llevó uno a Tom con una taza de café. Se detuvieron una vez para que el chófer estirara las piernas. Ellas siguieron charlando y leyendo. Después Tanya puso un vídeo que le había enviado la Academia del primer pase de una película y Mary Stuart se quedó dormida, exhausta por todas las emociones experimentadas antes de abandonar Nueva York. Tanya se había mostrado de acuerdo con ella en que había llegado el momento de cortar sus viejas ataduras, pero también estaba segura de que sería un duro golpe para Alyssa. Además, no sabía cómo reaccionaría Bill. Tal vez fuera un alivio también para él. Quizás era eso lo que había querido durante todo aquel año y no había tenido arrestos para decírselo. En todo caso, pensaba esperar sólo hasta que Bill volviera de Londres. Mientras tanto haría planes para el futuro. Tras las dos semanas en el rancho, proyectó pasar una semana en Los Ángeles con Tanya y luego dos semanas en East Hampton donde tenía muchos amigos.

Tanya le sonreía cuando se despertó de la cabezada. Habían entrado ya en el estado de Nevada.

–¿Dónde estamos? –preguntó incorporándose y mirando alrededor. Aun medio dormida, seguía teniendo un aspecto casi impecable.

Tanya se inclinó sobre ella y le revolvió los cabellos igual que hacía en la universidad. Las dos se echaron a reír.

–No pareces tener más de doce años, Stu. Te odio. Yo me paso la vida en el cirujano plástico y tú lo consigues de forma natural. Eres repugnante. Por cierto, volví a hablar con

Zoe la semana pasada. Realmente está haciendo un trabajo increíble con la clínica para enfermos de sida. Es una lástima que no se haya casado.

–No sé, la verdad es que nunca creí que lo hiciera –dijo Mary Stuart pensativamente.

–Ya, pero tenía muchos amigos.

–Sí, pero su auténtica vocación era cuidar al mayor número de personas posible... huérfanos de Camboya, niños hambrientos de Etiopía, refugiados de países pobres. No me sorprende que se dedique ahora a los enfermos de sida, es exactamente lo que debía hacer. Lo que sí me sorprende es que adoptara a un bebé. No pensé que llegara a tener hijos. Es demasiado idealista. Puedo imaginármela dando la vida por una causa, pero no limpiando vómitos.

Tanya no pudo evitar reírse. Mary Stuart estaba en lo cierto. Siempre habían sido ella y Eleanor las que habían limpiado el cuarto que compartían. Zoe estaba siempre manifestándose en alguna parte y Tanya se dedicaba a hablar por teléfono con Bobby Joe o a ensayar para algún concierto del departamento de música. Las artes domésticas nunca habían sido su fuerte.

–Me gustaría volver a verla –dijo Tanya, esperando que Mary Stuart no se encolerizara al ver a Zoe. Le dolería que una de las dos se negara a quedarse en el rancho. Tanya pensaba que si se iba alguna, sería Mary Stuart, pues ella había sido la parte agraviada.

Mary Stuart no dijo nada al oír su comentario. Miró por una ventanilla recordando aquella trágica época, justo antes de la graduación. Mary Stuart y Zoe no se habían vuelto a ver desde entonces. Ni ellas ni Tanya habían acudido nunca a una reunión de antiguos alumnos. Berkeley era demasiado grande para que resultaran atrayentes tales reuniones.

Durante las horas siguientes Mary Stuart leyó uno de los muchos libros que había llevado consigo y Tanya hojeó revistas. A las nueve de la noche llegaron por fin a Winnemucca. Era una ciudad pequeña y bulliciosa, llena de restaurantes y casinos a lo largo de la calle principal, que era en realidad un tramo de la carretera. Tom detuvo el autobús en el aparcamiento del Red Lion Inn, donde pidió habitación. Ellas dormirían en el autobús, pero Tanya quiso ir a cenar al restaurante y jugar a las máquinas tragaperras. En realidad era más bien una cafetería, pero tenía unas veinte máquinas tragaperras y unas cuantas mesas de veintiuno.

Tanya se puso de nuevo las botas y el sombrero y unas gafas negras. Llevaba una peluca de cabellos cortos y negros, pero hacía calor y le picaba, de modo que la reservó para un momento de auténtica necesidad. Mientras ella y Mary Stuart estuvieron en el cuarto de baño lavándose y pintándose los labios, rieron y comentaron que se sentían como adolescentes.

—Escucha, cariño, esto es serio. Una de nosotras podría conseguir un premio gordo, pero tú no se lo digas a Tony —dijo Tanya, guiñándole el ojo a su amiga.

Estaba tan furiosa con Tony por el modo en que la había abandonado que ni siquiera le echaba de menos. Lo recordaba de vez en cuando, pensando en algún momento agradable, pero eso era todo. Su matrimonio había sido un error, no debería haber pasado de ser una aventura. Dolía, pero no tanto como había temido en un principio, y eso era una sorpresa. Tanya se preguntó si había acabado por insensibilizarse o si jamás había sentido por él lo que creía. Era muy extraño que toda su relación se hubiera esfumado de repente como si nunca hubiera existido.

Bajaron del autobús seguidas por Tom. Tanya le dijo que hiciese lo que más le apeteciera. El chófer se fue a cenar y ellas entraron en la cafetería para cambiar dos billetes de cincuenta dólares en monedas de veinticinco centavos con las que llenaron un pequeño cubo. Se lo pasaron en grande jugando en las máquinas tragaperras, ganando un dólar aquí y allá y contemplando a los demás jugadores. Abundaban las mujeres con el pelo azul vestidas con amplios blusones de poliéster de estampados diversos y tonos pastel, la mayoría con cigarrillos colgando de los labios. Los hombres jugaban al veintiuno y bebían. También los había en las máquinas tragaperras, pero no tantos como mujeres. Cuando Tanya dio una palmada al ganar diez monedas de veinticinco centavos, un hombre que jugaba en una máquina cercana le sonrió e instantes después se acercó sutilmente. Tenía piernas largas y delgadas y los tejanos le caían rectos desde la cintura. Sus manos eran callosas, llevaba barba de dos días y un sombrero parecido al de Tanya.

—¿Cuánto ha ganado? —preguntó para entrar en conversación. Mary Stuart miró a Tanya con nerviosismo. No tenía ganas de que un borracho intentara seducirlas en Winnemucca.

—Un par de dólares —contestó Tanya, ceñuda, fingiendo estar concentrada en el juego.

—¿Le han dicho alguna vez que se parece a Tanya Thomas? Aunque usted es más alta y más joven.

—Sí, gracias —respondió ella sin mirarle. Cher le había dicho una vez que si uno no miraba a la gente, no le reconocían. Algunas veces funcionaba, otras no. Esperaba que esta vez le sirviera—. Me lo dicen a menudo. Pero creo que ella es muy baja.

—Eso he dicho. Usted es más alta. Pero ella es buena. ¿Le gusta cómo canta?

—Claro —dijo Tanya, recuperando su deje de Texas, obligando a Mary Stuart a contenerse para no reír—. Pero sus canciones son más bien tontas. —Tanya estaba llevando la cosa demasiado lejos y su amiga empezó a inquietarse.

—Es buena —protestó el hombre—. A mí me gusta mucho.

Tanya se encogió de hombros. Instantes después el hombre se sentó en una mesa de veintiuno.

—Eres una valiente —susurró Mary Stuart con una sonrisa de oreja a oreja.

Tanya se echó a reír. En ese momento ganó un premio de veinte dólares. Habían acordado que jugarían hasta que se acabaran los cien dólares, pero aún seguían igualadas.

—Es la única manera de hacerlo —dijo Tanya con una risita.

Poco después oyó que una mujer decía: «Mira, es Tanya Thomas», pero el hombre con el que había hablado antes afirmó que sólo se le parecía y que era mucho más alta. La mujer asintió y no ocurrió nada.

—Y más joven —musitó Tanya.

Mary Stuart tuvo que empujarla para sacarla de allí. Habían perdido unos cincuenta dólares. A las diez entraron a comer una hamburguesa en el restaurante y varias personas las miraron con atención, pero Tanya fingió no darse cuenta. La camarera se fijó en ella especialmente, pero no estaba segura y no se atrevió a preguntar, por lo que al final consiguieron comer en paz. Luego volvieron a las máquinas tragaperras hasta casi la medianoche. Al final les quedaban cuarenta dólares que se repartieron.

—¡Vaya! Hemos ganado cuarenta dólares —exclamó Mary Stuart alegremente cuando regresaron al autobús.

—No, tonta. Hemos perdido sesenta. Empezamos con cien, ¿recuerdas?

—Oh —se lamentó Mary Stuart, pero enseguida se echó a reír y las dos siguieron bromeando mientras se desvestían.

Los dos sofás de la sala de estar verde se convirtieron en camas con una amplia mesa en medio.

—¿Sabes?, ¡te pareces a Tanya Thomas! —dijo Mary Stuart, burlándose de su amiga mientras ésta se peinaba la larga melena rubia en el cuarto de baño y luego adelantaba la barbilla. Hacía unos años que le habían puesto un pequeño implante y le habían hecho una pequeña liposucción en la papada para dar a su cuello el aspecto de una mujer joven.

—¡Pero más alta y más joven! —exclamaron al unísono, riendo aún más fuerte.

–Sobre todo más joven –dijo Tanya–. He pagado una fortuna para conseguirlo.

–Eres incorregible –dijo Mary Stuart poniéndose el camisón. No se había divertido tanto en años y por primera vez no echaba de menos a Bill. Había recuperado una vida propia y el rechazo de su marido parecía menos importante, sin dejar de ser triste–. Estás igual que siempre –añadió, mirando a Tanya en el espejo.

–De eso se trata precisamente. Lo que me gustaría saber es cómo lo consigues tú, si es verdad que no te has hecho nada. Creo que mientes –bromeó.

Se acostaron charlando como dos chiquillas y siguieron hasta las dos de la madrugada con la luz apagada, cuando por fin se durmieron. No despertaron hasta las nueve de la mañana. Tanya había dicho a Tom que lo llamaría cuando estuvieran preparadas para reanudar la marcha.

Tanya hizo café y calentó los bollos en el microondas mientras Mary Stuart se duchaba. Después se duchó ella. A las nueve y media ambas vestían tejanos y botas vaqueras y ninguna de las dos se había molestado en maquillarse.

–¿Sabes?, nunca dejo de hacerlo –confesó Tanya mirándose en el espejo con asombro. En Los Ángeles no podía permitirse el lujo de salir de casa sin maquillarse, pero allí no importaba–. Siempre tengo miedo de encontrarme con un fotógrafo o un periodista. Pero aquí, qué demonios –dijo con una sonrisa. Tanto ella como Mary Stuart se sentían liberadas de sus pesadas cargas.

Minutos después entraron de nuevo en el local. Tanya había llamado a Tom para avisarle. Ellas habían guardado las camas y él se encargaría de acabar de limpiarlo todo y de poner gasolina mientras ellas gastaban veinte dólares más en las máquinas tragaperras. Esta vez las dos doblaron su dinero. El tipo de la noche anterior había desaparecido y su lugar lo ocupaban una docena de hombres como él, pero nadie prestó atención a Tanya, lo que asombró a Mary Stuart.

–Quizá deberías salir sin maquillaje más a menudo –dijo, cuando volvían al autobús.

Tom las aguardaba preparándoles café.

–Gracias, Tom –dijo Tanya al observar la pulcritud que reinaba en el autobús. Mary Stuart tuvo que convenir con ella que era el mejor modo de viajar y comprendió por qué Tom llamaba al autobús yate terrestre.

Abandonaron Winnemucca poco después de las diez y continuaron viaje por Nevada hasta la tarde. Cuando llegaron a Idaho, el paisaje empezó a verdecer, haciendo olvidar el desierto que dejaban atrás. Las dos amigas pasaron el día igual que el anterior, charlando, leyendo y durmiendo. Tanya llamó a su secretaria. Por una vez no había crisis con la que enfrentarse.

–Qué aburrido –bromeó con Jean por teléfono.

Sólo tenía un mensaje de Zoe confirmando que su avión llegaría a Jackson Hole poco después que ellas. Tanya calculó que llegarían al rancho alrededor de las cinco y media con el tiempo justo para cambiarse de ropa y cenar. No dijo nada a Mary Stuart del mensaje de Zoe, aunque empezaba a preguntarse si debía advertirle. Sin embargo, su amiga había estado tan relajada durante el viaje que no quiso estropearlo todo y calló. Pasaron las últimas horas que les quedaban durmiendo, y cuando despertaron se quedaron deslumbradas por las Tetons[1]. Eran las montañas más espectaculares que habían visto en su vida. Mary Stuart las contempló boquiabierta, mientras Tanya, sin darse cuenta, empezaba a tararear y luego cantaba una canción.

Fue un momento que no olvidarían jamás. Mary Stuart cogió a su amiga de la mano mientras ella cantaba y el autobús atravesaba Jackson Hole en dirección a Moose, Wyoming.

---

1. Cordillera que forma parte de las montañas rocosas. *(N. de la T.)*

11

–No dejes de comprobar las reservas de AZT día a día –advirtió Zoe a Sam, que entregaba su equipaje al mozo del aeropuerto–. No puedes imaginar la rapidez con que se nos acaba. Y yo procuro dar tantas muestras gratuitas como puedo. Es caro –añadió, al tiempo que daba propina al mozo y le tendía su billete para que registrara el equipaje–. Y tendrás que azuzar a los del laboratorio. Si les dejas, tardarán mil años en darte los resultados. Sería un desastre sobre todo en el caso de los niños. Es preciso que sepas cuanto antes cómo van sus glóbulos blancos.

El mozo le devolvió el billete y Sam la acompañó hasta la puerta, pero ella fruncía el entrecejo intentando recordar sus inquietudes de última hora para explicárselas a Sam.

–Puede que te sorprenda –dijo él, cuando pasaban por el detector de metales–, pero he estudiado en una facultad de medicina, tengo un título que lo acredita y una licencia para ejercer. Te lo aseguro –agregó alzando una mano, y Zoe soltó una risita nerviosa.

–Lo sé, Sam. Lo siento. No puedo evitarlo.

–Ya, pero tienes que relajarte o te dará un infarto aquí mismo y no llegarás nunca a Wyoming, y yo detesto hacer reanimación cardiopulmonar en lugares como éstos. Es demasiado aparatoso y me hace parecer el típico médico de urgencias en lugar de un humilde sustituto.

Sam bromeaba con la esperanza de tranquilizarla, pero ella se sentía demasiado culpable por dejar a sus enfermos y a Jade. En aquel momento se arrepentía de marcharse y se hubiera echado atrás de haber podido hacerlo sin sentirse como una completa idiota. Se lo había prometido a Tanya y, además, necesitaba descansar. La escena del aeropuerto se había producido también en casa, dando instrucciones a Inge con respecto a Jade, y cuando la niña había empezado a llorar Sam había tenido prácticamente que arrastrarla escaleras abajo con la maleta.

–Ahora comprendo por qué nunca vas a ninguna parte –dijo él cuando se sentaron a esperar el vuelo.

Al ver la palidez de Zoe volvió a preguntarse si estaba enferma o sólo nerviosa y cansada. Seguramente un poco de todo, y se alegraba de que por fin se fuera de vacaciones. No le importaba sacrificar su compañía cuando tan patente era su necesidad de descanso.

Desde la noche en que salieron juntos a cenar, Zoe había mantenido sus conversaciones estrictamente dentro del terreno profesional, pero él no se rendía. Ella había aceptado al fin que Sam preparara una cena para ella y su hija a su vuelta de Wyoming, pensando únicamente en conservar una buena amistad, pero la idea de Sam era muy distinta.

–No te olvides de visitar a Quinn Morrison, por favor. Le prometí que irías a verle todas las tardes después del trabajo. –Era uno de sus pacientes predilectos, un agradable anciano de más de setenta años que había contraído el sida tras una operación de próstata y que se hallaba en fase terminal.

–Te lo prometo –dijo él mirándola con una tierna sonrisa, y le rodeó los hombros con el brazo–. También iré a ver a tu hija y me cercioraré de que la canguro no le pega ni lleva amantes a tu dormitorio cuando Jade ve los dibujos animados.

–Oh, Dios mío, no digas eso –gimió Zoe. Ni siquiera se le había ocurrido que Inge pudiera hacer una cosa así.

–Tendré que darte un calmante si no te tranquilizas –dijo Sam, riéndose de su reacción–. O al menos un Valium.

–Buena idea –repuso ella. En realidad había empezado a tomar AZT esa misma semana como precaución. Tenía una gran confianza en usarlo como medida profiláctica aun cuando no habían aparecido los primeros síntomas, y se lo recomendaba a todos sus pacientes–. La verdad es que no debería haberme embarcado en este viaje –continuó atormentándose, y Sam sugirió que fueran a tomar un café.

–No conozco a ningún otro ser humano que se lo merezca más que tú –dijo, y pidió dos capuchinos–. Lo que siento es que no te vayas dos semanas en lugar de una.

–Quizás el año que viene.

–Estoy impresionado –bromeó él–. O sea que realmente crees que podrás volver a hacerlo. Pensaba que esto era un caso excepcional.

Tal vez lo fuera, pensó ella, aunque no por los motivos que imaginaba Sam.

–Ya veremos –replicó, súbitamente cohibida–. Depende de si me gusta o no.

–¿Qué es lo que no te puede gustar? –preguntó Sam.

–Depende de lo guapos que sean los vaqueros –bromeó Zoe, pero a él no le hizo gracia.

–Mira qué bien. Primero me dices que te vas a hacer monja y ahora me sales con que vas a Wyoming para seducir vaqueros. Fantástico. Ya verás si te vuelvo a sustituir. Quizá me dedique a darles placebo a todos tus pacientes.

–¡Ni se te ocurra! –exclamó Zoe y se echó a reír.

–Yo también tengo unas botas vaqueras, ¿sabes?, y puedo comprarme uno de esos estúpidos sombreros si eso es lo que te impresiona. Pero es extraño, no me imagino a Richard Franklin jugando a vaqueros.

Zoe siguió riéndose. A Sam le encantaba provocarla a costa del pretencioso doctor Franklin. Durante un congreso médico en Los Ángeles, Sam y él habían mantenido una disputa sobre un tratamiento quirúrgico para el cáncer de mama. Sam no era cirujano, pero sus opiniones eran muy válidas. Franklin no opinaba lo mismo y le había tratado como a un novato.

—Ya te traeré un sombrero de recuerdo –le prometió Zoe y él sonrió.

—Lo que quieras menos un vaquero.

—Te llamaré –dijo ella.

El avión entraba ya en pista. Zoe viajaría primero a Salt Lake City, donde cogería un avión más pequeño para llegar a Jackson Hole.

—Saluda a tu amiga de mi parte. Me encantaría conocerla algún día.

—Le diré que te llame –bromeó Zoe. Todo el mundo quería conocer a Tanya.

De repente Sam se puso serio cuando ella cogió el bolso y se dispuso a embarcar.

—Cuídate. Disfruta de las vacaciones. Te las has ganado. –Zoe asintió, conmovida por el modo en que la miraba, pero incapaz de responderle. De repente vio que Sam entrecerraba los ojos–. Acaba de ocurrírseme una cosa. ¿Llevas un maletín de médico?

—Sí. ¿Por qué? Lo he metido en la maleta. ¿Lo necesitas? –Miró alrededor preguntándose si Sam había visto algo que hubiera escapado a su atención. Por lo general era prudente a la hora de ofrecer sus servicios en público, pero lo hacía siempre si se trataba de una emergencia–. ¿Has visto a algún herido?

—Sí. A ti. Después de que te dé una azotaina. Estás de vacaciones, so tonta. Ya imaginaba que harías algo parecido. No quiero que salga de la maleta.

—Bueno, no pensaba ir por el rancho con él a cuestas. Sencillamente me pareció oportuno llevarlo por si ocurría algún accidente. –Fijó en Sam una mirada penetrante–. ¿Quieres decir que tú no te lo llevas cuando vas de viaje? Yo me sentiría perdida sin él.

—Es diferente. Yo trabajo de sustituto. –Zoe soltó una carcajada. Entonces él la rodeó con un brazo y la atrajo hacia sí–. Cuídate. Olvídate de nosotros, si puedes. Te llamaré si realmente es necesario.

–¿Me lo prometes? –pidió ella y él asintió.

A ella le tranquilizaba dejar a sus pacientes en manos de Sam porque les escuchaba, le importaban y hacía exactamente lo que ella quería. No intentaba cambiar el mundo y hacerlo todo a su manera, y además era un gran médico. De hecho Zoe siempre había pensado que era un tonto conformándose con hacer sustituciones.

–Te prometo que te llamaré si surge algún problema –repitió él–. Tú prométeme que descansarás y que volverás con las mejillas sonrosadas y algo más de peso, aunque te pases todo el día persiguiendo vaqueros. Toma el sol y duerme mucho.

–Sí, doctor. –Sonrió y le dio las gracias de nuevo. Instantes después se dirigía sin prisa hacia el avión y él siguió agitando la mano hasta que dejó de verla.

Después de contemplar cómo despegaba el avión, Sam salió del aeropuerto caminando lentamente. Cuando llegaba a la puerta, se disparó su busca y tuvo que dirigirse a una cabina para responder a la llamada de un paciente.

El vuelo hasta Salt Lake City duró poco más de dos horas. Allí Zoe tuvo que esperar otras tantas al siguiente avión. Pensó en llamar a Jade, pero pensó que podía ponerle nerviosa, de modo que decidió esperar hasta llegar al rancho y mientras tanto se tomó un café, leyó el periódico y se sumió en sus pensamientos, cosa que no podía hacer con frecuencia. Pensó en el hecho de que Dick Franklin la hubiera llamado la víspera de su partida. La carta de Zoe le había dejado atónito y le había conmovido profundamente. No pidió volver a verla, pero le dijo que estaba a su disposición si necesitaba algo. Apreciaba su sinceridad, aunque no estaba preocupado por él mismo, y le aseguró que su secreto estaba a salvo. Quiso saber luego cómo se había contagiado y no se mostró sorprendido al enterarse. Cuando colgó, Zoe tuvo la sensación de que no volvería a saber nada de él, pero en el fondo no le importaba.

Para Zoe era un lujo estar sentada en aquel aeropuerto sin teléfonos, sin busca ni pacientes, sin tener que decidir cómo ayudarles. Por mucho que le gustara su trabajo, necesitaba aquellas vacaciones, porque tenía la intención de continuar en él hasta el final. Se entregaría a sus pacientes en cuerpo y alma hasta que no quedara nada por ofrecerles, y también a Jade. Pensando en su hija recordó que no tenía familiares a quienes dejársela, ni amigos lo suficientemente responsables o amantes de los niños. Había pensado en Tanya, pero no sabía qué pensaría ella. En todo caso, era una posibilidad.

El vuelo a Jackson Hole salió puntual y Zoe aterrizó exactamente a las cinco y media. Sabía que Tanya llegaría al rancho en autobús y que el hotel enviaría una furgoneta al aeropuerto. Su equipaje fue de los primeros en aparecer, el chófer del hotel la esperaba y pronto abandonaron el aeropuerto.

El joven que conducía la furgoneta del hotel llevaba tejanos, botas y sombrero de vaquero, y tenía el mismo aspecto que cualquier otro nativo de Wyoming. Era alto y delgado, de corto cabello rubio. Dijo que se llamaba Tim y que era de Misisipí. Estudiaba en Laramie, en la Universidad de Wyoming, y trabajaba en el rancho durante el verano. Afirmó que era un amante de los caballos. Zoe apenas le escuchaba; las montañas la tenían hipnotizada. El crepúsculo extendía sus tonos azules y rosas sobre ellas. Las cimas nevadas le hicieron pensar en los Alpes suizos. Nunca había visto nada parecido.

—Son espectaculares, ¿verdad, señora? ¿No le parece que cortan la respiración?

Zoe se mostró de acuerdo y dejó que él siguiera parloteando durante la media hora que duró el trayecto. Tim le contó que tenía un tío que también era médico, un ortopedista que le había curado un brazo roto en una ocasión. Y lo había hecho muy bien, porque cuando participó en el rodeo del año anterior, el brazo no le dio ninguna molestia, pero se rompió el otro brazo y también una pierna. Sin embargo, pensaba volver a intentarlo ese año. Su historia sin duda tenía color local.

—¿Hay rodeos aquí? —preguntó Zoe.

—Sí, señora. Los miércoles y los sábados. Monta de toros, doma de potros cerriles, captura de becerros con lazo y, para los más jóvenes, monta de novillos. ¿Ha estado en un rodeo alguna vez?

—No, pero supongo que mi amiga me llevará. Es de Texas —dijo, sonriendo al pensar en Tanya y las veces que le había hablado de los rodeos de Texas.

—Lo sé. —Tim frunció el entrecejo—. Sé quién es, pero en el rancho no se nos permite hablar de eso. La señora Collins se pone furiosa si alguien molesta a las celebridades, y vienen algunas de vez en cuando, ¿sabe? Yo he visto a más de una desde que trabajo en el rancho. —La miró con aire de lealtad—. Nosotros no damos información a nadie.

—Sé que ella sabrá apreciarlo —dijo Zoe, imaginando que precisamente ése era el motivo por el que Tanya había elegido el rancho.

—Tienen que llegar en autobús en cualquier momento —dijo Tim.

Zoe no entendió muy bien a quiénes se refería aquel «tienen», salvo que incluyera al chófer del autobús, pero no se molestó en preguntarlo. Cinco minutos más tarde abandonaban la carretera, cruzaban una verja y enfilaban un sendero tortuoso que Tim llamó «camino de entrada», pero que parecía extenderse hasta el infinito. Pasaron diez minutos más hasta que Zoe vio aparecer unas estribaciones y media docena de edificios a sus pies, además de un enorme granero y varios establos de caballos. Abundaban los árboles de bella estampa entre los bien cuidados edificios y por encima de ellos, cerniéndose en el horizonte al otro lado del valle, se alzaban los omnipresentes Tetons.

Tim la llevó a recepción, donde le informaron que la señorita Thomas aún no había llegado, pero fue recibida con gran cordialidad. El edificio que constituía el rancho en sí parecía antiguo y era muy bonito. De sus paredes colgaban cabezas de antílope y la de un búfalo. Hermosas pieles cubrían el suelo y un gran ventanal ofrecía una vista panorámica de las montañas. En la enorme chimenea cabía un hombre de pie. Parecía un lugar muy acogedor para pasar las largas noches de invierno. En un rincón vio a unos cuantos huéspedes charlando. La recepcionista le explicó que a aquella hora la mayoría se hallaban en sus cabañas cambiándose para cenar. La cena era a las siete.

Tras proveerse de unos folletos, Tim llevó a Zoe a su cabaña en la furgoneta. Cabaña era un humilde eufemismo para lo que hubiera sido una preciosa casa para una familia de cinco miembros en una zona residencial. Tenía una amplia y confortable sala de estar con chimenea y una vieja estufa de leña y carbón, una zona habilitada para cocina, y sofás tapizados con ricas telas. La estancia tenía el típico aire del sudoeste, pero con un toque navajo. En cualquier caso parecía digno de aparecer en el *Architectural Digest*, donde de hecho había sido motivo de un reportaje reciente. Los tres dormitorios eran enormes y con grandes vistas, y la cabaña estaba rodeada de árboles.

Embelesada, Zoe dejó caer su bolsa de mano junto a la maleta que Tim había dejado en el suelo. Él le preguntó qué dormitorio prefería, pero Zoe decidió esperar a Tanya. Uno de los tres dormitorios era algo más grande que los otros dos, pero todos disponían de grandes camas, mobiliario rústico y chimenea. Zoe sintió ganas de saltar sobre las camas y chillar como una niña, pero se limitó a sonreír. Cuando se fue Tim, recorrió las habitaciones y cogió una nectarina de un gran cesto de frutas que había sobre la mesita de la sala de estar. También había una gran lata de galletas recién hechas y una caja de chocolatinas. Siguiendo las instrucciones de la secretaria de Tanya sobre sus preferencias, habían dispuesto flores por todas partes. En la nevera había refrescos y cerveza de raíces, la favorita de Tanya, y tampoco faltaban las galletas y yogures que tomaba para desayunar, y en los tres cuartos de baño había abundancia de toallas, además de su jabón predilecto.

—¡Vaya! —exclamó en voz alta mirando alrededor.

Luego se sentó en el sofá a esperar viendo la televisión y bebiendo una coca-cola *light*. Diez minutos después oyó el autobús que llegaba lentamente por el sendero. Zoe salió a la puerta con intención de recibir a Tanya y echó a correr hacia ella en cuanto la vio. Las dos amigas se fundieron en un cálido abrazo; de pronto, Zoe vio que bajaba alguien más y quedó sorprendida, aunque no tanto como Mary Stuart, que se quedó inmóvil, vacilando entre subir de nuevo al autobús o volver andando por donde habían llegado. Al final no hizo más que quedarse mirando a las otras dos con ira contenida.

—No puedo creer que me hayáis hecho esto —dijo a ambas, aunque tenía que admitir que Zoe parecía realmente asombrada de verla.

—No es culpa suya —explicó Tanya, mientras Tom descargaba el equipaje—, sino mía. Déjame que te lo explique.

—No te molestes —repuso Mary Stuart con aspereza—. Me voy.

Tom se sorprendió al oírla y miró a Tanya en muda interrogación, pero ella estaba demasiado ocupada con su amiga para responderle.

—Eso no es justo, Mary Stuart. Inténtalo por lo menos. Hace tanto tiempo que no estábamos juntas... yo había pensado...

—Bueno, pues no deberías haberlo hecho. Después del año que acabo de pasar, no comprendo cómo has podido hacerme esto. Ha sido un golpe bajo y tú lo sabes. —Estaba lívida. Por su parte, Tanya tenía los ojos llenos de lágrimas y comprendía que se había comportado de un modo egoísta.

—Lo siento, Mary Stuart —terció Zoe con tono sereno—. De todas formas no debería haber venido. Tengo mucho trabajo en San Francisco y una niña pequeña en casa. Lo más sensato es que me vaya yo. Cogeré el primer avión después de cenar. —Hablaba con la calma y la gentileza que le habían enseñado dos décadas de cuidar a personas muy enfermas, muy desdichadas, trastornadas con frecuencia o que incluso habían perdido la razón, y era capaz de hablar con sensatez aun cuando se hallara bajo los efectos de sus propias emociones.

—No tienes por qué hacerlo —dijo Mary Stuart intentando recobrar la compostura, notando de repente que había sido grosera—. No me importa en absoluto volver a Nueva York mañana por la mañana.

—Sois un par de idiotas —dijo Tanya—. No puedo creer que sigáis peleadas después de más de veinte años. Tenemos casi cuarenta y cinco años, por amor de Dios. ¿No tenéis nada mejor que hacer que echaros los trastos a la cabeza por lo que sucedió cuando éramos unas jovencitas? Joder, yo tengo que aguantar tantas gilipolleces todos los días que ni siquiera me acuerdo de una semana para otra, y mucho menos de veinte años atrás. Venga, chicas. —Las contempló mientras ellas se medían con los ojos y Tom llevaba los equipajes a la cabaña. Él se alojaría en un hotel de Jackson Hole, dispuesto a acudir si Tanya quería realizar alguna excursión, aunque parecía poco probable, dada la nueva situación—. ¿No podríamos al menos entrar y discutirlo? —preguntó Tanya, enfadada.

Finalmente las tres entraron en la cabaña mientras Tom dejaba los comestibles en la cocina y salía.

Las tres permanecieron de pie en la sala de estar mirándose con aire incómodo.

—Sentaos por lo menos, ¿no? Me estáis poniendo nerviosa –dijo Tanya, paseándose de un lado a otro–. Mirad –prosiguió cuando las otras se sentaron–, seguramente no debería haberlo hecho y os pido perdón. Ha sido una estupidez infantil, pero pensaba que conseguiría que las tres estuviéramos juntas otra vez. Os he echado de menos. No tengo ninguna otra amiga como vosotras. No le importo a nadie en este mundo, absolutamente a nadie. No tengo marido ni hijos, ni siquiera tengo ya hijastros. Sólo os tengo a vosotras... y lo que quería era volver a ser como antes... eso es todo... quizá fue una tontería... pero desearía que al menos lo intentarais.

–Las dos te queremos –dijo Mary Stuart–. No hemos venido aquí por el paisaje y los vaqueros. –Zoe asintió sonriendo–. Pero nosotras dos no nos queremos, Tan. Ése es el problema. Creo que serían dos semanas muy difíciles si nos quedáramos todas.

Zoe volvió a asentir y Tanya pareció aún más decepcionada. Esperaba cierta reacción cuando llegaran, pero no que las dos insistieran en marcharse. Comprendió entonces que su idea había sido una estupidez.

–¿Y qué os parece si os quedáis sólo esta noche? Mary Stuart y yo llevamos dos días de viaje y estamos cansadas. –Y se dirigió a Zoe–: Tú has tenido que coger dos aviones y pareces agotada... Tienes buen aspecto –se corrigió–, pero se nota que estás cansada. Todas lo estamos. Al fin y al cabo ya no somos precisamente jóvenes –intentó bromear, pero las otras no sonrieron. Ambas intentaban decidir qué debían hacer–. ¿Por qué no nos quedamos a pasar la noche y luego decidís qué hacer? No armaré jaleo si os enfadáis, me mandáis al cuerno y os vais, me lo merezco. Pero yo también me iré. No voy a quedarme aquí sola durante dos semanas. Sería deprimente.

Zoe fue la primera en hablar.

–Me quedaré a pasar la noche. Tienes razón, el viaje de vuelta es largo y ni siquiera estoy segura de que haya un vuelo esta noche. No es precisamente el aeropuerto Kennedy. —Sonrió a Tanya y miró a Mary Stuart con aire vacilante—. ¿Te parece bien, Stu? —preguntó adoptando los viejos diminutivos sin pensarlos siquiera.

—Estoy de acuerdo. Volveré a Nueva York por la mañana.

—No, no lo harás —dijo Tanya con brusquedad—. Me prometiste pasar una semana conmigo en Los Ángeles. —Empezaba a sentirse molesta, ya que Mary Stuart se estaba mostrando muy poco razonable por graves que fueran las viejas heridas.

—Yo me iré mañana —dijo Zoe.

Tanya decidió no insistir. Al menos se quedarían a pasar la noche, y eso ya era un comienzo. Quizás ocurriera un milagro antes de la mañana.

—¿Qué dormitorios preferís? —preguntó, quitándose el sombrero y arrojándolo a una percha para sombreros. En la cabaña había cuanto pudieran necesitar, desde percheros y sacabotas a guantes por si refrescaba por las mañanas. También había impermeables tipo poncho en el armario por si llovía. Todo estaba previsto. Ni siquiera Tanya había visto antes un lugar parecido—. Me encanta este lugar —dijo con una sonrisa, y las otras sonrieron también.

Pese a la desagradable sorpresa, ambas reconocieron que el lugar era fabuloso.

—¿Hacen todo esto por ti, Tan? —preguntó Zoe—, ¿o todos los huéspedes reciben el mismo tratamiento? —Le parecía imposible que tuvieran tantos detalles, hasta los más nimios, con todos los que se alojaban allí.

—Al parecer todas las cabañas son como ésta —contestó Tanya sirviéndose una cerveza de raíces—. Llamaron a mi secretaria la semana antes de venir para preguntarle qué nos gustaba comer, beber y leer, qué tipo de jabón preferíamos, cuántas toallas y almohadas, qué vídeos, y si necesitábamos fax o más de una línea telefónica. Les dije que sólo necesitaba una línea telefónica, pero les pedí un fax y tres aparatos de vídeo, e imaginé qué comidas y bebidas os gustaban más. Si os falta algo no tenéis más que pedirlo.

—Este lugar es increíble —comentó Mary Stuart, paseándose por todas las habitaciones, y al volver a la sala de estar casi tropezó con Zoe.

—¿Qué tal te ha ido, Stu? —le preguntó ésta con tono solícito.

Su expresión sobresaltó a Mary Stuart. En sus ojos vio mucho dolor y sufrimiento.

—Bien —respondió en voz baja, y sintió deseos de preguntarle más cosas sobre su vida en aquellos veinte años.

—Siento lo de tu hijo —dijo Zoe y le tocó el brazo llevada por un impulso—. Tanya me lo dijo... es tan injusto... Yo lo veo todos los días y nunca es justo, pero aún menos a su edad. Lo siento de veras.

—Gracias, Zoe —dijo Mary Stuart y volvió la cara para que no viera sus lágrimas, pero su amiga las intuyó y se alejó para no incomodarla.

—¿Habéis escogido ya vuestras habitaciones? —preguntó Tanya, entrando. Al ver que Mary Stuart había llorado se preguntó si se habían peleado, pero ninguna de las dos parecía enfadada, de modo que supuso que habían hablado de Todd y miró a Zoe enarcando una ceja. Zoe asintió. Finalmente eligieron los dormitorios.

El cuarto de baño del dormitorio más grande tenía una gran bañera y un *jacuzzi*. Zoe y Mary Stuart insistieron en que debía ser para Tanya, quien accedió con la condición de que usaran el *jacuzzi* siempre que quisieran, pero las otras señalaron que se irían a la mañana siguiente. Tanya pensó que se comportaban como unas cabezotas, pero no dijo nada. Se metió en su dormitorio para cambiarse y las otras hicieron lo mismo poco después.

Zoe telefoneó a casa desde su dormitorio y encontró a Jade cenando. Inge le aseguró que todo iba bien y puso a la niña al teléfono. Jade ni siquiera lloró al oír la voz de su madre. Luego Zoe pensó en llamar a Sam, pero decidió que era mejor no molestarle cuando sin duda estaría agobiado de trabajo.

Poco antes de las siete volvieron a encontrarse en la sala de estar. Tanya llevaba unos pantalones de ante negro muy ajustados y una camisa de vaquero con abalorios, y se había recogido la melena con una cinta negra. También llevaba las botas vaqueras de ante, altas y negras, que se había comprado para la ocasión. Zoe vestía tejanos, un suéter azul celeste y botas de excursionista. Por su parte, Mary Stuart llevaba pantalones grises, un suéter beige y mocasines de Chanel. Fieles siempre a su estilo, totalmente diferentes, habían sido sin embargo grandes amigas, era algo que se notaba aún pese a la disputa entre dos de ellas. Tanya sabía que si se hubieran sincerado también las otras habrían admitido que lo notaban. Ella se sentía unida a sus amigas como por un cordón invisible. Cuando entró en la sala de estar, Mary Stuart se interesaba por la clínica de Zoe y ésta le respondía animadamente.

–Qué increíble esfuerzo –comentó Mary Stuart con admiración.

Pero cuando se dirigieron al comedor, las dos enmudecieron como si recordaran de pronto que no querían hablarse. No obstante, una vez sentadas a la mesa volvieron a enzarzarse en amena conversación. Tanya les contó sobre su siguiente gira de conciertos y sobre el contrato para una película, que estaba a punto de firmar. Sus amigas la animaron con entusiasmo y afecto sinceros. Las habían colocado en una mesa apartada, y aunque vieron volverse algunas cabezas, nadie se acercó a pedir autógrafos a Tanya ni a decirle nada, salvo la propietaria del rancho, Charlotte Collins, que se detuvo junto a su mesa para darles la bienvenida.

Se trataba de una mujer extraordinaria, de amplia sonrisa y penetrantes ojos azules. Parecía controlarlo todo y poner su toque personal en cada pastel, en cada habitación y en cada empleado. Sabía exactamente qué hacían sus empleados en todo momento y lo que necesitaba cada huésped en ese preciso instante, y se las arreglaba para coordinarlo todo a la perfección. Las tres amigas se sentían gratamente impresionadas por la dirección del rancho y así se lo dijeron.

–Bueno, espero que disfruten de su estancia. Para nosotros es lo más importante –respondió la señora Collins con expresión franca.

Ni Zoe ni Mary Stuart tuvieron valor para decirle que pensaban marcharse a la mañana siguiente.

–Lo preguntaré en recepción después del desayuno –comentó Mary Stuart cuando Charlotte Collins se alejó. En todo caso, siempre podía ir a Los Ángeles y pasar una noche en el Beverly Wilshire, o ir a Denver. La ruta de Zoe era muy sencilla: volvería a casa del mismo modo que había llegado hasta allí.

–Prefiero que ahora no hablemos de eso –dijo Tanya con expresión grave–. Quiero que las dos reflexionéis. ¿Tantos amigos tenéis que podéis permitiros el lujo de perder a alguien a quien conocéis prácticamente de toda la vida? –Ella sabía que se necesitaban demasiado como para distanciarse definitivamente.

Después de aquello charlaron un rato sobre diversos temas, sobre Alyssa y sobre Jade, pero Todd no salió a relucir, y ni Mary Stuart ni Tanya hablaron de sus respectivos maridos. De los libros, la música y los amigos pasaron a la clínica de Zoe, y luego recordaron los viejos tiempos de la universidad, los compañeros que más detestaban, los más divertidos, los más raros, los más desagradables y los pusilánimes, los más promiscuos y los héroes. Algunos de sus compañeros habían muerto en Vietnam justo antes de que se firmara la paz, un final especialmente cruel. Zoe sabía también que otros habían muerto de cáncer; se había enterado por pertenecer a la comunidad médica, o a través de amigos, o porque vivía en San Francisco y muchos de ellos nunca se habían marchado de allí. Pero mientras hablaban de todo aquello no mencionaron a Ellie ni una sola vez. Seguían charlando sobre antiguos amigos cuando volvieron a su cabaña paseando, y sólo cuando entraron en la sala de estar surgió el nombre de Ellie. Tanya sabía que la amiga muerta estaba en la mente de todas y que sería más fácil si alguien la nombraba, de modo que lo hizo.

–¿Sabéis?, aunque parezca mentira todavía la echo de menos después de tantos años –dijo.

–También yo –admitió Mary Stuart en voz baja.

Ellie había sido el alma del grupo en muchos aspectos. Era una chica alegre y alocada a su manera, que hubiera hecho cualquier cosa para pasarlo bien, como entrar en una fiesta cubierta de pintura blanca por toda vestimenta. En una ocasión se puso una pantalla de lámpara en la cabeza para ir a la capilla. Hacía todo tipo de tonterías para divertirse, hasta que un día les hizo llorar. Su muerte les destrozó, sobre todo a Mary Stuart, la que más unida a ella se sentía. Las tres permanecieron sentadas pensando en Ellie, hasta que Zoe rompió el silencio.

–Ojalá hubiera sabido entonces lo que sé ahora –dijo a Mary Stuart; Tanya las contemplaba–. No tenía derecho a decirte las cosas que te dije. No puedo creer que fuera tan estúpida e inmadura. A menudo he pensado en ello. Estuve a punto de escribirte una carta cuando mi primer paciente se suicidó. Fue una especie de venganza divina por haberte insultado y haber sido cruel contigo. Como si Dios quisiera enseñarme todo lo que no había aprendido con Ellie: que no era culpa de nadie, que no hubiéramos podido impedírselo, o quizá sí durante un tiempo, pero no para siempre si eso era lo que ella realmente quería. Yo era muy ignorante. No dejaba de pensar que una de nosotras debería haberlo intuido y que deberías haber sido tú porque estabas más unida a ella.

No podía comprender por qué no sabías que tomaba pastillas y bebía. Creo que llevaba meses haciéndolo sin que nadie lo supiera, pero en realidad no era lo que quería. –Mary Stuart se echó a llorar. Era como si Zoe hablara de Todd en lugar de Ellie, pero ella no lo sabía. Tanya se dio cuenta y la rodeó con el brazo cariñosamente–. Debí haberte escrito esa carta, Stu –dijo Zoe, también con lágrimas en los ojos–. Nunca he podido perdonarme por todo lo que te dije y supongo que tú tampoco. No te culpo –añadió con tristeza. Lo cierto era que Zoe se había mostrado cruel y agresiva con Mary Stuart durante días e incluso se había negado a sentarse junto a ella durante el funeral. Abrumada por sus acusaciones, Mary Stuart había acabado por creérselas y había tardado años en superar su sensación de fracaso. La historia se había repetido con Todd, como si aquel horror no tuviera fin, sólo que aún peor, porque en aquel caso era su propio marido quien cargaba sobre ella todas las culpas–. Lo siento, lo siento mucho –repitió Zoe y cruzó la sala de estar para sentarse junto a Mary Stuart–. Llevo toda la noche queriendo decírtelo. Aunque nos vayamos mañana, no podría perdonarme si no admitiera lo equivocada que estaba y lo estúpida que fui. Tenías razón al odiarme durante estos años y lo siento de todo corazón –sollozó. Para ella era muy importante confesar sus pecados y reconciliarse con las personas a las que había herido, aunque no fueran muchas.

–Gracias por decirlo –dijo Mary Stuart. Los sollozos no le dejaron continuar y abrazó a Zoe–, pero yo siempre creí que tú tenías razón. ¿Cómo es posible que no me enterase de lo que estaba haciendo? ¿Cómo pude estar tan ciega? –se preguntó repitiendo las ideas que la atormentaban desde la muerte de Todd como una pesadilla recurrente.

–Lo hizo a escondidas, y además quería morir –explicó Zoe–. No hubieras podido impedírselo.

–Ojalá yo estuviera tan segura –dijo Mary Stuart con pesar, sin saber muy bien si hablaba de su hijo o de Ellie.

–Yo lo sé –insistió Zoe, tan firme en su nueva actitud como antes lo estuviera en la contraria–. Ella no quería que te enteraras, y aunque lo hubieras sabido, no habrías podido impedirlo.

–Ojalá me hubiera enterado a tiempo –dijo Mary Stuart, mirándose las manos sobre el regazo–. Ojalá hubiese podido impedírselo a los dos. –Alzó los ojos hacia sus amigas, que vieron en ellos la agonía de toda una vida.

–¿Los dos? –preguntó Zoe, desconcertada–. ¿Stu? –insistió hasta que por fin lo comprendió mirándola a la cara; entonces deseó morir por ella. Apenas alcanzaba a imaginar el sufrimiento de perder a un hijo, sobre todo después de haber perdido a Ellie. Zoe se echó a llorar–. Oh, Dios mío –dijo, aferrándose a Mary Stuart para llorar juntas–. Oh, Dios mío… Stu… lo siento…

–Fue tan horrible –dijo Mary Stuart entre sollozos–, fue espantoso… y Bill dijo las mismas cosas que tú y más… Y todavía me culpa a mí –explicó–. Me detesta. Ahora está en Londres sin mí, porque no puede soportar verme. Cree que maté a nuestro hijo, o que lo dejé morir… lo mismo que creíste tú cuando murió Ellie.

–Fui una estúpida –dijo Zoe sin dejar de abrazarla–. Sólo tenía veintidós años y era tonta e inexperta. Bill es demasiado mayor para no entenderlo.

–Pero está convencido de que yo pude haberlo impedido.

–Entonces necesita que alguien le cuente la verdad sobre los suicidas. Stu, si Todd quería matarse de verdad, nadie le hubiera hecho retroceder, ni te iba a avisar en modo alguno.

–No, no me avisó –reconoció ella con tristeza, sonándose la nariz con el pañuelo de papel que le tendía Tanya.

Zoe se recostó en el sofá y le rodeó los hombros con el brazo.

–No puedes culparte por eso. Intenta aceptar que simplemente ocurrió. Por horrible que suene, no puedes cambiarlo ahora ni pudiste impedirlo antes. Todo lo que puedes hacer es seguir adelante o acabarás destruyéndolo todo.

—En realidad ya casi lo hemos destruido entre Bill y yo. —Volvió a sonarse la nariz y sonrió a sus amigas a través de las lágrimas—. Ya no queda nada de nuestro matrimonio. Absolutamente nada.

—Bueno, desde luego no puede quedar nada si sigues echándote la culpa —dijo Zoe—. Alguien debería hablar con él.

—Seguramente mi abogado —comentó Mary Stuart con una sonrisa torcida, y las otras sonrieron también. Poco a poco volvía a ser ella misma, sostenida de un lado por Tanya y del otro por Zoe—. Había pensado dejarle. Se lo diré cuando vuelva de Londres.

—¿Qué hace allí?

—Tiene que trabajar en un caso muy importante durante dos o tres meses, pero no quiso que le acompañara.

Zoe enarcó una ceja recuperando su antigua expresión cínica. Se había ablandado mucho en los veinte años transcurridos, pero su espíritu reivindicativo seguía latente.

—¿Tiene alguna aventura?

—No lo creo. No hemos vuelto a hacer el amor desde la víspera de la muerte de Todd. Es como un castigo silencioso. Creo que le doy tanto asco que no puede ni tocarme. Pero no creo que haya otra. Si fuera así, tal vez me costaría menos comprender lo que le ha ocurrido.

—Algunas personas se quedan paralizadas después de un trauma como ése —dijo Zoe—. Es típico. Aunque no es la mejor terapia para un matrimonio.

—No, desde luego. —Mary Stuart esbozó una sonrisa—. No obstante, creo que por fin he descubierto qué necesito. Él no va a perdonarme nunca, así que será mejor acabar de una vez. Vivir con Bill es como vivir con mi culpa cada día, y no puedo soportarlos más.

—No tienes por qué —repuso Zoe—. O bien él lo afronta con sinceridad, o tendrás que dejarle. Creo que haces lo correcto. ¿Y tu hija?

—Creo que me echará la culpa del divorcio —contestó Mary Stuart después de suspirar—. No la considero capaz de ver cómo se ha comportado su padre conmigo. Ella cree que sólo es un hombre muy ocupado. Al principio yo también lo creí, pero él ha dejado muy claro lo que piensa de mí, así que no pienso seguir con él, ni siquiera por Alyssa. No nos hablamos apenas, no vamos a ninguna parte, no quiere estar conmigo. Cuando me mira me siento maltratada.

—Entonces vete —le aconsejó Zoe. Era como si el reloj hubiera dado marcha atrás y volvieran a ser amigas íntimas.

—Estarás mejor sin él, si tan desgraciada te hace —le dijo Tanya con ternura—. Yo he sobrevivido a mis divorcios. Tú también podrás.

—Pero nosotros llevamos veintidós años casados. Es increíble verlo arrojar todo por la borda.

—Por lo que dices, creo que hace tiempo que lo ha arrojado —dijo Zoe y Tanya asintió.

Mary Stuart opinaba lo mismo. De hecho, le resultaba tan penoso hablar con él por teléfono que había adoptado la costumbre de mandarle faxes, que él ni siquiera contestaba.

—Aún eres joven —la animó Tanya—. Podrías conocer a otro hombre e iniciar una nueva vida con alguien que de verdad te quiera.

Mary Stuart asintió, deseando poder creerla, aunque no conseguía imaginarse con nadie que no fuera Bill.

—Creo que ha llegado el momento de dejarlo todo atrás —dijo Zoe.

Mary Stuart estaba de acuerdo, pero detestaba pensar que hubieran llegado a ese punto después de tantos años, y temía el momento de decírselo a Bill y Alyssa, y luego coger sus cosas y marcharse. La perspectiva de volver a salir con hombres resultaba aterradora. Ella no era Tanya Thomas, se dijo.

–¿Bromeas? No he salido con nadie desde que Tony se fue. A todos los hombres les doy miedo. Ninguno quiere salir conmigo, salvo quizás algún maldito peluquero ansioso por contárselo a todo el mundo. Soy como el Everest. Nadie quiere vivir allí, pero el mundo entero quiere contar que lo ha escalado.

Las tres amigas rieron del comentario. Mary Stuart no estaba segura de si se sentía mejor o peor. Hablar de sus planes de futuro les daba un tinte definitivo, y en cierto modo, le parecía que traicionaba a Bill, que ni siquiera conocía su decisión. Al menos tenía tiempo para pensar mientras él siguiera en Londres.

Siguieron conversando durante mucho rato. La amistad entre Mary Stuart y Zoe renació con fuerza y ninguna de las dos volvió a hablar de marcharse. Mary Stuart agradecía las disculpas de Zoe, quien se había sentido muy conmovida por el daño que le había causado y por la muerte de su hijo. Siempre le sorprendía lo cruel que podía ser la vida a veces, pero otras era sencillamente hermosa.

A la mañana siguiente, cuando sonó el teléfono a las seis de la mañana, Zoe contestó, acostumbrada a responder a llamadas nocturnas. Las otras aún dormían.

–¿Sí?

–¿Zoe? –Era Sam.

Ella pensó en Jade y el pánico la invadió: quizá se había puesto enferma... o había habido un terremoto...

–¿Jade está bien? –fueron sus primeras palabras, tan preocupada por su hija adoptiva como si la hubiera llevado en su vientre.

–Está perfectamente. Siento haberte asustado, pero he de decirte que Quinn Morrison murió hace una hora. –No le gustaba llamarla para darle una mala noticia, pero sabía que ella nunca le hubiera perdonado que no lo hiciera–. Se ha ido serenamente, rodeado por su familia. Siento que no estuvieras aquí con él. He hecho cuanto he podido, pero su corazón se rindió al fin.

En cierto sentido Zoe sabía que era mejor para él, pero aun así lloró. Lloró por todos sus enfermos, viejos y jóvenes, pero sobre todo por los niños. Al menos Quinn Morrison había vivido setenta y cuatro años y el sida sólo había arruinado su último año de vida sin acortarla dramáticamente. No obstante, Zoe tenía la misma sensación de derrota de siempre al perder a uno de sus pacientes.

–¿Estás bien? –preguntó Sam.

–Sí, pero me siento muy mal por no haber estado allí con él.

–Ya. Por eso te he llamado. Me ha dicho que se alegraba de que te hubieras ido de vacaciones.

Zoe sonrió. Era propio de Quinn. Se había pasado todo el año diciéndole que debía casarse y tener hijos.

–¿Están bien todos los demás? –preguntó.

–Peter Williams ha pasado una mala noche. Estuve una hora en su casa antes de ir a la de Quinn. Otra vez tiene neumonía. Lo ingresaré en la clínica esta mañana. –Williams tenía treinta y un años y también se acercaba a su final.

–Por lo que parece has tenido una noche muy ajetreada.

–Lo normal –dijo él con una sonrisa. Le encantaba su trabajo–. ¿Qué me cuentas tú? ¿Te diviertes? ¿Has conocido a algún vaquero?

–Sólo a uno, el que me recogió en el aeropuerto. Es tan alto como infantil, un chaval de Misisipí. Por cierto, este lugar es increíble, me encanta.

–¿Cómo está tu amiga?

–Bien, y me tenía preparada una sorpresa: otra compañera de Berkeley. Es una larga historia, pero el caso es que no nos hablábamos desde hace veinte años. Quiso volverse a

Nueva York nada más verme, pero anoche hicimos las paces. Me porté muy mal con ella y siempre me he arrepentido. Ha sido reconfortante dejarlo todo atrás.

–Me da la impresión de que tú también has estado muy ocupada –dijo Sam.

–Sí, supongo que sí.

–Bueno, vuelve a dormir. Siento haberte despertado. –En San Francisco eran las cinco y media de la mañana y en ese momento iba a acostarse.

–Gracias por llamar, Sam. Te lo agradezco de veras. Sé que has hecho por él todo lo humanamente posible. No te aflijas. No se podía cambiar nada.

–Gracias por decírmelo, Zoe. Cuídate. Te llamaré pronto.

Después de colgar, Sam se sintió triste al pensar en ella, siempre inalcanzable. Intuía que también ella se sentía sola y vulnerable, pero empezaba a temer que no conseguiría que le abriera su corazón jamás.

En el momento en que Sam se metía en la cama, Zoe se hallaba de pie en la sala de estar de la cabaña contemplando la salida del sol sobre los Grand Tetons. La belleza de aquel amanecer hizo que le brotaran las lágrimas, que resbalaron lentamente por sus mejillas. Pensaba en Quinn Morrison y en su larga vida, lamentando su muerte como la de tantos otros. Era tanto el sufrimiento que había en el mundo… y sin embargo, al mismo tiempo ella podía disfrutar de aquella inconmensurable belleza. De repente se alegró de haber ido a Wyoming. Ocurriera lo que ocurriera, una vez en la vida había visto el amanecer en los Grand Tetons. Era imposible no creer en Dios al contemplarlo. Volvió a su dormitorio de puntillas y se acostó pensando en Sam, sin dejar de contemplar las montañas por la ventana.

12

Zoe volvió a despertarse cuando Mary Stuart salió de su habitación, y se levantó al oírla trajinar. La encontró en la cocina preparando café. Su amiga levantó la vista y sonrió. Zoe parecía más descansada que la noche anterior y sorprendentemente juvenil con su camisón.

–¿Quieres café? –preguntó Mary Stuart–. También hay té, si lo prefieres.

–¿Aún no se ha levantado Tanya? –preguntó sirviéndose una taza de café humeante. Ambas sonrieron–. Supongo que algunas cosas no cambian nunca.

Mary Stuart miró a su amiga con ceño. Llevaban muchos años distanciadas.

–No, no cambian. Estoy contenta. Me alegro de haber venido –dijo mirando a Zoe a los ojos.

–Yo también, Stu. Ojalá hubiéramos hablado antes. Me alegro de que nos hayamos visto. No deseaba que continuáramos distanciadas. –Mirando hacia atrás, resultaba patético que hubieran malgastado veinte años–. Le debo una a Tanya por haberte invitado sin decirme nada.

–Con qué sigilo lo llevó, ¿verdad? –comentó Mary Stuart y rió–. Durante el viaje en autobús no soltó prenda, aunque yo debería haber sospechado algo. Utilizó el plural un par de veces antes de que yo aceptara venir y creo que su ayudante dijo algo sobre tres habitaciones. Pensé que serían para los niños. No se me ocurrió que hubiera invitado a alguien. Cuando Alyssa canceló nuestro viaje, ésta fue la solución perfecta. No tenía nada que hacer.

–Para mí también ha sido un regalo del cielo. –Explicó a

Mary Stuart lo que había sentido al ver las montañas iluminadas por el amanecer y también que le habían telefoneado para comunicarle la muerte de un paciente.

–Debe de ser un trabajo deprimente –dijo su amiga en voz baja–. Te admiro por lo que haces, pero no puedes vencer. –No se imaginaba enfrentándose con la muerte día a día después de lo que había sufrido con Todd, pero él era su hijo.

–Puedes vencer en ocasiones, y aunque te parezca extraño, la mayor parte del tiempo no es tan triste. Aprendes a aceptar las pequeñas victorias, cada vez más resuelta a ganar la batalla. Y algunas veces pierdes. –En realidad se perdía siempre, como ocurriría en su caso, aunque eso aún no lo había asimilado, pero muchas veces dependía de las circunstancias y de que el enfermo y su familia presentaran o no batalla.

–Tuviste suerte al encontrar tu vocación hace tanto tiempo –dijo Mary Stuart con envidia. Disfrutaba de nuevo de la compañía de Zoe y recordaba con alegría los tiempos en que habían sido buenas amigas. La luz de la verdad había desvanecido las sombras de recelo–. Yo trabajo como voluntaria en centros de beneficencia de Nueva York y pertenezco a muchos comités, pero últimamente he estado pensando en buscar empleo. Lo malo es que no sé qué hacer. Hasta ahora sólo he sido esposa y madre.

–Eso no es nada malo. –Zoe le sonrió dándose cuenta de repente de lo mucho que la había echado de menos. En el inesperado ocaso de su vida comprendía que necesitaba a sus amigas más que nunca, y lo lamentaba terriblemente porque siempre había creído que disponía de mucho tiempo. Ya no era así–. Ser esposa y madre también es un buen trabajo.

–Bueno, en ese caso –dijo Mary Stuart dejando la taza de café sobre el mármol de la cocina–, creo que mi trabajo casi ha terminado. Alyssa ya es adulta. Todd se ha ido para siempre y ya no soy una esposa para Bill, sólo vivimos en la misma casa y mi nombre aparece en sus impresos de Hacienda. De pronto me siento totalmente inútil.

—No lo eres. Quizá sólo necesites cambiar el rumbo de tu vida.

—No dejo de buscar las respuestas sobre qué hacer, dónde vivir y qué decirle a Bill cuando vuelva. Ahora mismo ni siquiera deseo hablar con él. Aunque lo cierto es que tampoco él me llama. Quizás está pasando por lo mismo que yo y no quiere admitirlo. Por fuerza ha de ver que todo ha terminado entre nosotros.

—Quizá deberías preguntárselo —sugirió Zoe, y consultó su reloj preguntándose cuándo se levantaría Tanya—. ¿A qué hora sirven el desayuno?

—A las ocho, creo. —Eran las siete y media y aún tenían que vestirse. Mary Stuart miró a su vieja amiga—. ¿Te irás hoy? —preguntó.

Zoe meneó la cabeza tras una pausa.

—Preferiría quedarme, si no te importa. Depende de ti. Tú has venido desde más lejos. Si alguien se va, he de ser yo.

—Quiero que te quedes, Zoe —le aseguró Mary Stuart con una sonrisa—, y yo también me quedaré. Olvidemos el pasado. Todas queríamos a Ellie. Ella hubiera deseado que estuviéramos juntas. De todas nosotras era la más cariñosa y generosa. Le hubiera destrozado saber que no nos hablamos durante más de veinte años por su culpa.

—Se lo merecería, después de lo que nos hizo —replicó Zoe con ceño—. Creo que me porté mal contigo porque estaba furiosa con ella y no podía decírselo.

—Lo mismo me ocurrió con Todd. Durante los seis primeros meses estaba furiosa con todo y con todos —explicó Mary Stuart con tristeza—. Bill sigue enfadado y no creo que lo supere nunca.

—Quizá sólo está bloqueado —dijo Zoe, más comprensiva con él que la noche anterior—. Yo lo estuve durante mucho tiempo, y para cuando lo supere, tú te habías casado con Bill, yo estaba estudiando medicina y parecía que lo más fácil era dejarlo correr, pero me equivocaba. Quizás a Bill le ocurre lo mismo.

Mary Stuart asintió ante aquel acertado juicio.

—Creo que Bill salió corriendo por la puerta hace tiempo sin que me diera cuenta. —Sonrió y luego consultó su reloj. Eran las ocho menos veinte—. ¿Qué te parece que hagamos con la Bella Durmiente?

Las dos sonrieron y, caminando de puntillas, se dirigieron a la habitación de Tanya. Una vez allí empezaron a golpear la cama por ambos lados. Tanya tenía puesto un camisón de raso blanco y usaba antifaz para dormir. Al notar los golpes abrió los ojos sobresaltada.

—Oh, maldita sea... Parad... Os odio... Parad... —Zoe le hacía cosquillas en los pies y Mary Stuart le daba golpes con las almohadas, jugando como chiquillas. Tanya intentó ocultarse bajo las sábanas—. ¡Parad de una vez! ¡Basta! ¡Aún es de noche, por amor de Dios! —Siempre le había costado mucho levantarse por la mañana y siempre habían tenido que sacarla de la cama sus compañeras de habitación para que no faltara a sus clases matinales.

—Quítate el antifaz —dijo Mary Stuart—. Servirán el desayuno dentro de quince minutos y los folletos de recepción dicen que tenemos que estar en los establos a las nueve menos cuarto para elegir caballos. Mueve el trasero y vístete.

Zoe intentaba sacarla a rastras de la cama tirándole de un brazo. Tanya se quitó el antifaz y miró a una y a otra.

—¿He oído que vais a ir a los establos? ¿Quiere eso decir que os quedáis?

—Al parecer no tenemos elección —dijo Zoe soltándola y mirando a Mary Stuart con una chispa de malicia—. Si nos vamos, te pasarás toda la semana durmiendo y no saldrás de la habitación hasta la hora de la cena. Hemos pensado quedarnos para vigilarte. Sabemos cuánto aborreces a los caballos. Seguro que sin nosotras estarás todo el día viendo la tele desde el *jacuzzi*.

–Dios, es magnífico. –Tanya sonrió. Sus viejas amigas habían recobrado el buen juicio y se habían reconciliado–. ¿Por qué no venís a buscarme a la hora de comer? Creo que me daré un masaje facial.

–Salga ahora mismo de la cama, señorita Thomas –le ordenó Mary Stuart–. Tiene exactamente doce minutos para lavarse los dientes, peinarse y vestirse.

–Vaya, ¿qué es esto, el ejército? Sabía que me arrepentiría de haberos invitado. Podría haber traído a personas agradables que me trataran bien y me dejaran dormir en paz. Soy una celebridad.

–Y un cuerno –dijo Mary Stuart con una sonrisa de oreja a oreja–. Venga, sal de la cama. Ya te ducharás más tarde.

–Fantástico. Encima voy a oler como los caballos. Esperad y veréis cuando se enteren los de la prensa.

Sus amigas permanecieron con los brazos en jarras mientras Tanya se desperezaba con un bostezo y se dirigía al cuarto de baño refunfuñando.

–Te traeré una taza de café –dijo Zoe, marchándose a la cocina.

–Que sea intravenoso, doctora –repuso Tanya encendiendo la luz del cuarto de baño, y volvió a gruñir al verse el rostro y los cabellos en el espejo–. Oh, Dios mío, parezco una vieja bruja, y mira qué pinta. Que alguien llame a un cirujano plástico.

–Tienes un aspecto estupendo –dijo Mary Stuart entre risas. Tanya siempre había creído que era vulgar y las otras se burlaban de ella por su ingenuidad, pero su amiga sabía que lo pensaba realmente–. Fíjate en mí a las ocho de la mañana y sin maquillaje –añadió, mirándose ceñuda en el espejo, y fue a vestirse.

Volvió luego con el pelo reluciente y los labios de un tono rosa pálido. Llevaba una camisa de hombre de algodón azul, unos tejanos recién planchados y unas relucientes botas marrones de piel de lagarto.

–Vaya, fíjate en ti –se quejó Tanya, que se había manchado el camisón con pasta dentrífica–. Pareces salida de un anuncio de *Vogue*.

–Lo hace adrede para que nos sintamos mal –bromeó Zoe, y tendió a Tanya su taza de café. Estaban acostumbradas al estilo de Mary Stuart y les gustaba. Les servía de inspiración.

Zoe se había puesto unos tejanos con cortes en las rodillas, unas gastadas botas vaqueras y un viejo suéter beige. Llevaba el cabello recogido en la nuca y su aspecto era pulcro y desenfadado. Tanto ella como Mary Stuart no tuvieron más remedio que sonreír cuando vieron salir a Tanya del cuarto de baño cinco minutos más tarde. Era una estrella sin siquiera intentarlo. Su rubio cabello caía en una cascada perfecta. Llevaba una camiseta blanca ceñida que no era en absoluto atrevida, pero con ella resultaba tan sexy que ningún hombre hubiera podido resistirla, y sus tejanos, ni holgados ni ceñidos, resaltaban la redondez de sus caderas, la estrechez de su cintura y sus largas y gráciles piernas. Completaba su atuendo con su viejo par de botas amarillas, un pañuelo rojo alrededor del cuello y unos sencillos aros de oro en las orejas. Cogió su chaqueta tejana, su sombrero vaquero y las gafas de sol, y se convirtió en el perfecto reclamo publicitario para un rancho turístico como aquél.

–Si no te quisiera tanto, te odiaría –dijo Mary Stuart con admiración.

Zoe sonrió. Sin duda Tanya tenía algo especial.

–Nunca he conseguido averiguar cómo lo haces –dijo Zoe con el mismo afecto que su amiga. Jamás había habido el menor asomo de celos entre ellas–. Siempre había creído que lo descubriría viendo cómo te vistes –añadió mientras salían de la habitación–, pero es como un truco de magia:

aunque lo veas mil veces, cuando aparece el conejo nunca sabes cómo ha ocurrido. Eres la única persona que conozco capaz de entrar en un cuarto de baño y tres minutos más tarde salir con el aspecto de una estrella de cine. Yo podría pasarme una semana allí dentro y saldría igual que siempre, con un aspecto muy decoroso, peinada, aseada y con un maquillaje adecuado, pero siempre yo. Tú pareces una princesa de cuento de hadas.

—Son los milagros de la cirugía plástica —sonrió Tanya. Disfrutaba con los halagos, pero no se los creía, aunque lo agradecía—. Si consigues que te arreglen lo suficiente, ni siquiera necesitas maquillaje.

—Tonterías —dijo Mary Stuart—. A los diecinueve años ya te pasaba lo mismo. Solías despertarte por la mañana con aspecto de oruga y cuando ponías los pies en el suelo te habías convertido en mariposa. Sé muy bien lo que quiere decir Zoe. Lo que ocurre es que eres demasiado insegura para creértelo. Por eso te queremos.

—Pues yo creía que era por mi acento. —A sus admiradores les encantaba su leve acento de Texas cuando cantaba—. Es increíble que os haya dejado sacarme de la cama a estas horas. No puede ser bueno para la salud, sobre todo a esta altitud. De hecho creo que es malo para mi corazón —se quejó Tanya, resoplando al subir una pequeña colina en dirección al edificio principal.

—Es fantástico —dijo Zoe con tono profesional y sonriendo a Mary Stuart—, y esta noche ya te habrás acostumbrado a la altitud. Pero no bebas alcohol.

—¿Por qué no? —preguntó Tanya, sorprendida.

—Porque te emborracharías a los tres sorbos y harías el ridículo —explicó Zoe, riéndose de ella; luego le recordó la ocasión en que perdió el conocimiento después de ir a un baile y habían tenido que llevarla a casa. Había vomitado encima de Zoe, que sintió deseos de matarla.

Tanya se ruborizó a pesar de los años transcurridos e intentó convencer a sus amigas de que en aquella ocasión tenía la gripe, pero Zoe le aseguró que estaba como una cuba; en aquel momento entraron en el comedor como si de una bella aparición se tratara.

El resto de comensales ocupaba las mesas o se servía en el bufé, pero todos tenían aspecto somnoliento, excepto unos pocos que parecían más animados. Se había corrido el rumor de que Tanya Thomas estaba en el rancho, pero ninguno de ellos estaba preparado para verla en persona. Acompañada de sus amigas, riendo y charlando relajadamente, Tanya parecía tan joven y estaba tan guapa que todos en el comedor se quedaron mirándola. De pronto, Zoe y Mary Stuart sintieron lástima por ella y se apretaron contra su amiga queriendo protegerla. Ocuparon una mesa en el rincón más alejado. Mary Stuart y Tanya se sentaron mientras Zoe iba a pedir el desayuno. Los demás no dejaban de mirar a Tanya y cuchichear entre sí.

–¿Qué crees que ocurriría si me levantara de repente, me bajara los pantalones y les enseñara el culo? –susurró Tanya, de espaldas al resto del comedor y sin quitarse las gafas de sol. Había colgado el sombrero del respaldo de su silla, pero incluso vista de espaldas cortaba la respiración.

–Creo que causarías una gran impresión –contestó su amiga, y siguieron charlando en voz baja hasta que Zoe volvió con un plato de bollos de mantequilla y beicon y tres yogures.

–He pedido huevos revueltos y gachas de avena para todas –anunció.

Tanya la miró horrorizada.

–Tendré que pasarme seis meses en una clínica de adelgazamiento después de esto. No puedo comer toda esa porquería en el desayuno.

–Es lo que debes comer –dijo Zoe–. Tienes que adaptarte a las montañas y vas a hacer mucho ejercicio. El desayuno ha de ser abundante. Órdenes del médico.

—No pienso engordar diez kilos —dijo Tanya con firmeza, sirviéndose un yogur, pero tenía más hambre de la que creía y minutos después cogió también un bollo.

Zoe fue a buscar más al bufé y Tanya la miró con expresión sombría a su regreso. Sabía, sin verlo, lo que ocurría en el comedor.

—¿Está muy mal?

—¿La comida? Creo que es buena —contestó Zoe, sorprendida. Los bollos y el beicon le habían parecido deliciosos y los huevos acababan de llegar y olían estupendamente.

—La comida no, tonta. La gente. Lo huelo en el aire.

—Oh —Zoe miró a Mary Stuart de reojo mientras atacaba los huevos. Su intención había sido no contarle nada a Tanya—. Seguramente no más de lo que cabía esperar.

—Tú dime qué debo esperar. ¿Son amistosos los nativos? —Esperaba que acabaran perdiendo interés, lo que sucedía a veces cuando permanecía una temporada en el mismo sitio. Su anhelo de pasar desapercibida era un imposible.

—Bueno, veamos. —Zoe la miró, asombrada aún por la actitud de la gente—. Cuatro mujeres quieren saber si llevas peluca, dos de sus maridos quieren saber si tus tetas son de silicona. A un tipo le encanta cómo meneas el trasero. Tres mujeres creen que te has estirado la piel de la cara, pero otras cinco juran que no lo has hecho. Hay un grupo de chicas adolescentes que se mueren por pedirte un autógrafo, pero sus madres afirman que las matarán si te lo piden, y todos los camareros se han enamorado de ti y piensan que eres fabulosa. Creo que eso es todo. Ah, y el mejicano que te ha hecho los huevos revueltos quiere saber si es cierto el rumor de que eres de origen hispano. Le he dicho que no lo creía, y ha sufrido una gran desilusión.

Tanya sonreía mientras escuchaba. Sabía que Zoe exageraba un poco, pero no demasiado. Siempre ocurría igual. En todo caso, mientras mantuvieran las distancias podría soportarlo, de lo contrario arruinarían sus vacaciones.

—Dile al tipo al que le gusta mi culo que es de verdad y que puedo enviarle una fotocopia a su secretaria.

—¿Y qué hay de las tetas? —preguntó Zoe con tono profesional—. ¿Tenemos algo que declarar al respecto?

—Diles que lean la revista *People*. Lo publicarán la semana próxima.

—Muy bien. Ah, y otra mujer quiere saber tu horóscopo. Afirma que eres Piscis como su hermana y que podríais ser gemelas. Quiere enseñarte una foto.

—No puedo creerlo —dijo Mary Stuart mirándola con asombro—. ¿Cómo lo aguantas?

—No lo hago. Estoy un poco loca —dijo Tanya con una sonrisa y tomó una cucharada de gachas de avena—. Dicen que te acostumbras. A lo mejor me he acostumbrado sin darme cuenta. —Lo cierto era que sólo se sentía acosada y herida cuando la gente traspasaba ciertos límites. Los autógrafos y las preguntas eran inofensivos.

—A mí me sacaría de quicio —dijo Zoe—. Cada vez que veía tu nombre en las revistas, temblaba por ti.

—Yo aún tiemblo —dijo Mary Stuart—. Algunas veces cojo unas cuantas del supermercado y las escondo —dijo orgullosamente.

Tanya sonrió. Era asombroso que después de veinte años y de toda la gente que había conocido en Hollywood, ellas siguieran siendo sus mejores amigas. Junto a ellas se sentía segura y protegida.

—No sé cómo se aprende a vivir con ello —dijo Tanya con un suspiro—. A veces duelen mucho las mentiras que cuentan sobre ti y te hacen desear salir corriendo y ocultarte. Algunas veces pienso en volver a Texas, pero mi agente dice que ya no puedo huir, que soy demasiado famosa. Asegura que continuará así para siempre aunque me retire, así que supongo que no tiene mucho sentido huir. Al menos así puedo cantar y ganar algo de dinero.

Mary Stuart se echó a reír. «Algo de dinero» para Tanya era el rescate de un rey. Tanya vio la expresión incrédula de sus amigas y se rió.

–Bien, mucho dinero. Pero, qué demonios, alguna compensación he de tener.

–Ésta es una. –Zoe sonrió y miró alrededor–. ¿Sabes?, de no ser por ti seguramente hubiera tardado otros once años en hacer vacaciones. Fue como un impulso.

–¿Qué te hizo venir al final? –quiso saber Tanya, y Zoe vaciló apenas una fracción de segundo.

–Enfermé de gripe y me encontraba fatal. Además, conseguí a un médico estupendo para que me hiciera la sustitución. Es su especialidad, sustituir a otros médicos. No tiene consulta propia. La verdad es que más o menos me obligó a tomarme unas vacaciones, y tú me habías invitado a venir a Wyoming.

–Bien por él –dijo Tanya–. ¿Está casado?

–No. Pero no tiene que salir con mis pacientes, sólo cuidar de ellos –contestó Zoe riendo. Algunas veces Tanya se empecinaba en su afán casamentero. Siempre le había encantado organizar citas a ciegas entre sus amigos cuando estaban en la universidad.

–Olvida a los pacientes. Me refiero a ti. ¿Sale contigo? –El infalible radar de Tanya había captado una señal.

–No. Salí con un especialista en patologías mamarias durante un tiempo, pero no era nada serio.

Tanya conocía la historia de Adam, pero Zoe no le había hablado de ninguna otra relación sentimental desde entonces, y le extrañaba.

–¿Es que los médicos sólo salen con otros médicos? –se quejó–. Para que luego digan de los actores. Pues hablar siempre de lo mismo es un aburrimiento.

–No, no lo es. Quizá nadie más pueda soportar nuestros

horarios, la presión a la que estamos sometidos. Nuestros intereses son muy reducidos.

–Bueno, y ese suplente o lo que sea, ¿es guapo? –insistió Tanya.

–Oh, vamos –dijo Zoe, ruborizándose–. No es más que otro médico.

–¡Mientes! ¡Te has ruborizado! –exclamó Tanya. Mary Stuart reía de buena gana y Zoe se revolvía en el asiento, incómoda por el interrogatorio–. ¡Ajá!, debe de ser guapo, y no está casado. ¿Cómo es?

–Parece un oso de peluche. Es alto y fornido, con los ojos y el pelo castaños. ¿Satisfecha? Hemos ido juntos a cenar una vez y no voy a salir con él, y él lo sabe. ¿De acuerdo? –replicó Zoe para zanjar la cuestión, pero Tanya no estaba dispuesta a abandonar.

–¿Por qué no? ¿Es hetero? Porque estando en San Francisco... –explicó a modo de disculpa, y Zoe dejó escapar un gemido.

–Eres incorregible. Es hetero, es atractivo, es soltero y no estoy interesada en él. Punto. –Se mostraba muy firme, pero con Tanya no le serviría de nada, pues su amiga había decidido ya que a Zoe le gustaba aquel médico por mucho que lo negara.

–¿Por qué no estás interesada? ¿Tiene alguna tara? ¿Padece de mal aliento, es maleducado, ha estado en la cárcel? ¿Hay algo que debamos saber sobre él o sólo se lo quieres poner difícil? –Zoe siempre había sido muy exigente en cuanto a los hombres.

–No tengo tiempo para salir con nadie. Trabajo todo el tiempo y tengo una hija.

–Esa actitud es muy negativa –la reprendió Tanya–. No puedes vivir sola el resto de tu vida, Zoe. No es normal.

–Pero bueno... Soy una mujer de mediana edad y puedo hacer lo que quiera. Soy demasiado vieja para salir con hombres. Además, no me da la gana.

—Bueno, gracias por avisarme –dijo Tanya, apartando su plato. Se lo había comido todo, incluso los huevos–. Eres un año mayor que yo, lo que significa que me queda un año antes de que se acabe todo. Por cierto, si le dices a alguien la edad que tengo, te arrepentirás.

—No te preocupes –dijo Zoe con una sonrisa–. No me creerían.

—A lo mejor sí, pero yo les diría que eres una mentirosa empedernida. Bueno, ¿y cómo se llama ese tipo? Parece un buen partido.

—Sam. Y estás loca de atar.

—Seguro que te conviene.

—No sabes nada de él –repuso Zoe procurando mantener la calma. Tanya la había puesto nerviosa. Siempre había tenido esa rara habilidad.

—Sé que le tienes un miedo horroroso, lo que significa que ha de ser una relación seria. Si fuera un fantasma no te importaría. Creo que sabes que sería el hombre perfecto para ti. ¿Cuánto hace que lo conoces?

—Desde que estudiábamos en la facultad de medicina. Fuimos juntos a Stanford. –A Zoe le asombraba estar contestando a las preguntas impertinentes de Tanya mientras Mary Stuart sonreía y se pintaba los labios. Como en los viejos tiempos. En Berkeley habían sostenido conversaciones parecidas durante el desayuno. Entonces Tanya estaba tan enamorada de Bobby Joe que creía que el mundo entero tenía que enamorarse, comprometerse o casarse. No había cambiado mucho en ese aspecto.

—¿Lo conoces desde la facultad? ¿Y por qué no has hecho nada hasta ahora? –inquirió Tanya.

—Porque los dos manteníamos otras relaciones y teníamos nuestra propia vida. Le perdí la pista durante bastante tiempo, y ahora trabaja a veces para mí. Es una buena persona, pero eso es todo. Bueno, ¿vamos a ir a montar o nos pasaremos el día hablando de Sam?

—Creo que deberías darle una oportunidad —insistió Tanya cuando se pusieron en pie; se estaba divirtiendo como nunca—. Yo voto por Sam. Luego hablaremos.

—Ya —suspiró Zoe, mirando el techo con resignación.

Se dirigieron a los establos con Mary Stuart a la cabeza. Fueron las últimas en llegar y la aparición de Tanya volvió a causar revuelo. A los susurros se sumaron las miradas fijas y los niños la señalaban dándose codazos. Un par de personas le hicieron fotos subrepticiamente, pero ella les volvió la espalda con rapidez. No le importaba posar para sus admiradores de vez en cuando, pero no le gustaban las intrusiones en su vida privada, cuando se consideraba «fuera de servicio».

Zoe y Mary Stuart se esforzaron por interponerse entre Tanya y el resto. Las tres amigas permanecieron apiñadas mientras la encargada de los establos voceaba los nombres y les asignaba los correspondientes caballos. La noche anterior todo el mundo había tenido que rellenar y firmar un impreso por el que se eximía al rancho de toda responsabilidad y en el que debía detallarse el grado de experiencia de cada cual con los caballos. Tanya había escrito por las tres «Nivel avanzado», «Odio los caballos» y «Nivel intermedio y sólo acompañada» para describir sus dotes respectivas. Tanya y Zoe eran amazonas mediocres, la primera por su escaso apego a los caballos y la segunda porque no había montado más que unas pocas veces y en épocas pasadas. Mary Stuart era la mejor, pero también hacía muchos años que no montaba y siempre lo había hecho en silla inglesa, por lo que ninguna de las tres estaba dispuesta a correr riesgos. Les habían explicado ya que había demasiados huéspedes en el rancho para que pudieran montar a solas, pero Tanya afirmó que no le importaba. Si las cosas se ponían difíciles porque la acosaban o no paraban de hacerle fotografías, o no le gustaba la gente que les acompañaban, siempre podía optar por volver al rancho.

Sus nombres se encontraban entre los últimos que nombraron y sólo quedaban tres huéspedes más aparte de ellas. La encargada de los establos se acercó y habló con Tanya cuando un vaquero alto de cabellos negros sacó el caballo que le estaba asignado.

–Queríamos que se despejara un poco de gente para darle a usted un respiro –explicó Liz Thompson. Era un mujer larguirucha de rostro arrugado y mano firme que mediaba la cincuentena–. He pensado que no le agradaría tener a cincuenta personas haciendo fotografías cuando ponga el pie en el estribo –dijo, y Tanya le dio las gracias–. He visto en su ficha que no es usted aficionada a los caballos. –Sonrió–. Creo que tenemos lo que necesita, un buen y viejo amigo.

Por un momento Tanya se preguntó si se refería al caballo o al vaquero, pero viendo al hombre que ajustaba la silla resultó evidente que hablaba del caballo. El vaquero parecía tener unos cuarenta años y era un hombre corpulento. Cuando miró a Tanya, le mostró un interesante rostro curtido. Si una se fijaba bien, resultaba casi atractivo. Tenía los pómulos demasiado anchos y la barbilla prominente, pero sus facciones eran proporcionadas. Su acento era similar al de Tanya y confirmó que era de Texas cuando Tanya se lo preguntó. No obstante, habían nacido en extremos opuestos del estado y él no parecía inclinado a continuar la conversación. En general la gente intentaba hallar algo en común con Tanya, pero él sólo estaba interesado en ensillar su caballo, ajustar los estribos a su medida y apretar de nuevo la cincha, y tan pronto como Tanya montó a lomos de *Big Max*, el vaquero se fue a ayudar a los demás. Dado que él no se había presentado, Tanya tuvo que enterarse de su nombre al oír a otro vaquero llamarle Gordon.

Zoe montó una yegua pinta que parecía vivaz, pero Liz le había prometido que era amistosa y, sorprendentemente, se halló muy cómoda en la silla. Mary Stuart montaba un palomino[1]. *Big Max* era un alto caballo negro con largas crines que hizo amago de no querer salir; Tanya se preguntó si era tan manso como le había dicho Liz. La encargada le explicó mientras caminaba a su lado que se tranquilizaría en cuanto salieran de los establos. Gordon se mostró menos atento con Tanya. Estaba ocupado con los otros tres huéspedes, el doctor Smith y la doctora Wyman, una pareja de mediana edad de Chicago que parecían casados. Incluso se parecían físicamente, comentó Tanya a Zoe con aire divertido. El otro era un hombre de unos cincuenta y cinco años que Mary Stuart contemplaba con la impresión de que lo conocía. Era alto y delgado, con abundantes cabellos grises y penetrantes ojos azules que examinaban al grupo con curiosidad. Sus distinguidas facciones llamaron la atención incluso de Tanya. El hombre la reconoció al verla y sonrió, pero no mostró intención alguna de acercarse. Cuando por fin el grupo abandonó los establos, Mary Stuart se colocó a la altura de Tanya.

–¿Sabes quién es? –le susurró. Por fin había recordado quién era, aunque sólo lo había visto una vez y con un aspecto diferente. Tanya lo miró y negó con la cabeza–. Es Hartley Bowman.

Tanya tardó unos instantes en reconocer el nombre y luego asintió con interés. Tuvo que hacer esfuerzos para no volverse a mirarlo.

–¿El escritor? –susurró, y Mary Stuart asintió. Bowman tenía dos novelas en la lista de libros más vendidos. Era un escritor muy respetado–. ¿Está casado? –preguntó con mucho interés.

Mary Stuart alzó la vista al cielo. Desde luego Tanya era incorregible.

–Es viudo –contestó. Recordaba haber leído en *Time* o en *Newsweek* que su mujer había muerto de cáncer de

1. Caballo de pelaje dorado con la crin y la cola blancas. *(N. de la T.)*

mama hacía uno o dos años. A Mary Stuart le hubiera gustado entablar conversación con él, pero no quería comportarse como la gente que acosaba a Tanya.

Las dos amigas siguieron cabalgando juntas durante un rato. Zoe se había presentado ya a los dos médicos de Chicago y había comprobado que Tanya tenía razón. Los médicos parecían buscar siempre pareja dentro de la profesión. Ambos eran oncólogos y la mujer había oído hablar de Zoe y de su clínica. Los tres médicos charlaban animadamente mientras cabalgaban lentamente por el valle atravesando campos de flores amarillas y azules con las montañas nevadas al fondo.

–Es un lugar increíble, ¿no cree? –dijo una voz junto a Mary Stuart, que dio un respingo. Tanya se había adelantado en dirección al vaquero. *Big Max* estaba cansado de andar al paso y Tanya le dio rienda suelta durante un rato, dejando sola a Mary Stuart, pero no por mucho tiempo. La voz pertenecía a Hartley Bowman–. ¿Había estado antes aquí? –preguntó como si fueran viejos conocidos. El ambiente en el rancho era muy informal y permitía ciertas familiaridades.

–No, nunca –contestó ella–. Es precioso. –Miró de reojo a su acompañante sin poderlo evitar. Era un hombre muy atractivo. Su aspecto era atildado y sostenía las riendas con unas bellas manos masculinas. Su estilo como jinete indicaba que también él estaba acostumbrado a la silla inglesa. Bowman se echó a reír cuando ella hizo el comentario.

–Siempre me siento un poco raro en estas sillas vaqueras. Suelo montar en Connecticut –dijo–. ¿Es usted de la costa Oeste? –A Bowman le intrigaba Mary Stuart y el grupo que formaba con sus dos amigas. Sentía curiosidad por saber qué relación tenía con Tanya Thomas, pero no quería preguntárselo.

–Soy de Nueva York –contestó ella–. Sólo he venido a pasar dos semanas.

–Yo también –dijo él y sonrió–. Vengo todos los años. A mi mujer y a mí nos encantaba. Ésta es la primera vez que vengo desde que ella murió. Aquí viene mucha gente del Este. El viaje merece la pena. A mí me gusta por las montañas –añadió mirándolas. En realidad, todo el mundo iba por lo mismo, incluso los que no lo sabían y creían que iban por los caballos–. Tienen una especie de poder curativo. No pensaba volver por aquí, y de hecho el año pasado no lo hice, pero al final me di cuenta de que no podía evitarlo. Necesitaba estar aquí. –Lo dijo con aire pensativo, como si le sorprendiera–. Por lo general prefiero el mar, pero hay algo mágico en Wyoming y en estas montañas.

Mary Stuart había empezado a sentir lo mismo desde el día anterior. En parte aquél era el motivo por el que Jackson Hole se había hecho muy popular en los últimos años.

–Es curioso que lo diga –comentó ella, extrañada de sentirse tan cómoda con quien al fin y al cabo era un extraño–. Yo también lo he notado. Lo percibí ayer cuando llegamos. Es como si las montañas te estuvieran aguardando… como si pudieras contarles tus problemas y ellas estuvieran dispuestas a consolarte. –Temía parecer tonta al decirlo, pero él asintió muy serio.

–Su amiga ha debido de pasar un mal rato –dijo–. He observado a la gente en el comedor. Cuando la vieron aparecer empezaron a comportarse como idiotas sin darse cuenta. No dispone de un solo momento en que no haya gente que al verla quiera estar junto a ella, hacerle fotos, intentar formar parte de su aureola. –Su análisis era tan interesante como preciso y Mary Stuart se admiró de su perspicacia.

–Debe de ser igualmente difícil para cualquiera que sea famoso –observó. No quería decirle que lo había reconocido, que había leído sus libros y que le habían encantado, por miedo a molestarle.

–Tiene sus desventajas –dijo él, y luego la miró con una sonrisa. Había comprendido perfectamente que Mary Stuart sabía quién era él–. Pero yo no llego a tanto. Seguramente sólo hay un puñado de personas en el mundo que tengan que soportar lo que soporta ella. Sin embargo, parece una persona muy amable.

–Lo es.

–¿Trabaja usted con ella? –No quería parecer entrometido, pero quería saber si Mary Stuart y Zoe eran ayudantes de Tanya o algo similar.

–Fuimos compañeras de habitación en los primeros años de universidad –explicó ella con una sonrisa.

–¿Y todavía son amigas? Extraordinario. Vaya, menuda historia –añadió, y se explicó rápidamente para no alarmarla–: Para un libro, no para la prensa sensacionalista.

Los dos se echaron a reír.

–Gracias. La prensa se porta muy mal con ella. Es injusto.

–Se deja de ser una persona corriente en el momento en que se es una estrella. Ya no importas, te conviertes en basura –dijo él con tristeza.

–Ella lo llama «vida de objeto». Dice que te conviertes en una cosa y que pueden hacerte cualquier cosa, que todo está permitido. Ha tenido que aguantar muchas cosas. No sé cómo lo hace.

–Debe de ser una mujer fuerte –aventuró él y sonrió, prendado del aspecto impecable de Mary Stuart. Le encantaba su estilo–. Tiene la suerte de contar con buenas amigas.

–Nosotras tenemos la suerte de ser sus amigas. –Volvió a sonreír–. En realidad hemos venido con ella por puro azar. Todo se decidió en el último momento.

–Qué suerte para el resto de nosotros –dijo él–. Ustedes tres han mejorado el paisaje. –Miró a Tanya, que cabalgaba junto al vaquero. Mary Stuart observó que no hablaban entre sí–. Es una mujer muy atractiva –añadió Bowman, y ella asintió–. Me encanta su música. Tengo todos sus discos –admitió con cierto embarazo y provocando la risa de Mary Stuart.

–Yo tengo todos sus libros –dijo ella, y se ruborizó levemente.

—¿En serio? —Complacido, le tendió la mano y se presentó formalmente—. Hartley Bowman.

—Yo soy Mary Stuart Walker.

Se estrecharon la mano y siguieron cabalgando juntos agradablemente. Tanya y el vaquero iban muy adelantados y el trío de médicos se había quedado atrás, charlando sobre diversos artículos médicos y una nueva investigación en oncología realizada recientemente.

Mary Stuart y Hartley hablaron un rato sobre libros, sobre Nueva York, el panorama literario y sobre Europa, cuando Mary Stuart mencionó que su hija había estudiado un año en París. A ambos les causó sorpresa que el vaquero diera media vuelta y los condujera de vuelta a los establos. Era la hora de comer. Hartley y Mary Stuart seguían hablando cuando desmontaron, pero ésta reparó en que su amiga tenía una expresión rara cuando se bajó de *Big Max* y le tendió las riendas al vaquero.

—¿Estás bien? —preguntó cuando Tanya se acercó a ellos, tras presentarle a Hartley.

—Sí, pero nuestro vaquero es realmente extraño. No me ha dicho ni una sola palabra. No hemos hecho más que cabalgar. Se ha comportado como si yo tuviera la peste o algo parecido. Me detesta.

Mary Stuart rió al oír aquello. Jamás se había encontrado con un hombre que la detestara, al menos en el primer encuentro.

—Tal vez es un poco tímido —sugirió. A ella le parecía un hombre agradable. Seguramente no era hablador.

—La mayoría lo son —explicó Hartley—. Los primeros días apenas te saludan, pero cuando llega el momento de despedirse, te sientes como si fueran tus hermanos. No están acostumbrados a la gente de ciudad y no son tan habladores como nosotros.

—Pensaba que le había ofendido en algo —dijo Tanya.

—Sospecho que Liz le advirtió que debía comportarse con

normalidad y que no hablara demasiado. A estos chicos les impresiona bastante tener al lado a una gran estrella como usted –dijo Hartley con una sonrisa que le hizo parecer mucho más joven–. Incluso a mí me hace temblar un poco. Tengo todos sus discos, señorita Thomas, y me encantan.

–Yo he leído sus libros y también me gustan –repuso Tanya y también sonrió. Siempre le asombraba que alguien importante la admirara–. Me gustan mucho.

Ambos parecían cohibidos, incómodos en cierta manera con el éxito respectivo, cada uno en su terreno. Zoe llegó en ese momento afirmando que había pasado una mañana estupenda charlando con los otros dos médicos. Mary Stuart le presentó a Hartley.

–¿Cuál es su especialidad? –preguntó él amigablemente cuando se dirigían a sus cabañas para lavarse antes de ir al comedor.

–El sida –contestó ella–, y enfermedades relacionadas con él. Dirijo una clínica en San Francisco.

Hartley asintió. Había estado pensando en escribir un libro sobre el sida, pero no acababa de decidirse a empezar la investigación. El tema parecía muy deprimente. Sin embargo, se mostró interesado por el trabajo de Zoe y le formuló bastantes preguntas; pareció lamentar que tuvieran que separarse al llegar a la cabaña de las tres amigas. Se alejó con aire pensativo en dirección a su cabaña, mientras Tanya lo observaba.

–Qué hombre tan interesante –dijo, y se quitó el pañuelo del cuello al entrar en la sala de estar. El calor había aumentado desde la mañana.

–Es un admirador de tu música –dijo Mary Stuart para animarla.

Le hubiera encantado ver a Tanya con alguien como Hartley, aunque no parecían tener demasiadas cosas en común. Hartley era un espécimen típico del Este: intelectual, cosmopolita y muy refinado. Tanya era más cálida y sensual, más vivaz, sin ser alocada. Mary Stuart opinaba que le hacía falta un hombre de recio carácter para domarla, o al menos para hacerla feliz.

—Puede que mi música le vuelva loco —repuso Tanya con tono pragmático, más versada en los asuntos mundanos que Mary Stuart—, pero le gustas tú, cariño. Lo lleva escrito en la cara. No te quitaba los ojos de encima.

—Qué tontería. Sentía curiosidad por las tres. Ya sabes, parecemos los ángeles de Charlie.

—Apuesto a que se te insinúa antes de que nos vayamos de aquí —dijo Tanya.

Zoe puso los ojos en blanco mientras se lavaba las manos en la cocina.

—Sois incorregibles —terció—. ¿Es que no sabéis pensar en nada más que en los hombres?

—Sí —replicó Tanya con una sonrisa maliciosa—. En el sexo. Lee las revistas. —En realidad Tanya siempre había sido muy puritana, más incluso que las otras—. Digo lo que veo. Ese tipo está loco por Mary Stuart.

—¿Cómo va a estar loco si nos acabamos de conocer?

—Bueno, su mujer murió hace un par de años, ¿no? O sea que ha de estar muy necesitado, así que ándate con ojo, Stu. Podría ser un salvaje.

Mary Stuart y Zoe se echaron a reír mientras Tanya se recogía los cabellos y conseguía estar más sexy aún que durante el desayuno.

—¿Por qué no te pones una bolsa en la cabeza o algo así? —bromeó Mary Stuart—. No sé para qué me molesto en peinarme si tú consigues mucho mejor aspecto sin siquiera mirarte al espejo.

—Ya, claro, y fíjate para lo que me ha servido. El vaquero no quería ni darme la hora. Caray, parecía que tuviera la boca cosida. Menudo idiota.

—¿Es que ahora quieres seducir a un vaquero? —dijo Zoe, amonestándola con el dedo índice.

—Sólo quería charlar con alguien —se defendió Tanya—.

Tolstói, o Charles Dickens, o como se llame, no se apartaba de Mary Stuart, tú y los médicos de Chicago no hacíais más que hablar de cosas que me revuelven el estómago, así que no me quedaba más que nuestro Roy Rogers. Bueno, pues ese tipo tiene un cero en conversación.

–Mejor que si hubiera sido impertinente –dijo Zoe con tono sensato–, o se hubiera comportado como un fan enloquecido haciéndote preguntas estúpidas.

–Ya, supongo que sí –admitió Tanya–, pero ha sido de lo más aburrido.

Justo entonces oyeron la campana que llamaba a comer. Salían por la puerta cuando sonó el teléfono. Se miraron, tentadas de no contestar, pero al final Zoe se ofreció a hacerlo. Podía ser Sam para preguntar algo sobre sus pacientes, o Jade. Era Jean, la secretaria de Tanya. Tenía que hablar con ella sobre el contrato de su gira de conciertos. Le enviaba el original y una copia subrayada en rojo por Federal Express a petición de su abogado, que además quería hablar con ella en cuanto lo hubiera leído. El mero hecho de oír la voz de Jean consiguió poner nerviosa a Tanya.

–Muy bien. Le echaré un vistazo cuando llegue.

–Quiere que se lo envíes lo antes posible. Sin excusas.

–De acuerdo, lo leeré enseguida. ¿Alguna otra cosa importante que deba saber?

Un empleado al que había despedido había firmado un documento por el que se comprometía a no demandarla judicialmente en ningún caso, lo que supuso un alivio. *Vogue* y *Harper's Bazaar* querían realizar sendos reportajes sobre ella y una revista de cine había empezado a husmear en busca de alguna historia escandalosa.

–Gracias por las buenas noticias –dijo Tanya. El mundo acababa de presentarse a su puerta en Wyoming. Ella estaba impaciente por colgar y reunirse con las otras.

–¿Todo va bien? –preguntó Mary Stuart cuando Tanya

colgó, mirándola con inquietud. No le gustaba verla alterada de nuevo.

—Más o menos. No hay nuevas demandas, por suerte, pero una de esas repulsivas revistas está preparando otra historia repugnante. Lo de siempre, supongo. —Era como si cada vez que hacían algo parecido le arrancaran un trozo de alma. Y un día no le quedaría nada. Pero a ellos qué les importaba.

—No les hagas caso —sugirió Zoe—. Ni lo leas. —Cuando ella abrió la clínica aparecieron unos cuantos artículos críticos a los que no prestó atención, pero no eran personales, no invadían su intimidad ni se regodeaban en los detalles sórdidos como hacían con Tanya.

—Intenta olvidarlo —aconsejó Mary Stuart, y ella y Zoe rodearon la cintura de su amiga para dirigirse al comedor, sin saber la fuerte impresión que causaban caminando así cogidas.

Desde el porche de su cabaña, desapercibido para ellas, Hartley Bowman contemplaba a Mary Stuart.

13

El paseo a caballo de la tarde fue tan agradable como el de la mañana y el grupo estaba compuesto por las mismas personas. Les habían asignado el mismo vaquero y los mismos caballos para toda su estancia, por lo que, antes de salir, la encargada de los establos preguntó si todos estaban conformes. No hubo quejas.

Zoe volvió a enzarzarse en conversación con los otros médicos. Tanya no quería oírles hablar de trasplantes y prefirió dejar solos a Hartley y Mary Stuart, que comentaban un libro que ambos habían leído, de modo que volvió a adelantarse y se reunió con el vaquero. Una vez más cabalgaron en silencio hasta que Tanya no pudo soportarlo más y le miró, pero él no le devolvió la mirada ni se dio por aludido.

—¿Le he molestado en algo? —preguntó ella con irritación. Empezaba a fastidiarle aquel tipo. No le divertía ni le gustaba.

—No, señora. En absoluto —contestó él, inmutable. Pensando que volvería a enmudecer, Tanya sintió deseos de atizarle en la cabeza. Era el hombre más taciturno que había conocido en su vida y no estaba acostumbrada a que la gente se comportara como él.

Sin embargo, Gordon le sorprendió al cabo de un kilómetro, cuando ella intentaba una vez más hacerle hablar.

—Es usted una buena amazona.

Tanya no daba crédito a sus oídos. Gordon la miró de reojo, pero apartó los ojos, como si despidiera una luz cegadora. Ése era su problema, pero Tanya no lo sabía.

–Gracias. No me gustan los caballos. –Ni los vaqueros, pensó. Ni la gente que no me habla. Ni nada de ti.

–Lo he leído en su ficha, señora. ¿Alguna razón especial? ¿Sufrió una mala caída?

Tanya pensó que Hartley tenía razón al afirmar que era tímido y que no estaba acostumbrado a la gente de ciudad. Seguramente lo que acababa de decirle era más de lo que le decía a cualquiera en todo el año. Pero entonces debería haberse buscado trabajo como zapatero, por ejemplo, en lugar de cabalgar con los huéspedes de un rancho, se dijo.

–No, no me he caído nunca. Lo que pasa es que los caballos me parecen estúpidos. Solía cabalgar cuando era niña, pero nunca me gustó.

–Yo crecí encima de un caballo –explicó él–, persiguiendo becerros con lazo. Mi padre trabajaba en un rancho y yo trabajaba con él. –No le contó que su padre había muerto cuando él tenía diez años ni que había mantenido a su madre y a sus cuatro hermanas hasta que éstas se casaron, ni que a su madre aún la ayudaba, así como a un hijo que tenía en Montana. Gordon Washbaugh era un buen hombre, e inteligente, pese a lo que Tanya pensara de él–. La mayoría de los que vienen aquí dicen saber montar, incluso se lo creen, pero lo cierto es que son peligrosos. Acaban mordiendo el polvo el primer día. No hay muchos como usted, señora. –En realidad quería decir más de lo que aparentaban sus palabras. La miró de soslayo y ella se sorprendió al ver que sonreía–. Nunca había cabalgado con un famoso. Me pone nervioso.

Su franqueza impresionó a Tanya y de repente se avergonzó de haberse quejado de él a las otras durante la comida.

–¿Por qué le pone nervioso? –Le divertía la imagen que tenía Gordon de ella. Nunca había acabado de comprender por qué la gente se volvía loca por ella, ni comprendía por qué Gordon había de tenerle miedo.

—No quiero meter la pata, señora, y hacerla enfadar.

Tanya se echó a reír. En aquel momento atravesaban un claro. Las colinas tenían un bello aspecto bajo la luz del sol; en la distancia se distinguía un coyote.

—Pues me ha hecho enfadar esta mañana al ver que no me hablaba —admitió con una sonrisa. Él la miró con ceño. No estaba seguro de si podía entrar en confianzas con ella—. Pensaba que me detestaba o algo parecido —añadió Tanya.

—¿Por qué habría de detestarla? Todo el maldito rancho quiere conocerla. Han comprado sus discos y quieren autógrafos. Alguien ha conseguido un vídeo suyo. A nosotros nos dijeron que no le habláramos, y no le hiciéramos preguntas. Pensé que era mejor no decir nada en absoluto. No quería molestarla. Los otros hacen el ridículo de una manera tan espantosa... Yo no soy un gran conversador. —Su sinceridad hizo que Tanya olvidara sus antiguas apreciaciones. Gordon le gustaba. Y era sorprendentemente pulido y educado para ser un vaquero—. Siento haber herido sus sentimientos. —Lo dijo tan sinceramente que Tanya quiso decirle que no lo había hecho, pero no era cierto—. Pensaba que estaría usted más relajada si yo mantenía la boca cerrada.

—Bueno, haga algún ruido de vez en cuando para que sepa que aún respira —repuso Tanya con una sonrisa maliciosa y él soltó una carcajada.

—A alguien como usted el mundo entero debe de importunarla. No se imagina cómo se pusieron todos al enterarse de que venía aquí. Ha de ser duro para usted —dijo.

—Lo es —admitió ella, sintiendo que podía ser sincera con él. Cabalgaban pausadamente por un campo de flores silvestres en dirección a las montañas. Era como encontrarse en el nirvana. Aquel lugar la conmovía en lo más hondo. En un principio lo había elegido para divertir a sus hijastros, luego a sus amigas, pero ahora descubría que allí podía encontrar la paz perdida—. Toda esa gente que te aferra, que se lleva algo de ti, es como si te sorbieran el alma sin saberlo, pero lo hacen. Algunas veces creo que eso acabará matándome, o que lo harán ellos. —El recuerdo del asesinato de John Lennon seguía vivo en la mente de famosos como ella, pero existían otras amenazas potenciales a largo plazo, aunque menos patentes que la pistola que había matado al cantante—. Mi vida es una completa locura —continuó Tanya pensativamente—. Al principio no lo era, pero luego cambió y ahora no creo que vaya a mejorar.

—Debería comprarse un rancho por aquí —dijo él mirando los Tetons—. Mucha gente como usted viene aquí para escapar, para ocultarse durante un tiempo y recobrar las fuerzas. Aquí, o en Montana o en Colorado, la idea es la misma. Usted podría volver a Texas. —La miró sonriente.

—Ya soy demasiado mayor para eso —dijo, y él se echó a reír. Tenía una risa franca que se ajustaba a su personalidad. Tanya también sonrió.

—Creo que yo también soy demasiado mayor para volver a Texas. Demasiado calor, demasiado polvo, demasiado desierto. Por eso vine a Wyoming. Aquí estoy más a gusto —dijo él, y Tanya le comprendió perfectamente.

—¿Vive aquí todo el año? —preguntó, sintiéndose mejor al comprobar que sus apreciaciones de la mañana habían sido erróneas. Aunque no volvieran a verse, al menos se comportaban como seres humanos, y pensó en componer una canción sobre él: El vaquero callado.

—Sí, señora —respondió Gordon.

—¿Cómo es? —preguntó Tanya, pensando en la canción.

—Frío. —Gordon sonrió y volvió a mirarla de reojo. Le intimidaba su belleza—. Algunas veces la nieve alcanza los seis metros de altura. En octubre enviamos los caballos al sur. No te puedes mover si no es con un quitanieves.

—Debe de ser muy solitario —dijo ella intentando imaginárselo. Era tan diferente a su vida en Bel Air. Seis metros de nieve... un hombre solo... y un quitanieves.

–A mí me gusta. Me mantengo ocupado. Tengo mucho tiempo para leer y pensar. Escribo algo –sonrió y la miró–, o escucho música.

–No me diga que escucha mis canciones durante el invierno rodeado de seis metros de nieve –dijo ella, asombrada y encantada a la vez.

–A veces –admitió Gordon–. También escucho country. Antes me gustaba el jazz, pero ya no lo pongo tanto. A veces escucho música clásica.

Intrigada por aquel hombre al que tan mal había juzgado antes, sintió deseos de preguntarle si estaba casado y tenía hijos, pero le pareció que era demasiado personal y que se ofendería. A pesar de su charla, Gordon mantenía las distancias.

Luego, antes de que Tanya pudiera preguntarle alguna otra cosa sobre su vida en el rancho, los demás se reunieron con ellos. Hartley y Mary Stuart charlaban animadamente y los médicos seguían diseccionando pacientes con gran fruición. Era un grupo que congeniaba, por extraño que pareciese, y todos lamentaron que concluyera el paseo a las cuatro de la tarde. Tenían tiempo para nadar en la piscina, hacer una excursión a pie o jugar a tenis antes de la cena, pero todos estaban exhaustos, y a la que más se le notaba era a Zoe. Tanya se había dado cuenta de que estaba más pálida que de costumbre.

La pareja de médicos se fue a pasear por un campo de flores silvestres. Hartley acompañó a las tres amigas a su cabaña y se sorprendió igual que ellas al ver a un niño sentado a la puerta. Tenía unos seis años de edad y parecía esperar a alguien. La reacción de Mary Stuart fue visceral.

–Hola –le saludó Tanya–. ¿Has ido a cabalgar hoy?

–Claro –contestó él, calándose su sombrero rojo. Llevaba botas vaqueras negras y pantalones tejanos con chaqueta a juego–. Mi caballo se llama *Rusty*.

–¿Y cómo te llamas tú? –preguntó Zoe, sentándose con

él en el porche, agradecida por el descanso. Aquella altitud la dejaba sin respiración.

–Benjamin –respondió él–. Mi mamá va a tener un bebé, así que no puede montar a caballo –explicó, y Zoe y Tanya intercambiaron una sonrisa.

Mary Stuart se mantenía a distancia mientras hablaba con Hartley, pero tenía el entrecejo fruncido sin darse cuenta. Tanya lo vio y comprendió el porqué. El niño se parecía tanto a Todd que encogía el corazón. Tanya no quiso decir nada a Zoe por temor a que la oyera Mary Stuart. Lo más extraño era que Benjamin no dejaba de mirar a Mary Stuart como si la conociera.

–Mi tía se parece mucho a ti –dijo al fin, fascinado por Mary Stuart aunque era la única del grupo que no le había hablado. Más que verla, ella había percibido la semejanza con su hijo y la expresión de sus ojos despertó la curiosidad de Hartley.

–¿Tiene usted hijos? –preguntó. Se había fijado en la alianza, pero por lo que le había contado Mary Stuart sobre sus planes para el resto del verano, tenía la impresión de que estaba sola y no sabía qué pensar exactamente sobre su estado civil.

–Sí... –respondió ella, distraída–. Una hija... y un hijo que murió –añadió torpemente.

Él vio el sufrimiento reflejado en sus ojos y no quiso indagar más. Mary Stuart volvió la espalda al niño, al que no soportaba ver un minuto más, y entró en la cabaña con Hartley.

–¿Era...? –Hartley vaciló. Quería intimar con ella, pero no sabía muy bien cómo–. ¿Era muy joven cuando murió? –preguntó al fin. Pensó que quizás el hijo y el padre hubieran muerto en un accidente, que tal vez por eso se encontraba allí. Después de cabalgar con ella todo el día se sentía como si fueran ya amigos. Alejados del mundo en aquel mágico lugar, apenas disponían de unos días para alimentar su amistad, para saber más el uno del otro.

–Todd tenía veinte años cuando murió –respondió ella en voz baja haciendo todo lo posible para no ver al niño a través de la ventana. Benjamin seguía charlando con Zoe y Tanya–. Fue el año pasado –explicó, mirándose las manos.

–Lo siento mucho –musitó Hartley y le tocó la mano un instante. Conocía muy bien el dolor de una pérdida. Margaret y él llevaban veintiséis años de casados cuando ella murió, y no tenían hijos. Ella era estéril y él lo había aceptado. En ciertos aspectos, Hartley había creído siempre que la falta de hijos les había unido aún más–. Debe de ser terrible perder a un hijo. No me lo puedo imaginar. Para mí fue espantoso perder a Margaret. Llegué a pensar en matarme. Me sorprendía despertarme cada mañana. Esperaba morir de pena y me asombraba que no ocurriera. He escrito sobre ello en mi nuevo libro durante este invierno.

–Debe de ser un consuelo poder escribir sobre lo que se siente –comentó ella sentándose a su lado en el sofá de la sala de estar. Desde esa posición ya no veía al niño–. Ojalá yo pudiera hacerlo. De todas formas ahora estoy mejor. Por fin retiré todas sus cosas hace unas semanas. No había tenido ánimos para hacerlo antes.

–A mí me ha costado casi dos años hacer lo mismo con Margaret –reconoció él. Sólo había salido con dos mujeres desde la muerte de su esposa y a las dos las había odiado por no ser ella–. Su marido también ha debido de pasarlo muy mal –dijo, buscando información, pero ella no se dio cuenta.

–La verdad es que sí –contestó, decidiendo ser franca con él–. Nuestro matrimonio no lo ha resistido.

Hartley asintió. No le sorprendía, uno de sus primos había pasado por lo mismo.

–¿Dónde está él ahora?

–En Londres.

Hartley supuso que el marido de Mary Stuart vivía allí y ella pensó que lo preguntaba sólo por ser amable. Hacía tanto tiempo que ningún hombre se interesaba por ella que no se daba cuenta del interés de Hartley. Por el momento pensaba que eran sólo compañeros de paseo, aunque él le gustaba mucho y le asombraba que fuera tan fácil conversar con él.

Hartley le preguntó si querían cenar con él, y ella prometió preguntárselo a las otras. Al igual que otros huéspedes, Hartley mantenía contacto con su oficina y no había abandonado el trabajo completamente. Cuando Mary Stuart transmitió su invitación a las otras, sus amigas se lanzaron a hacer bromas, sobre todo Tanya.

—¡Menuda rapidez, Stu! Me gusta —dijo Tanya, y Mary Stuart le arrojó un cojín a la cara.

—¡Por favor! —se defendió Mary Stuart—. Nos ha invitado a las tres, no sólo a mí. Se siente solo. Su mujer murió y no tiene a nadie con quien hablar.

—Pues contigo no se le ha dado mal —insistió Tanya.

—Es muy simpático, muy inteligente y está muy solo, eso es todo.

—Y también está colado por ti. No soy ciega, caray. Creo que has estado casada tanto tiempo que ni siquiera te das cuenta cuando te echan una mirada.

—¿Y qué me dices del vaquero y tú? —contraatacó Mary Stuart—. Al parecer ha superado la timidez. Incluso has conseguido que sonría.

—Es todo un personaje. Vive aquí solo en invierno, rodeado por seis metros de nieve. —Tanya omitió el detalle de que él escuchaba su música, aunque no había nada romántico entre ellos.

—Creo que las dos estáis ciegas —terció Zoe—. Hartley Bowman parece muy entusiasmado con Stu, y a menos que haya perdido mi intuición por completo, apuesto a que antes de que nos vayamos nuestro vaquero acabará perdiendo el seso por Tanya. Es mi predicción para el anuario.

Sus dos amigas se echaron a reír. Tanya enarcó las cejas.

El comentario de Zoe era tan extravagante que no merecía respuesta.

—¿Y tú qué, Zoe? ¿Vas a romper ese matrimonio para fugarte con el médico? —El doctor Smith era un hombrecillo gordo y calvo.

—Desgraciadamente su mujer es más interesante que él. Menudo problema. Tendría que fugarme con ella y me temo que no soy del ramo, así que de momento soy la única que se salva.

—¡Siempre te queda Sam! —le recordó Tanya.

Zoe gimió.

—Métete en tus asuntos. Menos mal que él no sabe que tiene una defensora en Wyoming. ¿Sabes qué, Tan? Cuando vengas a San Francisco te lo presento y sales tú con él. Te gustará.

—Trato hecho. Bueno, ahora hablemos de Mary Stuart —dijo Tanya, volviéndose hacia ella—. Háblanos de tu nuevo amigo.

—No hay nada que contar. Ya os he dicho que se siente solo.

—Y tú también, y yo. Y Zoe. ¿Qué más? —preguntó Tanya, tumbándose en el sofá. Tenía agujetas después de cabalgar durante horas.

—Yo no me siento sola —la corrigió Zoe—. Soy muy feliz.

—Lo sé, eres una santa. Lo que ocurre es que no sabes que te sientes sola, créeme —replicó Tanya, y las otras rieron.

—Olvidaos de los hombres —dijo Zoe con una sonrisa.

—Buena elección —dijo Tanya.

Mary Stuart les repitió la invitación de Hartley y quiso saber si debían aceptarla.

—¿Por qué no? —respondió Tanya—. Quizás así consigamos que tú y él salgáis juntos.

—Relájate —dijo Mary Stuart—. Aún estoy casada.

—¿Lo sabe él? —preguntó Zoe.

—No me lo ha preguntado. —En su opinión eso confirmaba que Hartley sólo pretendía iniciar una amistad–. Me ha preguntado dónde estaba mi marido y yo le he dicho que en Londres.

–Oh, oh –dijo Tanya–. Será mejor que lo aclares. Creo que eso era lo que él quería y quizá se haya llevado una idea equivocada.

–Le he contado que nuestro matrimonio no resistió la muerte de mi hijo –replicó Mary Stuart.

–¿Le has dicho eso? –se sorprendió Tanya, pensando que era demasiado decir a un completo extraño, aunque hubieran pasado seis horas cabalgando juntos. Desde luego era más de lo que muchos matrimonios se decían en toda la semana.

–Quizá debería decirle que aún estoy casada –sugirió Mary Stuart, pero le parecía presuntuoso por su parte. ¿Y si no le importaba que estuviera casada?–. Bueno, ya lo decidiré sobre la marcha. Realmente no creo que le interese en ese sentido –dijo remilgadamente, y las otras la abuchearon.

–Sois unas golfas –dijo en tono de guasa y se fue a dar una ducha.

Zoe telefoneó a Sam para saber cómo andaban las cosas por la consulta, pero Annalee le dijo que estaba tratando a un paciente y que todo iba bien. Después se acostó para dar una cabezada antes de cenar. Cuando se levantó se sorprendió de lo bien que se sentía.

Las tres amigas cenaron con Hartley. Era un hombre muy interesante que había visto mucho mundo y conocía a todo tipo de personas. También se mostró muy cortés dividiendo su atención entre las tres sin excluir a ninguna, pero cuando más tarde las acompañó a la cabaña, caminó junto a Mary Stuart y le habló con una voz dulce que parecía destinada únicamente a ella. Tanya y Zoe entraron y ellos se quedaron fuera durante un rato.

–Me siento un poco estúpida por lo que le voy a decir

—dijo ella mientras estaban sentados, bañados por la luz de la luna llena que se reflejaba en las nieves de los glaciares–. Y no sé si le importa o no, pero no quiero malentendidos. Estoy casada –dijo y se sorprendió al ver la expresión decepcionada de Hartley–. Mi marido está trabajando en Londres este verano. Me he dado cuenta de que lo que le he dicho antes podría darle una idea diferente. Para serle sincera, he pensado en dejarle al final del verano. Necesito tiempo para decidir qué voy a hacer, pero nuestro matrimonio murió con Todd y creo que ha llegado el momento de dejar de atormentarnos mutuamente y acabar de una vez.

—¿Se sorprenderá su marido? –preguntó Hartley dirigiéndole una mirada penetrante. Apenas la conocía, pero admiraba su sinceridad, su bondad y su rectitud. Lamentaba que todavía estuviera casada, pero parecía bastante decidida a abandonar a su marido–. ¿Cree que él se ha dado cuenta de lo que siente usted?

—Es imposible que no se haya dado cuenta. Apenas me ha hablado durante un año. No tenemos vida en común. Me culpa por la muerte de nuestro hijo y no creo que nada consiga hacerle cambiar de opinión. Ya no puedo seguir soportándolo. No pretendía aburrirle con mis problemas, sólo quería que supiera que aún estoy casada, aunque creo que no será por mucho tiempo.

—Gracias por ser sincera conmigo –dijo él con una sonrisa. Ella era la primera mujer que le gustaba de verdad desde la muerte de Margaret. Había bastado con un solo día, pero allí todo se aceleraba como a bordo de un barco.

—Espero que no le moleste, pero no quería llevarle a engaño. Estoy segura de que para usted es lo mismo… pero es que… –De repente se sentía tonta por haberlo dicho y se enredó con las palabras. ¿Qué podía importarle a él que estuviera casada? Se puso furiosa con las otras dos por convencerla y se sintió estúpida, pero él la miró sonriendo.

–No sé qué estoy haciendo aquí, Mary Stuart. Ni siquiera iba a venir este año. Llevo dos años compadeciéndome y sin mirar a otra mujer. Y de repente apareces tú, como un brillante rayo de sol sobre las montañas, y todo lo que puedo decirte es que jamás una mujer me había desconcertado tanto como tú. No tengo la menor idea de cómo acabará esto, ni de lo que quieres ni de lo que hago yo, ni siquiera de si estás interesada en mí, pero quiero que sepas que me importas mucho aunque apenas te conozco. Me apena pensar que perdiste a tu hijo –dijo, rodeándola con un brazo para atraerla lentamente hacia su hombro–. Se me ha encogido el corazón por la expresión con que mirabas a aquel niño esta tarde y he deseado aliviar tu dolor. En realidad, aunque me cuesta creer que lo esté diciendo, no me gusta que no estés divorciada, pero ni siquiera estoy seguro de que eso sea importante. No sé si querrás volver a verme cuando pasen estas dos semanas, y seguramente estoy haciendo el ridículo más espantoso. Si es así, dímelo y no haré más que saludarte con el sombrero durante el resto de las vacaciones. –Buscó sus ojos con anhelo bajo la luz de la luna y vio que los tenía anegados en lágrimas. Aquéllas eran las cosas que Mary Stuart hubiera querido oír de labios de su marido y de repente se las decía un completo desconocido–. Sólo sé que quiero estar contigo –prosiguió Hartley–, hablar contigo y saber más cosas de ti… y luego ya veremos qué ocurre.

–¿Estoy soñando? –preguntó Mary Stuart con incredulidad y mirada encendida.

–Así me he sentido yo toda la tarde. No busquemos respuestas tan pronto. Limitémonos a disfrutar –dijo él, y al notar el roce de los cabellos de Mary Stuart en su mejilla cerró los ojos y aspiró su fragancia. No dijo nada más.

Permanecieron sentados, abrazándola él durante largo rato, hasta que notó que ella empezaba a temblar, en parte por el fresco de la noche, y en parte de pura emoción. Apenas se conocían, pero Mary Stuart había leído todos sus libros y habían desnudado sus almas durante largas horas de conversación, además de atraerse mutuamente.

–Tienes frío, te llevaré dentro –dijo Hartley a su pesar.

Se levantaron, pero ella se detuvo para alzar la vista hacia él y Hartley volvió a abrazarla.

–Gracias por todo –susurró Mary Stuart notando su proximidad.

Él la acompañó hasta la puerta y se fue. Mary Stuart entró sigilosamente, esperando que las otras se hubieran acostado ya, y agradeció comprobar que así era. Pero cuando entró en su dormitorio, encontró sobre su cama un fax de Bill. Su desapego resultaba doloroso: «Espero que todo vaya bien. El trabajo es satisfactorio aquí en Londres. Saludos a tu amiga. Bill». Eso es todo. Al pie, Tanya había garabateado lo siguiente: «Yo de ti llamaría a mi abogado». Mary Stuart se dijo que ciertamente una puerta se estaba cerrando a sus espaldas, pero también que otra empezaba a abrirse delante de ella, y más allá veía por fin la luz del sol sobre las montañas.

14

A la mañana siguiente, Zoe y Mary Stuart volvieron a sacar a Tanya de la cama.

—¡Arriba, perezosa! —exclamó Zoe al tiempo que Mary Stuart le arrancaba la ropa de cama y le quitaba el antifaz.

—¡Sois unas sádicas! —gimió Tanya, parpadeando a la luz matinal—. Dios mío, qué es esto... me estoy quedando ciega. —Se volvió boca abajo y se negó a moverse, pero las otras la sacaron a rastras.

—Se llama luz del sol y hay un montón ahí fuera —dijo Mary Stuart. Tanya se incorporó lentamente. Llevaba un pijama corto de color rosa—. Si no te conociera diría que estás borracha por el modo en que te despiertas por las mañanas.

—No es más que la vejez. Necesito dormir mucho —protestó Tanya, tambaleándose en dirección al cuarto de baño.

—*Big Max* te espera —añadió Zoe.

—Dile que se vuelva a dormir. Se sentirá mejor —dijo Tanya bostezando, pero veinte minutos después se había duchado y vestido y en su rostro no quedaba el menor rastro de sueño.

Llevaba tejanos y camiseta de color rosa pálido, sus viejas botas amarillas y un pañuelo rosa. Llevaba el pelo recogido en una larga trenza. Unos suaves rizos le enmarcaban el rostro dándole un aire fascinante.

—No hay duda de que con eso cautivarás a tu vaquero —comentó Mary Stuart al ver el atuendo de su amiga—. Es una pena que seas tan fea. —Sonrió. De pronto estaba impaciente por ver a Hartley. Se había pasado media noche pensando en él y se sentía como una adolescente.

De camino al comedor, Benjamin volvió a cruzarse en su camino. Mary Stuart se comportó como si hubiese visto un fantasma, sobre todo porque el niño puso empeño en caminar junto a ella.

—¿Dónde está tu madre, Benjamin? —preguntó Zoe al advertir el malestar de Mary Stuart y comprender el motivo. Aunque ella nunca había visto a Todd, el niño también se parecía a Mary Stuart.

—Está durmiendo —contestó él—. Mi papá me ha dicho que vaya a desayunar.

—¿Cómo es que a ella la dejan dormir y a mí no? —se quejó Tanya.

—Porque está embarazada de ocho meses —explicó Zoe.

—Acabaré pareciendo una bruja si no me dejáis dormir más. No es bueno para la salud levantarse tan temprano.

—¿Quién lo dice? —Zoe sonreía.

—Yo lo digo. —Tanya miró a su amiga con expresión furiosa.

Entraron en el comedor seguidas de Benjamin, que se había pegado a ellas como una lapa. Mary Stuart estaba resuelta a no prestarle atención, pero cuando ellas se sentaron en la mesa donde habían desayunado el día anterior, el niño se sentó a su lado. Tanya y Zoe se divertían con él, pero ninguna de las dos quería poner nerviosa a su amiga. Sugirieron a Benjamin que fuera a sentarse con sus amigos, pero él se negó en redondo.

—No pasa nada —les dijo Mary Stuart por fin—. No os preocupéis tanto.

—¿Estás bien? —preguntó Tanya.

—Sí —dijo Mary Stuart asintiendo y recordándose que, por mucho que le doliera, no podía vivir en un mundo sin niños.

—Bonito fax el de tu marido anoche —comentó Tanya mientras tomaba un zumo de naranja—. Muy cariñoso y sentimental —añadió, y Mary Stuart sonrió—. Perdona por haberlo leído, pero no pude evitarlo. ¿Vas a contestarle?

–No hay mucho que decir. –Recordó entonces la noche anterior y empezó a preguntarse si aquello había sucedido realmente–. Por cierto, aclaré las cosas con Hartley anoche. Teníais razón. Creo que malinterpretó mis palabras, pero ahora ya lo sabe todo.

–¿Le ha importado?

–¿Por qué habría de importarle? –dijo Mary Stuart intentando parecer fría, pero las otras no se lo creyeron.

–Porque no creo que esté interesado en ofrecerte empleo como secretaria –repuso Tanya–. Le gustas.

–Ya veremos qué ocurre –dijo Mary Stuart con tranquilidad al tiempo que Benjamin la miraba fijamente.

–Se parece usted a mi madre –dijo el niño–, y a mi tía Mary.

–Yo también me llamo Mary –respondió ella con ánimo de conversar–. Mary Stuart. Es un poco raro, ¿verdad? Stuart era el nombre de mi padre y quería tener un chico, así que me llamaron así.

–Oh –exclamó el niño, asintiendo. Luego añadió–: ¿Tú tienes hijos?

–Sí, tengo una hija, pero ya es muy mayor. Tiene veinte años.

–¿Tienes también un chico? –insistió él cogiendo un bollo que le dio Zoe.

–No –respondió ella, y el niño era demasiado pequeño para comprender las lágrimas que asomaron a sus ojos al decirlo.

–A mí me gustan más los chicos –dijo el niño–. Espero que mi mamá no tenga una niña. No me gustan. Son tontas.

–Algunas son simpáticas –repuso Mary Stuart, pero Benjamin se encogió de hombros sin dejarse convencer.

–Lloran demasiado cuando las empujas –explicó.

Zoe y Tanya se miraron sonrientes. Quizás era bueno para Mary Stuart hablar con el niño, como una especie de vacuna contra la desesperación.

–Algunas niñas son muy valientes –dijo Mary Stuart en defensa de su sexo, pero Benjamin había perdido interés en el tema y se ocupaba en comer un trozo de beicon.

Poco después se alejó al ver entrar a su padre. Su madre llegó al comedor un poco más tarde. El marido había explicado a Zoe que se sentía mal a causa de la altitud.

–Espero que tengas que ayudarla a parir –dijo Mary Stuart en voz baja–. Parece llevar trillizos.

–Dios, no. Para eso está el hospital. No he traído fórceps, y no he asistido a un parto desde que era interna. Me dio un miedo horroroso. Muchas cosas pueden salir mal, hay que tomar demasiadas decisiones en segundos, hay demasiados elementos que no puedes controlar. Preferiría hacer dermatología que obstetricia –dijo Zoe.

Mary Stuart opinó que sería un trabajo muy alegre, dado que en la mayoría de casos tenía un final feliz. Tanya dijo entonces que le hubiera gustado saber cómo era tener un bebé. Mary Stuart comentó que le parecía curioso que ella fuese la única que había tenido hijos.

–Quizá fue por algo subliminal que nos dijeron en Berkeley –bromeó Zoe.

–A mí me hubiera encantado tener hijos –dijo Tanya–. Me gustaba mucho tener en casa a los hijos de Tony. –Recordándolos, volvió a preguntarse si los vería de nuevo y pensó que tal vez debería haber tenido hijos propios que estarían con ella para siempre, o quizá no, comprendió, pensando en Todd.

Terminaron el desayuno con el tiempo justo y se dirigieron a los establos. Hartley ya se encontraba allí y se alegró de ver a Mary Stuart. Se miraron el uno al otro y permanecieron juntos mientras esperaban los caballos. Se formaron los mismos grupos que el día anterior. Zoe volvió a cabalgar junto a los médicos de Chicago, y Hartley y Mary Stuart cabalgaron juntos. Tanya y el vaquero quedaron solos de nuevo en la vanguardia.

226

–Está usted muy guapa hoy –dijo el vaquero mirando al frente y con voz de robot, pero Tanya vio que se ruborizaba levemente.

Le costó un rato conseguir que el vaquero se sintiera cómodo. Después él le hizo algunas preguntas sobre Hollywood y su gente. Le preguntó si conocía a Tom Cruise, a Kevin Costner o a Cher, y le dijo que había visto a Harrison Ford en Jackson Hole aquel verano. Tanya contestó que los conocía a todos y que había hecho una película con Cher.

–Es extraño –dijo él, mirándola con los ojos entrecerrados–, no parece usted de esa clase de personas.

–¿Qué quiere decir?

–Quiero decir que es usted real, no como una estrella del cine o de la canción. Es una mujer normal que monta, habla mucho, ríe y tiene sentido del humor. –La miró de reojo esbozando una sonrisa y sin ruborizarse–. Después de un rato uno ya no recuerda que es usted la misma de los discos y las películas.

–Si es un cumplido, gracias. Pero si se refiere a que le he decepcionado, no importa. En el fondo no soy más que una chica de Texas –sonrió.

Gordon contemplaba con admiración su camiseta rosa.

–No –dijo él, meneando la cabeza–. Usted es más que eso y lo sabe. Pero no es falsa como los demás.

–¿Quiénes?

–Las otras estrellas de cine, políticos y cantantes que he visto. Ni siquiera montan cuando vienen aquí. Se limitan a pavonearse y esperan recibir un trato especial.

–Yo pedí muchas toallas y una cafetera –admitió Tanya, y él rió–. Además, puse en la ficha que detesto los caballos.

–Pero yo no me lo creo –dijo él, cada vez más relajado–. Es usted de Texas –le recordó con tono de aprobación. La gente de Texas no detestaba los caballos–. Y es una mujer normal.

Estaba en lo cierto. Tanya había sido normal con Bobby Joe, pero Hollywood había dado al traste con su relación; lo había intentado luego con Tony, pero él sólo quería una estrella de cine sin los inconvenientes que eso comportaba.

—Soy una mujer normal, pero el mundo en que vivo no me da demasiadas oportunidades para demostrarlo. Para serle sincera, no tengo vida privada y creo que jamás la tendré, por mucho que me disguste. La prensa no me dejará jamás tener una vida normal. Y la gente a la que conozco quiere que sea lo que ellos creen que soy, y cuando consiguen conocerme, quieren hacerme daño.

—Parece una vida muy desdichada —dijo él. Le sorprendía que Tanya le gustara tanto, que fuera tan diferente de como esperaba, y se alegraba de que Liz no le hubiera hecho caso cuando le pidió que le cambiara de grupo.

—Es horrorosa —dijo ella—. Algunas veces tengo la impresión de que acabará matándome, o que lo hará un fan enloquecido.

Había tanta tristeza en su voz que Gordon meneó la cabeza con pesar.

—¿Cómo puede vivir así? Le paguen lo que le paguen, no vale la pena —dijo. Los caballos apuraron el paso.

—No es por el dinero, al menos no del todo. Es por lo que hago. Es mi vida. Yo canto. No puedo volver atrás y ocultarme. Si quiero hacer lo que me gusta, tengo que apechugar con todo.

—No me parece justo.

—No lo es, pero así son las cosas. Son otros los que tienen todos los triunfos en la mano.

—Debe de haber alguna manera de cambiar eso, o de conseguir una vida privada decente. Otras estrellas lo consiguen, se compran un rancho en un lugar apartado. Debería hacerlo usted también, señorita Tanya. —Los caballos animaron el paso, lo que permitió a Gordon contemplarla con admiración. Opinaba que era una gran amazona.

—No me llame así —le reprendió ella—, Tanya a secas es mejor.

Ya eran casi amigos, al menos lo suficiente para hablar de sus esperanzas, sueños y frustraciones. Al igual que en el caso de Hartley y Mary Stuart, las montañas parecían obrar un encantamiento por el que todo funcionaba a marcha rápida.

Mientras tanto, Hartley se disculpaba con Mary Stuart, temiendo haberse propasado la noche anterior. Al volver a su cabaña se había dado cuenta de que quizá la había violentado siendo tan directo, pero ella había sentido el mismo impulso y sus palabras la habían consolado más que incomodarla. Nadie la había abrazado como él en más de un año, y aunque no se lo dijo con esas palabras, Hartley comprendió con alivio que su comportamiento no la había ofendido. Hicieron un alto en el camino para que los caballos bebieran de un arroyuelo.

—Cuando me levanté esta mañana no pensaba más que en verte —dijo él con una radiante sonrisa—. Hacía años que no me sentía así. Ni siquiera me apetece trabajar. Y eso es raro en mí, créeme.

Escribía diariamente sin importar dónde estuviera, cómo se sintiera o cuáles fueran las circunstancias. Sólo había dejado de hacerlo cuando su mujer agonizaba. Sencillamente le había sido imposible.

—Sé cómo te sientes. Es curioso que la vida vuelva a empezar cuando ya creías que se había acabado. La vida te reserva siempre sorpresas, ¿verdad? Cuando crees que lo tienes todo, lo pierdes, y cuando crees que todo está perdido, encuentras algo infinitamente valioso —dijo ella mirando las montañas con aire pensativo.

—Me temo que Dios tiene un gran sentido del humor —dijo él y Mary Stuart sonrió—. ¿Qué es lo que más te gusta hacer en Nueva York? —preguntó. Estaba impaciente por saber si ella volvería a Nueva York después de pasar una semana en Los Ángeles. Él tenía que atender a unos asuntos en Seattle y luego pasaría unos días en Boston, pero llegaría a Nueva York más o menos al mismo tiempo que ella–. ¿Te gusta ir al teatro? –añadió.

Comentó luego que tenía varios amigos entre los autores teatrales y que le gustaría presentárselos. En realidad quería que conociera a todos sus amigos y mostrarle infinidad de cosas y hablar de todas ellas. Charlaron y rieron y compartieron ideas hasta que volvieron al rancho a la hora de comer con la sensación de que acababan de salir. Tanya y Gordon habían llegado ya, pero Zoe y los médicos regresaban muy despacio. Mary Stuart se disponía a desmontar cuando un caballo pasó junto a ellos como una exhalación con una figura diminuta aferrada a él. Gordon la vio antes que los demás y volvió a saltar sobre su caballo para perseguir al animal desbocado que se dirigía al granero, pero antes de que pudiera alcanzarlo la figura diminuta voló por los aires y aterrizó en la dura tierra rocosa con un fuerte golpe. Al principio no se distinguía, pero Mary Stuart supo quién era por instinto casi antes de verlo. Junto al cuerpecito yacía el pequeño sombrero rojo de Benjamin. Mary Stuart saltó al suelo y corrió hacia él seguida de Hartley. El niño no mostraba señales de vida. Estaba inconsciente y cuando ella acercó la mejilla a sus labios, notó que apenas respiraba. Se dio la vuelta hacia Hartley con una mirada de terror.

–¡Ve a buscar a Zoe! –gritó y se volvió hacia el niño.

No quiso moverlo por temor a que tuviera el cuello o la espalda dañados. Le pareció que dejaba de respirar, pero entonces llegó Zoe y se arrodilló junto a ella.

–No te preocupes, Mary Stuart... ya estoy aquí –dijo, pero poco podía hacer por el niño.

Le dio unos suaves golpes en el pecho con los que consiguió que volviera a respirar y le alzó los párpados. Los ojos de Benjamin no se movían y tenía los tejanos mojados en la entrepierna, lo que significaba que estaba totalmente inconsciente y había perdido el control de la vejiga.

–¿Tienen un número para emergencias médicas? –preguntó Zoe a Gordon, y él asintió–. Llámeles. Dígales que tenemos un niño inconsciente con herida en cráneo y posibles fracturas. Aún respira, pero su pulso es irregular. Tiene una conmoción. Que vengan lo más deprisa posible.

Gordon se apresuró a obedecerla, mientras los otros dos médicos llegaban corriendo tras desmontar. Mary Stuart sostenía una mano de Benjamin, aunque sabía que no podía hacer nada. No quería soltarla por si él lo notaba de alguna manera. Zoe lo reconocía con expresión preocupada. Estaba segura de que no tenía el cuello roto ni la columna. Le palpaba brazos y piernas cuando el niño parpadeó, abrió los ojos y se echó a llorar.

–¡¡Ayyy!! ¡Quiero a mi mamá...! –empezó a gritar entre sollozos e hipos.

A Zoe se le alegró el semblante.

–Así me gusta –dijo, sin dejar de examinarle, y la pareja de médicos asintió.

Cuando Zoe le tocó el brazo izquierdo, Benjamin soltó un chillido. Lo tenía roto. El niño alzó la vista y vio a Mary Stuart, que le sostenía aún la manita y lloraba silenciosamente.

–¿Por qué lloras? –preguntó él, hipando y sorbiéndose los mocos–. ¿Te has caído del caballo?

–No, tontito –dijo ella acercándose más–. Te has caído tú. ¿Cómo te encuentras? –Quería distraerle para que no se diera cuenta de lo que hacía Zoe, que intentaba entablillarle el brazo con unos palos que había pedido a Gordon.

Hartley y Tanya se encontraban a unos pasos observándolo todo con nerviosismo y tan afectados como los demás.

–Me duele el brazo –gimoteó Benjamin.

Mary Stuart se acercó un poco más a él procurando no molestar a Zoe y le acarició la cabeza. Si cerraba los ojos, podía imaginar que era Todd, deseó que lo fuera, que sólo tuviera un brazo roto o incluso una herida en la cabeza... pero a Todd ya no podía consolarlo.

—No pasa nada, cariño —dijo en voz baja, igual que hubiera hablado a su hijo—. Ahora te lo curarán y te pondrán una escayola y todo el mundo la firmará y hará en ella bonitos dibujos.

—¿Tú lo harás? —preguntó el niño, aferrándose a Mary Stuart sin hacer caso de los demás. Tal vez Benjamin estaba destinado a encontrarse con Mary Stuart para recordarle lo que Todd había sido en otro tiempo, o que había otros niños igual que él. Era como si el espíritu de su hijo hubiera vuelto a ella—. ¿Vendrás conmigo al hospital? —pidió Benjamin.

—Claro —contestó ella—, pero primero vamos a ver si encontramos a tu mamá. Seguro que ella quiere ir contigo.

—A ella sólo le interesa el bebé —protestó él, volviendo a hacer pucheros.

Mary Stuart comprendió entonces por qué el niño se mostraba tan atraído por ella. Mary Stuart se parecía a su madre, con la que estaba enfadado a causa del bebé que llevaba en su seno. Tal vez sus caminos se habían cruzado porque también ella estaba destinada a ayudarlo a él.

—Benjamin —dijo, tumbándose en el suelo para hablarle mejor—. Estoy segura de que tu mamá te quiere más que a nada en el mundo. Los bebés no son tan interesantes como parece. Claro que ella se alegrará de tenerlo, igual que tú, pero tú eres especial, eres su primer hijo. Yo tenía un hijo como tú, y él fue siempre muy especial, porque a él lo quise primero. Tu mamá nunca querrá a nadie como te quiere a ti. Te lo aseguro.

—¿Dónde está tu hijo? —preguntó él, intrigado por aquellas palabras a las que había prestado toda su atención.

—Se fue al Cielo —contestó Mary Stuart tras una leve vacilación—, y lo echo mucho de menos... era muy especial, como tú.

–¿Se murió? –A Mary Stuart no le gustó tener que admitirlo, pero asintió–. Nuestro perro también murió –dijo Benjamin, compartiendo con Mary Stuart lo que para él era una importante información y mirándola a los ojos. De repente, vomitó encima de ella. No fue una sorpresa para Zoe.

–Tiene conmoción cerebral –dijo en voz baja.

–No pasa nada, Benjamin. Todo irá bien, cariño –dijo Mary Stuart limpiando la cara del niño con una toalla que alguien le pasó.

Cuando por fin llegó la ambulancia, Benjamin estaba más animado y su estado no inquietaba tanto a Zoe. Estaba segura de que todo se reduciría a la conmoción y el brazo roto, además de algunas contusiones y arañazos. Había tenido suerte. La madre de Benjamin apareció al mismo tiempo que llegaba la ambulancia, caminando lo más deprisa que le permitía su estado. Gordon había enviado a alguien a avisarla. La madre rompió a llorar en cuanto lo vio, pero Tanya, Hartley y los médicos se apresuraron a tranquilizarla, y Zoe le aseguró que el daño había sido mínimo, considerando la velocidad del caballo y la dureza de la caída.

–Oh, Benjie –exclamó la madre, sentándose junto al niño para abrazarlo–. Te quiero tanto… –La mujer los miró a todos, deshecha en llanto, y les dio las gracias.

Mary Stuart miró entonces al niño intentando recordarle lo que le había dicho. Ella quería a su hija con locura desde el momento en que nació, pero Todd ocuparía siempre un lugar especial en su corazón como primogénito.

Mary Stuart acarició la mano del niño cuando lo metieron en la ambulancia y le dio un beso en la mejilla. El corazón le dio un vuelco al oler el dulce aroma de la infancia, no demasiado distinto del de un bebé, pese a la suciedad y los vómitos.

–Te quiero, muchachito –le susurró. Era casi como si

volviera a decírselo a Todd, y aunque tenía el alma desgarrada, también se sentía mejor, como si aquel niño hubiera aparecido ante ella para abrir las puertas de sus sentimientos y dejar que se desbordasen–. Nos veremos muy pronto –añadió.

La madre de Benjamin le dio de nuevo las gracias y se fue en la ambulancia con él. Mary Stuart se quedó mirando cómo se alejaba sin dejar de llorar. De repente notó que la rodeaban unos fuertes brazos. Se volvió, sabiendo quién era, y Hartley la estrechó.

–Lo siento... lo siento... –dijo ella entre sollozos. Estaba cubierta de polvo y sucia de vómitos, pero a él no le importó.

–Yo también lo siento... ojalá hubiera podido estar contigo.

Ella alzó los ojos hacia él y sonrió. Quizá Dios había considerado que ya había sufrido bastante, o sencillamente tenía mucha suerte, o quizá todo era un sueño.

–Se parece tanto a mi hijo –intentó explicarse, pero no hacía falta. La mujer embarazada se parecía tanto a Mary Stuart que hubiera pasado por su hermana menor, y era fácil adivinar el parecido entre los niños.

–Qué mal lo habrás pasado –dijo Hartley.

Los otros les habían dejado solos. Se sentaron en un tronco para que Mary Stuart se tranquilizara. La sola presencia de Hartley hacía que se sintiera mejor, quizá porque también él había sufrido una trágica pérdida. Hartley había estado junto a su mujer durante los horribles meses de su enfermedad. Y ella había muerto en sus brazos en la mañana de Navidad.

–Siento haberme puesto así. Ese niño me ha producido algo... me ha llegado al fondo del corazón. No sé qué me ha ocurrido.

–Algunas cosas ocurren y ya está –dijo él, preguntándose cómo había muerto el hijo de Mary Stuart, pero sin atreverse a mencionarlo.

Ella adivinó sus pensamientos.

–Mi hijo se suicidó –dijo–. Estaba en Princeton. –Luego le contó los detalles, el dolor, el funeral, la reacción de su marido, todo.

–Qué experiencia tan espantosa para todos vosotros. Es increíble que hayáis podido superarlo –dijo con admiración.

–No lo hemos superado. Mi marido parece un zombi y nuestro matrimonio murió con Todd. Y creo que mi hija preferiría no tener que volver a casa, pero no me extraña. Yo también quiero dejarlo todo atrás.

–¿Estás segura? –preguntó él. Ahora que conocía la historia, no lo veía demasiado claro. Toda la familia estaba conmocionada, pero ¿y si se recuperaban? Al fin y al cabo, Mary Stuart y su marido llevaban muchos años de casados.

–Creo que estoy segura –contestó ella con sinceridad–. Quería pasar el verano pensando. –Sonrió–. No esperaba que me ocurriera esto. –En realidad no sabía si volvería a ver a Hartley después de las dos semanas en el rancho. No dejaría a Bill por él, sino porque tenía que hacerlo–. Quiero hacer lo que sea justo para todos.

Hartley asintió. Poco después la acompañó a la cabaña. Zoe y Tanya estaban tomando una taza de café y Hartley se unió a ellas mientras Mary Stuart se daba una ducha rápida. Acababan de oír la campana de la comida. Tanya y Zoe decidieron irse al comedor, dejando que Hartley se quedara a esperar a Mary Stuart. Ella se sorprendió al verlo solo cuando salió de la ducha, pero le dio las gracias por esperarla. De pronto, una sombra de inquietud cruzó por su mente. Hartley también había sufrido mucho y era muy generoso con ella. No tenía derecho a herirle.

–No quiero herirte en modo alguno –le dijo, acercándose a él lentamente. Había pensado en lo mismo durante toda la mañana. Hartley le atraía, pero no quería ser egoísta. Aún no había resuelto su vida y necesitaba tiempo para pensar–.

Has sido muy bueno conmigo y apenas me conoces. Nadie se había comportado así conmigo, excepto Tanya.

–Gracias –dijo él, sentándose en el brazo de sofá para contemplarla. Mary Stuart llevaba una camiseta roja y unos tejanos con los que estaba muy atractiva–. Soy un hombre adulto, Mary Stuart. No te preocupes por mí. Los dos hemos sufrido experiencias traumáticas, y tampoco yo quiero que salgamos perjudicados. Conozco los riesgos, pero quiero estar contigo.

Mary Stuart le escuchaba con incredulidad. Hartley estaba dispuesto a esperar que ella se decidiera. Entonces, sin mediar palabra, él dio dos pasos hacia ella, la atrajo y la besó. Mary Stuart olía a jabón, perfume y dentífrico. Hartley le acarició los cabellos mientras la besaba. Casi había olvidado lo que se sentía al besar a una mujer. Eran como dos personas que hubieran atravesado el canal de la Mancha a nado y hubieran emergido juntos en la orilla, ateridos, hambrientos y exhaustos, pero agradecidos por haber sobrevivido y estar juntos. Hartley se separó un momento para sonreír y luego volvió a besarla. Mary Stuart no había conocido una caricia más dulce y supuso que debía de ser un magnífico amante. No sabían adónde les conduciría aquello, pero estaban juntos y eso era todo lo que necesitaban.

15

La mañana de su tercer día en Wyoming, Zoe se desperezó somnolienta. Aún no eran las siete de la mañana, pero pensaba levantarse. Oyó que alguien andaba por la cocina. Mary Stuart acababa de levantarse y bostezaba de camino hacia allí para hacer café, cuando dio un respingo al encontrarse con Tanya.

–¿Qué estás haciendo aquí? –se asombró Mary Stuart. Jamás la había visto en pie tan temprano.

–Creo que vivo aquí. –Tanya había preparado café y bollos y había sacado yogures de la nevera, y parecía haberse duchado.

Cuando Zoe salió de su dormitorio tampoco dio crédito a sus ojos.

–¿Ha pasado algo? –preguntó. Sólo una emergencia podía haber sacado a Tanya de la cama a esa hora.

–Pero bueno, ¿qué os pasa? Sólo quería aprovechar la mañana.

–Ya sé qué es –dijo Zoe con una sonrisa de oreja a oreja, recordando lo pesada que era Tanya con sus amigas a propósito de sus ligues. Por fin le había llegado el turno–. Es Gordon.

–No seas estúpida –dijo Tanya–. No es más que un vaquero.

–¿Y qué? –repuso Zoe–. Te mira como si caminaras sobre el agua.

–Tonterías –insistió Tanya, afanándose en preparar el desayuno.

Pero en las palabras de Zoe había más verdad de lo que

pensaba. El accidente del pequeño Benjamin había trastornado a todo el mundo y todos estaban más serios cuando emprendieron un nuevo paseo a caballo por la tarde. Gordon le había hablado de su hijo, que era ya un hombre y al que no veía desde hacía dos años. Por su parte, Tanya le habló de su matrimonio fracasado con Bobby Joe. Aún lamentaba que no hubiera sobrevivido a los rigores de su profesión, y aunque admitía que seguramente él no hubiera estado nunca a su altura, aún le echaba de menos de vez en cuando. Al verse sola una vez más, se preguntaba cómo acabaría. ¿Con una pila de discos de oro y un montón de dinero en una enorme casa vacía? No tenía a nadie con quien compartir alegrías y amarguras. Todo parecía tan absurdo... Lo cierto era que aquella vida de estrella no significaba nada para ella si no podía compartirla. Gordon se había mostrado muy comprensivo y había intentado animarla. Era un hombre inteligente y práctico, y en realidad tenían mucho en común, aunque a primera vista no lo pareciera. A Gordon le hubiera gustado seguir charlando, pero tenían que volver a los establos, y a los vaqueros sólo se les permitía comer con los huéspedes los domingos. También a Tanya le gustaba hablar con él y no le importaba su sencillez ni su ocasional tosquedad. No era jamás descortés ni irreflexivo, y carecía de toda codicia y crueldad. Le gustaba incluso que fuera de Texas, como ella, pero no le parecía oportuno explicar lo que sentía a sus amigas.

—¿Nos estás ocultando algo? —preguntó Zoe, siguiendo la broma, y Mary Stuart rió, pero Tanya fue a vestirse sin hacerles caso.

Su atuendo resultó más espectacular si cabe que el día anterior: tejanos descoloridos, camiseta de color melocotón y botas nuevas de color albaricoque con adornos hechos a mano.

Hartley las aguardaba en el comedor para desayunar. Estaba muy animado y rodeó la cintura de Mary Stuart con aire desenvuelto al tiempo que saludaba cordialmente a las otras. Olía a jabón y loción para después del afeitado y estaba muy atractivo con camisa blanca y tejanos. Más tarde, de camino a los establos, Tanya y Zoe comentaron que su amiga y él hacían muy buena pareja.

En los establos encontraron al pequeño Benjamin obligando a todo el mundo a firmar en su escayola. Tanya le dio un beso y firmó, lo que aprovecharon unas cuantas adolescentes para pedirle un autógrafo con permiso de sus madres. Por fin los demás huéspedes empezaban a comportarse con normalidad y no intentaban hacerle fotos a hurtadillas, lo que Tanya agradeció. Gordon agitó la mano al verla mientras ensillaba unos caballos. Como siempre, fueron los últimos en salir. Mientras esperaban, Mary Stuart se sentó en un banco con Benjamin en el regazo, acariciándole el cuello y charlando con él.

–Menudo susto nos diste ayer –dijo.

–El médico me dijo que podría haberme roto el cuello, pero no me lo rompí.

–Bueno, has tenido suerte.

–Sí, y mi mamá lloró. –La miró con semblante serio–. Tenías razón. Dice que nunca querrá al bebé como me quiere a mí. Le dije que tú me lo habías dicho.

–Bien.

–Dice que siempre seré especial –añadió el niño, y luego hizo lagrimear a Mary Stuart con un gesto que la conmovió en lo más hondo–: Siento que se muriera tu hijo –dijo, y la besó.

–Yo también –repuso ella con labios temblorosos, observada de lejos por Hartley–. Aún le quiero mucho, mucho –añadió, aunque a duras penas podía hablar–. Aún es muy especial para mí.

–¿No puedes verlo alguna vez? –preguntó el niño, que no sabía muy bien qué era la muerte.

–No, no puedo. Sólo con el corazón. Y en las fotografías.

–¿Cómo se llama?

–Todd.

Benjamin asintió como si bastara con aquella presentación. Poco después se bajó del regazo de ella para ir a mirar los caballos y volver luego a la cabaña con su madre. Hartley observó a Mary Stuart, que le sonrió. Aún le resultaba doloroso hablar y ver a Benjamin, por saludable que fuera. Hartley le apretó la mano brevemente antes de montar y le aseguró que era una mujer maravillosa.

–No sé qué he hecho para merecer todo esto –dijo ella.

–Llevar una vida ordenada –contestó él con una sonrisa.

El paseo de la mañana fue tan agradable como siempre, pero Zoe estaba cansada y quería tomárselo con calma. Los otros médicos se habían ido a Yellowstone a hacer una excursión en balsa, de modo que cabalgó junto a Hartley y Mary Stuart. Gordon y Tanya cabalgaban muy por delante. Gordon la invitó al rodeo que se celebraba por la noche. Era uno de los participantes.

–¿En serio? ¿En qué concursos participas?

–En monta de toros y doma de potros cerriles. Ya lo hacía antes de salir de Texas.

–¿Estás loco? –Tanya conocía muy bien los rodeos, a los que había asistido desde que era niña. Los hombres caían, eran pisoteados y arrastrados por los animales; la mitad acababa con daños cerebrales permanentes antes de cumplir los treinta años, y los demás se rompían tantos huesos que caminaban como ancianos a los veintitantos–. Es una auténtica estupidez –dijo–. Eres inteligente, ¿por qué arriesgas tu vida por un par de cientos de dólares o una hebilla de plata?

–Gordon tenía diez hebillas de ésas en su casa.

–Son como tus discos de platino –replicó él tranquilamente, sin sorprenderse por su reacción. Su madre y sus hermanas le decían lo mismo. Las mujeres no lo comprendían–. También tú tienes que sufrir para ganar tus discos de oro, o un Oscar. ¿Qué me dices de los ensayos, las amenazas, los representantes desaprensivos y la prensa sensacionalista? Montar un potro cerril durante noventa segundos es mucho más fácil.

–Sí, pero a mí no me arrastran cabeza abajo sobre excrementos de caballo hasta quedarme tarumba. Gordon, no lo apruebo –dijo con expresión grave, y él pareció desilusionado. Quizás era una mujer de ciudad, aun habiendo nacido en Texas.

–¿Significa eso que no vendrás esta noche? –preguntó con aire abatido.

Ella meneó la cabeza, pero sonreía.

–Pues claro que iré. Pero sigo pensando que estás loco. –Gordon sonrió y encendió un cigarrillo–. ¿En qué participarás?

–En doma de potros. Es fácil.

–Fanfarrón. –En realidad a Tanya le encantaban los rodeos y había pensado asistir antes de que se lo propusiera Gordon.

El vaquero la invitó a ir a verlo a los establos y Tanya dijo que lo intentaría. No siempre le resultaba fácil moverse sin ser advertida. Si la reconocían, sus movimientos se verían restringidos, e incluso podría verse obligada a abandonar el recinto si acababan por rodearla. De hecho nunca acudía a espectáculos públicos como aquél sin guardaespaldas, pero esta vez prefería ir en el autobús con Tom, Zoe y Mary Stuart, y Hartley, si quería acompañarles.

Cuando se vistieron aquella noche para cenar, Tanya parecía una niña a punto de ir a la feria. Salió de su dormitorio con unos pantalones de ante beige con flecos en los costados, una camisa a juego también con flores y pañuelo al cuello. Su sombrero vaquero era del mismo tono beige. Parecía un atuendo típico del Oeste, pero lo había comprado en París, y el ante envolvía su cuerpo como terciopelo.

–¡Caray! ¡Vaya con las chicas de Texas! –exclamó Mary Stuart.

Ella se había puesto unos tejanos de color verde esmeralda con suéter a juego y botas de caimán negras de Billy Martin's. Zoe llevaba tejanos elásticos con una chaqueta de Ralph Lauren de estilo militar. Como siempre constituyeron el grupo más atractivo del lugar. Hartley empezó a llamarlas «los ángeles de Hartley», apodo que ellas encontraron muy gracioso.

La cena fue muy animada. Benjamín correteaba por el comedor mientras su madre amenazaba con dar a luz. Afirmaba que había pasado una semana traumática y que estaba impaciente por regresar a su casa de Kansas City el fin de semana siguiente, lo que era comprensible en su avanzado estado de gestación. Benjamín hizo que Mary Stuart le firmara la escayola por segunda vez.

Después de cenar, las tres amigas y Hartley salieron en dirección a Jackson Hole en el autobús de Tanya. Hartley se asombró al ver el interior del vehículo.

–Es increíble –dijo con aire divertido–. Y yo que me creía un rey por tener un Jaguar.

–Yo tengo una furgoneta Volkswagen de diez años –le confesó Zoe y él rió. En el caso de Zoe era por una buena causa, porque destinaba todo su dinero a comprar medicinas y equipamiento para su clínica.

–Me temo que el mundo literario no puede competir con Hollywood –comentó Hartley–. Nos ganan en todo, Tanya.

–Sí, pero no sabe la cantidad de bazofia que tenemos que aguantar. Ustedes trabajan con personas. Yo tengo que tratar con salvajes, así que me merezco lo que tengo –dijo Tanya para justificar el lujo en que vivía, pero nadie se lo recriminó, ni siquiera Hartley.

El tiempo pasó rápidamente desde Moose a Jackson Hole. Media hora más tarde habían llegado al rodeo y aún faltaba otro tanto para que empezara. El rancho les había reservado unos magníficos asientos. Los olores y el ambiente recordaron a Tanya su infancia. Solía acudir montada en su poni y no se perdía detalle, y cuando fue un poco mayor participó unas cuantas veces, pero su padre dijo que era demasiado caro y, al fin y al cabo, a ella no le entusiasmaban los caballos. Le gustaba el bullicio, la excitación. Era como el circo.

Ocuparon sus asientos y compraron palomitas y cocacola. En ese momento se acercó a ellos uno de los organizadores del rodeo. Tanya se preguntó si habían recibido amenazas o si existía algún problema de seguridad, pues el hombre parecía muy nervioso. Hartley adoptó una actitud protectora con respecto a Tanya.

–¿Puedo preguntarle de qué se trata? –preguntó Hartley.

–Quisiera hablar con la señorita Thomas –dijo el hombre con acento de Texas–. Queremos pedirle un favor. –Miró a Tanya por encima del hombro de Hartley y añadió–: Como nativa de Texas.

–¿Qué puedo hacer por ustedes? –preguntó ella adelantándose. Aquel hombre era inofensivo, aunque molesto.

–Queríamos saber si… –Sudaba copiosamente. Hubiera deseado que designaran a otro para aquella tarea. El guardaespaldas de Tanya, además, le daba miedo. Iba muy bien vestido e intimidaba. Por supuesto se trataba de Hartley. Tanya también había comprado una entrada para Tom, pero no sabía dónde estaba sentado–. Señorita Thomas –continuó con nerviosismo–, sé que seguramente no hace usted este tipo de cosas, y no podemos pagarle… pero nos gustaría… sería un gran honor… –Sus titubeos impacientaron a Tanya– que cantara usted el himno para nosotros esta noche.

Ella se quedó sorprendida. No era la primera vez que cantaba el himno, y aunque no era fácil hacerlo, sería divertido allí al aire libre, rodeada de montañas. La idea le hizo sonreír. Se preguntó qué opinaría Gordon. Era extraño, pero quería hacerlo por él, para desearle suerte con su potro.

–Será un honor –dijo ella al fin–. ¿Dónde quieren que lo cante?

–¿Me acompaña?

Tanya vaciló un momento, siempre temerosa de las multitudes y de lo que podía pasarle sin nadie que la protegiera. Los otros la miraban preocupados, pero hasta entonces no la había reconocido nadie y resultaba tentador irse con aquel hombre y cantar el himno de improviso.

–¿Quiere que vaya con usted? –preguntó Hartley, dispuesto a ofrecerle su protección.

–No se preocupe –dijo ella en voz baja–. Estaré al aire libre, y si ve que ocurre algo extraño o que la multitud se me acerca, haga venir a los de seguridad o llame a la policía.

–Creo que no es una buena idea –dijo él, sabiendo como ella que quizá los de seguridad o la policía no llegarían a tiempo en caso de necesidad.

–Pero sería muy bonito. Para ellos significaría mucho. No se preocupe –dijo, palmeando a Hartley en el brazo, y siguió al hombre sudoroso, tras echar una mirada a sus amigas.

Bajaron por una escalera para abandonar las gradas y rodearon la pista. La idea era que Tanya se subiera a una caja en medio de la pista con un micrófono para cantar, o podía hacerlo a caballo si lo prefería. Tanya eligió esto último. En ambos casos era un blanco perfecto, pero tendría más movilidad a caballo que a pie. La organización le ofreció un hermoso palomino que hacía resaltar sus cabellos y su traje y daba a todo un aire más espectacular. Tanya esperaba que no anduviese por allí ningún loco suelto con una pistola. Era horrible pensar eso, pero siempre le ocurría cuando cantaba en directo. A su agente le hubiera dado un ataque de nervios si se hubiera enterado de lo que estaba a punto de hacer sin protección y gratis, pero la niña de Texas que Tanya aún llevaba dentro siempre había soñado con cantar el himno en un rodeo. Mientras aguardaba los diez minutos que tardaría en salir para cantar, Tanya miró en derredor buscando a Gordon, pero no consiguió divisarlo. Nadie parecía haberse dado cuenta de su presencia, aunque los organizadores del rodeo le dijeron que la chica del rancho que había pedido las entradas para ella les había dado su nombre. Siempre había alguien que se iba de la lengua. En cualquier caso, el público no esperaba el anuncio que se produjo a continuación.

–Señoras y señores –proclamó el maestro de ceremonias desde la pista, montado en un gran semental negro–, esta noche tenemos una auténtica sorpresa para todos ustedes. El Rodeo de Jackson Hole les da la bienvenida, y para agradecerles que hayan venido a ver nuestros toros, potros cerriles y vaqueros, hemos traído a una maravillosa mujer que va a regalarles los oídos cantando el himno nacional. Se encuentra en Jackson Hole de visita. –Tanya y sus amigos rezaron para que aquel hombre tuviera el sentido común de no mencionar el lugar donde se alojaban. Por suerte no lo hizo–. Y está familiarizada con el rodeo. Es una nativa de Texas... Señoras y señores... –Sonaron los tambores de la banda del instituto que iba a tocar el himno– les presento a... ¡Tanya Thomas!

Cuando pronunció su nombre, un vaquero abrió la puerta de entrada a la pista y ella entró galopando sobre el palomino. Constituía una visión increíble con su larga melena rubia al viento. Sostenía el micro con una mano y las riendas con la otra; el caballo era más vivaz de lo que esperaba, por lo que no las tenía todas consigo y rogó no caerse antes de cantar el himno. Según lo acordado, recorrió el perímetro de la pista al galope y luego se situó en el centro sonriendo y saludando a la multitud que la vitoreaba. El público se había puesto en pie con incredulidad. Por un instante Tanya temió ser arrollada, casi le parecía oler el tumulto, y deseó ver a Gordon, pero él se hallaba lejos, a su espalda, sentado a horcajadas sobre el compartimiento de un potro, sin dar crédito a sus ojos. Le sorprendió que Tanya no le hubiera avisado. Contempló a la multitud que seguía gritando el nombre de la cantante mientras pateaban el suelo. Tanya alzó una mano hasta que se hizo el silencio y pudo hablar.

–Bien... yo también me alegro de verles, pero esto no es un concierto. Es un rodeo y vamos a cantar el himno nacional, de modo que será mejor que nos tranquilicemos. Es un honor estar aquí con ustedes –dijo con tono tan emotivo que el público enmudeció completamente–. El himno es una canción muy especial para todos nosotros –añadió, tocando su fibra sensible–. Y quiero que piensen en lo que dice y lo canten conmigo.

Inclinó la cabeza durante un minuto en medio del silencio hasta que la banda empezó a tocar mejor que cualquier orquesta profesional con la que hubiera cantado, porque lo hacían para ella. Tanya puso el alma al cantar para los habitantes de Jackson Hole, los turistas, sus dos amigas y la gente de Texas... y para Gordon. Esperaba que el vaquero se diera cuenta de que cantaba sobre todo para él, porque sabía lo mucho que significaba el rodeo para Gordon. Sin embargo, en ese momento él sólo pensaba en ella. Jamás había visto ni oído nada tan hermoso como Tanya cantando el himno nacional, y hubiera deseado grabarlo para escucharlo infinitas veces. Se le saltaron las lágrimas, como a casi todos los presentes, que enloquecieron completamente cuando Tanya terminó. Ella agitó la mano y salió de la pista al galope antes de que el público pudiera saltar las vallas y abalanzarse. Una vez fuera, entregó el micrófono al hombre de Texas, que la besó en la mejilla con tanta fuerza que casi la derribó. Tanya desmontó y desapareció literalmente en dirección a los corrales de los potros cerriles para buscar a Gordon. Temblaba de excitación.

Se movió con presteza por entre la gente y ni siquiera Hartley pudo divisarla. Mary Stuart y Zoe empezaron a preocuparse, pero Tanya sabía perfectamente dónde buscar y no tardó más de dos minutos en encontrar a Gordon, sentado aún a horcajadas sobre el compartimiento número cinco con expresión asombrada. De repente bajó la vista como si hubiera intuido la presencia de ella y la vio. Bajó ágilmente y se acercó a ella. Tanya sonreía.

–¿Por qué no me dijiste lo que ibas a hacer? –preguntó Gordon, dolido y conmovido a la vez.

–Yo tampoco lo sabía. Han venido a pedírmelo antes de que pudiera sentarme.

–Ha sido increíble –dijo él. Los últimos días habían sido como un sueño para él. Apenas podía creer que estuviera hablando con Tanya como si la conociera de toda la vida. Gordon llevaba zahones[1] de cuero verde y plateado, botas hechas a mano a juego, camisa verde, sombrero gris y tintineantes espuelas de plata–. Jamás había oído cantar a nadie de ese modo –agregó con admiración. La gente se apiñaba en torno a ellos, pero nadie pareció percatarse de quién era la mujer que hablaba con el vaquero.

–Te parecerá una locura –dijo ella con repentina timidez–, pero lo he hecho por ti. He pensado que te daría suerte… He pensado que te gustaría…

–Oh, Tanya. –La mirada de Gordon parecía acariciarla, pero se sentía tan violento como ella–. Tanya… Tanya Thomas –repitió, con ganas de pellizcarse a sí mismo para comprobar que no era un sueño.

–Ha sido una especie de regalo… Ahora tú tienes que hacerme uno a mí. –Gordon sintió pánico al pensar en lo que podía pedirle, aunque en ese momento hubiera hecho cualquier cosa por ella–. No te hagas daño, eso es todo lo que te pido. Ten cuidado. Aunque eso signifique no ganar. De lo

---

1. Piezas abiertas a los lados con que se cubren las piernas hasta mitad del muslo, donde se atan, típicamente usada por los vaqueros y gentes del campo. (*N. de la T.*)

contrario no merece la pena, Gordon. La vida es demasiado preciosa.

Tanya había visto a demasiada gente arriesgarlo todo por algo que no valía nada. No quería que Gordon se matara por unos dólares sobre un estúpido potro. En ciertos aspectos los rodeos eran como las corridas de toros. A veces la apuesta era demasiado alta y uno debía saber retirarse a tiempo.

—Lo prometo —aseguró él con la voz ronca. Las rodillas le flaqueaban.

—Cuídate —susurró Tanya apretándole brevemente el brazo, y a continuación se alejó.

Había advertido que algunas personas los miraban y quería volver a las gradas cuanto antes. Quizá le resultara imposible quedarse toda vez que se conocía su presencia en el rodeo, pero anhelaba ver competir a Gordon. Tardó cinco minutos en llegar a su asiento sana y salva y con el corazón desbocado, pero era a causa de Gordon, no del miedo a la multitud. Ningún otro hombre la había cautivado tanto como él, pero sabía que podía ser peligroso para los dos. Ella no necesitaba más escándalos y él no necesitaba que trastornara su vida una cantante que subiría a su autobús y se iría al cabo de dos semanas.

—¿Dónde demonios estabas? —preguntó Zoe, tan nerviosa como Mary Stuart y Hartley. Estaba a punto de llamar a los de seguridad.

—Lo siento —se disculpó ella—. No quería preocuparos. Me ha costado un poco abrirme paso entre la multitud y me he encontrado con Gordon.

Aceptada su explicación, se sentaron todos. Medio minuto después, Mary Stuart se inclinó hacia ella y le susurró:

—Eres una mentirosa. Has ido a buscarlo. —Lo dijo con una chispa de malicia en los ojos.

Tanya rehuyó su mirada. No quería admitir que estaba prendada del vaquero.

—Por supuesto que no. —Intentó librarse fingiendo contemplar con atención el primer concurso, que consistía en enlazar becerros, algo que siempre le había aburrido.

–Te he visto –declaró Mary Stuart y sus miradas se encontraron–. Ten cuidado –añadió.

Mientras hablaban, media docena de personas se acercaron a pedir autógrafos. Tanya no podía negarse después de haber actuado libremente para ellos. La escena se repitió durante todo el rodeo: la captura con lazo en grupo, las carreras de toneles, la doma de potros cerriles a pelo, la monta de toros, hasta que por fin apareció Gordon a lomos de un potro cerril ensillado que corcoveaba violentamente. Lo que más detestaba Tanya de la monta de potros cerriles ensillados era que los vaqueros se ataban una mano al pomo de la silla. Tenían que caer de un lado concreto y ser capaces de soltarse la mano, de lo contrario podían ser arrastrados hasta que pudieran detener al potro y ayudarles. Tanya había presenciado horribles accidentes en Texas y estaba aterrorizada cuando vio salir a Gordon sobre aquel violento potro castaño oscuro. Gordon tenía los pies en el aire tal como debía hacerse, con las piernas estiradas y la cabeza y el torso hacia atrás, y no tocaba la silla con la mano libre. El potro no logró derribarlo antes de que sonara la campana. Gordon resistió más que ningún otro y saltó limpiamente a tierra dejando que los encargados atraparan al animal. Agitó el sombrero y la mano en dirección a Tanya y luego abandonó la pista como un héroe. Había obtenido la victoria por Tanya.

Se quedaron hasta el final: más monta de toros, y unos chicos de catorce años que montaban becerros, lo que hacía dudar del sentido común de sus padres. Mary Stuart se indignó.

–A esa gente deberían meterla en la cárcel por dejar que sus hijos hagan eso –dijo. Uno de los chicos había caído y el becerro lo había pisoteado, pero volvía a estar en pie al cabo de unos minutos.

Sin embargo, a pesar de barbaridades como aquélla y de

una cierta banalidad, Tanya tenía que admitir que le encantaba el rodeo, y siempre le había gustado de niña.

Cuando salieron del recinto, numerosas personas se acercaron a pedirle autógrafos, a hacerle fotografías o intentar tocarla, pero el maestro de ceremonias había tenido la amabilidad de enviarle a los de seguridad y a la policía en previsión de lo que pudiera suceder, y Tanya consiguió llegar al autobús sin excesivos problemas. El autobús arrancó en medio del griterío de una pequeña multitud que agitaba la mano y corría junto a él. Era la adoración que precedía al odio. Si se quedaba el tiempo suficiente, acabarían por zarandearla y vapulearla, o quizás algún lunático la mataría. Era el tipo de atmósfera que le hacía ponerse nerviosa en medio de la gente.

—Tanya, es usted asombrosa —dijo Hartley cuando se instalaron. El novelista admiraba la cortesía con que ella atendía a todo el mundo sin perder la dignidad, procurando dar lo que le pedían y mantener una distancia razonable—. Yo estaría aterrado con una multitud mucho más pequeña que ésa —añadió—. Soy un cobarde sin remisión. —Ella estaba acostumbrada a actuar ante decenas de miles de personas, aunque temiera que en cualquier momento alguien perdiera el control y la atacara—. Además, Dios le ha dado una voz celestial —aseguró Hartley—. Todos lloraban al oírla.

—Yo también —dijo Mary Stuart con una sonrisa.

—Yo siempre lloro cuando cantas —dijo Zoe.

Tanya sonrió, conmovida.

Cuando llegaron al rancho, Hartley se quedó charlando un rato con ellas. Luego él y Mary Stuart fueron a dar un paseo para besarse a la luz de la luna. Tanya y Zoe pensaron que el ambiente era increíblemente romántico.

—¿Qué crees que ocurrirá? —preguntó Tanya a Zoe. Charlaban sentadas en la sala de estar de la cabaña.

—Sería bueno para ella que surgiera una relación seria, pero es difícil decirlo. Tengo la sensación de que en un lugar como éste los romances abundan como en los viajes en barco. Además, no estoy segura de que haya decidido dejar a Bill.

—Pues espero que lo haga después del año que le ha hecho pasar, el muy cabrón —dijo Tanya, más dura de lo habitual.

—Pero también él ha sufrido. —Zoe estaba más familiarizada con la reacción que producía una muerte en la familia, aunque fueran personas buenas y decentes. A algunos los convertía en santos, a otros en monstruos.

Zoe iba a decir algo sobre el vaquero de Tanya cuando entró Mary Stuart sonriente.

—¿Se nos permite buscar marcas? —preguntó Tanya, recordando los tiempos del colegio, y las tres prorrumpieron en carcajadas.

—Dios mío, había olvidado como era —dijo Mary Stuart, y luego se volvió hacia Tanya—. Has estado increíble esta noche, Tan. Mejor que nunca.

—Ha sido divertido. Ésa es la parte buena de la profesión. Siempre disfruto cantando.

—Bueno, también proporcionas un gran placer a muchas otras personas —dijo Mary Stuart cariñosamente.

Tras un rato de charla, Mary Stuart y Zoe se acostaron y Tanya decidió quedarse en la sala de estar leyendo. Aún no se le había pasado la excitación del rodeo y de su breve actuación. Unos minutos después de la medianoche, oyó unos golpecitos en la ventana. Al principio pensó que era un animal, pero al levantar la vista vio un trozo de camisa verde y luego un rostro que le sonreía como un niño travieso. Era Gordon. Tanya también sonrió, preguntándose si instintivamente lo había estado esperando. La idea cruzó por su mente cuando salió sigilosamente por la puerta. Fuera hacía frío, y ella llevaba todavía su atuendo de ante e iba descalza.

—¡Shhh! —Gordon se llevó un dedo a los labios, pero Tanya no tenía intención de decir su nombre ni de hablar en voz alta. El vaquero podía meterse en problemas si lo encontraban allí a aquella hora, con ella. Su casa estaba detrás de los establos.

—¿Qué estás haciendo aquí? —susurró Tanya, y él le sonrió, tan excitado como ella.

—No lo sé. Creo que me he vuelto loco, casi tanto como tú.

—Jamás olvidaría lo que había hecho aquella noche por él.

—Has estado magnífico —dijo Tanya—. Felicidades por la victoria.

—Gracias —dijo él con orgullo. Para él aquella victoria era muy importante. Explicó que lo había hecho por ella. Era su regalo para Tanny, como prefería llamarla porque le hacía parecerse menos a Tanya Thomas.

—Ya sé que lo hiciste por mí —dijo Tanya.

De repente Gordon se apoyó contra el árbol que tenía a su espalda y la atrajo hacia sí.

—No sé que hago aquí. He perdido el juicio. Podrían despedirme por esto.

—No quiero que te ocurra nada malo —dijo ella, y rogó que no les viera nadie.

—Yo tampoco quiero que te ocurra a ti. —Gordon frunció el entrecejo. No había pasado tanto miedo en toda su vida, pero no por sí mismo, sino por Tanya cuando fue tragada por la multitud después de despedirse de él—. Estaba aterrado... tenía tanto miedo de que pudieran hacerte daño...

—Puede que suceda algún día —dijo ella con pesar.

—Yo no quiero que suceda jamás. Ojalá pudiera estar contigo para protegerte —añadió, sorprendiéndose a sí mismo.

—No podrías protegerme todo el tiempo. Alguien podría atacarme al salir de casa una mañana cualquiera, o cuando cantara en un escenario, o en un supermercado. —Sonrió, tomándoselo con filosofía, pero él la miró con expresión desdichada.

—Deberías tener guardaespaldas protegiéndote a todas horas.

—No quiero vivir siempre así, sólo cuando es necesario.

Me desenvuelvo bastante bien con la multitud, siempre que no se desquicien.

—La policía ha dicho que más de cien personas salieron corriendo detrás de ti cuando te fuiste. Eso me asustó...

—Estoy bien. —Sonrió—. Tú corres un gran peligro montando esos potros salvajes. Quizá deberías preocuparte más por eso que por mis fans.

Gordon la estrechó y ella no se resistió. No quería resistirse, quería fundirse con él, ser parte de él. Y Gordon no podía pensar más que en su rostro, en sus ojos, en la mujer que había descubierto detrás de la leyenda.

—Oh, Dios mío, Tanny... —susurró con los labios en sus cabellos—. No sé lo que hago... —Había temido dejarse llevar por ella, o que le impresionara demasiado, pero jamás hubiera esperado aquella avalancha de emociones.

Cuando Tanya se abrazó a él, Gordon la besó como nunca había besado a una mujer. A sus cuarenta y dos años de edad jamás había sentido por una mujer lo que sentía por Tanya, y en menos de dos semanas se habría ido y él se quedaría preguntándose si la había conocido en realidad.

—Dime que no estoy loco —pidió después de besarla—. Aunque sé que lo estoy. —Se sentía desgraciado y extasiado a la vez, derrotado y victorioso.

—Los dos lo estamos —replicó ella en voz baja—. Yo tampoco sé qué me ha ocurrido.

Barridos por una oleada de pasión, se besaron de nuevo largamente. Ambos deseaban hacer el amor, aunque sabían que no debían.

—¿Qué estamos haciendo? —preguntó Gordon—. ¿Estás casada? —añadió de repente; no se le había ocurrido hasta entonces—. ¿Tienes algún... amigo? —Si la respuesta era afirmativa, pensaba cortar en seco lo que acababa de empezar entre ellos, aunque le fuera la vida en ello.

Tanya negó con la cabeza y volvió a besarle.

—Voy a divorciarme. Ya está presentada la demanda de

divorcio. Y no hay nadie más. —Al mirarlo, Tanya tuvo la sensación de que nunca había habido nadie más y sospechó que aún seguiría con Gordon si se hubiera casado con él en lugar de Bobby Joe.

—Eso era todo lo que quería saber. El resto ya lo resolveremos después. Quizá no haya nada más, pero no quería seguir jugando si estabas casada o algo parecido.

—Yo no hago ese tipo de cosas —musitó ella—. Nunca había hecho nada parecido. No me importa lo que digan sobre los cantantes o las estrellas de cine… Jamás había perdido la cabeza por un hombre de esta manera. —Pensó entonces en Gordon y en las posibles repercusiones—. Hemos de ser muy prudentes para que nadie se dé cuenta. No quiero meterte en líos.

Gordon asintió, pero en realidad no le importaba. Llevaba tres años en el rancho y era el capataz de los vaqueros, pero hubiera renunciado a todo por Tanya si ella se lo pedía.

—Tanny —dijo, acariciándole los cabellos—. Te quiero.

—Yo también te quiero —susurró ella, consciente como él de que aquello era una locura.

Gordon no se atrevía a pensar en lo que harían después.

—¿Vendrás otra vez al rodeo el sábado?

—Claro. —Tanya sonrió. Le hubiera gustado poder sentarse en los compartimientos de los potros junto a él.

—No vuelvas a cantar. Me da miedo que te hagan daño.

—No lo haré.

—Lo digo en serio.

—Entonces no montes los potros —replicó ella en tono de broma, pero sabía que tenía que hacerlo por el momento. Quizá lo dejara más adelante, si existía un futuro para ellos.

—A partir de ahora estaré siempre preocupado por ti —dijo él con tono desdichado.

—No, por favor. Confiemos en el destino. Él nos ha unido. Estoy aquí por puro azar. ¿Por qué no nos limitamos a ver qué ocurre? La vida es más divertida así.

–Tú eres divertida y te quiero. –Gordon sonrió y volvió a besarla.

Siguieron así durante un rato, charlando y besándose. Gordon tenía libre el domingo y quería salir de excursión con ella. Tanya sugirió ir en autobús, pero él quería llevarla en su camioneta y mostrarle los lugares que más le gustaban, a lo que ella accedió. Tanya tenía que pensar en lo que les diría a las otras. En realidad no quería hablarles de Gordon. Había algo mágico en lo que les estaba sucediendo y quería mantenerlo en privado.

–Nos veremos mañana –dijo él por fin, pensando en lo difícil que sería no besarla ni abrazarla cuando la viera. Tal vez pudiera volver por la noche para ir a pasear juntos cuando todos durmieran, pero Tanya no quería que se metiera en problemas. La dirección del rancho no aprobaba los romances entre huéspedes y vaqueros, aunque todo el mundo sabía que ocurrían a veces. Gordon juraba que a él nunca le había pasado.

Ella se quedó en la puerta viéndole marchar, rápido y silencioso hasta desaparecer en la oscuridad. Eran casi las dos de la madrugada. Cuando Tanya entró en la cabaña, un ruido le hizo dar un respingo. Era Zoe poniendo agua a calentar en la cocina. Tenía el rostro ceniciento y se cubría con una manta. No lo dijo, pero tenía fuertes diarreas.

–¿Estás bien? –dijo Tanya, preguntándose cómo explicaría su ausencia, pero no tuvo que hacerlo. Zoe lo había adivinado y no quiso molestarla con preguntas–. Pareces enferma.

–Estoy bien –contestó Zoe con escasa convicción.

Su amiga observó que temblaba de pies a cabeza y empezó a preocuparse seriamente.

–¿Zoe? –Tanya la miró con ojos muy abiertos y expresión de alarma, pero Zoe se limitó a menear la cabeza. No quería hablar de ello–. Vete a la cama. Yo te haré el té.

Zoe volvió a acostarse, agradecida. Tanya le llevó té con

menta minutos después y se sentó en el borde de la cama, observando que aún temblaba, pero parecía un poco mejor.

—¿Qué te ocurre?

—Nada grave. Es sólo un resfriado —dijo Zoe, pero su amiga intuyó que no le decía la verdad.

—¿Quieres que llame a un médico?

—Por supuesto que no. Yo soy médico. Tengo todo lo que necesito. —Zoe tenía su AZT y un montón de medicamentos, incluso podía ponerse una inyección si aumentaban las diarreas. Casi no había tenido tiempo de llegar al cuarto de baño. Hubiera sido horrible no llegar y tener que dar luego explicaciones.

Las dos amigas permanecieron un rato pensativas mientras Zoe tomaba el té, luego se recostó sobre la almohada, miró a Tanya y se creyó en la obligación de aconsejarla.

—Debes tener cuidado. ¿Y si no es lo que piensas? ¿Y si le vende la historia a alguien, o te hace daño? En realidad no sabes nada de él.

Tanya la escuchó con una sonrisa, asombrada de la perspicacia de su amiga. Desde luego lo que decía era posible, pero su instinto le decía que Gordon era sincero y sus problemas solían llegar cuando no hacía caso de sus instintos.

—Creo que es un buen hombre. Ya sé que esto te parecerá una locura, porque apenas le conozco, pero me recuerda mucho a Bobby Joe.

—Lo curioso es que a mí también me lo recuerda —dijo Zoe con una débil sonrisa—, pero el hecho es que no es Bobby Joe. Es una persona diferente y podría hacer muchas cosas que te causaran daño. —La prensa sensacionalista hubiera pagado miles de dólares por una historia como aquélla, por no hablar de fotografías.

—Lo sé. Resulta increíble que aún esté dispuesta a confiar en alguien, pero confío en él aunque sea una locura.

—Puede que tengas razón. Pero no entregues tu corazón

demasiado deprisa. Sólo tienes uno y es difícil de arreglar cuando te lo rompen.

Las dos se miraron esbozando lentamente una sonrisa. Nada hubiera gustado más a Zoe que ver a Tanya con el hombre adecuado que la protegiera.

–¿Qué me dices de tu corazón? –preguntó Tanya, que parecía repuesta después del té–. ¿Por qué has estado sola tanto tiempo? ¿Tienes el corazón roto?

–No; sólo lleno de historias humanas. Nunca tengo tiempo y además ahora está Jade. No necesito más.

–No te creo. Todos necesitamos algo más.

–Quizá yo sea diferente –dijo Zoe, pero parecía triste y enferma.

Tanya deseó poder ayudarla. Siempre la había querido como una hermana y tenía una elevada opinión de ella. Le preocupaba verla tan cansada y enferma. No tenía a su lado a nadie que la cuidara e hiciera por ella lo que ella hacía por los demás. Viendo que Zoe se estaba durmiendo, Tanya apagó la luz y la besó en la frente.

–Duerme un poco. Si por la mañana no te sientes mejor, llamaré al médico.

–Estaré bien –le aseguró Zoe cerrando los ojos, y se había dormido casi antes de que Tanya saliera del dormitorio.

Se quedó un momento en el umbral de la puerta para mirarla. Su amiga dormía con una sonrisa en los labios.

Los pensamientos de Tanya volvieron a Gordon mientras se dirigió a su dormitorio. Sabía que Zoe estaba en lo cierto. El vaquero podía hacer cosas terribles y causarle un gran daño. Ella era una persona muy vulnerable y no podía permitirse el mismo derroche de emociones que las personas normales. Gordon podía escribir una biografía no autorizada, o conceder una entrevista a la prensa, o hacerle fotos y chantajearla si quería dejarle. Podía hacer muchas cosas para sacarle dinero. Pero Tanya no podía vivir preocupándose siempre de lo mismo. Ella, tan circunspecta y cuidadosa, de repente se había enamorado de un vaquero en tres días. Parecía una locura, pero curiosamente intuía que no había hecho nada más sensato en toda su vida. Cuando se acostó después de lavarse los dientes y ponerse el camisón, no pudo pensar más que en la expresión de Gordon cuando ella le dijo que había cantado el himno por él, y anheló volver a verlo por la mañana. Se durmió al fin imaginando su rostro y su mirada cuando montaba el potro cerril, con los zahones ondeando al viento y la mano firme. Ella cantaba para él… y él sonreía.

16

El día después del rodeo, al despertar, Mary Stuart oyó ruidos en la puerta de su cuarto. Se puso la bata y fue a la sala de estar, donde encontró a Tanya ya vestida y con semblante preocupado.

–¿Qué pasa? –preguntó, y comprendió enseguida que aquella mañana no cabían bromas por el hecho de que Tanya se hubiera levantado tan pronto.

–Es Zoe. Creo que ha estado despierta toda la noche. No quiere decirme qué le pasa. Cree que tiene un resfriado o la gripe pero... su aspecto es horrible. –Muchas posibilidades horribles cruzaron por la cabeza de las dos amigas–. Creo que debería ir al hospital, pero no quiere que la llevemos.

–Déjame que la vea –dijo Mary Stuart con serenidad.

Pero al verla sufrió un sobresalto. El rostro de Zoe había adquirido un tinte levemente verdoso. En aquel momento dormitaba. Mary Stuart la contempló durante un rato y luego salió de la habitación.

–Dios mío –dijo, horrorizada–, qué mala cara tiene. Si no quiere ir al hospital, al menos deberíamos traer a un médico para que la examine –afirmó.

Tanya asintió con alivio. Luego llamó a la administración del rancho y preguntó si había un médico que hiciera visitas a domicilio, explicando que una de sus amigas estaba enferma, y que podía ser apendicitis o algo que precisara atención urgente.

La propietaria, Charlotte Collins, le aseguró que enviaría un médico en media hora.

—¿Crees que es grave? —preguntó Tanya a Mary Stuart mientras esperaban.

—Ojalá lo supiera —respondió su amiga meneando la cabeza—. Espero que no, pero realmente Zoe trabaja demasiado. Roguemos que no sea nada.

Charlotte Collins cumplió su palabra y el doctor John Kroner llegó a la cabaña a las ocho y media. Era un hombre joven y atlético, que tenía toda la pinta de haber jugado en el equipo de fútbol americano de su universidad. Era evidente que le habían dicho que vería a Tanya Thomas. Intentaba no parecer impresionado, pero no lo consiguió. Tanya le sonrió cordialmente y procuró que centrara su atención en Zoe.

—¿Qué cree que le pasa? —preguntó el médico sentándose a escucharla atentamente.

—No lo sé. Está pálida y cansada, pero parecía encontrarse bien hasta ayer. Dice que es la gripe, pero tenía algún problema estomacal. Anoche tenía el rostro verdoso y temblaba espasmódicamente. Estuvo levantada hasta las dos, y esta mañana está mucho peor y tiene fiebre.

—¿Sabe si tiene algún dolor?

—No lo ha dicho.

—¿Vómitos? ¿Diarrea?

—Creo que sí —contestó Tanya.

El doctor Kroner entró en la habitación de Zoe y cerró la puerta. Salió al cabo de largo rato. Había sido una entrevista muy interesante para él. Supo quién era Zoe en cuanto le dijo su nombre, puesto que había leído todos sus artículos, y para él fue un gran honor conocerla.

Zoe le había confesado su secreto. El médico sugirió que hiciera mucho reposo, que no se levantara de la cama, bebiera mucho líquido para no deshidratarse y procurara recobrar las fuerzas. Opinaba que necesitaba una semana más de descanso y que, por tanto, no debía marcharse a casa el domingo. Zoe escuchó su consejo con abatimiento. Ni si-

260

quiera sabía si Sam estaría libre. Con tono sombrío dijo al doctor Kroner que tendría que hacer unas llamadas. Empezaba a temer que aquello fuera una muestra de lo que podía depararle el futuro, pero el doctor Kroner la animó, asegurándole que se encontraría mejor en unos días. Era probable que padeciera episodios aislados como aquél, pero si procuraba tratarse adecuadamente, no tenían por qué ser síntoma de un colapso total de sus defensas.

–Usted lo sabe –dijo Kroner–. Usted sabe mucho más de esto que yo. Yo la leo a usted para ayudar a mis pacientes. Usted ha sido muy importante para la gente con la que trabajo. Lo curioso es que siempre he querido escribirle.

–Bueno, pues ya no necesita hacerlo –dijo Zoe amablemente.

Kroner le ofreció ponerle suero, pero Zoe no quería inquietar más aún a sus amigas y creía que podría conseguir los mismos resultados bebiendo mucho líquido.

–Pero si no consigue retenerlos, tendré que ponerle el suero.

–De acuerdo, doctor.

Kroner sugirió también que la altitud había agravado su situación. Zoe esperaba que estuviera en lo cierto, siempre aterrada por la idea de que empezara la degradación definitiva.

Tanya y Mary Stuart aguardaban junto a la puerta del dormitorio, preocupadas por la larga duración de la visita.

–¿Cómo está? –preguntaron cuando salió el médico.

–Se pondrá bien –contestó él tranquilamente. Zoe le había dicho que sus amigas no sabían nada y que no pensaba decírselo. Él no estaba de acuerdo con su decisión, pero ella era la paciente y la experta.

–¿Por qué ha tardado tanto? –quiso saber Tanya.

Eran las nueve y media. Hartley había pasado por la cabaña media hora antes. Mary Stuart le contó que no irían a montar y Tanya le pidió que se lo dijera a Gordon. Hartley dijo que irían a montar ellos dos solos y sugirió que Tanya y Mary Stuart los acompañaran por la tarde si Zoe se encontraba mejor.

—Me temo que ha sido culpa mía —dijo el joven médico—. Soy un gran admirador de la doctora Phillips. He leído todos sus artículos. —Tanya sonrió. Era un alivio encontrar a alguien que fuera un entusiasta de otra persona para variar—. Creo que me he aprovechado de ella contándole cosas de mis pacientes. —Él era el único médico versado en el tema del sida que había en la zona y tenía un millón de preguntas que hacer a Zoe.

—Debería haber salido a decirnos que estaba bien —protestó Tanya—. Estábamos muy preocupadas.

—Lo siento —dijo—. Volveré mañana. Ha de quedarse en la cama y beber mucho líquido —repitió antes de irse.

Cuando las dos amigas entraron en el dormitorio, descubrieron que no tendrían que pelearse con Zoe, que ya estaba vaciando una botella de agua mineral. Su aspecto, sin embargo, seguía siendo preocupante.

—¿Cómo te encuentras? —preguntó Mary Stuart.

—No demasiado bien —respondió encogiéndose de hombros—. El doctor Kroner dice que me sentiré mejor mañana. Me ha atacado algún horrible microbio de por aquí.

—Lo siento —dijo Tanya, sintiéndose responsable.

Mary Stuart adoptó una actitud maternal. Arropó a Zoe, le llevó galletas y una lata de *ginger ale* por si le apetecía más que el agua, y un plátano para darle el potasio que había perdido con la diarrea.

—Sois maravillosas conmigo —dijo Zoe con lágrimas en los ojos. Se sentía sentimental y tenía ganas de ver a su hija—. Él cree que debería quedarme una semana más —dijo como si fuera una condena a muerte en lugar de la prolongación de sus vacaciones, y se echó a llorar—. Pero tengo que volver a casa —añadió entre sollozos, furiosa consigo misma por su debilidad. En cierto modo, hablar del AZT y de sus células T con el doctor Kroner había hecho que Zoe fuera más consciente que nunca de su situación, porque, por desgracia, ella sabía más que nadie sobre el sida.

Sus dos amigas la miraban con consternación mientras ella seguía llorando sin poderlo evitar.

–Zoe, ¿hay algo más que te preocupe? –Mary Stuart se sentó en la cama. Le asustaba verla comportarse de un modo tan impropio de ella.

–Estoy bien –dijo. Se sonó la nariz y tomó un sorbo de agua. Volvió a pensar en su hija y en que no tenía a nadie con quien dejarla. Tanya nunca había tenido hijos y Mary Stuart parecía haber cubierto su cupo. En todo caso, Zoe tenía miedo a pedírselo y recibir una respuesta negativa. Además, se veía obligada a reconocer que tenía el sida, y aunque ella siempre recomendaba a sus pacientes que buscaran el apoyo de sus amigos, se resistía a poner en práctica lo que predicaba–. Es sólo que he trabajado demasiado últimamente –dijo.

–Bueno –repuso Tanya intentando disimular su inquietud–. Entonces quizás esto te sirva de lección y cuando vuelvas a casa reduzcas un poco el ritmo, o incluso aceptes un socio en la clínica.

Zoe también había pensado en ello, pero el único médico con el que estaría dispuesta a hacerlo era Sam, y dudaba que él quisiera establecerse, abandonando las sustituciones.

–No me des lecciones –dijo a Tanya con una irritación que sorprendió a sus amigas–. Tú aún trabajas más que yo.

–No, no es cierto. Y cantar no es tan angustioso como cuidar a pacientes moribundos. –Zoe se echó de nuevo a llorar al oír sus palabras. Se sentía estúpida y desdichada. Se arrepentía totalmente de haber ido a Wyoming. No quería que sus amigas la vieran así, era realmente desolador–. Zoe, por favor. Ahora te encuentras fatal, así que todo te parece peor de lo que es. ¿Por qué no te quedas en la cama todo el día? Yo me quedaré contigo, si quieres. Apuesto a que esta noche te encontrarás mejor.

—No, no voy a mejorar —repuso Zoe tercamente, furiosa de pronto con su destino.

—Yo me quedaré —se ofreció Mary Stuart.

Zoe sonrió entre las lágrimas al ver a sus amigas peleándose por cuidarla.

—Quiero que os vayáis las dos. Lo que me pasa es que siento compasión de mí misma. Pronto me pondré bien. En serio. —Empezaba a tranquilizarse, lo que alivió a Tanya—. Además, las dos tenéis novios a los que atender —bromeó, y volvió a sonarse la nariz.

—Yo no diría tanto —objetó Mary Stuart con una sonrisa—. Seguro que a Hartley le encantaría oírse llamar así.

—Y Gordon se saldría de sus casillas si pensara que alguien sabe que me ha dirigido más de dos palabras —añadió Tanya.

—Pues anoche estuvisteis horas charlando ahí fuera —dijo Zoe, complacida pero cansada—. Tened cuidado —le advirtió una vez más.

Mary Stuart asintió para corroborar sus palabras. Tanya solía ser sensata, pero algunas veces se dejaba llevar por su corazón.

—¿Por qué no duermes un poco? —propuso Mary Stuart cariñosamente.

Zoe asintió, pero en realidad no quería que sus amigas se fuesen. Era casi como si ocuparan el lugar de sus difuntos padres.

—Tengo que llamar a Sam —dijo—. Ni siquiera estoy segura de que pueda trabajar una semana más por mí. Si no puede, tendré que volver pase lo que pase e intentar al menos visitar a alguno de mis pacientes.

—Eso sí sería una insensatez —le recriminó Tanya—. De hecho —añadió, lanzando a Mary Stuart una mirada significativa—, no te lo permitiríamos. Eres nuestra rehén.

Zoe se echó a reír, pero sus ojos volvieron a llenarse de lágrimas. Mary Stuart se inclinó sobre ella y le dio un beso.

Luego miró a su amiga a los ojos. Era como si hubiera alguien asustado y triste atrapado en el interior de Zoe. Se sintió obligada a intentarlo una vez más. No intentaba entrometerse, pero quería ayudarla. Se inclinó hacia ella y le hizo una última pregunta.

–¿Eres sincera con nosotras? ¿Hay algo que quieras contarnos? –Sin saber cómo, percibía que Zoe quería contarles algo pero temía hacerlo.

En un principio, Zoe no respondió, pero Tanya se volvió desde la puerta y unió su voz a la de Mary Stuart.

–Zoe, ¿hay algo? Dinos qué te ocurre. –De repente se adueñó de ella la absoluta certeza de que su amiga tenía cáncer.

Zoe las miró sin dejar de llorar y respondió con voz muy débil:

–Tengo el sida, chicas.

Se produjo un silencio absoluto. Sin decir nada, Mary Stuart se abrazó a Zoe llorando, diciéndose que al menos el cáncer podría haberse curado.

–Oh, Dios mío –exclamó Tanya y volvió a entrar para sentarse en el borde de la cama–. Oh, Dios mío... ¿por qué no lo dijiste antes?

–Hace poco que lo sé. No quería que nadie se enterara. ¿Cómo voy a cuidar a mis pacientes si saben que estoy enferma? Tengo que ser fuerte por ellos y por otras personas. Pero he pensado mucho en lo que significa para mi vida, mi carrera... mi hija. Ni siquiera sé qué hacer con ella cuando muera, o si me pongo muy enferma. –Las miró con expresión de terror–. ¿Querríais haceros cargo de ella?

–Por supuesto –respondió Tanya sin vacilar–. Me encantaría cuidar a tu hija.

–Y si Tanya no puede por la razón que sea, lo haré yo –dijo Mary Stuart con firmeza.

–¿Y si estás con Bill y él no la quiere? –preguntó, aún preocupada.

–Voy a dejarle de todas maneras –respondió Mary Stuart–. Pero si finalmente no lo hiciera, sin duda lo dejaría si no me permitiera quedármela.

Zoe sabía que hablaba absolutamente en serio.

–A mí nadie me dice lo que debo hacer –dijo Tanya con una amplia sonrisa, sosteniendo la mano de Zoe, menuda, frágil y fría–. Pero tú tienes que cuidarte. Podrías vivir mucho tiempo. Se lo debes a tu hija, a nosotras y a tus pacientes. ¿Se lo has dicho ya al médico que te sustituye? Necesitarás que te ayude para no sobrecargarte de trabajo.

A Zoe le parecía suficiente con que sus amigas lo supieran. A partir de entonces estarían siempre preocupadas por ella y la importunarían diciéndole lo que debía o no debía hacer. Por otro lado, le darían todo su cariño y su apoyo. Era un dilema en el que se debatían todos sus pacientes. Pero se alegraba de haberlo dicho. Ahora que Tanya había aceptado a Jade, podría redactar los documentos necesarios. Esperaba que tardaran mucho en necesitarlos, pero era mejor prevenir toda contingencia.

–Lo cierto es que no quiero decírselo –explicó Zoe–. La noticia correría como la pólvora y eso es precisamente lo que no quiero. Disminuiría la influencia que tengo sobre mis pacientes.

–Al contrario –dijo Mary Stuart con seriedad–. Creo que la aumentaría. Comprenderían entonces que realmente sabes de lo que hablas. ¿Cómo lo pillaste, por cierto? –preguntó luego.

–Me pinché con una aguja cuando intentaba ponerle una inyección a una niña enferma. Ella se debatía y yo tenía que sujetarla. En realidad fue mala suerte. Me preocupó en aquel momento, pero son gajes del oficio. Casi lo había olvidado cuando empecé a sentirme mal. Durante un tiempo me negué a aceptarlo, pero al final me hice la prueba. Te llamé justo después de conocer el resultado –dijo a Tanya, que lloraba sentada junto a ella.

—No puedo creerlo –balbuceó, totalmente deshecha.

—No te preocupes. Me sentiré mejor cuando se me asienten los intestinos –dijo Zoe recuperando parte de su fuerza. Se sentía terriblemente mal por haberlas trastornado de aquel modo–. Quiero que os vayáis las dos. No quiero veros sentadas aquí todo el día –dijo con firmeza. Era casi la hora de comer.

—Nos iremos si nos prometes descansar –dijo Tanya.

—Voy a pasarme el día durmiendo –le aseguró Zoe–, y espero que esta noche me sentiré humana otra vez.

—Tienes que recuperarte para mañana por la noche –le dijo Mary Stuart–, para que podamos aprender juntas el *two-step*[1]. Lo primero es lo primero.

Las tres sonrieron cogidas de la mano. Finalmente Zoe tenía que dar las gracias por haber ido a Wyoming. Había conseguido despejar la incógnita del futuro de su hija, hacer las paces con Mary Stuart e incluso empezar a resignarse al hecho de que tenía sida. Haría cuanto fuera posible por mejorar su calidad de vida y prolongarla al máximo. Zoe hizo prometer a sus amigas que no le contarían su secreto a nadie. Si alguien les preguntaba, podían contestar que tenía úlcera, o incluso cáncer de estómago, pero ni una palabra sobre el sida. No quería tener que enfrentarse con el terror o la compasión de los demás. Sus amigas prometieron ayudarla en su engaño.

En cuanto Mary Stuart y Tanya salieron de la cabaña, se echaron a llorar, pero no dijeron nada hasta alejarse.

—Oh, Dios mío, qué día tan horrible –dijo por fin Mary Stuart cuando se hallaban a medio camino de los establos. Ni siquiera sabían adónde se dirigían. Caminaban enlazadas por la cintura sin dejar de llorar–. No puedo creerlo.

—¿Sabes?, no dejaba de pensar que estaba muy pálida.

---

1. Baile de salón con un compás de dos por cuatro, caracterizado por largos pasos. *(N. de la T.)*

Zoe siempre tuvo esa piel casi traslúcida de los pelirrojos, pero aún estaba más pálida cuando llegó aquí –recordó Tanya–, y se cansa con mucha facilidad.

–Bueno, eso lo explica todo. –Mary Stuart estaba destrozada, pero agradecía el haber tenido la oportunidad de reconciliarse con Zoe–. Gracias a Dios que nos lo ha dicho. Qué carga tan terrible ha tenido que soportar sola. Espero que podamos ayudarla.

–Tiene que decírselo al médico que la sustituye, ese tal Sam, para que la ayude, o ha de encontrar a otro que lo haga.

–Supongo que también ahora se explica por qué no quiere salir con hombres.

–Pues no veo por qué no ha de poder si tiene cuidado –dijo Tanya pensativamente–. Estoy segura de que otros lo hacen. No puede aislarse del mundo completamente, no es bueno. Oh, Dios, no puedo creerlo –musitó.

Las dos se sonaron al unísono, justo cuando Hartley y Gordon aparecieron caminando hacia ellas llevando los caballos de las riendas. Ambos hombres se dieron cuenta de que habían estado llorando.

–¿Qué ha pasado? –preguntó Hartley, muy preocupado desde que Mary Stuart le dijera que no podían salir a pasear.

Por su parte a Gordon le había aterrado la idea de que Tanya hubiera recobrado la sensatez y tuviera miedo de encararse con él. Sin embargo, el aspecto de las dos mujeres les decía que había ocurrido algo mucho peor, y al principio no obtuvieron respuesta.

–¿Estás bien? –preguntó Gordon a Tanya con cautela.

–Sí –susurró ella, rozando con los dedos la mano del vaquero, que sintió una corriente eléctrica por todo su cuerpo.

–¿Cómo está tu amiga? –preguntó.

Tanya no respondió. Miró a Mary Stuart y vio que hablaba con Hartley llorando otra vez. Sabía que ella cumpliría su promesa de guardar el secreto, y supuso que diría que

Zoe tenía cáncer. Ella decidió decirle lo mismo a Gordon. El vaquero recibió la noticia con gran tristeza, comprendiendo que Tanya estaba muy unida a Zoe.

–La conozco desde que tenía dieciocho años –dijo ella–. Hace veintiséis años –añadió con infinita tristeza.

Gordon hubiera deseado abrazarla, pero no se atrevió.

–Desde luego no lo parece –dijo.

–Gracias. Seguramente tengo diez años más que tú. Oficialmente sólo tengo treinta y seis, pero en realidad son cuarenta y cuatro.

–Bueno –dijo él, riendo–. Yo tengo realmente cuarenta y dos años y soy realmente un vaquero y nací realmente en Texas. Además, había empezado a temblar de pánico. Imaginaba que habías recuperado el juicio al despertarte esta mañana y que no querrías volver a verme o algo así. –Estaba tan alterado que apenas había prestado atención a Hartley en toda la mañana. Afortunadamente habían cabalgado solos.

–Me he levantado a las seis para prepararme. No podía dormir de tan excitada que estaba. Es como tener catorce años y enamorarse por primera vez. No he podido pensar en otra cosa en toda la noche. Pero de repente esta mañana Zoe se encontraba muy mal y hemos llamado al médico. Se ha pasado horas con Zoe, y luego nos lo ha dicho ella misma.

–¿Se pondrá bien? Por ahora, quiero decir. ¿Tendrá que ingresar en el hospital?

–El médico opina que no, a menos que empeore. Pero ella quiere volverse a casa y ponerse a trabajar.

–Es una mujer increíble –reconoció Gordon. Luego miró a Tanya, que sufría por su amiga antes incluso de perderla. Ella pensó en Ellie, cuya muerte les había partido el corazón a todas, pero Zoe aún sería peor–. Tú también eres una mujer increíble –añadió–. Jamás hubiera creído que fueras tan real. Pensaba que serías la mujer más voluble y caprichosa del mundo, y en cambio eres la más humana, la más pragmática, la más sencilla. –Tanya sabía que en boca de él eran grandes cumplidos–. ¿Crees que podremos irnos el domingo?

–Lo intentaré. Primero quiero saber qué tal está ella.

–¿Esto es real, Tanny? –preguntó él de repente. Quería creer en ello, pero temía que finalmente ella no fuese más que una estrella que quería jugar un poco antes de irse y olvidarlo todo. Sin embargo, no le parecía que aquél fuera el estilo de Tanya, y ni siquiera osó preguntárselo.

–Es real –susurró ella–. No sé cómo ha ocurrido ni cuándo. –Sonrió–. Estaba realmente enfadada el lunes porque no me dijiste nada. Quizá fue entonces. De todas formas nunca me había pasado nada igual. Es real, Gordon, créeme –repitió en voz baja.

–No te dije nada porque tenía miedo de hacerlo, y luego resultó que no eras como yo esperaba y ya no pude evitarlo. Deseaba seguir cabalgando contigo por esas montañas para siempre.

–¿Qué vamos a hacer ahora? –Tanya quería estar con él, hablar con él, descubrir qué había entre ambos, pero no quería que le despidieran por su culpa.

–¿Puedo volver a la cabaña esta noche y charlamos? –preguntó Gordon en voz baja.

Tanya asintió sonriendo.

–Mañana saldremos a montar. Creo que esta tarde me quedaré con Zoe, a menos que esté dormida o surja alguna otra cosa. Quiero ir a verla después de comer. ¿Y qué hay de mañana por la noche? ¿Vendrás a enseñarme el *two-step*? El folleto asegura que nos enseñarán los vaqueros y a mí me gustaría que fueras tú. –Sus ojos llenos de amor y excitación se encontraron con los de Gordon, que expresaban los mismos sentimientos. Era una auténtica pena que no pudieran disfrutarlos plenamente, pero también eso tenía sus ventajas; eran más tiernos y secretos–. ¿Me enseñará usted, señor Washbaugh?

—Sí, señora. Allí estaré. —Gordon esperaba el baile con impaciencia y tenía intención de aprovecharlo al máximo—. Y el sábado volveré a participar en el rodeo.

—Allí estaré —susurró ella.

—¿Volverás a cantar?

—Quizá. —Sonrió—. Fue divertido. A ver qué tal es el público.

—Tenías un aspecto increíble montada en aquel palomino. Bueno, el domingo será para nosotros, y ya veremos qué pasa la semana que viene.

—Suena muy bien. —Ambos sonreían, pero estaban un poco asustados. Todo aquello era nuevo para los dos.

Al poco, volvieron junto a Hartley y Mary Stuart. Cuando Gordon se despidió, rozó la mano de Tanya con la suya, y ella sintió un nudo en el estómago estando tan cerca de él sin poderle besar.

—¿Cómo ha ido el paseo esta mañana? —preguntó a Hartley.

—Mucho más agradable que el vuestro. Mary Stuart acaba de contármelo todo. El cáncer de páncreas es una terrible enfermedad. Un primo mío de Boston murió por su causa. —Tanya asintió, agradeciendo enterarse de antemano de la historia que había contado su amiga—. Lo siento mucho.

—Yo también —dijo ella intercambiando una mirada con Mary Stuart—. Al parecer puede vivir bastantes años, pero al final podrían surgir complicaciones.

—Eso le pasó a mi primo exactamente —dijo Hartley—. Todo lo que podéis hacer es procurar que sufra lo menos posible, dejarla hacer lo que quiera y estar a su lado si os necesita.

Al oír esto, Tanya pensó que había olvidado decirle a Gordon que iba a hacerse cargo de la hija de Zoe cuando ésta muriera. Quería que lo supiera por diversas razones y para ver su reacción. Le costaba creer que estuviera pensando en tantear el futuro con Gordon a los tres días de conocerlo, pero si existía la posibilidad de que siguieran juntos, quería saber cómo reaccionaría él ante ciertas situaciones, y una de ellas era la adopción de la hija de Zoe.

Hartley las acompañó en la comida. No pararon de hablar de Zoe, de su salud, su carrera, su clínica, su hija, su inteligencia y su extraordinaria devoción por la humanidad. Mientras, el objeto de su admiración se hallaba sentada en su dormitorio reflexionando. Sabía que tenía que llamar a Sam, pero no acababa de decidirse, temiendo que Sam adivinara algo por su tono de voz. Mientras seguía dándole vueltas a la cabeza, sonó el teléfono providencialmente, pues era Sam para pedirle consejo sobre una paciente que necesitaba un cambio radical de medicación. En realidad le sorprendió encontrarla en la cabaña, pues pensaba dejarle un mensaje.

Escuchó la respuesta de Zoe tras formular su pregunta. Ella agradeció el detalle. Muchos otros médicos no hubieran tenido la deferencia de llamar al médico titular para dejarle tomar la decisión.

—Te agradezco que me lo hayas preguntado —dijo. Otros sustitutos habían causado perjuicios a muchos de sus pacientes y ni siquiera se habían molestado en decírselo.

—Gracias a ti por decírmelo. —Sam parecía muy atareado y contento. Se había tomado un descanso para comer, lo que constituía toda una excepción—. Desde luego es difícil ponerse gordo trabajando aquí. No había trabajado tanto desde que estudiaba la carrera. —Era la primera vez que trabajaba toda una semana en la clínica de Zoe y le encantaba. Hasta entonces sólo la había sustituido alguna noche o alguna tarde para que pudiera ir a cenar o al teatro, o a algún acontecimiento social—. Es increíble lo que estás haciendo aquí —dijo con admiración—. Y todos tus pacientes te adoran. Es muy difícil estar a la altura.

—Seguramente ya ni siquiera preguntan por mí —dijo ella con una sonrisa. Todos acabarán preguntando directamente por el doctor Warner.

—Sería una gran suerte. —Escuchando a Zoe, Sam percibió algo extraño en su voz, como si estuviera cansada, o en la cama, o como si hubiera llorado. Fue instintivo, pero cuando se lo comentó a ella, Zoe se sorprendió tanto que guardó silencio unos instantes, y luego se echó a llorar y no pudo responder. Las alarmas se dispararon al otro lado de la línea telefónica.

—¿Le ha ocurrido algo a alguna de tus amigas? —preguntó Sam—. ¿O a ti?

—No, no; están bien —respondió ella, asustada por la perspicacia de Sam. Recordó entonces que debía pedirle que se quedara una semana más en su puesto—. En realidad pensaba llamarte. Lo estamos pasando tan bien que quería pedirte… —Se le quebró la voz, pero siguió sin darse tiempo siquiera a respirar, esperando que él no lo notara— si podrías sustituirme una semana más, quizá menos. En el peor de los casos volvería este domingo, no, el que viene. Quería preguntártelo, porque no sé si estás libre o si te apetece.

—Me encantaría —dijo Sam, pero había estado atento a su voz y tenía la certeza de que Zoe lloraba—. Pero a ti te pasa algo y quiero saber qué es para ayudarte.

—No es nada —dijo Zoe—. Pero ¿puedes seguir una semana más en la clínica?

—Ya te he dicho que sí, pero ésa no es la cuestión. Zoe, ¿qué ocurre? Siempre te reservas una pieza del rompecabezas. ¿Por qué te escondes? ¿Qué pasa, cariño? Sé que estás llorando… por favor, no me rechaces… quiero ayudarte.

Él estaba a punto de echarse a llorar y Zoe sollozaba ya abiertamente.

—No puedo, Sam… por favor no me preguntes más…

—¿Por qué? ¿Qué es eso tan terrible que necesitas ocultarme para llevar sola tu carga? —De repente, al formular aquella pregunta, Sam comprendió la verdad. Era aquello con lo que tenía que enfrentarse cada día: el castigo definitivo, la mayor vergüenza, la aflicción final. Ella tenía el sida—.

¿Zoe? –Al otro lado del teléfono, ella guardó un silencio absoluto. Había notado el cambio en su voz. Sam comprendía al fin el motivo de muchas cosas. Les ocurría a muchos médicos que trataban a enfermos de sida. Uno se pinchaba sin querer, cometía un error por cansancio, lo que fuera, pero el resultado era el mismo–. ¿Zoe? –repitió. Deseaba poder abrazarla en aquellos momentos–. ¿Te pinchaste sin querer? Quiero saberlo… por favor…

Siguió un larguísimo silencio y luego un suspiro. Era tan difícil luchar contra aquello… El secreto de Zoe se había desvelado.

–Sí… el año pasado… era una niña pequeña y se movía mucho.

–Oh, Dios mío… lo sabía. ¿Por qué no me lo dijiste? Qué idiota he sido, y tú también. ¿Qué haces? ¿Por qué te escondes de mí? ¿Te encuentras bien? –De repente sintió pánico. Su mente y su corazón se aceleraron. Zoe tenía el sida–. ¿Estás mal, Zoe? –volvió a preguntar con mayor firmeza.

–Más o menos. No es grave, pero el médico de aquí quiere que repose unos días. Dice que me quede una semana para evitar infecciones secundarias, pero yo creo que el lunes ya estaré bien.

–Haz caso al médico. ¿Qué tienes? –preguntó de pronto con tono profesional, haciendo sonreír a Zoe–. ¿Problemas respiratorios?

–No; la plaga habitual que acompaña a esta enfermedad: la diarrea. Anoche creí morir.

–Vas a vivir mucho tiempo –repuso él con tono pragmático–. No te dejaré morir.

–Yo ya he pasado por todo esto, Sam. No lo hagas tú. Recuerda que así fue como empecé yo con la clínica. Ver morir al hombre que quería fue lo más terrible que me ha ocurrido en la vida, y habíamos pasado muchos años felices juntos. No quiero hacerle eso a nadie. Eso es empezar por el final. No quiero empezar así.

—¿Te arrepientes acaso de haber cuidado de él? ¿Desearías no haber estado con él?

—No —admitió ella. Había amado a Adam hasta el final, pero no quería que Sam sufriera lo mismo.

—¿Y si él te hubiera dicho que no lo hicieras? ¿Y si hubiera intentado alejarte?

—Lo hizo más de una vez —replicó ella—, pero yo no le hice caso. Jamás hubiera podido abandonarle. —Al darse cuenta de lo que acababa de decir, titubeó—. Pero eso fue diferente. Me hubiera sentido engañada si no hubiera estado con él —dijo.

—Entonces, ¿por qué intentas engañarme a mí? —dijo él con aspereza. Sam no estaba dispuesto a dejarse disuadir ni a fingir ni a ocultar sus sentimientos—. Estoy enamorado de ti. Puede que lo estuviera ya en Stanford. Creo que en aquella época era demasiado estúpido para darme cuenta, y cuando lo descubrí no me diste la oportunidad de decírtelo. Pero ahora no permitiré que me detengas. Quiero estar contigo. No me importa lo que esa horrible enfermedad te haga… No me importa que tengas diarrea o llagas en la cara o neumonía. Quiero ayudarte a seguir viva, quiero trabajar contigo, Zoe, cuidar de ti y de Jade… Por favor, déjame quererte… Hay muy poco amor en el mundo, compartamos el que nosotros tenemos. No lo arrojes por la borda. El hecho de que tengas el sida no cambia nada, no hace que deje de quererte. Significa que lo que tenemos es más precioso aún que antes. No permitiré que me alejes de ti. Te amo… —Sam lloraba también y Zoe estaba tan conmovida que no podía hablar—. Si no fuera porque tengo que sustituirte aquí, cogería el primer avión y te lo diría en persona, pero seguramente me matarías si lo hiciera y no quedara nadie para cuidar de todo. —Rió a pesar de las lágrimas, igual que ella.

—Tienes razón, así que no te atrevas a dejar la clínica.

—No lo haré, pero si no fuera por eso estaría ahí esta misma noche. Te echo de menos. Ya has estado fuera demasiado tiempo —se quejó.

—Sam, ¿cómo puedes estar tan loco? ¿Por qué quieres amargarte la vida?

—Porque hay cosas en la vida que uno no elige. Te enamoras de quien te enamoras y ya está. Lo siento si no es apropiado, lo siento si estás enferma. Al menos tú y yo sabemos a qué atenernos. Disponemos de cierto tiempo, quizá poco, quizá mucho. Yo estoy dispuesto a conformarme con lo que sea. ¿Y tú? ¿Vas a desperdiciarlo?

—Tendrías que ser muy cuidadoso. —Zoe intentaba desanimarle, pero él no quería escucharla.

—Es un precio pequeño, ¿no crees? Vale la pena. Dios, cómo te echo de menos. Sólo deseo abrazarte y hacerte feliz.

—¿Trabajarás conmigo? A tiempo completo, quiero decir. —Aquello era quizá más importante aún para Zoe que ella misma. Tenía una responsabilidad hacia muchas personas.

—Trabajaré contigo día y noche si quieres —contestó Sam, pero luego recapacitó—. Y me encargaré de trabajar día y noche y tú harás un poco menos, por favor. Tomémonos nuestro tiempo libre para estar juntos. No quiero que vuelvas a trabajar hasta agotarte. Déjame cuidarte como es debido, ¿de acuerdo? Igual que le decimos a los pacientes. Será mejor que me obedezcas. En tu caso yo soy el médico.

—De acuerdo —dijo ella enjugándose los ojos. La mañana había sido muy emotiva. Había desvelado su secreto a sus dos mejores amigas y a Sam y ninguno de los tres la había dejado en la estacada, al contrario, los tres eran unos seres humanos extraordinarios. Pero la sorpresa mayor aún estaba por llegar.

—Casémonos —dijo Sam de repente.

Zoe no daba crédito a lo que oía. Estaba completamente loco, pero le amaba por ello.

—Estás chiflado. No permitiré que lo hagas –replicó, pero sonreía y le conmovía profundamente el ofrecimiento.

—Sabes que querría casarme contigo en cualquier circunstancia –dijo Sam.

—Pero tengo el sida, y no es necesario que te sacrifiques por mí –repuso ella con tristeza.

—¿Y si se tratara de uno de tus pacientes y su pareja? Te conozco. Les dirías que intentaran ser felices por todos los medios.

—¿Cómo estás tan seguro? –preguntó Zoe.

—Porque te quiero.

—Yo también te quiero –dijo ella–, pero no nos apresuremos, vayamos poco a poco.

A Sam le gustó lo que oía, porque significaba que Zoe creía disponer de tiempo para tomar decisiones, que era optimista, y eso importaba mucho. De todas formas, sabía que en persona le sería más fácil convencerla de que se casara con él.

—Me siento feliz de haberte llamado hoy –dijo–. He recibido consejos sobre un paciente, sobre un trabajo, y es posible que también sobre una esposa. Ha sido una conversación muy fructífera.

—No puedo creer que haya dejado a un lunático como tú a cargo de mi clínica –bromeó.

—Ni yo tampoco. Pero tus pacientes me adoran. Piensa en lo felices que serán cuando nos convirtamos en el doctor y la doctora Warner.

—¿También tengo que adoptar tu apellido? –comentó ella sonriendo. Hacía mucho tiempo que sentía un gran aprecio por Sam, pero hasta entonces no había dejado que sus sentimientos evolucionaran. Siempre había estado demasiado ocupada.

—Puedes llamarte como quieras si aceptas casarte conmigo –dijo–. Soy un hombre muy liberal.

—Estás loco de atar. –De pronto Zoe se puso seria–. Gracias, Sam... creo que eres un hombre maravilloso, y te quiero –musitó–. Antes me daba miedo pensar en lo mucho que me gustabas, pero estaba resuelta a no permitirte que te metieras en este lío, y tú te has metido solo. Aún puedes cambiar de opinión.

–No pienso abandonarte jamás –dijo él con firmeza.

–Ojalá pudiera decir lo mismo –replicó ella con tristeza.

–Quizá puedas. Si está en mi mano, podrás.

–Al menos quedará mi trabajo, la clínica, Jade, tú, mis amigas...

–Creo que tienes mucho por lo que luchar.

–Haré todo lo que pueda, Sam. Te lo prometo.

–Bien. Entonces descansa mientras estás ahí para volver sana y salva. Y vete al hospital si no desaparece la diarrea.

–Ya no tengo –dijo ella, y eso le tranquilizó.

–Bebe mucho líquido.

–Lo sé. No te preocupes. Estaré bien. Te lo prometo.

–Te quiero –dijo Sam para despedirse. Era extraño. Zoe tenía el sida, pero le amaba, y aunque fuera una locura él estaba contento, igual que ella.

Cuando Tanya y Mary Stuart volvieron a la cabaña después de comer, Zoe aún sonreía.

–¿Qué ha pasado? –preguntó Tanya–. Pareces el gato que se comió al canario.

–He hablado con Sam. Va a trabajar en la clínica a tiempo completo.

–Vaya, eso es estupendo –dijo Mary Stuart sabiendo que era un gran alivio y una gran ayuda para Zoe.

–No, no, espera... está mintiendo –dijo Tanya entrecerrando los ojos para estudiar a su vieja compañera–. Hay algo más que no nos ha dicho.

–No, no hay nada –replicó Zoe, pero sonreía.

–¿Qué más te ha dicho?

–Nada. Le he contado –vaciló y su rostro se ensombreció de repente– que he dado positivo. –Detestaba pronun-

278

ciar la palabra fatídica. Miró a sus amigas con incredulidad, incapaz todavía de creer lo que le había dicho Sam.

—Y ¿qué ha dicho él? —preguntó Mary Stuart. Zoe se volvió hacia ella con una sonrisa de asombro.

—Me ha pedido que me case con él. ¿Os lo podéis creer?

Tanya y Mary Stuart se quedaron boquiabiertas mirando a Zoe con alegre incredulidad.

—Vamos a cuidarte para que puedas volver a casa antes de que alguna otra te lo quite —se apresuró a decir Tanya—. Parece el hombre ideal.

—Lo es.

Zoe no sabía aún qué iba a hacer, pero trabajaría con Sam y experimentaría todo cuanto la vida pudiera ofrecerle. Y si realmente él quería casarse con ella, quizás aceptara. En todo caso, lo más importante era saber que le amaba.

—Qué maravilla —exclamó Mary Stuart, impresionada por el doctor Sam Warner.

Las tres amigas charlaron sobre él durante un rato. Luego Tanya y Mary Stuart salieron, dado que Zoe parecía encontrarse mucho mejor.

Hartley y Mary Stuart fueron de excursión y hablaron sobre muchas cosas, sobre todo de Zoe y un hombre que tenía el coraje suficiente para casarse con la mujer a la que amaba aun sabiendo que se moría. Aquel extraordinario gesto hizo que Sam se ganara la estima de ambos.

Tanya salió a caballo con Gordon, que la llevó a una cascada entre las montañas. Allí se tumbaron sobre la alta hierba, entre las flores silvestres, para abrazarse y besarse, y contenerse les costó un esfuerzo sobrehumano. Querían ir despacio, pese al escaso tiempo de que disponían, pues tenían la sensación de haberse montado en un tren expreso. Para Tanya fue la tarde más hermosa de su vida. Contemplaron también las montañas y pasearon cogidos de la mano llevando a los caballos de las riendas, hablando sobre sus respectivas infancias y también sobre Zoe y el increíble amor de Sam. Eran personas valientes en un mundo duro, como lo era Tanya a su manera. Tras mucho camino recorrido, por fin había alguien firme, cálido y bueno a su lado. Le asustaba pensar en lo que diría la prensa sobre ellos e intentó advertir a Gordon del daño que podían hacer, pero a él no pareció importarle.

–Mira alrededor. Mientras tengamos esto, ¿qué puede importarnos todo lo demás? Nosotros y lo que significamos el uno para el otro es lo que realmente cuenta.

–¿Y si no tuviéramos todo esto? –preguntó ella pensando en que tenía que volver a California.

–Siempre lo tendremos –le aseguró él–. Porque mientras tengamos un lugar como éste al que volver, donde recuperar la paz interior, quizá la locura de los demás no nos importe.

La idea era interesante y a Tanya le gustó. Tal vez Gordon estaba en lo cierto y debía comprar un rancho en Wyoming. Desde luego podía permitírselo. Incluso podía vender la casa de Malibú a la que no iba casi nunca.

–Me siento a punto de emprender una nueva vida –dijo.

Se hallaban en aquel momento en un risco mirando hacia el valle. Desde allí se divisaban búfalos, alces, reses y caballos. Semejante visión explicaba por qué a Gordon le gustaba vivir allí.

–Sí, estás a punto de emprender una nueva vida –dijo él con calma. Luego hizo que Tanya se volviera hacia él, la rodeó con sus brazos y la besó.

17

El viernes por la mañana, Tanya entró de puntillas en la habitación de Zoe, que había cenado bien la noche anterior y dormía aún plácidamente, y cuando entró Mary Stuart se mostró de acuerdo en que tenía mejor semblante.

Estaban a punto de salir a cabalgar cuando Zoe se levantó y entró en la sala de estar en camisón, confirmando su mejoría.

—¿Cómo te encuentras? —preguntó Mary Stuart.

—Como una mujer nueva —respondió Zoe—. Siento mucho haberos causado tantos problemas ayer.

—No seas tonta —dijo Tanya. Su mirada se encontró con la de Zoe. Las dos sabían lo que pensaba la otra. En sus ojos se reflejaba auténtica compasión y afecto. Una amistad como aquélla sólo se daba una vez en la vida—. Queremos que te cuides. Quédate en la cama hoy, descansa. Yo volveré a la hora de comer por si necesitas algo. —La rodeó con el brazo y se sorprendió al notar la extremada delgadez de Zoe.

—¿Quieres que nos quedemos contigo? —preguntó Mary Stuart con generosidad.

—Lo que quiero es que os lo paséis bien. Os lo merecéis —dijo Zoe, refiriéndose a los amargos tragos que la vida también había reservado a sus dos amigas.

—Todas nos merecemos estas vacaciones —observó Mary Stuart—. Tú también.

—Yo sólo quiero volver al trabajo —dijo Zoe. Le parecía bochornoso permanecer una semana más alejada de sus pacientes, aunque reconocía que primero tendría que recuperarse del pequeño episodio que acababa de pasar.

—Sé buena chica y descansa —insistió Tanya, amenazándola con el índice.

Poco después ella y Mary Stuart se fueron a desayunar.

En el comedor, Hartley se interesó por Zoe y charlaron de ella durante el desayuno, comentando que era muy valiente y que tenía la suerte de contar con Sam.

—Debe de ser todo un hombre —comentó Hartley con admiración—. Puede que vuestra amiga se cure —añadió con tono esperanzador, creyendo que Zoe tenía cáncer—. Conocía a otra pareja que hizo algo parecido, se casaron cuando a ella le diagnosticaron un cáncer terminal. Eran las personas más extraordinarias que he conocido, y seguramente las más felices. Creo que ella vivió más tiempo porque él se negaba a dejarla marchar, su amor le dio fuerzas para seguir luchando. Nunca los olvidaré. No creo que él se haya vuelto a casar. Escribió un libro sobre ella y sobre su muerte. Es lo más conmovedor que he leído en toda mi vida. Lloré de principio a fin. No tengo palabras para expresar mi admiración por él. La amaba más de lo que un hombre puede amar a una mujer.

Mary Stuart le escuchaba con lágrimas en los ojos, deseando que Sam hiciera lo mismo por Zoe.

Sam llamó por la tarde y conversó largo rato con Zoe. Insistió en que le prometiera que se casaría con él.

—Oh, Sam, no puedes pedirme que me case contigo —dijo ella, halagada y conmovida—, ni siquiera me conoces bien.

—Hace veintidós años que te conozco y he trabajado contigo esporádicamente desde hace cinco. Seguramente te quiero desde que te conocí, y si los dos fuimos lo bastante estúpidos para no darnos cuenta entonces, no es problema mío. Estás tan ocupada cuidando de todo el mundo que no eres capaz de ver lo que tienes delante de las narices. Quiero estar contigo, Zoe —añadió con voz cálida y ronca.

—Ya lo estás, Sam —musitó ella.

—Quiero estar contigo mientras tú me quieras. Además, ni siquiera hemos tenido una cita formal.

–Lo sé. No has probado mi lasaña.

–Yo soy un gran cocinero. ¿Cuál es tu plato preferido? –preguntó Sam. Quería saberlo todo sobre ella, mimarla y cuidarla. Quería hacer historia curándola. Pero aunque no se curara, quería estar con ella hasta el amargo final. En el fondo de su alma sabía que ése era su destino y nada de lo que ella pudiera decir le disuadiría ni cambiaría las cosas.

–¿Mi plato preferido? –repitió Zoe con una sonrisa. Casi no recordaba que estaba enferma. Sólo importaba el presente y no preocuparse por el mañana–. Pues… creo que la comida rápida. Ya sabes, la metes en el armario de los medicamentos y le echas unos bocados entre paciente y paciente.

–Qué asco. Eso se ha acabado. A partir de ahora comerás como un sibarita. Quizá debería dedicarme al servicio de comidas en lugar de hacer sustituciones. –La idea de trabajar a tiempo completo con Zoe le satisfacía realmente. Así podría vigilarla y cerciorarse de que no se sobrepasaba–. Por cierto –comentó–, tendremos que encontrar un nuevo sustituto ahora que estaremos juntos y no podrás llamarme a mí.

Zoe daba ya por sentado que pasaría la mayor parte del tiempo junto a Sam, idea que le atraía, ahora que él conocía su estado. Intuía que su relación sería mejor aún de lo que esperaban. Zoe sonrió al recordar a Dick Franklin. Él nunca hubiera hecho algo semejante. Tenía mucha suerte de haber conocido a Sam Warner.

–Podemos sustituirnos el uno al otro algunas veces –continuó Sam con tono práctico–, y me ocuparé de buscar a algún buen médico que nos sustituya a los dos. Conozco a uno con el que he trabajado y que me gusta mucho, y a una mujer que ha trabajado mucho con enfermos de sida en el Hospital General. Es joven, pero muy buena. Creo que a ti te gustaría.

–¿Es guapa? –preguntó Zoe con súbita inquietud, y él se echó a reír.

–No tiene usted de qué preocuparse, doctora Phillips –dijo con tono afectado–. No sabía que eras celosa.

–No lo soy; sólo lista y previsora.

–Bien, haré correr la voz que sólo queremos hombres o mujeres feas... Zoe, te amo –dijo con infinita ternura.

–Yo también te amo, Sam.

–Tus pacientes se aglomeran a mi puerta, será mejor que vuelva al trabajo. Tú descansa que yo te llamaré más tarde.

–Creo que a lo mejor saldré a cenar –dijo Zoe, sintiéndose casi recuperada.

–No hagas esfuerzos innecesarios. Recuerda que has de tomártelo con calma. Quiero salir contigo cuando vuelvas, así que descansa ahora que puedes. Iremos a un nuevo restaurante que han abierto en Clement.

Zoe se despidió con una sensación de realidad y esperanza. Cuando el doctor Kroner pasó a visitarla por la tarde, la encontró muy animada. Aún estaba deshidratada, por lo que debía seguir tomando abundante líquido, pero estaba mucho mejor. Kroner sabía que ella era consciente de que habría momentos terribles como aquél, episodios de enfermedad o de desesperación, pero que al principio los superaría. Sin embargo, con el tiempo los momentos malos serían más numerosos que los buenos. Pero podía continuar así durante años antes de que empeorara definitivamente, o podía empeorar con rapidez. Nadie podía predecirlo.

–¿Podrá quedarse una semana más su sustituto? –preguntó Kroner después de haberla examinado, sentándose para charlar.

–Pues sí, sí que puede –dijo sonriendo al pensar en todo lo que le había dicho Sam–. Puede quedarse todo el tiempo que quiera. Ha aceptado trabajar a tiempo completo.

–Eso es estupendo –dijo él. Le sorprendió un poco verla tan feliz. Era una reacción poco común en alguien que tenía aquella terrible enfermedad–. Pero ¿cuánto trabajo está dispuesta a cederle usted? Tendrá que dejar una buena parte en sus manos, doctora Phillips.

—En realidad, creo que se encargará de casi todo. —Hizo una pausa y miró a su colega—. Quiere casarse conmigo —anunció con la misma ilusión de una jovencita. Aunque aún no se había decidido, el hecho de que se lo pidiera lo significaba todo para ella. Una ceremonia de boda carecía de importancia mientras él estuviera a su lado para lo bueno y lo malo, en la salud y en la enfermedad.

El doctor Kroner la felicitó, satisfecho de que Zoe contara con el mejor de los apoyos, pues Zoe le explicó también que sus amigas conocían su enfermedad y que la ayudarían en todo lo posible.

—Usted sabe mejor que nadie lo mucho que eso significa —le recordó él.

Siguieron hablando de planes de futuro, de la clínica de Zoe, de Sam, de Jade y de las cosas que ella quería hacer cuando volviera a casa. Afirmaba que no trabajaría demasiado, pero su colega se mostraba inclinado a no creerla.

—Seguramente tiene razón —dijo ella, y rió, impaciente por volver a la clínica.

El doctor Kroner formuló entonces una petición que para Zoe constituyó una sorpresa: que ella visitara a algunos de sus pacientes de sida. Sólo eran media docena y su experiencia sería la mejor ayuda que podrían recibir.

—Por supuesto esperaría a que se sintiera con fuerzas... quizá dentro de unos días... —Kroner la miró esperanzado.

Zoe le aseguró que sería un honor para ella.

—¿De qué tipo de servicios dispone? —preguntó.

—No están mal —dijo él con modestia—. Tenemos un grupo de ayuda maravilloso y unas cuantas enfermeras magníficas. Yo hago lo que puedo. Salgo con ellos, intento animar a sus familiares y amigos a que les ayuden. Estamos intentando organizar una especie de servicio de comidas a pequeña escala que llevarían unos amigos, un poco como el proyecto Manos Abiertas de San Francisco. Espero que no tengamos nunca que servir comidas a tantas personas como allí. Por suerte el número aquí es reducido, pero con la afluencia de personas de áreas urbanas y del mundo del espectáculo, creo que al final acabarán viniendo muchos enfermos, posiblemente incluso en fase terminal. Le agradecería que me orientara.

Zoe asintió y prometió enviarle unos cuantos libros y artículos que a ella le habían sido útiles. Comentaron luego medicamentos alternativos hasta que se dieron cuenta de que llevaban dos horas hablando. Zoe estaba cansada y su colega le sugirió que diera una cabezada antes de cenar. Zoe quería ir al comedor para ver la lección de *two-step* que habría después de la cena.

—Iré a verle al hospital dentro de unos días —prometió—, o quizá prefiera que haga las visitas a domicilio con usted. Lo que más le convenga —dijo Zoe con tono servicial—. Estoy dispuesta a lo que sea, sólo tiene que dejarme un mensaje.

Se despidió del doctor Kroner agradeciéndole su ayuda y se acostó.

Dormía profundamente cuando las otras volvieron de montar. Habían pasado una agradable tarde cabalgando con sus respectivas parejas. Tanya estaba especialmente contenta porque Gordon asistiría a la lección de baile en el salón principal. Era una de las raras ocasiones en que se permitía y se solicitaba a los vaqueros que se mezclaran con los huéspedes. Gordon era especialmente popular, pues todos afirmaban que era un gran bailarín.

Zoe se despertó a tiempo para vestirse y charlar con sus amigas. Viendo a Zoe mucho mejor, pese a su terrible enfermedad, Tanya y Mary Stuart demostraron su animación y la felicidad de sus nuevos romances, riendo y charlando por los codos, arrastrando con ellas a Zoe.

—Caray, es como ser jóvenes de nuevo, ¿no os parece? —comentó Tanya—. ¿Creéis que será el agua? —En realidad tanto ella como su amiga parecían haber encontrado al compañero ideal. Hartley y Mary Stuart, especialmente, parecían tener siempre los mismos puntos de vista.

–No he conocido a nadie como Hartley –dijo ésta.

Empezaba a cuestionar su relación con Bill, incluso antes de la muerte de Todd. Siempre había existido una considerable divergencia de opiniones entre ellos, pero a ella le había parecido interesante y habían abundado las discusiones amigables. Mary Stuart pensaba antes que eso situaba las cosas en su justa perspectiva, pero en el caso de Hartley todo era más fácil. Por fin sabía lo que era estar con alguien que pensara igual, que compartiera con ella gustos e ideas. Era como bailar con Fred Astaire y ser Ginger Rogers. Mary Stuart y Bill ni siquiera estaban ya en el mismo salón de baile.

Mary Stuart salía por la puerta con tejanos y suéter rojos, los labios pintados del mismo color y los cabellos castaños recogidos atrás cuando sonó el teléfono. Las otras ya se habían marchado, pero ella había tenido que quedarse a buscar las botas rojas que hacían juego con su atuendo. Se las había puesto a toda prisa para salir corriendo. Por un momento se sintió tentada de no contestar, pero no le pareció justo. Podía tratarse de una llamada para Zoe con respecto a Jade o a uno de sus pacientes, o de la secretaria de Tanya para advertirle de algún posible problema. Volvió a entrar en la cabaña con su rojo chal de cachemira en la mano y levantó el auricular.

–¿Sí? –dijo casi sin resuello.

–¿Está la señora Walker?

Al principio no reconoció la voz. Era un hombre, pero no acertaba a adivinar quién podía ser.

–Soy yo. ¿Quién llama? –preguntó con tono formal. La respuesta la sobresaltó.

–¿Mary Stuart? No parecías tú. –Era Bill.

Se habían distanciado tanto el uno del otro que ni siquiera se reconocían la voz por teléfono.

—Tampoco a mí me lo parecías. Estaba a punto de salir para cenar.

—Siento molestarte —dijo Bill con aspereza. Eran las tres de la madrugada para él.

—¿Alyssa está bien? —preguntó ella con inquietud. Era el único motivo que se le ocurría para aquella llamada intempestiva.

—Está bien —dijo él con serenidad—. Hablé con ella ayer. Acababan de llegar a Viena desde Salzburgo y se iban a un baile. No paran un momento, pero al parecer se lo están pasando muy bien. Supongo que no la veremos en todo el verano.

Mary Stuart sonrió al oír la descripción de su marido. Era típico de Alyssa.

—Si vuelves a hablar con ella, dile que la quiero. No me ha llamado. Creo que seguramente le será muy difícil por la diferencia horaria. Pero también para ti es tarde, ¿qué haces levantado a estas horas?

—Estaba trabajando y he sido lo bastante estúpido como para tomarme un café esta noche, así que ahora no puedo dormirme y he pensado en llamarte. La verdad es que con la diferencia horaria tampoco a mí me va bien llamar normalmente.

—Es un detalle que hayas llamado —dijo ella con escasa convicción. Ya ni siquiera quería intentar un acercamiento. Había tomado su decisión y no tenía nada que ver con Hartley Bowman, sino que se debía enteramente a la actitud de su marido.

—¿Qué haces tú? No me cuentas nada en tus faxes. De hecho me parece que no me has mandado ninguno en varios días, ¿no?

Ni siquiera lo recordaba, pensó ella, pero ya daba igual.

—Tú tampoco me has contado nada —señaló.

—No hay nada que contar, estoy trabajando. No voy a Annabel's ni al Harry's Bar. Me paso día y noche sentado preparándome para el caso. No es muy divertido, pero creo que vamos a ganarlo.

–Qué bien –dijo Mary Stuart, mirándose las botas. Escuchando a su marido se dio cuenta de que sólo podía pensar en Hartley y que Bill salía perdiendo en la comparación. No se imaginaba teniendo aquella estúpida conversación con Hartley ni el horrible año que acababa de pasar.

–¿Y tú? –insistió su marido. Notaba que ella no quería hablar y se preguntaba el motivo.

–Salimos a montar todos los días. Esto es precioso. Los Tetons son espectaculares, mejor aún que Europa.

–¿Cómo están tus amigas?

–Están bien –contestó. No comprendía a qué se debía aquel súbito interés de Bill–. De hecho, me esperan para cenar. –No quería darle explicaciones, no quería compartir nada con él.

–Entonces no te entretengo. Dales recuerdos de mi parte.

Mary Stuart fue a darle las gracias y despedirse cuando notó un extraño silencio al otro lado de la línea.

–Stu… te echo de menos.

Se produjo un interminable silencio después de que Bill pronunciara esas palabras. Mary Stuart no quería saber por qué su marido hacía aquello ni quería animarle a seguir. ¿Qué podía esperar después de un año de silencio y de dolor? Quizá se sentía culpable o sencillamente lamentaba lo que habían perdido, igual que ella. Pero Mary Stuart no estaba dispuesta a seguir jugando ni a permitir que volviera a hacerle daño. Incluso llegó a preguntarse, por la hora y su tono de voz, si estaba borracho. No era su estilo, pero quizá se encontraba solo, quién sabe, todo era posible. En todo caso, ella no pensaba hacerle caso.

–No trabajes mucho –fue todo lo que dijo. Un año antes, seis meses antes, un mes antes se hubiera sentido desdichada por lo que no quería confesar, pero no sentía nada en absoluto cuando dijo adiós. Colgó y fue a reunirse con los demás en el comedor.

La lección de *two-step* fue más divertida de lo que habían pensado. Zoe llevaba un vestido amarillo pálido y unos preciosos pendientes de turquesa. Estaba encantadora envuelta en su chal de cachemira azul. Algunas de las demás huéspedes llevaban largas faldas que hacían remolinos al bailar. Tanya llevaba un antiguo vestido victoriano de encaje blanco que le daba un aire inocente y sexy a la vez, y que hizo perder la cabeza a Gordon, que vestía tejanos y camisa de vaquero, un sombrero Stetson negro y botas del mismo color. Tanya le aseguró que parecía un vaquero de película. Charlotte Collins pidió a Gordon que hiciera la demostración. Al parecer había ganado varios premios por su *two-step*.

—No sólo se dedica a montar toros y potros cerriles —bromeó Charlotte—, aunque él no lo admitiría por nada del mundo.

La prudente y maternal dueña del rancho permaneció atenta al estado de Zoe, que se contentaba con sentarse en un sofá, contemplar el baile y charlar con John Kroner, al que también habían invitado. Charlotte le invitaba con frecuencia, pero aquella noche él había acudido especialmente por el placer de ver a Zoe y hablar con ella.

—¿Ha bailado alguno de ustedes el *two-step* alguna vez? —preguntó Charlotte. Varios invitados alzaron la mano con timidez, provocando el regocijo de Tanya.

—No lo bailo desde que tenía catorce años, señorita Charlotte —dijo.

—Bien —Charlotte le sonrió con cordialidad—, aquí tenemos a una chica de Texas. ¿Querría dar unas vueltas? —preguntó como si le pidiera un favor personal, y los invitados prorrumpieron en aplausos.

—Me temo que haré el ridículo —dijo Tanya entre risas—, y tú —añadió en voz baja cuando Gordon se acercó a ella.

La tentación de bailar con él era demasiado grande. Deslizó su mano en la de Gordon y se dirigieron al centro de la pista. La música empezó a sonar y Charlotte dio las explicaciones pertinentes. Primero Gordon realizó los movimientos lentamente, pero en la siguiente canción hizo girar a Tanya vertiginosamente. Los demás siguieron el ritmo con palmas y comentaron que parecía una demostración profesional. Gordon contemplaba extasiado a Tanya, que giraba ágilmente alrededor de él, y la alzó en brazos cuando la canción concluyó.

—Tenías que ser de Texas —le susurró con una sonrisa radiante—. Eres mejor que yo. No me digas que hace tiempo que no lo bailas.

—Pues es cierto —susurró ella.

Volvieron a bailar, esta vez acompañados por otras parejas, la mayoría dando tropezones. Gordon bailó con Tanya cuatro veces más y luego tuvo que enseñar a bailar a otras, pero cuando se acercaba el final, volvió a hacerlo una última vez con Tanya. Pudieron bailar tranquilamente, puesto que los demás huéspedes se habían acostumbrado ya a la presencia de Tanya y se limitaban a admirarla de lejos.

Cuando terminó la música, los vaqueros se mezclaron con los huéspedes. Tras cinco días de convivencia habían llegado a entablar una relación de amistad, aunque ninguna tan intensa como la de Tanya y Gordon, los cuales comprobaron con alivio que no parecían haber despertado sospechas.

—Me lo he pasado muy bien —dijo él, sonriente.

—Yo también —respondió Tanya mirándole con ojos llenos de excitación—. Es usted un buen bailarín, señor Washbaugh.

—Gracias, señora —dijo Gordon, exagerando su acento e inclinando la cabeza.

Charlotte Collins los encontró riéndose.

—Deberíais participar en el concurso de la feria estatal —dijo—. Desde luego, cuando se hace bien es precioso.

—Me temo que estoy un poco desentrenada —dijo Tanya con modestia, aunque en su época Bobby Joe y ella habían participado en muchos concursos y los habían ganado todos.

—¿Va todo bien? —preguntó Charlotte. Estaba muy preocupada por Zoe. El doctor Kroner no le había dicho qué tenía, pero sí que su estado era grave—. La doctora Phillips parece más animada.

—Esta noche se encuentra mejor —dijo Tanya. Pero cuando miró a Zoe desde lejos, volvió a verla pálida y extremadamente delgada. Al hablar con ella, Zoe se mostraba tan vehemente y enérgica que uno lo olvidaba.

—He visto que va a volver al rodeo mañana —dijo Charlotte con una sonrisa. Tanya y los demás habían encargado las entradas antes de la cena—. ¿Volverá a cantar? No se ha hablado de otra cosa en la ciudad desde que cantó el miércoles.

—Me gustaría —contestó Tanya. Echándose la larga melena rubia hacia atrás vio con el rabillo del ojo que Gordon fruncía el entrecejo—. Ya veremos si me lo piden y qué tal es el público. —No pensaba cantar si había demasiados borrachos o alborotadores.

—Oh, seguro que se lo piden. Fue el acontecimiento del año en Jackson Hole. Quizás el de la década. Fue usted muy amable accediendo. —Charlotte sonrió y luego se fue a charlar con los demás huéspedes.

Gordon seguía ceñudo.

—No quiero que lo hagas —susurró—. No me gusta la reacción de la gente cuando estás tan cerca. En un escenario y con guardias de seguridad no pueden hacerte daño.

—Sí pueden —dijo ella con sinceridad. En una ocasión había dado un concierto en Filipinas llevando un chaleco antibalas, y había jurado no volver a hacerlo. Durante todo el concierto tembló de pies a cabeza y sintió ganas de vomitar—. Por eso canté a caballo la otra noche —explicó—. Sabía que podía salir pitando hasta Dodge si era necesario.

—No me gusta que corras riesgos —dijo él. No deseaba mostrarse dominante, pero estaba muy preocupado.

—Y a mí no me gusta que montes toros y potros cerriles —afirmó Tanya mirándole a los ojos.

—Te propongo una cosa. Si lo nuestro sale bien, dejaré los toros y los potros.

—Haré que cumplas tu palabra —replicó Tanya en voz baja—. Pero yo no puedo renunciar a los conciertos. Así es como me gano la vida.

—Lo sé. No espero que lo hagas. Es sólo que no quiero que hagas una tontería por ser agradable con ellos y que luego salgas herida. No vale la pena. No se lo merecen.

—Lo sé —suspiró Tanya. Resultaba difícil creer que estuviesen manteniendo aquella conversación, negociando su futuro, a qué renunciaría cada uno—. A veces me gusta cantar por puro placer, sin promotores ni contratos ni publicidad ni toda esa basura. Sencillamente es divertido.

—Entonces canta para mí —pidió él con una sonrisa.

—Me encantaría. —Pensó en una vieja canción de Texas que ella cantaba en los bailes del instituto y que se había hecho popular desde entonces. Para ella siempre había sido una canción muy especial—. Un día lo haré.

—Yo también te haré cumplir tu palabra —dijo Gordon.

Después del baile todos siguieron conversando durante un buen rato hasta que Mary Stuart y Tanya llevaron a Zoe de vuelta a la cabaña. Gordon prometió ir más tarde y llamar suavemente a la ventana del dormitorio. Tanya le explicó cuál era la suya y las tres amigas se fueron acompañadas por Hartley. Mary Stuart y él se quedaron fuera charlando.

Ella le habló de la llamada telefónica de Bill antes de la cena, mientras él la miraba pensativamente.

—Seguramente empieza a percatarse de lo que no ha sabido ver durante todos estos meses —dijo—. ¿Qué piensas hacer si él quiere hacer las paces?

–No lo sé –contestó ella con sinceridad–, pero esta noche me he dado cuenta de una cosa cuando hablaba con él. No quiero hacer las paces. No puedo volver con él. No podemos borrar el último año ni lo que le ocurrió a Todd. No creo que pueda perdonarle nunca por el modo en que se ha comportado. Es mezquino y desagradable por mi parte, lo sé, pero si he de ser sincera, creo que él ha destruido nuestro matrimonio.

–¿Y si no lo ha hecho? ¿Y si vuelve y te dice que te ama y que estaba equivocado? –Hartley quería que pensara en ello antes de que cometieran un error. Se sentían muy atraídos el uno hacia el otro, pero se mostraban muy cautos. Tampoco Hartley quería convertirse en víctima.

–No lo sé, Hartley, no estoy segura. Creo que todo ha terminado, pero supongo que no hay garantías hasta que lo vea en persona. Creo que entonces lo sabré con certeza.

–¿Por qué esperas a septiembre para verlo?

Era una pregunta que también ella empezaba a plantearse. En un principio había creído que necesitaba tiempo para pensar, pero desde que había llegado al rancho se sentía dispuesta a terminar de una vez. Incluso había pensado en ir a Londres para hablar con Bill, y así se lo dijo a Hartley.

–Creo que es una buena idea –dijo él–, si te parece que estás preparada. No quiero presionarte.

La experiencia que estaban viviendo era extraordinaria, pero también era posible que se tratara tan sólo de una ilusión, de un sueño, o quizás era real y decisivo. Sólo el tiempo lo diría. En cualquier caso, primero Mary Stuart tenía que resolverlo todo con su marido. Ni ella ni Hartley querían confundirlo todo más aún cayendo en la tentación de acostarse juntos, por muy fuerte que fuera.

–Me iré a Los Ángeles con Tanya después de estas dos semanas. Pensaba quedarme una semana con ella, pero tiene muchas cosas que hacer. Me quedaré sólo unos días y luego iré a Londres. Vine aquí para pensar y para decidirme, y eso he hecho desde el momento en que puse los pies en este lugar. –En realidad se había despedido de su antigua vida en Nueva York al abandonar su apartamento.

–Hay algo en estas montañas que te hace encontrar respuestas a muchas cosas –observó Hartley–. Eché de menos venir aquí después de la muerte de Meg. –Sonrió y le cogió la mano–. Sería extraordinario que hallara aquí una nueva vida, que el destino me haya traído aquí para conocerte. –La miró con tristeza–. Pero aunque lo nuestro no salga bien, aunque vuelvas con él, quiero que sepas que me has hecho muy feliz. Me has demostrado que no estoy tan solo como creía, que aún puedo volver a enamorarme. Eres un regalo que no esperaba, una visión de lo que puede ser la vida cuando dos personas se quieren.

También él era la prueba viviente para Mary Stuart de que había alguien en el mundo a quien importaba, con quien podía hablar y que la amaba. No quería renunciar a todo eso.

–No creo que ver a Bill vaya a cambiar nada –dijo besando la mano de Hartley. Habían llegado a quererse de todo corazón en muy poco tiempo y se sentían muy protectores el uno con el otro, pero ambos sabían que ella tenía que probarse a sí misma lo que sentía por Bill–. Ha sido tan extraño cuando me ha llamado esta noche. Me parecía estar hablando con un desconocido. Ni siquiera reconocí su voz al principio, ni él la mía, y parecía raro que me llamara. Es triste sentirse tan distanciada de alguien a quien amaste en otro tiempo. Nunca pensé que nos ocurriría.

–Sufristeis uno de los golpes más crueles que puede dar la vida –dijo él comprensivamente–. Le ocurre a muchos matrimonios. Las estadísticas son alarmantes. Creo que más de un noventa por ciento de las parejas que pierden a un hijo acaban divorciándose. Se ha de tener una gran fortaleza para superarlo.

–Y supongo que nosotros no la teníamos.

—A mí me encanta estar contigo, Mary Stuart —dijo él para cambiar de tema y sonrió.

Aunque estaba impaciente por empezar a compartir su vida con ella y había estado solo durante dos largos años, sabía que debía esperar a que ella fuera a Londres y aclarara las cosas con su marido. Después de eso ya no quedaría nada que les impidiera disfrutar de su amor, aunque a Hartley le preocupaba un poco la hija de Mary Stuart. Él no había tenido hijos y no sabía muy bien cómo reaccionaría Alyssa. Pensaba que tal vez le rechazaría, que le echaría la culpa del divorcio y le odiaría por lealtad a su padre. Hartley había transmitido sus inquietudes a Mary Stuart durante el paseo de la tarde y ella había admitido que tendría que hablar muy seriamente con su hija, pero que no estaba dispuesta a seguir con Bill sólo por ella. Al fin y al cabo, Alyssa tenía una vida propia y todo el futuro por delante, mientras que para Mary Stuart aquélla era posiblemente la última oportunidad de iniciar una nueva vida con otra persona, y no estaba dispuesta a dejarla pasar por lealtad a algo que ya no existía con un hombre que no la quería.

La charla continuó desenredando pasado, presente y futuro. Mary Stuart no creía que tuviera que quedarse en Londres más que un par de días, quizá menos si Bill no quería discutir con ella. Tal vez luego intentara encontrarse con Alyssa un día al menos, aunque si Bill no insistía en decírselo, podría esperar hasta septiembre. Finalmente volvería a Nueva York y organizaría su vida. Ignoraba qué haría Bill con el apartamento, pero desde luego ella no pensaba seguir viviendo allí. Cada vez que pasara por el dormitorio de Todd recordaría la tragedia vivida. Ella sabía que él había estado allí en otro tiempo, sabía exactamente dónde estaba el banderín de Princeton, y los trofeos, y el osito de peluche sobre su cama cuando era niño. Había llegado el momento de iniciar una nueva vida, y si tenía suerte la compartiría con Hartley.

—¿Te gustaría venir a la isla Fisher conmigo cuando vuelvas? —propuso—. Tengo una bonita casa antigua. No he estado mucho por allí desde que murió Margaret, pero había pensado ir unos días en agosto.

Mary Stuart lo miró con agradecimiento y asintió. También él tenía sus fantasmas, sus recuerdos, sus rutinas.

—Me encantaría. En realidad no sabía qué hacer este verano. Pensaba ir a East Hampton a ver a unos amigos.

—Entonces vente conmigo —dijo él, besándola en el cuello. No deseaba más que despertarse junto a ella por las mañanas, escuchar el ruido del océano, hacerle el amor a todas horas y hablar hasta la madrugada y compartir con ella sus libros favoritos, sobre todo unas maravillosas primeras ediciones, pues había descubierto que Mary Stuart era una lectora apasionada y que gustaba prácticamente de los mismos autores que él. Quería pasear con ella por la playa cogidos de la mano y contarle todos los secretos que aún no se habían dicho entre las flores silvestres de los valles de Wyoming.

Cuando por fin Hartley se animó a separarse de ella era ya tarde, pero habían decidido lo más importante. Al desearle las buenas noches, Hartley formuló una última y dolorosa pregunta.

—¿Y si consigue convencerte de que vuelvas con él?

—No lo conseguirá —respondió ella y le besó.

—Sería un estúpido si no lo intentara —susurró Hartley. Si ella volvía con su marido, él tendría que hallar el modo de olvidarla—. Quizá deberíamos acordar una señal que me indique si mi vida ha terminado o acaba de empezar.

—Deja de preocuparte —dijo Mary Stuart. Volvieron a besarse—. Te amo —susurró desde lo más profundo de su alma. Hartley era muy distinto de Bill, pero sabía que podría haber vivido toda una vida con cualquiera de los dos y ser completamente feliz. Sin embargo, el tiempo de Bill había pasado ya, mientras que el de Hartley acababa de comenzar.

18

El día del rodeo, Zoe decidió quedarse en la cabaña con el último libro de Hartley, que éste le había regalado. Se sentía bien, afirmó, pero quería reservar sus fuerzas y, además, llamar a Sam y hablar con Jade.

Tanya se fue al rodeo con Mary Stuart y Hartley, que llevaban sendos sombreros nuevos comprados en la ciudad esa misma tarde. En la tienda habían dado forma a los sombreros, tratándolos al vapor para adaptarlos a sus cabezas, elevando la copa del de Mary Stuart y arreglando las alas. Eran auténticos sombreros vaqueros. Curiosamente, tanto Mary Stuart como Hartley se habían vestido de azul marino para la ocasión. Según él, a veces las parejas de verdad compenetradas coincidían involuntariamente en cosas así.

—Estáis geniales —dijo Tanya, sentada en el sofá del autobús balanceando una pierna sobre la otra. Estaba impaciente por ver a Gordon. Hartley se había dado cuenta de cuál era su situación, pero era un hombre discreto y Tanya sabía que podía confiar en él.

—¿No debería llevar guardaespaldas? —preguntó Hartley, preocupado por su seguridad. Mary Stuart asintió.

—En Los Ángeles lo haría en un caso como éste, pero aquí la gente es muy amable. No van a hacerme nada. Lo peor que puede pasar es que me pidan autógrafos, y eso es normal. Me parece una ostentación aparecer en el rodeo de una pequeña ciudad rodeada de guardaespaldas. Es muy hollywoodiense, pero me hace sentir incómoda.

—Pero quizá sea lo más sensato —insistió Hartley—. Bien, al menos tenga cuidado —le advirtió.

Tanya sonrió. Le gustaba Hartley porque era atento con Mary Stuart y la quería. En realidad a ella nunca le había gustado Bill Walker. Siempre había pensado que era demasiado exigente, que esperaba demasiado de ella. En su opinión, Bill siempre lo había dado todo por hecho. Tenía la casa perfecta, la mujer perfecta y los hijos perfectos, pero era dudoso que hubiera sabido apreciarlo alguna vez. Incluso sus faxes la ponían nerviosa, tan fríos y poco cariñosos. Hartley era todo lo contrario, solícito, cálido y amable, y se preocupaba por quienes le rodeaban. Mary Stuart y él hacían la pareja perfecta, incluso tenían un leve parecido, pese a los cabellos grises de Hartley y sus diez años más que ella.

Finalmente Hartley hizo prometer a Tanya que llamaría a la policía al menor problema.

—Tú quédate cerca de nosotros y no te vayas por ahí —le advirtió Mary Stuart con el mismo tono con que hubiera amonestado a su hija.

—Sí, mamá —respondió Tanya.

Cuando llegaron, el autobús entró en el aparcamiento dando botes sobre los baches y esquivando niños a caballo.

Tan pronto Tanya bajó del autobús se encontró con que la estaban esperando, no sólo sus admiradores, sino también el mismo hombre que la había abordado el miércoles y los organizadores del rodeo. Querían que cantara el himno igual que la primera vez, tal como Dios había querido que fuera cantado, dijeron. Se mostraron tan aduladores que acabaron conmoviéndola. Firmó media docena de autógrafos mientras los escuchaba y acabó aceptando para no decepcionarlos. También le pidieron que cantara otra canción después del himno. Tanya propuso *Que Dios bendiga a América*.

—¿Por qué no una de sus propias canciones, señorita Thomas? —preguntó el maestro de ceremonias.

Tanya se negó. No podía cantar una de sus canciones con

una banda de instituto, sin ensayar y en aquel lugar. Sería *Que Dios bendiga a América* o nada, y los otros aceptaron.

Se marchó con Hartley y Mary Stuart a buscar su sitio y echó una mirada a los corrales del ganado, pero no vio a Gordon. Minutos después volvieron en su busca. Tanya llevaba tejanos, camisa roja y pañuelo rojo al cuello, y Mary Stuart le había prestado sus botas rojas. Las cabezas se volvían a su paso, reconociéndola, pero nadie se atrevió a acercarse salvo unos niños.

—Es una mujer asombrosa —dijo Hartley cuando Tanya se alejaba con paso grácil y la melena al viento. Era una gran estrella, pero no se comportaba como una diva—. Me preocupa su seguridad. Hay algo en la mentalidad de los fans de los cantantes que siempre me pone nervioso. Yo sólo tengo que firmar un par de libros, pero gente como Tanya tiene que aguantar a todos los pirados.

—A mí también me inquieta —dijo Mary Stuart sin dejar de mirar hacia el otro lado de la pista, donde se hallaba Tanya y se ejercitaban varios jinetes.

De repente Hartley le hizo una extraña pregunta.

—¿Crees que va en serio lo del vaquero y ella? —Miró en derredor para cerciorarse de que nadie le había oído, aunque no tenían cerca a ningún otro huésped del rancho.

—No lo sé. ¿Por qué? —inquirió Mary Stuart, temiendo que él supiera algo de lo que ella no se había enterado.

—Es que me parece una extraña combinación. Pertenecen a mundos diferentes, uno sofisticado y el otro sencillo. La vida de Tanya debe de ser muy complicada. Creo que el hombre que pueda soportarla tendría que ser muy especial.

—Eso es cierto. Pero Gordon se parece mucho a su primer marido, y Tanya no es tan sofisticada como parece. En cierto sentido, ella forma parte de todo esto más que cualquiera de nosotros. Todo lo demás vino después, pero en el fondo de su corazón no es más que una chica de Texas. Quién sabe. Podría funcionar.

En efecto, ¿quién podía saberlo? Todo era cuestión de suerte. Quizá no tuviera continuidad, pero Mary Stuart esperaba que Gordon fuera el hombre definitivo en la vida de su amiga. En ese momento lo vio. Se había subido al pretil sobre los corrales de los toros y contemplaba a Tanya, que montaba de nuevo el palomino y le decía algo al maestro de ceremonias.

Gordon no daba crédito a su buena suerte. Una mujer como Tanya Thomas no montaba a caballo y se encaminaba hacia el ocaso contigo. Temía que aquello no fuese más que un juego para ella, y que se acabaría con las vacaciones, pero por otro lado creía en su sinceridad. La noche anterior habían estado charlando y besándose junto a la cabaña de Tanya hasta las tres de la madrugada, y ahora ella se paseaba a lomos de un palomino haciendo cabriolas alrededor de la pista. La multitud enmudeció. Se oyeron unos cuantos gritos y varios fans corearon su nombre, pero todos callaron cuando Tanya miró al público dando la vuelta a la pista.

Entonó el himno para ellos y luego empezó a cantar *Dios bendiga a América*. Su poderosa voz flotaba hacia el cielo haciéndoles sollozar de emoción, incluso a Gordon. Cuando terminó, Tanya les dedicó una sonrisa radiante, agitó la mano y salió galopando de la pista con un auténtico aullido de Texas que enloqueció al público. A continuación, Tanya desmontó, besó al maestro de ceremonia en la mejilla para darle las gracias y desapareció entre la multitud. Rápidamente se quitó la camisa roja y se la ató a la cintura −debajo llevaba una camiseta blanca− y con la misma rapidez se hizo una trenza y quedó totalmente transformada. Gordon se sorprendió al verla aparecer en los corrales de los potros cerriles.

−Menudo cambio −dijo con admiración, y tuvo que dominarse para no besarla allí mismo.

−Ésa era la idea −dijo Tanya. Le quitó el sombrero a Gordon para ponérselo y su aspecto fue irreconocible.

—Bien pensado —dijo él, alegrándose de que tomara precauciones—. Me has impresionado —añadió, refiriéndose a su actuación.

—Siempre he pensado que *Dios bendiga a América* debería ser nuestro himno en lugar del *Barras y estrellas*.

—A mí me gusta cualquier cosa que cantes tú —repuso él—. Podrías cantar *Smoky el oso* y me harías llorar, Tanny.

—Me alegro —dijo ella.

Tomaron una cerveza juntos. Con la cerveza en la mano, el sombrero de Gordon encasquetado y apoyada contra un corral de potros, Tanya parecía una auténtica vaquera.

—Tanny, me dejas sin respiración —susurró Gordon y ella se echó a reír.

—Lo mismo me pasa a mí —bromeó.

Después de contemplar el rodeo durante un rato, Tanya decidió reunirse con sus amigos para no preocuparlos.

—Ten cuidado —le dijo a Gordon—. Dile al potro que si te hace daño tendría que vérselas conmigo.

—Sí, señora.

Tanya volvió a ponerle el sombrero. Era el momento perfecto para besarla, pero él no se atrevió. Si por casualidad había un fotógrafo por allí, aparecerían en todos los periódicos al día siguiente. También era posible que Charlotte Collins hubiera asistido al rodeo, y sin duda los demás vaqueros lo hubieran comentado.

—Intentaré volver luego. De todas formas, ven a verme a la cabaña —susurró antes de marcharse. Al día siguiente, domingo, Tanya iría a Moose en el autobús, donde la recogería Gordon en su camioneta para pasar el día juntos.

Tanya le deseó suerte una vez más y fue a reunirse con Mary Stuart y Hartley. No la habían visto desde que saliera de la pista a caballo, pero comprendieron el motivo fácilmente.

—Buena jugada —dijo Mary Stuart, refiriéndose al cambio de ropa y peinado, e inquirió dónde había estado, aunque lo imaginaba.

—En los corrales de los potros —dijo ella con su más puro acento de Texas, provocando las risas de su amiga.

—Recuerdo cuando hablabas así siempre. Me encantaba.

—He estado demasiado tiempo en la gran ciudad —dijo Tanya.

Pese al cambio, la gente que les rodeaba empezaba a señalarla y a susurrar. Mary Stuart le dio su sombrero nuevo y Tanya se lo caló y mantuvo la vista baja.

Contemplaron el espectáculo hasta que le tocó turno a Gordon. En aquella ocasión cabalgaba a pelo. Tanya detestaba verlo botar sobre una bestia salvaje que podía matarlo. Todo iba bien hasta que de repente el potro saltó literalmente por los aires y se lanzó contra el corral de los toros. Estaba frenético por librarse de su jinete. Gordon se golpeó contra la puerta y cuando finalmente cayó, el potro lo arrastró cincuenta metros de una mano hasta que pudieron socorrerlo los peones. Gordon abandonó la pista doblado sobre sí mismo y sujetándose un brazo, pero de repente se dio la vuelta y saludó con la mano. Tanya comprendió que lo hacía para que ella no se preocupara y sintió ganas de echar a correr para cerciorarse de que no estaba herido, pero prefirió no llamar la atención. Gordon trepó de nuevo sobre el corral de los toros, protegiéndose el brazo. El presentador le felicitó por su destreza y anunció que había obtenido la segunda puntuación de la noche.

—¿Cree que está bien? —preguntó Tanya inclinándose hacia Hartley.

—Seguramente. De lo contrario se lo hubieran llevado de aquí.

Tanto a él como a las dos amigas les asombró la cantidad de vaqueros que abandonaron la pista maltrechos. Salían cojeando, con las manos en los riñones, arrastrando una pierna, sujetándose un brazo o con la cabeza o el estómago doloridos, pero todos volvían. El presentador felicitó incluso a un vaquero por volver tras haber sufrido una conmoción cerebral montando toros el miércoles anterior. Tanya opinaba que aquello no era valor sino estupidez. Niños de cinco años salieron a la pista durante el intermedio para conseguir los boletos de la rifa y las entradas para la feria del condado que habían sido atados a la cola de becerros y terneras. Mary Stuart temió que acabarían pisoteados, pero aquél era su mundo y para ellos tenía sentido.

–Todas estas estupideces machistas me ponen enferma –dijo Tanya a Hartley mientras contemplaban cómo un joven salía despedido de un toro y una vez en el suelo el animal le pisoteaba. El joven salió de la pista prácticamente a cuatro patas, entre los vítores del público, y se lo llevó una ambulancia–. Esto es mucho peor que mi trabajo –afirmó, y los otros dos se rieron. Poco después Tanya devolvió el sombrero a Mary Stuart para no mancharlo, o para evitar que se lo arrebataran como recuerdo, cosa que le ocurría a veces y le causaba cierto miedo, y se dirigió a los corrales de los potros para ver a Gordon.

–¿Estás bien? –le preguntó–. ¿Cómo tienes el brazo?

Él sonrió. Tenía la mano hinchada, pero se había puesto hielo y aseguraba que no le dolía.

–Eres un tonto mentiroso. Si te estrechara la mano seguramente me darías un puñetazo.

–No, pero puede que llorara un poco –bromeó él.

–Estáis locos –le regañó ella–. ¿Cómo está el chico al que pisoteó el toro?

–Bien. No quería ir al hospital. Es un tipo duro. Meará sangre una semana, pero ya está acostumbrado.

–Oh, Gordon, si sigues con esto acabarás conmigo –dijo Tanya. Es malo para mis nervios.

–En cambio tú eres muy buena para los míos –dijo él, acercándose más. Tanya olió su loción para después del afeitado mezclada con el olor de los caballos. Gordon se percató de que un par de personas los observaban y se interpuso rápidamente para que no la reconocieran. El rodeo estaba más concurrido los sábados y mucha gente bebía demasiado–. Ten cuidado cuando te vayas, Tan.

–Descuida –dijo ella saludando. No estaba preocupada. Le gustaba pensar que era invisible o que no la reconocerían.

–La gente sabe que has venido, Tan. Dile a Hartley que avise a la policía para que te escolte a la salida. Hoy es sábado y hay muchos borrachos por aquí.

–No pasará nada –dijo ella para tranquilizarle–. Nos veremos luego. –Le acarició la mejilla y se alejó.

Gordon no le quitó la vista de encima durante el resto del rodeo. No la vio cuando abandonaba las gradas porque estaba hablando con otros vaqueros sobre un competidor al que habían descalificado en la prueba de doma de potros con silla.

Tanya salió flanqueada por Hartley y Mary Stuart. Vieron a los encargados de la seguridad del rodeo y a varios policías por allí cerca, y también al sempiterno grupo de fans agitando bolígrafos y suplicando autógrafos. Algunos hicieron fotografías, pero de momento parecían bastante inofensivos. Se hallaban a veinte metros del autobús cuando dos hombres se abrieron paso a empellones y aparecieron frente a Tanya seguidos por un cámara de televisión y varios fotógrafos. Eran reporteros de la televisión local y querían saber por qué había cantado el himno, si le habían pagado por hacerlo, si había estado en algún rodeo y si pensaba quedarse a vivir en Jackson Hole. Tanya intentó ser amable sin dejar de caminar hacia el autobús, pero ellos le cerraron el paso y los de seguridad estaban tan ocupados apartando a los fans que no pudieron ayudarla. Hartley intentó apartar a los periodistas, pero ellos continuaron impertérritos, grabando, haciendo fotografías y preguntas, y de repente fue como si hubieran lanzado una bengala. Todos lo que habían por allí se dieron cuenta de quién era y de lo que ocurría. Tom tenía abiertas las puertas del autobús para que entrara Tanya, pero lo apartaron a empujones y se metieron a la fuerza buscándola, apoderándose de cosas, mirándolo todo y tomando fotografías. De repente los policías empezaron a empujar a todo el mundo, mientras los exaltados tiraban a Tanya y la agarraban por los cabellos. Un borracho intentó darle un beso. Tanya intentaba sin éxito que los periodistas la dejaran pasar y se vio separada de Hartley y de Mary Stuart por los admiradores que intentaban tocarla histéricamente. La policía intentaba dispersarlos hablándoles con megáfonos y gritando a los periodistas que se apartaran. Mientras, unas cincuenta personas destrozaban el interior del autobús. Tanya comprendió que corría serio peligro. La zarandeaban, la manoseaban, la agarraban. No había forma de librarse de ellos. De repente, un fuerte brazo la rodeó por la cintura y la levantó en alto. Vio también un puño golpeando a alguien, pero no sabía a quién pertenecía la mano. Medio a rastras medio en volandas, alguien la llevaba hacia una camioneta. Tanya creyó que la secuestraban, pero entonces vio que se trababa de Gordon, que había perdido el sombrero y tenía la camisa rota. Su expresión le decía que mataría a cualquiera que se atreviera a tocarla. Él era el único que podía salvarla.

–¡Vamos, Tan, corre! –le gritó Gordon tirando de ella.

Al ver lo que ocurría, Gordon había aparcado la camioneta lo más cerca posible del tumulto y la había dejado en marcha. Cuatro policías pasaron a caballo junto a ellos, cuando ya llegaban a la camioneta. Gordon metió dentro a Tanya, subió y pisó el acelerador. Estuvo a punto de arrollar a media decena de personas y a varios caballos, pero no se detuvo ante nada. No quitó el pie del acelerador hasta que se hallaron a dos kilómetros de allí. Entonces detuvo la camioneta y miró a Tanya.

–Gracias –dijo ella con voz trémula. Temblaba de pies a cabeza. Había sido una experiencia horrible y una de las situaciones más peligrosas que había enfrentado, puesto que la multitud se había convertido en turbamulta y ella no disponía de guardaespaldas profesionales que la protegieran. De no ser por Gordon, podrían haberle causado graves heridos o incluso matarla–. Creo que me has salvado la vida –añadió, haciendo esfuerzos por no llorar.

Gordon respiró hondo y la miró con ansiedad.

–No me digas que los potros cerriles son más peligrosos que eso. Prefiero mil veces cualquier caballo salvaje. ¿Qué le ocurre a la gente? Son personas normales que han venido al rodeo un sábado por la noche. Te ven a ti y se vuelven locos. ¿Qué significa eso?

–La locura de las masas. No lo sé. Quieren algo tuyo, aunque tengan que despedazarte para conseguir un trozo de camisa, un mechón de cabellos, una oreja o un dedo.

Le habían tirado tantas personas del pelo para arrancarle un mechón que le dolía la cabeza. Intentó sonreír, aunque ninguno de los dos lo encontraba divertido. No le gustaba pensar en que había dejado a Mary Stuart y Hartley solos, pero sabía que ella no podía ayudarles.

–Han sido esos malditos fotógrafos –dijo Gordon, estrechándola contra sí–. Si te hubieran dejado pasar podrías haber subido al autobús y no hubiera ocurrido nada. Pero esos idiotas te cerraron el paso por un maldito reportaje.

–Bueno, pues lo han conseguido, y mucho mejor que saber si me habían pagado por cantar el himno.

–Mierda –exclamó Gordon, meneando la cabeza. Ya se imaginaba el titular: TANYA THOMAS PROVOCA DISTURBIOS EN WYOMING. Ahora comprendía por qué la vida de ella escapaba de control con tanta facilidad–. ¿Vale la pena, Tan? –preguntó, asombrado de que aguantara todo aquello.

–No lo sé –contestó ella encogiéndose de hombros–. Algunas veces. Es mi profesión. Antes solía decir que me retiraría, pero no quiero que me ganen. ¿Por qué dejarles que me impidan hacer lo que me gusta sólo porque me amargan la vida?

307

–Sí, eso es cierto. Pero quizá deberías plantear las cosas de un modo diferente. Tienes que protegerte de alguna manera.

–Ya lo hago. En casa tengo un sistema de seguridad, alambradas, verjas electrónicas, cámaras, perros y todo eso –dijo ella como si fuera lo más normal del mundo.

–Parece la prisión estatal de Texas. No me refiero a eso, sino a buscar el modo de que la gente no te despelleje cada vez que sales a comprarte un helado. –A Gordon le había impresionado el comportamiento histérico de la muchedumbre.

–¿Puedes llevarme hasta un teléfono? –preguntó Tanya. Quería llamar a Tom al autobús para hacerle saber que estaba bien y que no la habían raptado. Sonrió y explicó a Gordon lo que había pensado al notar su brazo alrededor de la cintura.

–Yo sólo quería sacarte de allí lo más deprisa posible.

–Y lo has hecho –dijo ella con agradecimiento.

Gordon detuvo la camioneta frente a un 7-Eleven y mantuvo una atenta vigilancia mientras Tanya usaba el teléfono. Tom contestó a la primera señal. La esperaba acompañado de Mary Stuart, Hartley y la policía. Sabían que llamaría al autobús si estaba bien. Hartley sospechaba que había sido Gordon el que la había ayudado, pero no quiso decirlo por discreción. Mary Stuart sintió un inmenso alivio al oír su voz.

–¿Estás bien? –preguntó, todavía temblorosa.

–Sí, tranquila. Me han destrozado la ropa, pero no tengo ningún hueso roto. Sólo me he asustado un poco. Lo siento de veras, Stu. ¿Está muy enfadado Hartley?

–No está enfadado contigo, sino con los periodistas. Dice que va a llamar al periódico y la cadena de televisión locales mañana por la mañana.

–Dile que no se moleste. Ni siquiera estoy segura de que fueran de aquí. Puede que alguien haya dado el soplo a las agencias o a la televisión por cable. No he visto de dónde eran. Pero no importa. Además, no le harían caso. ¿Cómo ha quedado el autobús? –Mary Stuart miró en derredor. Los fans enloquecidos habían robado ceniceros y cojines, habían roto algunos platos y habían desgarrado las cortinas, pero todo podía ser reemplazado.

El chófer le dijo algo y ella lo repitió a Tanya.

–Tom dice que tan mal como en Santa Fe, pero no tanto como en Denver o en Las Vegas. ¿Te ocurre esto con frecuencia? –preguntó, consternada.

–Alguna que otra vez –respondió Tanya tranquilamente–. Nos veremos luego. –Gordon le tocó el brazo.

–No prometas nada –dijo en voz baja, ruborizándose levemente.

Gordon quería llevarla a su casa para relajarse y charlar ante la chimenea. No quería sentarse a la puerta de la cabaña con ella esa noche. Después de lo sucedido, quería abrazarla y protegerla, y quién sabía qué podía ocurrir luego. Tanya leyó sus pensamientos en la mirada y asintió con una sonrisa.

–No te preocupes por mí. Puede que llegue tarde. Estoy en buenas manos.

–¿Nos vemos mañana, pues? –bromeó Mary Stuart, sabiendo que estaba con Gordon, y Tanya se echó a reír.

–Nunca se sabe. Dile a Zoe que la quiero y que ha elegido buena noche para quedarse en casa. Y a Hartley dile que lo siento.

–Deja de disculparte. Nosotros lo sentimos por ti. Dale las gracias a nuestro amigo de mi parte. Ha hecho lo que debía.

–Es un buen hombre. –Tanya sonrió a Gordon.

–Yo también lo creo –dijo Mary Stuart en voz baja–. Cuídate, Tan. Te queremos.

–Yo también os quiero, Stu. Buenas noches –dijo y colgó.

Luego se volvió hacia Gordon, que la rodeó con los brazos. La llevó a su pequeña cabaña detrás de los establos. Después de apagar los faros, se quedaron sentados en la camioneta durante un rato.

–¿Estás bien, Tanny? –preguntó él cariñosamente.

–Sí, creo que sí. –La cabaña de Tanya se encontraba a ochocientos metros de allí, pero no deseaba irse–. Estas cosas siempre me dejan un poco alterada.

–¿Quieres entrar? –preguntó él. Se arriesgaba a ser despedido si los veían, pero había decidido que valía la pena correr el riesgo por ella–. No tienes que hacerlo si no quieres, Tanny –dijo con ternura–. Te llevaré a tu cabaña si lo prefieres.

–Me gustaría entrar –dijo ella. Quería ver cómo vivía Gordon, qué tenía, qué le gustaba, y estar con él.

–Creo que todos están fuera, pero será mejor que intentemos no hacer ruido. –Las otras cabañas de los vaqueros no se encontraban muy lejos, pero la suya era menos accesible.

–¿De verdad quieres arriesgarte? –preguntó Tanya, y él la miró con la sonrisa que a ella la cautivaba.

–¿Lo dudas? –dijo él.

Bajaron de la camioneta y se metieron rápidamente en la cabaña. Una vez dentro, Gordon cerró la puerta con llave, bajó las persianas y encendió las luces. Ella se sorprendió al ver una cabaña pulcra y confortable. Esperaba algo más tosco y desordenado. La cabaña en sí, tal como se la habían proporcionado, estaba agradablemente decorada al estilo del Oeste, y él había colocado fotografías de su hijo, de sus padres y de un caballo al que había tenido mucho aprecio. Había pilas ordenadas de libros y revistas, una caja de herramientas y una estantería llena de discos y CD. Tanya se asombró de la gran cantidad de álbumes suyos que tenía Gordon, pero, además, compartía sus otros gustos musicales.

Junto a la sala de estar había una gran cocina con espacio para comer, pero la nevera estaba prácticamente vacía. Gordon tenía lo que Tanya llamaba comida para solteros: mantequilla de cacahuete, un aguacate, dos limones y un tomate, soda, mucha cerveza y cantidades de galletas Oreo.

–La cocina no debe de ser lo tuyo –dijo Tanya riendo.

–Hago las comidas en el comedor del personal –explicó él, pero abrió un compartimiento de la nevera y demostró que también tenía huevos, beicon, jamón, mantequilla y bollos.

–Estoy impresionada –dijo Tanya sin dejar de reír.

Gordon preparó café y le ofreció vino y whisky, pero Tanya rechazó ambas cosas, afirmando que no le gustaba beber. Cuando salió de la cocina con una taza de café en la mano, le echó una mirada al dormitorio. Parecía pequeño y sencillo. Había una cama, una cómoda y una silla amplia y confortable. Gordon señaló que no pasaba demasiado tiempo allí, pero a Tanya le gustó aquel pequeño y agradable mundo en el que se sentía sorprendentemente a gusto.

–Es casi tan grande como la casa donde crecí –explicó él con una sonrisa–. Había dos dormitorios, mis padres dormían en uno y mis cinco hermanos y yo en el otro.

–La mía era parecida –dijo ella–. Seguramente aún seguiría allí si no me hubieran dado una beca de música para Berkeley. Eso cambió mi vida.

–Tú has cambiado la mía –repuso él en voz baja.

Se sentaron en el sofá y él la rodeó con un brazo. Luego puso un disco. El ambiente era tan apacible que Tanya no creía posible que le sucediera nada malo estando con él. Después de un rato volvieron a besarse y el terror que antes se había apoderado de ella se desvaneció por completo en sus brazos. Después de besarse largamente, Gordon la miró. No quería hacer nada que ella no deseara o de lo que más tarde se arrepintiera.

–¿Tanny? –Su voz sonaba suave y dulce en la penumbra.

Había apagado las luces y encendido la chimenea, y la música los arrullaba mientras descubrían lentamente los secretos de su cuerpo–. ¿Te encuentras a gusto, Tanny? No quiero hacer nada que no desees –susurró.

–Estoy bien –musitó ella y se entregó a él en cuerpo y alma con un beso.

Tumbados en el sofá, Gordon la despojó lentamente de sus ropas. Desnudos los dos, Gordon sonrió, asombrado por la belleza de Tanya, que le rodeó el cuello con los brazos para rendirse a la pasión que los dominaba casi desde el primer día.

Después de hacer el amor se acostaron en la cama y durmieron abrazados. Cuando Gordon despertó al amanecer y la vio a su lado, se preguntó si era un sueño, si Tanya volvería a Hollywood y se olvidaría de él. Mientras pensaba en ello, Tanya abrió los ojos, lo miró y le dijo que lo amaba.

–Estoy asustado –confesó él, admitiendo ante ella lo que jamás había dicho a ninguna otra persona–. ¿Y si esto no hubiera ocurrido? ¿Y si todo se desvanece, y si…?

–Basta… Te quiero… –dijo Tanya–. No me voy a ninguna parte. Sólo soy una chica de Texas. –Sonrió–. No lo olvides.

Gordon se echó a reír. Volvieron a hacer el amor y a dormirse. No se despertaron hasta las diez de la mañana. Tanya entró en la sala de estar completamente desnuda.

–Oh, Dios mío –exclamó él, mirándola boquiabierto–. ¿Cómo ha podido ocurrirme esto a mí? –Se sentó en el borde de la cama con expresión de asombro y Tanya soltó una carcajada.

–Creo que a los dos nos pareció una buena idea hacia la medianoche. ¿O es que estabas borracho? –bromeó.

–No me refiero a eso… Quiero decir que, caray, tengo a Tanya Thomas paseándose desnuda por mi sala de estar con una taza de café preparado en mi cocina.

A Tanya le hizo gracia el modo en que lo dijo y se rió.

Todo parecía una locura. Él, ella, la vida que llevaba, el hecho de que la gente quisiera arrancarle la ropa y los cabellos.

—Tú tampoco estás nada mal —dijo con una sonrisa.

Y se lo demostró en el suelo de la sala de estar, en el sofá y de nuevo en la cama. Gordon no sabía si pasarse el día haciendo el amor con Tanya o mostrarle todas las cosas que quería compartir con ella. En cualquier caso, el mejor momento para marcharse sería la hora de comer. Así pues, salieron sigilosamente hacia el mediodía sin que nadie los viera. Tanya llevaba sus tejanos, un sombrero viejo y una vieja camisa de faena de Gordon que se ató bajo los senos. Él la miró con asombro renovado mientras ella ponía la radio para oír música.

Tanya había dejado un mensaje para sus amigas avisándoles de que no volvería a su cabaña hasta la noche. Gordon la llevó primero a una cascada y luego se adentraron en las montañas. Dieron un largo paseo mientras él le hablaba de su infancia, su familia y sus sueños. Cuando volvían, Gordon hizo una parada en un viejo rancho. Explicó que había sido uno de los mejores de la comarca, pero que su propietario había muerto y el rancho no era lo bastante lujoso para el tipo de gente que ahora visitaba Jackson Hole. Se habían interesado por él un par de estrellas de cine y un alemán. Gordon conocía a los corredores de fincas y sabía que el rancho se ofrecía a un precio justo. Precisaba algunas reparaciones y reformas; además, la gente opinaba que estaba excesivamente aislado y era demasiado rústico. Se encontraba a unos cuarenta minutos en coche desde Jackson Hole. Gordon y Tanya dieron una vuelta por el rancho. Se componía de una casa grande, tres o cuatro cabañas para vaqueros, establos desvencijados y un hermoso granero. Pese a su abandono, se notaba en él todo el encanto del viejo Oeste, y era evidente que a Gordon le gustaba.

—Me gustaría comprarme un rancho así algún día —dijo,

mirando las montañas con los ojos entrecerrados. Desde allí se divisaba todo el valle y era una buena tierra para criar caballos.

—¿Qué harías con él? —quiso saber Tanya.

—Arreglarlo, y seguramente criar caballos. Es un buen negocio. Pero se necesita dinero para empezar.

A Gordon le parecía una lástima que nadie comprara aquel rancho. Opinaba que la gente no sabía valorar lo bueno, y Tanya se mostró de acuerdo con él. A ella le gustaba aquella rusticidad e imaginaba con deleite la idea de ocultarse allí durante todo el invierno. La casa tenía muchas posibilidades.

—¿Se podría entrar y salir de aquí con la nieve? —preguntó.

—Claro —respondió Gordon—. Hay una buena carretera y sería fácil despejarla con la máquina quitanieves. Habría que enviar a los caballos al sur, pero se podrían conservar algunos aquí, en un establo con calefacción. —De repente se echó a reír al darse cuenta de que hacía planes para un rancho que ni siquiera era suyo.

Después de dar una vuelta por los alrededores, Gordon llevó a Tanya a cenar a un viejo restaurante desvencijado y frecuentado por viejos vaqueros, a media hora de la ciudad. Había elegido aquel lugar por temor a que la reconocieran en un sitio más elegante, pero a ella le gustó aquel viejo restaurante, más auténtico que ningún otro. Cuando volvieron a la cabaña de Gordon, Tanya se resistió a abandonar su compañía. Se sentaron en la sala de estar a escuchar música. Luego, para divertirse, pusieron un disco de Tanya, y ella cantó al mismo tiempo. Gordon se convenció entonces de que estaba soñando, y Tanya rió al oír su comentario.

—No, no estás soñando —dijo, y empezó a desnudarlo.

—Sí, sí —dijo él, riendo también—. Esto no es más que una fantasía. Estoy escuchando cantar a Tanya mientras ella me quita la ropa.

314

—No, no te la quita —dijo ella, mientras él la desnudaba a su vez—. Y tú tampoco la estás desnudando a ella.

Rieron y se besaron. Poco después se encontraban sobre la cama y no volvieron a mirar el reloj hasta pasada la medianoche.

—Quizá debería trasladar mis cosas aquí —dijo ella con expresión somnolienta y una voz profunda y sensual que enloquecía a Gordon.

El vaquero sonrió al recordar todo lo que le había hecho Tanya y cuánto le había gustado.

—Estoy seguro de que la señora Collins nos ayudaría encantada. No tienes más que decirle que yo te he ofrecido mi hospitalidad durante el resto de la semana —dijo él, y ambos se echaron a reír.

—O tú podrías instalarte con nosotras.

—Eso estaría bien —dijo él, y de repente gimió y se retorció bajo la lengua y los dedos de Tanya—. Oh, Dios… Tanny…

Continuaron haciendo el amor hasta el amanecer. Tanya sabía que tenía que marcharse antes de que pudiera verla alguien, pero no quería dejarle.

—No quiero que te vayas —dijo él con tristeza, viendo cómo se vestía después de que se hubieran duchado juntos en su pequeño cuarto de baño, resistiendo la tentación de volver a hacer el amor—. ¿Qué voy a hacer? —preguntó con aire de niño perdido, y ella le sonrió. Sabía que Gordon se refería al domingo siguiente cuando ella se fuera a Los Ángeles.

—¿Por qué no te vienes conmigo? —repuso, aunque sabía que era una locura, pero necesitaba tenerlo a su lado.

—¿Y cuánto tiempo duraría lo nuestro? ¿Qué haría? ¿Contestar al teléfono? ¿Llevarte las flores? ¿Contestar las cartas de los fans? ¿Servirte de guardaespaldas? Me odiarías al poco tiempo y también yo. No, Tanny —dijo con pesar—. Mi sitio no está allí.

—Ni el mío tampoco —dijo ella con expresión desdichada.

—Pero allí tienes tu vida. Acabarías odiándome. —Gordon era inteligente. Eso era lo que le había pasado a Bobby Joe. Detestaba a Tanya cuando decidió volverse a Texas—. No quiero que eso ocurra.

—Entonces, ¿qué pasa con nosotros? —preguntó ella, empezando a asustarse.

—No lo sé. Dímelo tú. Podría ir a visitarte de vez en cuando, mientras puedas soportarlo, o pueda soportarlo yo. Podrías volver aquí. Podrías comprarte una casa a la que venir a refugiarte. Te haría bien. Podrías vivir aquí una parte del año, Tan… y yo te estaría esperando. Si tuviera una vida aquí contigo, ir contigo a Los Ángeles no sería tan absurdo. Haré cualquier cosa que me pidas, quedarme, dejarlo correr, desaparecer, esperarte. Lo único que no quiero es renunciar a todo para ir a Los Ángeles y ver cómo acabas odiándome.

—Jamás podría odiarte —replicó Tanya. A Bobby Joe tampoco lo había odiado.

—Me odiaría yo, y tú te darías cuenta. Vuelve aquí —propuso Gordon abrazándola. La estrechó con tanta fuerza que Tanya no podía respirar cuando la besó—. Yo estaré aquí esperándote. Para siempre, si tú quieres.

—¿Vendrías alguna vez a Los Ángeles, de verdad? —preguntó Tanya angustiada, pensando que quizá no volvería a verle, que la olvidaría en cuanto se fuera.

—Pues claro —la tranquilizó él—. Siempre que sea sólo de visita. ¿Y qué me dices de vivir aquí parte del año?

—Nunca me había planteado nada parecido. Pero me gusta la idea.

—Creo que te encantaría.

—Si comprara un rancho, ¿lo administrarías por mí?

—Claro que sí —respondió él, y tras breves instantes de reflexión añadió—: Pero no quiero ser tu empleado.

—¿Qué significa eso? —preguntó Tanya con perplejidad.

–Significa que no quiero que me pagues.

Tanya vio en sus ojos que hablaba muy en serio.

–¿De qué vivirás entonces?

–Tengo dinero ahorrado. No he trabajado todos estos años en balde. Podría comprar unos cuantos caballos, criarlos, hacer algún trabajo extra aquí, en el rancho. Podría trabajar por la habitación y la comida. Ya encontraremos la manera de arreglarlo –dijo, volviendo a abrazarla–. Eso no me preocupa. –Se sentía mejor. Sabía que podía hacer cualquier cosa por ella siempre que estuvieran en igualdad de condiciones.

–No quiero marcharme a Los Ángeles –repitió Tanya. Le gustaban las ideas de Gordon.

–Pues no lo hagas –dijo él con voz ronca, excitándose de nuevo–. No te vayas.

–He de hacerlo. Tengo varios compromisos que cumplir en las próximas semanas y he de grabar un disco. –De repente recordó la gira de conciertos mientras se vestía y le habló de ella–. ¿Vendrías conmigo Gordon? –Si la acompañaba, Gordon se convertiría en un foco de atención para la prensa, pero también sabían que eso acabaría ocurriendo tarde o temprano.

–Iría si me lo pides –respondió él pensativamente. La idea le atraía y le repelía a la vez. Quería estar con ella y protegerla de todo lo malo, pero la idea de formar parte de todo aquello le daba miedo. Sin embargo, no podía esperar que Tanya se escondiera en Wyoming con él para siempre–. Lo haría –dijo, y ella lo besó–. No sé cómo lo vamos a solucionar. Tu vida es muy complicada, pero ya pensaremos en algo. –Hizo una pausa y luego formuló una extraña pregunta–: ¿Y qué me dices de los niños? ¿Cómo es que no has tenido ningún hijo? –Le parecía extraño que una mujer tan cariñosa y sentimental no tuviera hijos.

–Nunca he encontrado el momento. Siempre estaba casada con la persona errónea en el momento erróneo, y presionada por representantes y agentes. Seguramente me habrían matado si me hubiera quedado embarazada.

Gordon asintió comprensivamente, pero le parecía una lástima porque creía que hubiera sido una buena madre.

—¿Querrías tenerlos? —preguntó mirándola con aire reflexivo.

—No lo sé —contestó Tanya, sorprendida por la pregunta—. Quería tenerlos hace unos años. Mi médico pensaba que sería difícil a mi edad. —Pensando en ello, se dio cuenta de que la idea le atraía, y luego se echó a reír al pensar en el vuelco que podía dar su vida. Gordon intentaba convencerla de que se fuera a vivir a Wyoming, viviera en un rancho y tuviera un hijo. Él rió cuando se lo dijo—. A esto lo llamo yo cambiar de estilo de vida —añadió ella—. Me siento como Heidi. —De repente se puso seria y lo miró a los ojos—: ¿Te importaría mucho si no quisiera tener hijos?

—Como prefieras —contestó él, inclinándose para besarla y desnudarla de nuevo. Sin embargo, se contuvo; ambos sabían que Tanya tenía que irse—. Sencillamente había pensado que sería maravilloso tener un hijo contigo —dijo.

Tanya le habló entonces de la hija de Zoe y le preguntó qué le parecería que Zoe la dejara a su cuidado. Gordon le aseguró que lo vería con buenos ojos.

Tanya tuvo que hacer un gran esfuerzo de voluntad para acabar de vestirse. Gordon llevaba los tejanos e iba descalzo. Tenía a Tanya abrazada en la sala de estar y no la soltaba. No querían separarse ni un minuto.

—Si no soy capaz de separarme de ti durante unas horas —dijo ella mirándole con sus grandes ojos—, ¿cómo voy a marcharme el domingo dejándote aquí?

—Tampoco para eso tengo respuesta. —Gordon cerró los ojos y la abrazó con fuerza—. Pero ahora será mejor que te vayas. —Miró su reloj.

—Una moneda por tus pensamientos —dijo. Después le dio un último beso de despedida y se fue.

Miró hacia el cielo mientras caminaba pensando en Gordon y en los momentos que acababan de pasar juntos. Él era la respuesta a todas sus plegarias, pero había mucho que planear y decidir. Lo único que sabía con certeza era que un vaquero de Texas había cambiado su vida para siempre en una sola semana.

19

El lunes por la mañana, cuando Tanya volvió a la cabaña, encontró a Zoe preparando café. Se había restablecido bastante y se sentía más descansada incluso que antes de llegar a Wyoming. Levantó la vista cuando entró Tanya y agitó el dedo índice acusadoramente.

–Déjame adivinar en qué has estado metida... ¡un retiro espiritual! –Era una mentira que Zoe había contado una vez a los padres de Tanya para encubrir que se había ido con un novio de fin de semana.

–¿Cómo lo has adivinado? –Tanya sonreía de oreja a oreja, no sólo por las fantasías compartidas con Gordon, sino por los sentimientos que había descubierto en sí misma hacia él.

–¿Significa que abandonarás Hollywood para instalarte en Wyoming?

–Todavía no –contestó Tanya, sirviéndose una taza de café.

–¿Se trata de una aventura pasajera o debería oír ya campanas de boda?

–Creo que hablar de boda es un poco precipitado –dijo Tanya con sensatez–. Es más listo que Bobby Joe, pero claro, también es más viejo que él cuando nos casamos. Dice que no quiere ir a Los Ángeles si no es de visita.

–Coincido con él –dijo Zoe–. Se lo comerían vivo en cinco minutos. Me alegro de que sea suficientemente inteligente para comprenderlo. No es que crea que no diese la talla, pero no le gustaría.

–Él lo cree así. Tuvo ocasión de probarlo la otra noche y creo que se ha perdido las ganas para siempre.

—Mary Stuart me lo ha contado —dijo Zoe asintiendo con semblante grave—. Tom llamó anoche para decir que el autobús ya está listo. Lo ha podido reemplazar o arreglar todo menos las cortinas.

—¿Te lo puedes creer? —dijo Tanya con una mueca de disgusto.

En ese momento apareció Mary Stuart con aire somnoliento.

—¿Creer qué? Hola, Tan, ¿qué tal tu vida sexual?

—Eso sí es ir directo al grano —repuso ella entre risas.

—Bueno, ¿cómo lo hace? —preguntó Mary Stuart.

—¿Quieres parar? —Tanya la golpeó con un cojín y Mary Stuart rió con malicia.

—Mira, hace un año que no hago el amor con mi marido. Ahora estoy liada con un hombre que no cree que debamos hacerlo hasta que yo decida si me divorcio o no. ¿Qué me queda aparte de vivirlo indirectamente a través de mis amigas? —Se volvió hacia Zoe—. Eso también va por ti. Si ocurre algo entre tú y Sam, quiero saber todos los detalles.

—Es de esperar que para entonces tú también tengas tu ración —repuso Zoe, y las tres prorrumpieron en carcajadas.

—Dios, estamos hechas un lío, ¿verdad? —Mary Stuart meneó la cabeza pensando en sus amigas y en ella misma, pero lo cierto era que las tres tenían una buena vida, si bien erizada de dificultades, con enormes ventajas y muchos sufrimientos. Todas habían pagado un alto precio por lo que tenían, y ahora debían cruzar un abismo de fuego, de un modo u otro, para obtener lo que deseaban.

—En realidad creo que somos fantásticas —dijo Tanya mirándolas con orgullo—. Y os quiero a las dos, por si os interesa.

—Ahhh… el amor hacia la humanidad del arrobamiento poscoito —suspiró Mary Stuart, y Tanya volvió a golpearla con el cojín.

—Sois insoportables —dijo sin dejar de reír, y luego volvió a mirarlas—. Estoy enamorada de él —admitió de pronto.

Las otras se echaron a reír.

—No me digas —comentó Zoe—. Eso ya lo imaginábamos.

—No quiero decir sólo que lo deseo, quiero decir que le amo.

Sus palabras acallaron a las otras dos, que se quedaron mirándola con seriedad.

—Tu vida es muy complicada, Tan —dijo Mary Stuart—. Asegúrate de que él puede mejorarla en lugar de empeorarla. Asegúrate de que podrá soportarlo antes de que saltéis al vacío cogidos de la mano.

—Lo haré. A él le aterra todo lo que me rodea. Es inteligente.

—Me alegro —dijo Mary Stuart, y luego cambió de tema—. Me voy a Londres.

—¿Vuelves con Bill? —Se sorprendió Tanya. ¿Qué había ocurrido durante su ausencia?

—No; sólo quiero hablar con él. Pensaba esperar hasta el final del verano, pero es demasiado. Supongo que ya sabía lo que quería cuando salí de Nueva York. No tiene sentido esperar más.

—¿Estás segura? —preguntó Tanya.

—Completamente.

—¿Lo sabe él?

—Le llamaré dentro de unos días —contestó Mary Stuart, negando con la cabeza.

—¿Y si te dice que no vayas?

—No voy a darle esa opción. Esos tiempos han quedado atrás.

—Amén —dijo Zoe.

—¿Cómo se encuentra Sam? —preguntó Tanya, levantándose para cambiarse de ropa.

—Sigue como una cabra —contestó Zoe con una sonrisa. Luego le contó que pensaba ir a la ciudad por la tarde para visitar a los pacientes de John Kroner.

—Se suponía que estabas de vacaciones —la reprendió Tanya.

–No es nada del otro mundo. Me apetece hacerlo.

–¿A qué hora irás? –preguntó Tanya.

–He pensado salir a montar esta mañana, comer con vosotras y luego ir a la ciudad. Charlotte Collins me ha asegurado que encontrará a alguien que me lleve.

–Te llevaré yo en el autobús. Quiero ir a la ciudad esta tarde para resolver unos asuntos. –Preguntó a Mary Stuart si quería acompañarlas, pero ella prefería quedarse con Hartley.

Una hora más tarde habían desayunado y se encaminaban a los establos. Gordon sufrió una decepción al enterarse de que Tanya tenía planes para la tarde.

–¿Vendrás a mi cabaña esta noche? –preguntó mientras cabalgaban.

–Si me invitas… –dijo ella, e intercambiaron una mirada por la que la prensa hubiera pagado millones.

–Te amo –susurró Gordon.

–Y yo a ti –susurró Tanya.

Atravesaron los campos al trote en perfecta armonía. Gordon afirmó que por ella iría hasta el fin del mundo.

–A cualquier sitio menos a Los Ángeles –bromeó Tanya.

–Ya te he dicho que iré a visitarte.

–¿Cuándo? –insistió ella. Estaría muy ocupada en el mes siguiente.

Él explicó que no podría abandonar el rancho hasta finales de agosto.

–¿Cuándo podrás volver aquí?

Tanya repasó sus compromisos mentalmente y calculó que tendría una semana libre a principios de agosto.

–Podría volver dentro de tres semanas –dijo, y él asintió.

En aquel momento se acercó Hartley. Los médicos de Chicago ya se habían marchado, al igual que Benjamin y sus padres.

–Me parece una eternidad –susurró Gordon antes de que Hartley pudiera oírles. También a Tanya le parecía una eternidad, pero no tendría más días libres hasta septiembre. Entonces él podría volver con ella a Los Ángeles.

–Hace buen tiempo, ¿verdad? –comentó Hartley mirando el cielo.

Gordon y Tanya se miraron sonrientes y asintieron.

Cabalgaron hasta la hora de comer. Gordon tuvo que ocuparse de su caballo, que había perdido una herradura. Habían llegado nuevos huéspedes al rancho, y aunque a él ya le habían asignado el grupo de Tanya, tenía que revisar también el trabajo de los demás vaqueros y asegurarse de que los caballos estaban en perfectas condiciones. Al final resultó mejor que Tanya tuviera cosas que hacer por la tarde, pues dos mujeres de Nueva York se habían caído del caballo durante una lección de equitación y él tenía que llevar al veterinario a una yegua que se había torcido una pata.

Por la tarde, Tanya dejó a Zoe en el hospital, donde la esperaba el doctor Kroner, y se dirigió a la cita que había concertado por la mañana. Todo salió a la perfección, e incluso tuvo tiempo para comprar unas botas de color turquesa antes de recoger a Zoe para llegar al rancho a la hora de la cena.

Zoe se sentó en el sofá frente a Tanya.

–¿Cómo ha ido? –preguntó ésta con una sonrisa.

–Ha sido interesante. Tiene unos pacientes muy agradables. Y él me gusta.

De hecho se habían mostrado tan agradecidos y el personal del hospital la había agasajado de tal manera que ella se había sentido algo azorada. Empezaba a tomar aprecio al doctor Kroner e incluso le había invitado a cenar con ellas una noche. También había invitado a su amigo, un radiólogo de Denver que se había instalado en Jackson Hole hacía un año. Eran dos jóvenes estupendos y ambos se habían mostrado muy amables con ella.

–¿Le ha salido un competidor a Sam? –preguntó Tanya enarcando una ceja–. ¿O es demasiado joven para nosotras?

—Ninguna de las dos cosas, tonta —contestó entre risas—. Es gay, ¿o es que no te habías dado cuenta?

—Pues la verdad es que no —repuso Tanya, mirándola pensativamente—. Bueno. Tienes a Sam. ¿Qué más quieres?

—Eres incorregible. ¿Qué has hecho esta tarde?

—Nada especial, resolver unos asuntos y unas compras. —Las tiendas de Jackson Hole tenían toda clase de artículos típicos del Oeste—. Me he comprado unas botas turquesa.

—Causarán estragos en Los Ángeles. Llevas demasiado tiempo aquí. A mí me pasó lo mismo una vez en Aspen. Alguien me convenció de que unas botas vaqueras de color rosa quedarían fantásticas en el hospital. Aún las tengo guardadas en el fondo del armario. Nunca me las he puesto —comentó Zoe, y siguieron charlando hasta llegar al rancho.

Hartley y Mary Stuart hablaban tranquilamente en la cabaña, pero resultaba evidente que también habían estado besándose. Era como interrumpir a unos adolescentes en el sofá de la sala. Mary Stuart se ruborizó al ver que Tanya alzaba una ceja interrogativamente.

—¡Eres una *voyeur*! —le susurró cuando fue a buscar una coca-cola para Hartley.

—¿Y qué hay de malo en ello? —repuso Tanya.

Un poco de humor, de diversión y romance no sólo era inofensivo, sino terapéutico.

—¿Qué vais a hacer esta noche? —preguntó Zoe, que estaba agotada después de pasar la tarde en el hospital—. ¿Lecciones de tango? ¿La danza de la serpiente? ¿Algo excitante?

El rancho procuraba diversos entretenimientos a sus huéspedes, aunque Tanya y sus amigas no participaban en todos ellos, sobre todo para que ella pudiera mantener las distancias.

—Creo que sólo habrá una cena corriente —explicó Mary Stuart y luego miró a Tanya. Era su turno de alzar la ceja—.

¿Cenará usted con nosotros esta noche, señorita Thomas?

–Por supuesto –respondió ella con toda la inocencia del mundo–. ¿Por qué no iba a hacerlo?

–¿De verdad quieres saber por qué? –Mary Stuart sonrió malévolamente.

–Hummm –respondió Tanya fingiendo pucheros.

Las tres amigas y Hartley cenaron apaciblemente. Zoe se acostó temprano. Hartley y Mary Stuart decidieron ir a la ciudad a ver una película, y a las ocho de la noche Tanya bajaba hacia los establos con sus viejas botas amarillas, tejanos y un suéter blanco muy suelto. También llevaba un sombrero vaquero para que su rostro no se distinguiera fácilmente. Le pareció oler a humo en el aire y se preguntó si alguien estaría cocinando al aire libre.

Cuando llegó a la cabaña de Gordon, llamó a la puerta y entró. Gordon la esperaba sentado en el sofá viendo la televisión.

–¿Por qué has tardado tanto? –preguntó como un niño que esperara a Santa Claus.

Tanya rió suavemente mientras cerraba la puerta con llave. Gordon había bajado ya las persianas y cerrado las cortinas.

–¿Que por qué he tardado tanto? La cena era a las siete y son las ocho y cinco. A mí no me parece tan mal. Casi he venido corriendo.

–La próxima vez come más deprisa –dijo él con una sonrisa, levantándose para besarla.

Poco después se abrazaban desnudos y se tendían en el sofá para hacer el amor delante de la televisión sin prestar atención al locutor. Cuando terminaron y se quedaron charlando, Gordon se dio cuenta de que hablaban de un incendio en el monte Shadow y se incorporó para escuchar.

–¿Está cerca? –preguntó Tanya al notar su inquietud.

–Justo encima de nuestras cabezas –respondió él sin dejar de escuchar atentamente.

De repente, Tanya recordó que antes había olido a humo.

El locutor decía que el fuego se mantenía dentro de una pequeña zona, pero que acababa de levantarse viento y que el servicio forestal empezaba a preocuparse. Hizo también referencia a un incendio en Yellowstone varios años antes y se mostró una vieja fotografía de una devastación total. Después concluyeron las noticias y volvió la programación normal.

—Puede que nos hagan evacuar esta noche —dijo Gordon mirándola. Pensaba en el rancho y en la seguridad de los caballos.

—¿Prefieres que me vaya?

—No veo por qué —dijo él con una sonrisa—. Nadie tiene por qué saber que estás aquí. No evacuarán el rancho a menos que se corra auténtico peligro.

Salió al exterior y contempló el cielo. Vio humo, pero no distinguió el resplandor del incendio y no se preocupó demasiado. Cuando volvió al interior de la cabaña estaba más interesado en Tanya que en el monte Shadow.

Gordon tocó algunas de sus canciones favoritas con una vieja guitarra y Tanya cantó para él en voz baja. También cantaron juntos y ella afirmó que le encantaba. Él rió y le acarició el rostro con suavidad.

—Es como cantar con un disco —dijo, y siguieron cantando un rato.

Alrededor de la medianoche compartieron un sándwich. Gordon había comprado comestibles por la tarde. Mientras comían él comentó que Mary Stuart y Hartley le parecían muy agradables.

—Hay algo entre ellos, ¿verdad? —preguntó. En realidad lo había adivinado desde el principio—. ¿Está divorciada?

—Lo estará. Va a dejar a su marido. Creo que irá a Londres la semana que viene para decírselo.

—¿Es inglés? —A Gordon le interesaba todo cuanto estaba relacionado con Tanya, en especial sus amigos.

–Está trabajando allí durante el verano.

–¿Por qué va a dejarlo?

–Su hijo se suicidó el año pasado –contestó ella tras un hondo suspiro–. Al parecer su marido la culpa a ella, creo que sencillamente porque no sabe a quién culpar. Su matrimonio se hundió.

–Quizá no fuera muy sólido antes de que ocurriera esa desgracia.

–Quizá –dijo Tanya, pero no estaba de acuerdo con él–. Yo creo que sí, sólo que fue un golpe demasiado grande. Y ahora ella está resentida por la actitud de su marido. Creo que todo ha terminado entre ellos.

–¿Crees que ella y Hartley acabarán juntos?

–Eso espero. –Tanya sonrió apoyando la mano en el brazo de Gordon–. ¿Qué me dices de nosotros? ¿Crees que acabaremos juntos?

–Más vale –dijo Gordon inclinándose para mirarla de cerca a los ojos–. Si intentas escapar de mí, iré a buscarte a Hollywood Boulevard en un potro cerril.

–Creí que ibas a dejar los potros.

–No hasta que vaya y te atrape –dijo él, y los dos se echaron a reír.

Después del sándwich, Tanya lavó los platos en la cocina llevando tan sólo la camisa de Gordon abierta. Era una fotografía que merecía la pena hacerse, pero Gordon sabía que no olvidaría jamás aquella imagen–. Me deslumbras –dijo, rodeando su cintura por detrás y apoyando el mentón en su hombro–. La semana que viene pensaré que he estado soñando.

A Tanya la entristecía pensar en que tendría que marcharse.

–¿Me llamarás?

–Lo intentaré. No es que me gusten mucho los teléfonos, pero lo haré. –Gordon no tenía teléfono en su cabaña y no quería usar el teléfono del rancho donde su llamada quedaría registrada. Tenían que pagar sus llamadas a fin de mes. Así que debería ir al 7-Eleven. Tanya se preocupó más aún, sabiendo que ella no podía llamarle–. Pero tendrás que volver cuanto antes.

–Lo prometo. Tres semanas, si puedo arreglarlo. –Había llamado ya a Jean para que realizara ciertas gestiones–. Y será mejor que vengas a Los Ángeles después del verano –le advirtió en un susurro, pero Gordon se apretaba contra ella distrayéndola de lo que estaban hablando.

–Lo haré, te lo juro. Le diré a Charlotte que necesito unos días libres a finales de agosto.

Se acostaron, y estaban tumbados uno en brazos del otro después de hacer el amor cuando oyeron que alguien aporreaba la puerta. Tanya dio un respingo. Gordon cogió sus tejanos y corrió hacia la puerta mientras se los ponía. Abrió y vio a uno de los peones del rancho.

–Acaban de llamar del servicio forestal. Tenemos que evacuar.

–¿Ahora? –dijo Gordon, atónito, pero cuando miró el cielo vio un resplandor anaranjado sobre el monte Shadow–. ¿Por qué no lo habían advertido?

–Nos pusieron en alerta hacia la medianoche, pero Charlotte pensaba que acabarían controlando el fuego. El viento ha cambiado –explicó. Había una fuerte brisa y Gordon vio que se encendían las luces en las demás cabañas–. Charlotte se encargará de los huéspedes. Nosotros tenemos que reunir los caballos y llevarlos al otro lado del valle.

Los llevarían a un rancho cercano. Ya lo habían hecho en otras ocasiones, pero era peligroso trasladar tantos animales con tanta premura. Tanto personas como animales podían resultar heridos.

–Saldré en cinco minutos –dijo Gordon al muchacho y volvió a entrar para hablar con Tanya.

Cerró la puerta con llave para que no irrumpiera nadie de repente y le contó lo sucedido lo más deprisa posible.

—Os llevarán a otro rancho —explicó—. Puedes llamar a tu chófer para que os lleve. Yo tengo que ocuparme de los caballos. Tenemos que sacar doscientas cabezas de aquí a la mayor brevedad —dijo, vistiéndose apresuradamente. De repente se detuvo y la besó—. Te amo, chica de Texas, no te preocupes por nosotros. Conseguiremos que lo nuestro funcione aunque tenga que ir cabalgando a Hollywood —le aseguró para tranquilizarla, pero en aquel momento tenía otras cosas en que pensar—. Vístete —le dijo antes de marcharse—. Vuelve a tu cabaña caminando por la hierba de la cuneta y no te verá nadie. Ahora están demasiado ocupados para fijarse en ti. Nos veremos luego.

—¿No podemos hacer nada para ayudar? —preguntó Tanya. Se sentía estúpida marchándose en su autobús a otro rancho cuando había personas y animales en peligro.

—Ése es mi trabajo —dijo él con una sonrisa, calándose el sombrero y cogiendo una vieja chaqueta tejana—. Hasta luego —se despidió y salió echándole una última mirada por encima del hombro.

Tanya se quedó sola sintiéndose como la típica mujer desvalida. Se vistió rápidamente e hizo lo que Gordon le había dicho. Cuando él pasó por la carretera en su camioneta, sonrió al ver agitarse la alta hierba en dirección a las cabañas. Mentalmente abrazó a Tanya y la besó. Pero en cuanto llegó a los establos, no pensó más que en el trabajo. Tenían que sacar todos los caballos y conducirlos al otro lado del valle, sin que ninguno se perdiera o hiriera. Gordon reunió a diez hombres y cuatro mujeres para hacerlo, todos ellos muy diestros. El rancho al que llevarían los caballos ya había recibido el aviso y se estaban ocupando de hacer sitio en sus establos. Si el fuego se propagaba hasta allí tendrían serios problemas, pero de momento el viento había vuelto a cambiar y no soplaba en aquella dirección.

Gordon gritaba órdenes desde la vieja yegua pinta que

había elegido para la tarea; en ese momento Tanya entró en su cabaña.

–Dios mío, ¿dónde te habías metido? –preguntó Mary Stuart, muy nerviosa. Zoe se estaba vistiendo. Acababan de avisarles por teléfono y aunque sabían con quién estaba Tanya, no podían localizarla–. Han llamado para decirnos que tenemos que evacuar y no he querido decirles que estabas en las cabañas de los vaqueros.

–Gracias –dijo Tanya, y llamó a Tom para explicarle lo ocurrido y pedirle que fuera al rancho. Pensaba ofrecer el autobús para que trasladaran a cuantas personas fuera necesario. En aquel momento había cerca de un centenar de huéspedes.

–¿Crees que se quemará el rancho? –preguntó Mary Stuart, angustiada.

Zoe entró en la sala de estar con tejanos y un grueso suéter; llevaba su maletín de médico en la mano.

–No, no creo que se queme. Gordon dice que esto ocurre de vez en cuando y que siempre han podido dominarlo. ¿Qué estás haciendo? –preguntó a Zoe.

–Voy a ofrecerles mi ayuda. Tienen a gente allá arriba luchando contra el fuego.

–¿Han pedido voluntarios? –dijo Tanya, sorprendida. Gordon no le había dado la impresión de que soliera pedirse ayuda a los huéspedes.

En ese momento llegó Hartley y anunció que tenían que presentarse en el edificio principal lo antes posible. Todos parecían desaliñados y asustados. Se dirigieron hacia allí. Mary Stuart charlaba con Hartley y parecía más calmada. Caminaba cogida de su mano. En la otra el novelista llevaba un maletín con un manuscrito en el que había trabajado a ratos perdidos desde que estaba en el rancho. Los demás huéspedes llevaban también maletines, bolsos o aparejos de pesca que no querían perder.

Charlotte Collins los esperaba en el salón principal y les

explicó sucintamente y con calma que el rancho no corría peligro, pero que parecía más sensato trasladar a los huéspedes a otro lugar por si cambiaba el viento. No querían hallarse en una situación realmente peligrosa y tener que trasladarlos a toda prisa. Los llevarían a un rancho vecino, donde se alojarían en las habitaciones que estuviesen libres, además de habilitar sus salas de estar mientras durara la alarma. Evidentemente no habría habitaciones para todos, pero esperaba que se acomodaran con buen humor y camaradería, ya que al fin y al cabo estaba segura de que volverían en cuestión de horas, y que, siguiendo el espíritu de la vida del rancho, lo recordarían como una aventura.

Añadió que se estaban preparando sándwiches y termos de café y que no habría problemas para transportarlos a todos. Su mayor preocupación, explicó, eran los caballos, de los que se estaban ocupando en ese mismo momento. Al oír esto, Tanya pensó en Gordon. La reunión terminó después de que Charlotte les informara de que saldrían en la media hora siguiente y que, por supuesto, los mantendrían al corriente de la situación. La gente se dispersó entre murmullos. Tanya se abrió paso hasta Charlotte y le hizo saber que ponía el autobús a su disposición.

Charlotte agradeció su amabilidad y explicó que varios autobuses con voluntarios subirían al monte Shadow para combatir el fuego. En ese momento, Zoe se acercó y se ofreció a acompañarles. Charlotte vaciló unos instantes, pues sabía que no se encontraba bien, pero finalmente accedió. Siempre se necesitaba ayuda médica en aquellos casos y Zoe parecía recuperada. Fuera cual fuese su enfermedad, y Kroner había insinuado que era grave, en ese momento se encontraba bien.

–Se lo agradezco, doctora Phillips –dijo.

Otros dos médicos se presentaron también con sus maletines. Zoe no los conocía. Uno era un ginecólogo del Sur y el otro era cirujano del corazón en San Luis.

—Una camioneta subirá dentro de unos minutos —les informó Charlotte.

Los tres médicos evaluaron sobre el instrumental y los medicamentos de que disponían. Ninguno de ellos llevaba lo necesario para atender quemaduras, pero Charlotte les informó que disponían de un botiquín completo. Alguien se ocupó de llevárselo a los médicos. Era enorme y muy útil.

Los huéspedes empezaron a subir a las camionetas que los trasladarían. Veinte minutos más tarde llegó el autobús de Tanya y empezó a subir gente siguiendo instrucciones de Charlotte. Hartley y Mary Stuart fueron de los primeros en subir. Tanya se quedó abajo para hablar con la dueña del rancho.

—¿Podría subir a la montaña con usted, señora Collins? —le preguntó en voz baja—. Me gustaría ayudar a los voluntarios o a Zoe.

Charlotte vaciló un instante y luego asintió. Necesitaban toda la ayuda posible, pero no quiso que los demás huéspedes lo supieran. Bastante amenazador resultaba ya ver el cielo nocturno teñido de rojo.

Tanya se apresuró a decírselo a Mary Stuart. Su amiga pareció vacilar y luego asintió. Poco después el autobús se ponía en marcha tras las camionetas. Charlotte, media docena de hombres, los tres médicos y Tanya subieron a jeeps y camionetas junto con docenas de vaqueros y peones del rancho constituyendo una pequeña y eficiente brigada.

La ascensión a la montaña duró casi media hora. Cuando llegaron a los cortafuegos tuvieron que apearse y seguir andando para unirse a la hilera de personas que se pasaban cubos de agua. Mientras, las avionetas contra incendios lanzaban productos químicos sobre el fuego, que rugía como una gran catarata. Tenían que gritar para hacerse oír. Tanya se quitó el suéter y se lo ató a la cintura; debajo llevaba una camiseta de Gordon. No había pasado tanto calor en toda su vida y notaba que se le abrasaba el rostro. Las chispas volaban por doquier. El espectáculo era aterrador, y ni siquiera estaban en primera línea. Lamentó no llevar guantes al reparar en que se le quemaban las manos, y notaba la tierra ardiente bajo las botas. Los árboles quemados caían uno tras otro y el viento seguía soplando con fuerza. Muchos animales habían muerto, pero otros bajaban por la montaña intentando ponerse a salvo. Zoe y los otros dos médicos habían montado un puesto de primeros auxilios junto con médicos y enfermeras de la ciudad. La gente acudía en masa para ayudar a combatir el fuego, pero pasaron horas hasta que Tanya divisó a Gordon. El vaquero pasó por su lado y se volvió de repente con una mirada de asombro. Se detuvo para hablar con ella. Dudaba que alguien la hubiera reconocido con el rostro ennegrecido, trabajando allí igual que los demás. Tanya descansó un momento. Le dolían tanto los brazos que apenas podía levantarlos.

–¿Qué estás haciendo aquí? –Gordon parecía cansado y estaba muy sucio, pero el traslado de los caballos había transcurrido sin incidentes.

–Zoe y yo nos hemos ofrecido voluntarias. He supuesto que necesitarían ayuda.

–Desde luego no sabes estar sin meterte en líos –comentó él meneando la cabeza. No le gustaba la idea de que Tanya estuviera allí. Si el viento cambiaba, muchos podían quedar atrapados y morir–. Yo voy a primera línea, pero tú no te muevas de aquí. Luego vendré a buscarte.

Tanya deseó decirle que no se fuera, pero sabía que era su deber.

Las avionetas continuaron dejando caer productos químicos durante toda la noche. Al mediodía del día siguiente todavía estaban todos allí, la mayoría exhaustos. Se llevaron colchones y se colocaron en el suelo de las camionetas para que la gente descansase por turnos. En cada camioneta se tumbaron hasta diez personas. Estaban tan cansados que se hubieran quedado como troncos en cualquier parte. Tanya no vio a Zoe hasta primera hora de la tarde y a Gordon no lo veía desde la mañana.

—¿Estás bien? –preguntó Tanya aunque Zoe parecía encontrarse perfectamente y muy tranquila.

—Sí –repuso con una sonrisa–. Por ahora sólo ha habido pequeñas heridas. Dicen que si el viento no cambia habrán dominado el fuego al anochecer. He visto a Gordon hace un rato. Me dijo que te saludara de su parte.

—¿Se encuentra bien?

Zoe sonrió.

—Sí, sólo se ha hecho una pequeña quemadura en el brazo, nada importante. Creo que ahora mismo está descansando en una camioneta.

Las dos amigas tomaron café y charlaron durante un rato; luego reemprendieron sus tareas respectivas, satisfechas por ser útiles a su manera. Pensaban bromear luego con Mary Stuart por no haberse unido a ellas, pero sabían que ella detestaba hallarse cerca de accidentes o fuegos, o cualquier cosa peligrosa que escapara a su control. En realidad Tanya se alegraba de que se hubiera ido con Hartley. Por su parte, quería echar una mano y estar cerca de Gordon, al mismo tiempo que vigilar a Zoe por si recaía.

A las cuatro de la tarde el servicio forestal les comunicó que el fuego estaba bajo control y que estaban seguros de que lo habrían apagado antes de que cayera la noche. Los voluntarios prorrumpieron en vítores. Media hora más tarde, docenas de personas desaliñadas y felices bajaban la montaña en camionetas y coches, o a pie, charlando, bromeando y comentando todo lo ocurrido. Tanya bajaba andando cuando Zoe y los otros médicos pasaron en una camioneta. Kroner iba con ellos y parecían muy animados. Tanya les saludó con la mano. Estaba cansada, pero no le importaba caminar por aquel paisaje de ensueño.

—¿Quiere que la lleve, señorita? –preguntó una voz a su

espalda. Era Gordon, con el rostro ennegrecido y el sombrero chamuscado, al volante de su camioneta. Tanya vio que llevaba el brazo vendado.

–Hola, ¿estás bien? –preguntó. Gordon asintió, aunque se sentía exhausto. Tanya subió a la camioneta e instintivamente se besaron, pero al punto se dieron cuenta con espanto de lo que habían hecho. Era lo más natural del mundo, pero debían tener cuidado–. Lo siento, Gordon. Ha sido sin pensar.

–Tampoco yo lo he pensado –dijo él con una sonrisa. Lo único que deseaba era dormir doce horas seguidas y despertar junto a ella por la mañana.

–¿Qué haréis con los caballos? –quiso saber Tanya, y bebió agua del termo de Gordon. Sabía a humo, pero tenía demasiada sed para que le importara.

–Los traeremos esta noche. Iré a buscarte cuando acabe –dijo sonriente–. Si te parece bien.

–Perfecto.

Tanya recostó la cabeza en el asiento, miró por la ventanilla y entonó una vieja canción de Texas, una de sus favoritas. Gordon también la conocía y cantó con ella. La gente que dejaban atrás sonreía al oírlos. Comprendieron entonces de quién se trataba y se asombraron de que Tanya Thomas hubiera colaborado en la extinción del fuego. Les impresionó tanto como a Charlotte Collins, que la había visto trabajar sin descanso durante diecisiete horas.

Cuando llegaron al rancho se sirvió una comida para todos los voluntarios, compuesta de huevos fritos, tortillas, salchichas, beicon, filetes, tomates fritos, patatas fritas, pasteles y helados. Los huéspedes volverían más tarde.

–Lo único que falta es maíz –se quejó Tanya, sentándose junto a Gordon.

–Maldita sea, aquí no saben comer –bromeó él.

Zoe llegó con el doctor Kroner y su pareja y se sentaron junto a ellos.

Después charlaron frente a la chimenea durante una hora y luego todo el mundo volvió lentamente a sus habitaciones, pero Gordon todavía tenía que reunir a sus vaqueros para ir en busca de los caballos.

–Esta noche caerás redondo en la cama –le susurró Tanya cuando salían del comedor–. ¿Estás seguro de que quieres que vaya a tu cabaña?

–¿Tú qué crees? –dijo él.

–Creo que eres todo un hombre, señor Bronco[1] –le aseguró ella, y estuvo a punto de besarle.

–Ten cuidado, o acabaré haciendo autostop y buscando trabajo en otro rancho.

–Lo dudo. –Tanya había observado que Gordon trabajaba mucho y bien. Charlotte Collins estaría loca si lo despidiera–. Pero tendré cuidado, lo prometo.

Gordon fue en busca de los caballos y Tanya ayudó a Zoe a guardar el material sanitario que no se había empleado.

–Quizá deberías intentar que éste te durara más –comentó Zoe con una sonrisa.

Justo en ese momento apareció el autobús de Tanya y en él divisaron a Mary Stuart.

Eran las siete de la tarde y a los huéspedes les esperaba un bufé frío. Tanya y Zoe se sentaron con Mary Stuart y Hartley para contarles sus aventuras mientras éstos cenaban.

Cuando volvieron a la cabaña por la noche, el fuego se había extinguido por completo. Tanya tomó una ducha y luego estuvo metida en el *jacuzzi* durante una hora. Cuando salió y se envolvió en una gran toalla, Mary Stuart y Zoe ya se habían acostado. Oyó unos golpecitos en la ventana. Apartó la cortina y vio un rostro sucio con las marcas de unas gafas protectoras. Tanya también estaba cansada, pero se había quedado esperando a Gordon, y ahora él le hacía señas de que saliese con él. Pero a ella se le había ocu-

---

1. Bronco es el potro cerril que se monta en los rodeos. *(N. de la T.)*

rrido una idea en el *jacuzzi*, de modo que le indicó que esperara.

Apagó la luz de la sala de estar y la del porche y abrió la puerta.

—Vamos —dijo él con tono apremiante.

—Quiero que entres —repuso ella—. Nadie se va a enterar. Las otras están dormidas, y si alguien te ve puedes decir que has venido a hablarme sobre el fuego.

Gordon vaciló. Al fin y al cabo las últimas veinticuatro horas habían sido bastante insólitas. Así pues, entró y cerró la puerta. Tanya le indicó que la siguiera a su dormitorio.

—¿Qué pasa? —preguntó él con nerviosismo—. No creo que debamos pasar la noche aquí.

—Quiero que te metas en mi *jacuzzi* —insistió ella—. Estás exhausto. Vamos. Si después quieres irte, te acompañaré.

Gordon sabía que no querría irse a ninguna parte en cuanto se quitara la ropa, pero no discutió. No le quedaban fuerzas. El nuevo traslado de los caballos había sido aún más fatigoso que el anterior.

Tanya llenó la bañera y le ayudó a desvestirse. Él se dejó hacer más que contento y se metió en la bañera. Ella puso en marcha el *jacuzzi* y él cerró los ojos con la impresión de que se había muerto y estaba en el cielo. Abrió los ojos cuando se dio cuenta de que se dormía.

—Tanny, esto es increíble —dijo.

Ella se abstuvo de comentar que su vida en Bel Air era aún más lujosa. Entre ellos no tenía importancia. Le lavó el pelo mientras él permanecía echado en la bañera disfrutando de aquel maravilloso regalo.

Estuvo en el *jacuzzi* una hora. Luego alzó la vista hacia Tanya sintiéndose mucho mejor.

—¿Quieres entrar? —preguntó, haciéndola reír.

Tanya se quitó la toalla. Por insólito que pareciera, en cuanto se metió en la bañera notó que Gordon tenía otras cosas en mente aparte de dormir.

–Eres increíble. Hace una hora parecías agonizante.

–He resucitado. De todas formas, elige con cuidado las partes de mi cuerpo.

Se abrazaron riendo e hicieron el amor. No salieron del *jacuzzi* hasta la medianoche y Tanya dijo que se sentía como una pasa arrugada.

–Pues a mí no me lo parece –replicó él, acariciándole el trasero.

Tanya se volvió para mirarle.

–¿Quieres volver a tu cabaña o quedarte aquí?

Gordon lo meditó unos instantes, no pudo resistir la tentación y decidió arriesgarse por una vez.

–Puede que me arrepienta, sobre todo si no me echas de una patada a las cinco y media. Es muy importante.

–Lo haré –prometió ella.

–Bien, quedémonos aquí. No tengo fuerzas para llegar a mi cabaña.

Se metieron en la enorme cama y a Gordon le pareció que jamás había dormido en un lecho tan confortable. Se había dormido antes de que Tanya apagara la luz.

Durmieron abrazados hasta que ella lo despertó con suavidad a las cinco y veinte. Había puesto el despertador.

–Odio hacerte esto, cariño –le susurró en el cuello. Gordon se dio la vuelta y la rodeó con un brazo–. Tienes que levantarte.

–No, no es verdad –musitó él en la oscuridad con los ojos cerrados–. He muerto y estoy en el cielo.

–Yo también… Vamos, levántate, dormilón…

Por fin, Gordon abrió los ojos y bajó de la cama con un gemido. Se vistió lentamente. Sus ropas estaban sucias, pero sólo tenía que llevarlas hasta su cabaña, donde se daría una ducha y se cambiaría para ir a trabajar.

–Gracias –dijo, mirándola–. Ha sido el mejor regalo que podías hacerme. –Se refería al *jacuzzi* y a haber hecho el amor con ella.

–Pensé que te sentaría bien –dijo ella con una sonrisa. De repente recordó que era miércoles–. No montarás en el rodeo esta noche, ¿verdad?

Gordon vaciló antes de negar con la cabeza.

–Creo que me quedaría dormido o me caería antes de salir al ruedo. Por esta vez paso.

–Yo también. –Después del fiasco del sábado por la noche no había pensado en volver.

–¿Por qué no pasamos una noche tranquila escuchando música? ¿Te importa venir a mi cabaña otra vez?

–No, señor.

Tanya sonrió y le dio un beso. Él salió a hurtadillas y desapareció antes de que lo viera nadie.

Cuando volvieron a verse en los establos a las nueve de la mañana, Gordon llevaba camisa blanca, tejanos y sombrero vaquero, y había recuperado su aire profesional. Todos parecían descansados y aparte de un leve olor acre en el aire, nadie hubiera adivinado lo sucedido, pero no se hablaba de otra cosa en el rancho. Fue un día apacible para todos.

Por la tarde, después de comer, Mary Stuart llamó a Londres. Bill se encontraba en su habitación del hotel trabajando y se sorprendió al oír la voz de su mujer.

–¿Ocurre algo? –preguntó. Eran las diez de la noche en Londres.

–No; estoy bien –contestó ella y preguntó a su vez qué tal le iba el trabajo. Él dijo que bien y luego se produjo un silencio embarazoso. Mary Stuart le habló entonces del incendio y de que Zoe y Tanya habían trabajado en las tareas de extinción como voluntarias, pero a ella la habían evacuado a otro rancho–. He pensado en ir a Londres la semana que viene –añadió, dejando asombrado a su marido.

–Ya te dije que estaré muy ocupado –respondió él con irritación.

–Lo sé, pero es necesario que hablemos. De lo contrario no te veré hasta septiembre.

–Puede que vuelva a finales de agosto.

–No pienso esperar seis semanas más para verte –dijo ella.

–Yo también te echo de menos –le aseguró Bill, aunque con tono de fastidio–, pero trabajo día y noche. Ya te lo expliqué. Si no, te hubiera pedido que me acompañases.

–¿Preferirías que te mandara un fax? –le espetó Mary Stuart. Aquella situación era ridícula, ni siquiera tenía tiempo para ella que le dijera que todo había terminado.

–No seas desagradable. No tengo tiempo para verte.

–Ése es precisamente el motivo de mi visita. Tampoco tienes tiempo para hablar conmigo, ni para hacerme el amor, ni para ser mi marido. En realidad no creo que tenga tanto que ver con el tiempo, Bill.

–¿Qué pretendes decir? –repuso él, sintiendo un leve escalofrío en la espina dorsal. De repente empezaba a comprender lo que decía Mary Stuart, los faxes, los silencios, el hecho de que no le llamara nunca. Sí, empezaba a comprender, pero muy lentamente–. ¿Para qué quieres venir? –preguntó con aspereza. Siempre había detestado las sorpresas.

–Para verte. No te robaré mucho tiempo. Ni siquiera me alojaré en el mismo hotel si no quieres. Pero después de veintiún años creo que deberíamos decirnos un par de palabras antes de tirarlo todo por la borda.

–¿Es eso lo que piensas de nosotros? –preguntó Bill, consternado y sorprendido.

–Sí, y estoy segura de que tú también lo piensas. Y deberíamos hablar de ello.

–Yo no pienso nada de eso –dijo él con tono desolado–. ¿Cómo puedes decir eso?

–El hecho de que me lo preguntes es lo más triste que pueda imaginar.

–Los dos hemos sufrido mucho… Y yo tengo este caso de Londres que es muy importante… ya lo sabes…

–Lo sé, Bill –dijo ella con tono cansado. Su marido parecía tan obcecado, tan carente de perspicacia que empezaba a preguntarse si valía la pena ir a Londres. Hablar con él la deprimía–. Hablaremos la semana que viene.

–¿Hablaremos o firmaremos papeles? –preguntó él, enfadándose.

–Eso depende de ti –dijo Mary Stuart, pero en realidad ya había tomado la decisión. Seguramente él continuaría tal como estaba para siempre, y después de diez días en compañía de Hartley, la idea de volver a un matrimonio sin palabras y sin amor le parecía un suicidio.

–Tengo la impresión de que tú ya estás decidida –dijo Bill con tono desdichado, y ella estuvo a punto de contestar que así era, pero entonces no tendría sentido que fuera a Londres. Por alguna extraña razón, Mary Stuart creía que le debía la oportunidad de defenderse, de explicar al menos por qué la había tratado tan mal en el último año, aunque de nada le sirviera–. ¿Vendrás desde Nueva York? –preguntó.

–No, desde Los Ángeles. El domingo me voy con Tanya.

–¿Esto ha sido idea suya? –preguntó él, como si ella no pudiera haberlo pensado por sí sola–. ¿O de tu otra amiga, la doctora?

–Se llama Zoe, y no, no ha sido idea suya, Bill, sino mía. Recapacité sobre todo esto antes de salir de Nueva York y no veo motivo para esperar dos meses para decírtelo.

–¿Decirme qué? –insistió él. El pánico empezaba a embargarlo. Era patético. En lugar de echarse a temblar ahora, tendría que haberse dado cuenta antes.

–Te estoy diciendo que soy desgraciada contigo, ¿o no te habías dado cuenta? Y tú eres igual de desgraciado conmigo, no me mientas.

–Ha sido un año muy duro, pero todo se arreglará –dijo él, persistiendo en negar lo evidente.

–¿Por qué va a arreglarse? ¿Qué podría cambiar? –Hacía meses que Mary Stuart había pedido a su marido que visitara a un psicoanalista, pero él se había negado. ¿Cómo podía mejorar cuando él no hacía más que esconderse?

—No sé qué está pasando —dijo él, empezando a hablar como si en ello le fuera la vida. Estaba completamente desconcertado. No esperaba aquellas acusaciones, como si creyera que ella no iba a darse cuenta, que podía aparcarla de momento y volver si algún día se encontraba mejor—. No entiendo para qué quieres venir.

—Hablaremos de ello la semana que viene —dijo Mary Stuart, deseando terminar con la conversación.

—Quizá yo podría ir a Nueva York un fin de semana —propuso él, como si el hecho de que Mary Stuart fuera a Londres resultara demasiado amenazador.

—No es necesario. Estás ocupado. No te robaré mucho tiempo, te lo prometo. Intentaré encontrarme con Alyssa.

—¿Sabe ella que vas a venir? —preguntó Bill, presa del pánico. ¿Lo sabía todo el mundo?

—Todavía no —respondió ella con frialdad. Había esperado demasiado tiempo a que su marido reaccionara, y ya no le quedaba nada que darle, ni siquiera lo lamentaba—. Intentaré localizarla antes de salir del país.

—Quizá podríamos pasar un fin de semana los tres juntos —sugirió él, esperanzado.

—No es eso lo que quiero. No voy allí para eso. Iré a Londres para verte un día o dos, y luego cogeré un avión hasta donde ella esté. —No pensaba permitir que Bill se escudara en su hija, ni jugara la carta de la familia a costa de Alyssa.

—Puedes quedarte más tiempo si quieres. Ya que vas a venir... —Bill dejó la frase sin terminar.

No era estúpido, y Mary Stuart nunca había estado tan fría ni tan enojada con él. Pero no se le ocurrió que pudiera haber otro hombre. Mary Stuart no era de esa clase de mujeres y él estaba seguro de que siempre le había sido fiel. Pero no le había hablado jamás con semejante desdén. Comprendió que había ido demasiado lejos y supo sin oírlo lo que ella pensaba decirle cuando llegara a Londres. La respetaba por tener el valor de ir a decírselo en persona, pero eso no lo hacía menos doloroso. Bill estaba destrozado cuando colgó, pero no supo qué hacer aparte de mandarle un fax. Cuando Mary Stuart lo recibió una hora después, lo leyó y lo tiró a la papelera, pero no acertó.

Zoe lo encontró en el suelo más tarde. Lo recogió y meneó la cabeza al leerlo. Realmente aquel hombre estaba ciego. No tenía remedio: «Espero con impaciencia verte la semana que viene. Cordiales saludos para ti y tus amigas, Bill». Para tratarse de un hombre que se estaba ahogando, no llegaría muy lejos aferrándose a un palillo. Para Zoe era evidente, como para cualquiera que conociese a Mary Stuart, que Bill había perdido.

20

Al llegar el jueves todos se aferraban a los últimos días por diferentes razones. De las tres amigas, Zoe era la más impaciente por volver a casa. Se encontraba bien y quería ver a Sam y a su hija, pero había agradecido la oportunidad de recuperar fuerzas en el rancho. Era como visitar Lourdes, afirmaba bromeando, porque se podía mirar hacia lo alto de las montañas y rezar. Incluso el doctor Kroner concedía a aquellos parajes un valor terapéutico.

Para Tanya y Mary Stuart, en cambio, cada día menos era una especie de agonía, un regalo de incalculable valor que habían perdido y que nunca volverían a recuperar. Ante la realidad de la partida, Hartley empezaba a temer que hubieran sido demasiado prudentes y a creer que deberían haber hecho algo más que besarse, abrazarse y hablar. Se daba cuenta de que Tanya y Gordon habían llegado mucho más lejos y los envidiaba. Sin embargo, cuando habló con Mary Stuart sobre ello el jueves por la tarde, a ella le pareció una tontería. Habían hecho lo correcto. Le recordó lo mucho que habían sufrido ambos y la sensatez de proceder con cautela. Ella no quería empezar su relación con Hartley sintiendo que había traicionado a Bill o que lo había dejado por otro hombre. No quería arrastrar ese sentimiento de culpa durante el resto de su vida en común. Hartley sonrió al oírla, olvidando el pánico que se había apoderado de él.

–Mientras exista esa «vida en común» no me preocuparé.

Ninguno de los dos estaba seguro en realidad, y a Mary Stuart aún le quedaba el viaje a Londres, pero cualquiera que los viera juntos hubiera apostado por su futuro.

—Creo que voy a volverme loco cuando te vayas a Londres —dijo él tímidamente. Había invitado a Mary Stuart a acompañarle a Seattle, donde una biblioteca quería inaugurar una sala con su nombre. Desde allí viajaría hasta Boston para hablar sobre una conferencia que debía dar en Harvard. Sería una vida interesante para Mary Stuart si seguían juntos. Hartley le había dejado leer trozos del manuscrito en que estaba trabajando y ella se había sentido muy honrada. De repente, la idea de encontrar trabajo ya no le parecía tan importante. Hartley la mantendría muy ocupada.

Sin embargo, declinó la oferta de viajar con él cuando abandonaran Wyoming. Mary Stuart quería volver a Los Ángeles con Tanya, pasar un par de días con ella y marcharse a Londres. Necesitaba terminar con Bill de una vez por todas y volver a Nueva York para reunirse con Hartley. Entonces podrían pasar el resto del verano en la isla Fisher, donde Hartley pensaba dar una fiesta en su honor para presentarla a sus amigos y hacerles saber que habían vuelto los buenos tiempos después de dos años de soledad y silencio.

—Te llamaré en cuanto haya hablado con Bill —prometió Mary Stuart mientras paseaban. Habían ido a montar por la mañana, pero decidieron dar un paseo por la tarde para estar a solas.

—Quizá deberíamos acordar una especie de señal.

—¿Como cuál? —Mary Stuart intentaba imaginar lo que sentiría ella en la piel de Hartley, pero pensaba que se inquietaba sin motivo. El viaje a Londres era una mera cortesía, sobre todo después de la última conversación con su marido—. ¿En qué tipo de señal estás pensando? —Sonrió.

Hartley frunció el entrecejo buscando la señal más adecuada y miró a Mary Stuart con expresión preocupada.

—Mándame un fax con un mensaje. Y dime cuándo llegas. Iré a buscarte al aeropuerto.

—Deja de preocuparte —dijo ella y le besó.

Volvían al rancho paseando lentamente, cogidos de la mano, mientras Gordon y Tanya bajaban galopando desde el monte Shadow. Habían ido allí para examinar los daños provocados por el incendio, que eran cuantiosos. Charlaban sobre ellos cuando Tanya se fijó en un caminante que emergía a un claro. Parecía una especie de montañero salvaje, desharrapado, con los cabellos largos y descalzo, a pesar de las ramas y la madera quemada que cubría todo el terreno. Se quedó mirándolos un momento y luego desapareció entre los árboles.

–¿Quién era ése? –preguntó ella. Le había parecido muy extraño; además, llevaba un rifle.

–De vez en cuando tipos como ése se instalan en las montañas. Se mueven por los parques nacionales. Seguramente ha tenido que huir del fuego y está buscando un sitio para levantar un nuevo campamento. Son inofensivos –añadió Gordon.

Tanya sonrió entonces al recordar el paseo a caballo que había propuesto a Gordon para el día siguiente. Llegaron a los establos al caer la tarde y allí se separaron, pero Tanya iría a la cabaña de Gordon después de la cena y no la abandonaría hasta el amanecer. Eran los momentos más felices que vivía en muchos años y sus amigas no hallaron motivos para recriminárselo. Las tres amigas cenaron con Hartley. Todos estaban muy animados. Hartley y Mary Stuart parecían muy relajados. Por su parte, Zoe había pasado la tarde en el hospital visitando al doctor Kroner. La cena transcurrió entre risas y bromas y era más tarde de lo habitual cuando Tanya los dejó en la cabaña. Incluso Hartley intuía adónde iba, pero aquella relación no lo escandalizaba. Tenía una alta opinión de Gordon y le parecía el hombre adecuado para Tanya.

Tanya bajó por el camino como de costumbre, contemplando el cielo estrellado. La noche era tan hermosa que casi le daba pena tener que entrar en la cabaña. Oyó relinchar suavemente a los caballos cuando pasó junto a los establos. Gordon la esperaba con la música puesta y el café preparado. Charlaron durante un rato y luego, inevitablemente, hicieron el amor. Después, mientras hablaban acostados en la oscuridad, a Tanya le pareció oír un ruido. Un perro ladró y de repente los caballos relincharon. Gordon volvió la cabeza para escuchar. El perro seguía ladrando y los caballos parecieron enloquecer.

–¿Qué ocurre? –preguntó Tanya en voz baja.

–No lo sé. Algunas veces se asustan cuando rondan por ahí los coyotes o pasa alguien cerca. Seguramente no es nada.

Sin embargo, diez minutos después los caballos seguían relinchando y se oían golpes como si cocearan sus compartimientos. Gordon, responsable de los establos, decidió vestirse e ir a verlos.

–Te esperaré aquí –dijo Tanya observando cómo se movía en la oscuridad para ponerse tejanos, botas y un suéter. Estaba tan atractivo a la luz de la luna que Tanya sintió deseos de retenerlo. Lo besó con ardor y notó que él también se encendía.

–No te duermas, vuelvo enseguida –dijo Gordon con una sonrisa.

Se dirigió a los establos a toda prisa, pero Tanya vio que paraba y seguía avanzando lentamente al llegar a la esquina. Ella intentó descubrir qué pasaba desde la ventana de la cocina, pero no veía nada. Todo parecía tranquilo salvo los caballos, que seguían relinchando. Sin embargo, pasó una hora y Gordon no volvía. Tal vez uno de los caballos había enfermado y había tenido que quedarse con él, pensó. No podía avisar a nadie para que la ayudara, de modo que decidió vestirse e ir ella misma a los establos. En el peor de los casos, si se encontraba con alguien, diría que no podía dormir y había salido a dar un paseo.

Se acercó a los establos lentamente. De pronto los caballos enmudecieron. Dio la vuelta a la esquina y vio a dos hombres. El montañero apuntaba a Gordon con el rifle. Gordon le hablaba sin moverse lo más mínimo. Varios caballos estaban cubiertos de sangre y uno de ellos estaba tumbado. Vio entonces que el montañero también blandía un cuchillo de caza. Tardó unos segundos en comprender lo que estaba ocurriendo y luego empezó a retroceder despacio, pero cuando estaba a punto de dar la vuelta a la esquina de los establos, el montañero la vio y se oyó un disparo. Tanya ignoraba de si le disparaba a ella, pero salió corriendo. Tenía que conseguir ayuda lo antes posible, antes de que matara a Gordon. No se oyeron más tiros.

Tanya llegó a la cabaña más cercana y aporreó la puerta. Era la de uno de los vaqueros que conocía, un joven de Colorado que abrió la puerta con una manta arrollada en la cintura, pensando que se trataba de otro incendio forestal. Algunas veces, cuando se apagaba un fuego, un rescoldo permanecía apagado durante un tiempo y luego prendía de nuevo. El rostro de Tanya le dijo que ocurría algo mucho peor. Ella le cogió por el brazo e intentó llevarlo hacia los establos.

–Hay un hombre con un cuchillo y un rifle en los establos, algunos caballos están heridos y tiene a Gordon. ¡Venga, deprisa!

El vaquero no le preguntó cómo sabía todo aquello. Se limitó a dejar caer la manta y a vestirse, mientras Tanya se daba la vuelta. Salió al porche subiéndose la cremallera y golpeó la puerta de la cabaña contigua. Las luces se encendieron y salió un hombre. El joven de Colorado le dijo que llamara al jefe de policía y que despertara a los demás.

Luego él y Tanya salieron corriendo hacia los establos a tiempo para ver al montañero subir de un salto a un caballo y alejarse galopando en dirección a las montañas, blandiendo aún el cuchillo y gritándoles obscenidades. Había dos caballos muertos, uno apuñalado y otro con una herida de bala. Y Gordon yacía en el suelo sangrando profusamente. La sangre manaba del brazo. Tanya comprendió que tenía una arteria seccionada y que moriría desangrado en cuestión de minutos. Le cogió el brazo e hizo presión sobre la herida, gritando al otro vaquero que fuera a su cabaña en busca de Zoe. Gordon parecía a punto de desmayarse, pero al menos la herida no sangraba tanto, aunque ella estaba ya cubierta de sangre. Los caballos no dejaban de relinchar frenéticos.

–Cariño, por favor... por favor, Gordon... háblame. –Intentaba mantenerlo consciente mientras hacía presión sobre la arteria, pero Gordon parecía agonizar–. ¡No! –le gritó ella. No tenía las manos libres para abofetearlo o sacudirlo–. ¡Gordon! ¡Despierta! –Tanya gritaba y lloraba a la vez.

Empezaron a llegar los demás y se quedaron atónitos. Tardaron un poco en comprender lo sucedido, porque nadie había visto nada. Tanya intentaba explicárselo cuando vio a Zoe bajar corriendo por la colina en camisón y con su maletín de médico. Cuando llegó hasta ellos, Tanya vio que llevaba guantes para proteger a Gordon de su enfermedad.

–Déjenme sitio –dijo a los hombres–. Gracias. –Se arrodilló junto a Gordon y miró a Tanya.

–Un hombre le ha herido con un cuchillo de caza –dijo ésta. Zoe comprobó que había estado a punto de cercenarle el brazo–. Creo que le ha dado en una arteria. La sangre manaba a chorro. –Tanya recordaba algo de unos cursillos de primeros auxilios que había realizado hacía años.

–No lo sueltes –le ordenó Zoe, e intentó examinar la herida, pero en cuanto movió un poco el brazo, un chorro de sangre las salpicó a las dos.

Tanya volvió a apretar con fuerza mientras Zoe hacía un torniquete por encima de la herida. Lo cierto era que Zoe no tenía muchas esperanzas de que Gordon saliera con vida. Tanya también se daba cuenta y no dejaba de implorar su nombre mientras los otros vaqueros contemplaban la escena horrorizados. Dos de ellos lamentaban la muerte de sus caballos. El joven de Colorado intentaba explicarles lo que había visto y lo que parecía haber ocurrido.

–¿Cuánto creen que tardará la ambulancia? –preguntó Zoe a uno de los vaqueros.

–Diez o quince minutos –respondieron, y Zoe pareció angustiarse.

Ella no podía hacer gran cosa. Gordon necesitaba una transfusión, oxígeno y un cirujano lo antes posible. Cuando empezaba a desesperar, una sirena quebró el silencio de la noche. Los vaqueros la dirigieron hacia donde yacía Gordon, que había perdido el conocimiento y tenía el pulso irregular. Tanya seguía apretando la herida.

En cuanto llegaron los sanitarios, Zoe les explicó la situación. Lo colocaron en una camilla y lo metieron en la ambulancia. Zoe subió con él. Alguien le dio un impermeable largo para cubrir el camisón. Tanya pidió ir con ellos.

–¿Qué le parece si la llevo yo? –preguntó una voz.

Tanya se dio la vuelta y descubrió a Charlotte Collins. No había desaprobación en su semblante, sólo gratitud, y Tanya asintió. Dejaron que la ambulancia se fuera sin ella. De todas formas no había sitio para uno más y Zoe no quería que Tanya estuviera con Gordon cuando muriera, ya que le parecía lo más probable.

Tanya comentó a Charlotte que habían visto al montañero del rifle por la tarde y que Gordon lo había considerado inofensivo.

–La mayoría lo son, pero algunos están perturbados. Hace unos años se produjo una terrible tragedia. Un hombre que acababa de salir de prisión asesinó a toda una familia en sus sacos de dormir, pero no son cosas que ocurran a menudo por aquí. Por lo general ni siquiera cerramos las puertas con llave por la noche –dijo, al tiempo que observaba que Tanya tenía el alma en vilo pensando en Gordon.

El trayecto hasta el hospital les pareció interminable. No se dijeron nada. Tanya estaba demasiado trastornada para hablar y Charlotte se mostraba comprensiva. Sabía más de lo que creía Tanya. Pocas cosas en el rancho escapaban a su atención. Lo ocurrido entre Tanya y Gordon no era lo más aconsejable para su personal, incluso se imponían diversas sanciones, pero de vez en cuando se producía lo más inesperado. En ocasiones la vida estaba por encima de las normas. Lo que más le importaba en aquel momento era que Gordon no muriera, lo demás se decidiría más tarde.

Cuando llegaron al hospital media docena de personas atendían a Gordon, tendido en una camilla de quirófano. Dos cirujanos se estaban lavando. Preguntaron a Zoe si quería asistir a la operación, pero ella les dijo que no creía que la necesitaran. Le pareció que sería más útil en la sala de espera con Tanya.

–¿Qué tal está? –preguntó Tanya con voz ronca.

–Vivo –fue todo lo que Zoe pudo contestar. Sabía que debía ser sincera–. Pero en estado crítico.

Charlotte meneó la cabeza con espanto al oírla. Tanto ella como Zoe cogieron a Tanya de las manos mientras lloraba y esperaron. A Tanya no le dio apuro que Charlotte la viera llorar, ni siquiera le importaba lo que pudiera pensar. Lo único importante era que el hombre al que amaba podía morir.

Al cabo de un rato llegó la policía para interrogarla. Tanya les contó lo que sabía. Zoe la escuchaba con inquietud. Cuando todo aquello saliera a la luz, la prensa se abalanzaría sobre ella y no saldría bien parada. Tanya Thomas, follándose vaqueros en un rancho para turistas. Charlotte pensó lo mismo y fue a hablar con los agentes de policía. No podían suprimir las pruebas ni las declaraciones de los testigos, ni ella se lo pedía, pero tampoco era necesario que se llamara a la prensa. Los agentes se mostraron comprensivos con Charlotte, a la que ya conocían, y prometieron que el jefe de policía rastrearía las montañas en busca del agresor y el caballo robado.

Poco después apareció el doctor Kroner. Alguien le había llamado a su casa, puesto que era el médico que hacía las visitas al rancho. Kroner se sentó un rato a hablar con Zoe y luego entró en el quirófano para interesarse por el estado de Gordon, cuya vida aún pendía de un hilo. Le habían cosido la arteria, pero el daño y la pérdida de sangre eran considerables. Tanya se sentó y cerró los ojos, momento que aprovecharon los dos médicos para dar un pequeño paseo por los pasillos del hospital.

–Tampoco ella tiene muy buen aspecto –comentó John a Zoe cuando se habían alejado–. ¿La ha atacado también a ella aquel tipo? ¿Qué estaba haciendo en los establos a medianoche? –Zoe lo miró y sonrió ante su ingenuidad, pero durante su breve relación de amistad había llegado a confiar en él.

–Está enamorada de él –dijo, y con eso lo explicaba todo.

John asintió.

Transcurrió una hora más antes de que el cirujano jefe se acercara a ellos con un semblante tan sombrío que Tanya estuvo a punto de desmayarse. Se echó a llorar antes de que el cirujano pronunciara una sola palabra. Éste la miró a los ojos. No tenía la menor idea de quién era ni le importaba, pero su estado le indicaba que era con ella con quien debía hablar.

–Se pondrá bien –dijo, y Tanya estalló en sollozos histéricos aferrándose a Zoe.

–Tranquila, Tan... tranquila... saldrá de ésta... shhh... cariño... tranquila.

–Oh, Dios mío, creía que había muerto –exclamó Tanya, y los demás volvieron el rostro discretamente para que diera rienda suelta a sus emociones.

El cirujano explicó a Charlotte que había nervios y ligamentos afectados, pero confiaba en que Gordon se resta-

blecería por completo tras una semana o dos de convalecencia, sin necesidad de volver a operarse. Luego tendría
que hacer recuperación. Pese a que había perdido mucha
sangre, el cirujano había decidido no hacerle ninguna transfusión, y pensaba que si evolucionaba bien, no tenía demasiados dolores y no le subía la fiebre, podría incluso volver
al rancho a la mañana siguiente. Charlotte asintió y le dio
las gracias. Luego el cirujano se volvió hacia Tanya.

–¿Quiere verlo? –preguntó con una sonrisa–. La doctora
y usted han realizado un buen trabajo consiguiendo que
llegara vivo hasta nosotros. Si no le hubiera oprimido la arteria habría muerto en unos minutos.

Tanya asintió, incapaz de hablar en ese momento.

–¿Está despierto? –preguntó al fin, siguiéndole por el pasillo. Los demás habían decidido aguardar en la sala de espera, y charlaban animadamente sobre lo sucedido.

–Más o menos –dijo el cirujano con una sonrisa, admi-
rando su belleza pero sin reconocerla–. Está un poco aton-
tado aún por la anestesia, pero pidió verla apenas despertó.
Usted es Tanny, ¿verdad?

Tanya asintió. Entró con el cirujano en la sala y se puso
una bata esterilizada. Alrededor de Gordon había media
docena de enfermeras y una panoplia de máquinas y moni-
tores, pero él levantó la cabeza y sonrió nada más verla.

–Hola, cariño –dijo.

Tanya se inclinó para besarle.

–Me has dado un susto de muerte –dijo.

–Lo siento… intentaba alejarle de los caballos y de pronto me atacó.

–Has tenido suerte de que no te matara –dijo ella.

–El médico dice que tú me has salvado.

Intercambiaron una larga mirada en la que se leían mil y
un sentimientos y Tanya volvió a besarle.

–Te amo –susurró.

–Yo también te amo –dijo él y cerró los ojos.

Tanya preguntó al cirujano si podía quedarse. El médico asintió y ella salió a decírselo a Zoe.

–¿Está segura? –preguntó Charlotte Collins–. Yo podría traerla mañana.

–Prefiero quedarme –respondió Tanya con tono sereno. Miró a la dueña del rancho e intentó excusarse–. Siento lo que ha ocurrido entre él y yo… No quiero causarle problemas.

–Lo sé –dijo Charlotte con una sonrisa–. No se preocupe. Pero tenga cuidado.

Zoe advirtió a Tanya sobre la prensa antes de irse con Charlotte, pero Tanya la tranquilizó. Nadie en el hospital sabía quién era.

Cuando las dos mujeres y el doctor Kroner se marcharon, Tanya regresó al lado de Gordon, que dormía. Las enfermeras prepararon un catre para ella en un extremo de la sala.

A las seis de la mañana lo trasladaron a una habitación. Gordon se había despertado y afirmaba encontrarse bien, pero su aspecto desmentía sus palabras.

–Me encuentro bien. Volvamos a casa –dijo a Tanya, pero estaba débil por la pérdida de sangre y ni siquiera pudo incorporarse.

–Ya; no puedes estar mejor. Túmbate y estáte quieto –le ordenó Tanya, agitando un dedo.

Gordon sonrió.

–No creas que porque me hayas salvado la vida vas a decirme lo que tengo que hacer el resto de mi vida –repuso con expresión pícara–. Pareces cansada, Tan –añadió poniéndose serio.

–Ha sido el susto –dijo ella.

El médico entró para decirles que podían marcharse al mediodía, ya que no habían surgido complicaciones ni fiebre. Tanya llamó a Tom para que fuera a buscarles.

Llegado el momento, Gordon silbó desde la silla de ruedas en la que esperaba cuando vio llegar el autobús.

—Esto sí que es sutileza –sonrió–. ¿Cómo voy a explicarle esto a Charlotte? ¿O es que nos han descubierto?

—Yo diría que le di una pequeña pista anoche cuando le aferraba el brazo mientras esperaba a que me dieran noticias sobre tu estado. Pero ha sido sumamente amable. Creo que lo comprende perfectamente.

—Menos mal. No entraba en mis planes que me apuñalaran en medio de la noche estando tú por allí –dijo, alterado aún por el recuerdo. Parecía bastante recuperado, pero se notaba que le dolía el brazo. No quería admitirlo, pero pestañeaba cada vez que lo movía. Le habían dado calmantes para que los tomara en caso de necesitarlos, pero él afirmaba que sólo necesitaba un trago de whisky.

Tanya lo instaló en una de las camas del autobús y apoyó su brazo sobre unos almohadones. Gordon le sonrió cuando ella le sirvió una coca-cola. Al cabo de un rato, Gordon miró por la ventanilla y pareció desconcertado.

—Siento tener que decírtelo, Tan, pero tu chófer ha decidido volver dando un rodeo por China.

—He pensado que te gustaría dar un pequeño rodeo para admirar el paisaje en el camino de vuelta a casa –explicó ella.

Gordon pensó que el único paisaje que quería admirar era el de su cama, pero temió herir sus sentimientos, así que asintió y le dio un beso.

—Sólo quiero que sepas que no dejaré que esto afecte a nuestra vida sexual –dijo. Tanya soltó una carcajada.

—Déjame que te diga que alrededor de la medianoche de ayer tu vida sexual era el menor de tus problemas.

Tanya se percató de que casi habían llegado a su destino. Miró por la ventanilla y lo vio. Acababan de doblar una curva y más allá de un risco, al pie de las montañas, se veía un rancho. Gordon lo reconoció al mirar por la ventanilla. Era el que le había mostrado durante el paseo del domingo anterior.

–¿Para qué querías venir aquí? –preguntó con aire regocijado y se incorporó para ver mejor–. Me encanta este lugar. –Se preguntó si Tanya se había puesto sentimental y se inclinó para besarla, pero ella se echó a reír.

–Eso espero –dijo.

–¿Por qué?

–Porque me pertenece.

–¿Qué? –preguntó Gordon, perplejo–. No es cierto. Ése es el viejo rancho Parker. Hace años que lo conozco. Te traje aquí el domingo pasado.

–Lo sé. –Tanya pareció muy satisfecha de sí misma al besar a Gordon–. Lo compré el lunes.

–Estás loca. –Gordon parecía absolutamente abrumado por la noticia y Tanya temió incluso que se enojara–. ¿Por qué lo has hecho? –preguntó, todavía incrédulo.

–Tú me dijiste que debía comprarme un rancho por aquí.

–Y tú vas y lo compras, ¿eh?

–El corredor de fincas me aseguró que era una gran inversión y el precio era justo, así que me pareció buena idea. Creo que deberíamos hacer lo que propusiste. Tú crías caballos y yo vendré siempre que pueda. Trabajas para Charlotte Collins y me ayudas a llevar mi pequeño rancho, pero primero tenemos que reformarlo. Después ya veremos. Si no nos gusta, si te fugas con otra estrella del rock, o si decides mudarte a Los Ángeles y abandonar los potros cerriles, siempre puedo venderlo.

–Oh, cariño… –exclamó él atrayéndola hacia sí con el brazo sano–. Eres asombrosa.

–¿Me ayudarás?

–Por supuesto –respondió él sin aliento. Haría cualquier cosa por ella. Tanya le había demostrado su amor de todas las maneras posibles y él nunca lo olvidaría.

–Quería venir contigo a caballo hoy para enseñártelo.

–No me lo puedo creer –dijo Gordon, mirándola de nuevo con asombro–. ¿Realmente quieres hacer esto por mí?

¿Cómo puedes ser tan buena y confiada? –le preguntó.

–Supongo que soy tonta –dijo ella con una sonrisa. Bebió un sorbo de la coca-cola de Gordon y le ayudó a arrellanarse de nuevo sobre los almohadones–. ¿Hay alguna razón por la que no debería ser buena y confiada?

–Ninguna, señora –respondió él orgullosamente–. Vas a tener el mejor rancho de Wyoming. ¿Cuándo podemos empezar con las reformas?

–En cuanto puedas volver a volar –dijo ella señalando su ala rota–. Será nuestro a partir de la semana que viene. –Tanya había pensado en el rancho como regalo de boda para Gordon si llegaban a casarse, pero eso era algo que decidiría más adelante. No tendría el divorcio de Tony hasta Navidades, pero después... las posibilidades eran infinitas.

Todo el personal del rancho aguardaba a Gordon frente a su cabaña. Todos prorrumpieron en vítores cuando Tom ayudó a Gordon a bajar las escaleras del autobús y entrar en la casa. Tanya caminaba tras ellos. Todos querían hablar con él, decirle que se alegraban de que estuviera bien. Le habían llevado libros, comida y casetes. Tenía cuanto necesitaba para su convalecencia, además de una mujer que lo amaba y el rancho con el que siempre había soñado. Este pensamiento hizo que se le saltaran las lágrimas cuando él y Tanya se quedaron a solas.

–Aún no acabo de creerme que estés conmigo. Nunca me había imaginado algo así.

–Tampoco yo –dijo ella–. Me encanta este lugar y quiero estar aquí contigo.

–Iré a Los Ángeles siempre que pueda –le aseguró él para tranquilizarla.

–No tienes que hacerlo si no quieres –dijo Tanya, que tenía bien aprendida la lección.

–Quiero hacerlo. Tú has visto mi mundo, ahora eres parte de él. Ahora quiero ver el tuyo. Podemos compartir ambos siempre que nos comprendamos mutuamente.

—Mi mundo puede ser brutal –dijo ella con tristeza–. Te haría un daño terrible aunque tuvieras mucho cuidado. No hay respeto por nada. No quiero que te hagan sufrir –añadió, y resultó ser una premonición.

Al día siguiente, la historia completa se transmitía a las agencias de noticias y aparecía en las portadas de la prensa sensacionalista. Explicaban que Tanya Thomas había ido de vacaciones a un rancho de Wyoming hacía dos semanas, que allí había iniciado una aventura con un vaquero y que una semana más tarde le había comprado un rancho. Se mencionaba el precio que supuestamente había pagado, cerca de un millón de dólares, y luego contaban la historia de sus tres maridos. La mayor parte de los detalles eran falsos y malintencionados. El titular rezaba: ¿UN POLVO, O EL CUARTO MARIDO? ¿QUÉ SERÁ, TANYA? En el artículo se calculaba lo que ganaba Gordon al año y lo que ganaba ella, y la ridiculizaban de todas las maneras posibles. A él lo convertían en un chulo barato y a ella en una puta. Incluso la hacían parecer una estúpida por cantar el himno en el rodeo y mostraban las fotos de los disturbios producidos a la salida. Llegaban incluso a afirmar que a él lo había apuñalado supuestamente otro vaquero, cuando se peleaban por los favores de Tanya, y que a ella casi la habían matado al intentar separarlos.

Tanya se sentó anonadada en su dormitorio tras leer el artículo, sintiéndose asqueada. El problema era que siempre había la suficiente dosis de verdad en aquel tipo de historias para hacer que la gente dudara de su falsedad. ¿Qué pensaría Gordon cuando lo leyera?

—No leas esa basura –le dijo Zoe, furiosa por lo que le habían hecho a su amiga, pero no pudo evitar preguntar–: ¿Es verdad que le has comprado un rancho? Seguramente no es más que una sucia mentira, pero quería saberlo.

—Me he comprado un rancho para mí. Él me ayudará a llevarlo. Por fin he aprendido la lección. Él es feliz aquí y yo no quiero obligarlo a llevar mi vida. No quiero estropear nuestra relación, así que he pensado en pasar una parte del año aquí.

—Es justo —dijo Zoe—. Sólo quería asegurarme de que no era cierto. Oye, Tan, lo siento.

—Yo también —dijo su amiga sintiéndose desdichada—. Antes me preguntaba quién podía haber sido, pero supongo que son todos. Los policías, la prensa, las enfermeras, los conductores de ambulancia, los peluqueros, los turistas, los corredores de fincas, incluso los amigos algunas veces. Es inevitable. Cada uno aporta su granito de arena y luego ellos lo convierten en un cuchillo y te apuñalan por la espalda atravesándote el corazón.

Se preguntó cómo estaría Gordon. Muy mal, era de suponer. La noche anterior le había hecho la cena y había abandonado su cabaña a la luz del día. Ya no era ningún secreto que estaban juntos. Al llegar a la cabaña que compartía con sus amigas, se había encontrado con el periódico. Las otras habían pensado en ocultárselo, pero sabían que era inútil. Al final lo descubriría igualmente y era mejor enfrentarse a ello cuanto antes.

—No puedo creer lo que han hecho esos canallas —dijo Mary Stuart a Hartley. Él también había experimentado cierto acoso de la prensa, pero jamás hasta ese punto. Sólo unos cuantos novelistas recibían ese tipo de tratamiento de la prensa sensacionalista, y él no era uno de ellos.

Tanya llevó el periódico consigo cuando volvió a la cabaña de Gordon antes del mediodía; quería contárselo ella misma. Las otras habían salido a montar por última vez junto con el doctor Kroner. En el momento en que Tanya entró por la puerta, comprendió que Gordon ya lo había leído. En su mirada había una especie de sentimiento de vergüenza que hizo temer a Tanya por su relación. Lo miró con ojos penetrantes. Gordon estaba sentado en el sofá viendo la televisión y bebiendo café. La historia había salido también en las noticias, con una foto de él, pero Tanya no lo sabía. Gordon no daba crédito a lo que estaba pasando. ¿Cómo podían distorsionar la realidad de aquella manera? Él la miró preguntándose cómo se sentía.

–¿Cómo está tu brazo? –preguntó Tanya, y él lo movió un poco para demostrarle su mejoría. Pero no era el brazo lo que en aquel momento les importaba.

–Pagaste demasiado por el rancho –dijo Gordon.

Tanya se sentó a su lado.

–¿Qué tal te sienta aparecer en los titulares? –preguntó, mirándole a los ojos y pensando en que ni siquiera había intentado tocarla.

–Se me ocurren motivos mejores para ser noticia, como matar a un periodista. Me encantaría.

–Acostúmbrate, chico –dijo ella con tono mordaz–. Esto lo hacen a menudo. Es su manera de trabajar. Cogen todo lo que haces y lo convierten en mierda. Te humillan, te hacen parecer un estúpido. Todo lo interpretan a su manera, tergiversan tus palabras, no respetan nada. ¿Podrías vivir así?

–No –respondió él con firmeza mirándola a los ojos. A Tanya le dio un vuelco el corazón–. Y tampoco tú. Si es así como te tratan, quiero que te quedes aquí conmigo.

–Pero aquí también lo harán. ¿Quién crees que les proporcionó la información? El corredor de fincas, las enfermeras del hospital, los sanitarios de la ambulancia, el maestro de ceremonias del rodeo. Todos quieren sentirse importantes, y para conseguirlo están dispuestos a venderme.

–No pueden. Me perteneces –dijo él con los ojos brillantes.

–Eso es muy cierto –dijo ella, deseando que nada de aquello hubiera ocurrido–, pero tienes que aceptar que todo lo que hagamos o toquemos acabará así. Si tenemos un hijo, dirán que es de otra porque yo soy demasiado vieja para tener hijos, o que el padre es el cartero. Si contratamos a una asistenta, dirán que tú te la follas cuando yo estoy en Los Ángeles. Si te compro algún regalo de vez en cuando, publicarán cuánto vale antes incluso de que yo te lo haya dado y luego te harán parecer un gigoló por haberlo aceptado. Da igual que viva aquí, allí o en Venezuela, mi vida no va a cambiar, y quiero que lo sepas desde ahora, porque si no acabarás odiándome. Y aunque ahora te parezca que podrás soportarlo, tienes que darte cuenta de que cualquier dentista al que vayas, o cualquier tintorería que visites, o cualquier prostituta a la que pagues (que ni se te ocurra, porque te mataría) —Gordon no tuvo más remedio que sonreír—, todas las personas con quienes tengas relación, con una o dos excepciones, te venderán para hacerte parecer una basura. Y quizá la centésima vez que te ocurra, empezarás a odiarme. Sé cómo se siente uno. Va minando tu vida como un cáncer. He perdido a dos maridos por ese motivo, y el tercero era tan corrupto que me vendió el primero.

—No parece que hayas tenido una vida feliz —comentó él, que no conocía los detalles—. ¿Qué esperas que haga? —preguntó con tristeza—. ¿Creías que iba a dejarte? Lo siento pero yo no me asusto tan fácilmente. He visto cómo es tu vida. Sé cómo es la prensa sensacionalista y la basura que publican. Y tienes razón, es diferente cuando escriben sobre ti. Al abrir el periódico esta mañana sentí ganas de matar a alguien, pero la culpa no es tuya. Tú eres la víctima.

—La gente lo olvida a veces —dijo Tanya—. Y no puedes desquitarte. Ni siquiera vale la pena demandarlos judicialmente por mucho que mientan. En realidad sólo conseguirías que vendieran más periódicos. Así que al final acabarás odiándome porque ellos te han hecho daño.

—Te amo —dijo él con firmeza, poniéndose en pie—. Te amo. No quiero que esto vuelva a ocurrirte. Sí, tienes razón, me pondré furioso cuando digan todas esas mentiras sobre mí, y todas las que puedan decir. No soy más que un estúpido vaquero de Texas. Todos creerán que estoy contigo por tu dinero. Dirán que tú te insinuaste. ¿Y qué? Tú eres real, yo soy real. Y eso significa que no podré quedarme en Wyoming esperándote. Tendré que pasar más tiempo en Los Ángeles protegiéndote, porque de una cosa puedes estar segura: no voy a dejar que soportes todo eso tú sola. Quizá tengamos que viajar con frecuencia durante un tiempo, hasta que te canses y decidas quedarte a criar caballos conmigo.

–No voy a renunciar a mi carrera –dijo ella con ceño–. A pesar de toda esa basura, me gusta lo que hago.

–Y a mí también. Nunca te pediría que renunciaras a cantar, y quizá no funcione viviendo aquí parte del año, pero me gustaría que lo intentaras. Probémoslo. Quiero estar contigo, aquí, allí, donde sea. Te amo, Tanny. Maldito lo que me importa lo que digan de nosotros.

–¿Lo dices en serio? ¿Después de leer esto? –preguntó ella agitando el periódico.

–Por supuesto que lo digo en serio. –Sonrió. Se acercó a Tanya y le dio un beso–. Dicen que me sedujiste con la promesa de comprarme un rancho. ¿Cómo es que no me enteré?

–Estabas durmiendo –respondió ella con una sonrisa–. Te lo susurré al oído.

–Eres una mujer extraordinaria y no sé cómo soportas toda esa basura.

–Yo tampoco –dijo Tanya, apoyando la cabeza en su hombro cuando Gordon se sentó a su lado y la rodeó con el brazo–. Los odio.

–No malgastes energías. Pero te diré una cosa. Tienes que ser más prudente. No más himnos en los rodeos, ni paseos por hospitales creyendo que nadie te ha reconocido, no más compras inesperadas. Seamos un poco más disimulados, ¿de acuerdo? Puedes escudarte en mí, si quieres. No me importa lo que digan. En mi caso seguramente será verdad. Deja que yo me lleve la peor parte.

—Gordon, te amo. Pensaba que no querrías volver a verme después de esto.

—Tonta. —Sonrió—. Estaba aquí sentado pensando si podría convencer a Charlotte para que me diera libre el próximo fin de semana e ir a Los Ángeles para darte una sorpresa. Quizás ahora que estoy de baja me deje unos días, ya que no le sirvo de mucho.

—¿Lo harás si puedes? Me encantaría.

—Lo intentaré. De todas formas ella y yo tendremos que sentarnos y tener una conversación seria la semana que viene. Me gustaría empezar a trabajar aquí a tiempo parcial después del verano.

—No olvides que estaremos en Europa y en Asia este invierno. Será una pesadilla.

—Sí que me lo pones fácil —bromeó él—. Estoy impaciente.

—Y yo. —Tanya lo miró pensando en lo diferente que iba a ser su vida teniéndole a él para protegerla y cuidarla.

—¿Dónde estaremos en Navidad, por cierto?

—Lo he olvidado… Alemania… Londres… París… quizás en Múnich.

—¿Qué te parecería casarte en Múnich? —propuso Gordon en voz baja, besándola.

—Creo que quiero casarme en Wyoming —dijo ella—, contemplando las montañas donde te encontré.

—Podemos decidirlo más adelante —replicó él, haciendo que se levantara para estrecharla con el brazo sano—, pero antes tenemos otras cosas que resolver —añadió, tirando de ella hacia el dormitorio—. Es la hora de mi siesta.

Tanya sospechaba que quería comprobar si todo seguía como antes. Le dolió recordar que aquél era su último día juntos por el momento. No salieron de la cama en toda la tarde. Gordon se quedó dormido entre sus brazos y ella permaneció despierta incapaz de creer en su buena fortuna. Y casi lo había perdido. No quería ni pensarlo.

Hartley estaba muy callado aquella tarde mientras cabalgaban. Intentaba hacerse a la idea de que podía perderla a raíz de su viaje a Londres.

—No te atormentes de esa manera —le dijo Mary Stuart cuando adivinó lo que estaba pensando.

—Es superior a mis fuerzas. ¿Y si no volvieras? ¿Qué haría? Acabo de encontrarte y no me resigno a perderte tan pronto. —No se lo dijo, pero sabía que escribiría un relato sobre ellos. No cambiaría nada, pero al menos le permitiría encauzar sus emociones—. No puedes prometerme que volverás, Mary Stuart. No lo sabes.

—Ya. Pero son tantas las cosas que perdemos en la vida. ¿Por qué sufrir antes de que ocurra?

—Porque el trago es demasiado amargo cuando llega por sorpresa. Te echaré mucho de menos si te pierdo —dijo con tono abatido.

Mary Stuart se inclinó para besarle.

—Haré todo lo posible por regresar cuanto antes —dijo sinceramente, pero él la sorprendió con sus siguientes palabras:

—No vuelvas si puedes salvar tu matrimonio. Margaret y yo estuvimos a punto de divorciarnos en una ocasión. Yo tuve una aventura cuando llevábamos diez años de casados. Fue una estupidez por mi parte y jamás volví a cometerla. En aquel momento atravesábamos una crisis. Nos enfrentábamos con el hecho de que ella era estéril y lo estaba pasando muy mal. Durante un tiempo estuvo furiosa y se distanció de mí. Creo que me culpaba tanto como a sí misma por no poder quedar embarazada. En cualquier caso, tuve aquella aventura, y ella lo descubrió. Estuvimos seis meses separados por ese motivo, y yo continué con mi aventura, lo que fue aún más estúpido. Entonces yo creía estar enamorado de aquella mujer. Era francesa y estábamos en París. Fui a Nueva York para decirle a Margaret que quería el divorcio. Cuando llegué allí, volví a ver en ella todo lo que no me gustaba, todas las razones por las que le había sido infiel: sus deficiencias, sus neurosis, la irracionalidad de su carácter que la hacía tan difícil. Pero también vi todo lo que siempre había adorado: su honestidad, su lealtad, su creatividad, su sentido del humor, su discreción, su mente brillante y su sentido de la justicia. –Hartley tenía lágrimas en los ojos mientras hablaba, igual que Mary Stuart–. Cuando volví a Nueva York para separarme de Margaret, volví a enamorarme de ella. –Respiró hondo y miró hacia las montañas–. Nunca regresé a París. La francesa ya sabía que sería así; me lo dijo antes de partir. Habíamos acordado una contraseña, ya que no soportaba las largas explicaciones. Dos palabras bastarían. Si finalmente me divorciaba de Margaret, todo lo que tenía que hacer era escribirle «*Bonjour*, Arielle» en un telegrama. Fue hace mucho tiempo –explicó Hartley–, antes de los faxes. Y si Margaret y yo seguíamos juntos, tenía que escribir «*Adieu*, Arielle». Era una mujer muy pragmática a la que no le gustaban las escenas ni los sentimentalismos. Me marché a Nueva York prometiéndole que no tenía por qué preocuparse, pero me encontré con mi Dalila, que me cortó los cabellos, ganó mi corazón y no volvimos a separarnos… El telegrama que envié rezaba: «*Adieu*, Arielle», y jamás volví a saber de ella. Eso era lo que ella quería. Pero yo nunca lo olvidaré. –Mary Stuart le escuchaba conmovida–. Si a nosotros nos ocurre lo mismo, Mary Stuart –prosiguió, mirándola fijamente a los ojos–, quiero que sepas que no me arrepiento de nada y que siempre te querré. Seguiré adelante, lo superaré. Arielle se casó con un ministro y se convirtió en una famosa escritora, pero estoy seguro de que nunca me olvidó. –Sonrió con malicia–. Tampoco Margaret la olvidó, pero creo que me perdonó. Lo que quiero que entiendas es que no lamentaré que nos hayamos conocido. Las dos semanas que he pasado contigo aquí han sido las más felices de mi vida.

–También lo han sido para mí –le aseguró ella–, y no te

olvidaré jamás. Pero no creo que me quede con Bill. Lo digo en serio.

—Nunca se sabe qué puede ocurrir entre dos personas. Espera a hablar con él. Si hubiera dejado a Margaret entonces, me hubiera perdido dieciséis años más, y fueron fantásticos. No cierres las puertas a ninguna posibilidad. Es justo que te lo diga.

—Siempre te amaré —musitó ella.

—Y yo a ti. Bien, puedes escribirme lo mismo en el fax. «*Adieu*, Arielle» o «*Bonjour*, Arielle».

—Será lo segundo —dijo Mary Stuart con gran seguridad, y volvieron a los establos con el vaquero que había sustituido a Gordon.

Mientras tanto, Zoe tomaba un café con John Kroner. Se habían hecho buenos amigos tras varias visitas de Zoe al hospital y de él al rancho. Kroner había prometido, además, que iría a visitarla a San Francisco.

—Tengo un paciente sobre el que pronto habré de consultarte —dijo John—. He empezado a darle AZT a él y su amante. Los dos son seropositivos, pero de momento no han desarrollado la enfermedad.

—Entonces has hecho lo correcto. No me necesitas —respondió Zoe con una sonrisa. Estaba segura de que a Sam también le gustaría el doctor Kroner. Sam la había llamado diariamente para hablar sobre ellos dos más que sobre sus pacientes—. Estás haciendo un gran trabajo —dijo Zoe, animando de nuevo a John—. ¿Sabes?, ahora entiendo mucho mejor a mis pacientes. Antes creía comprender lo que sentían al oír la sentencia de muerte y esperar luego a que se cumpliera. Sentía una gran compasión por ellos, pero en realidad no lo comprendía. —Lo miró a los ojos—. No lo comprendí hasta que me sucedió a mí —dijo, tocándole la mano—. No sabes lo que es, John. No puedes imaginártelo.

–Sí puedo –replicó él–. Soy seropositivo. Soy el paciente que acabo de mencionar. Los dos lo somos. Y cuando empecemos a tener síntomas, quiero consultarte.

Zoe lo miró con asombro.

–Lo siento –balbuceó.

–No importa –dijo él–. Todos estamos juntos en esto.

Zoe tenía lágrimas en los ojos cuando le abrazó.

Esa noche fue tranquila para todos. Hartley y Mary Stuart charlaron durante horas. Zoe hablaba por teléfono con Sam desde su dormitorio y Tanya estaba en la cabaña de Gordon. Todos hablaban de lo mismo, de sus planes, sus sueños, las cosas que habían ocurrido en el rancho y el deseo de volver. Tanya y Gordon se habían olvidado ya de la prensa y hablaban del rancho que ella acababa de comprar. Él había hablado con Charlotte y sabía que podría ir a Los Ángeles el fin de semana siguiente. Era el comienzo. Gordon quería pasear por Sunset Boulevard, ver el Pacífico, conocer a los amigos de Tanya, ver el estudio donde ensayaba y grababa. Y ella quería mostrarle la casa de Malibú, pasear con él por la playa y llevarle a Spago. Dos semanas después, Tanya volvería a Wyoming.

–Ojalá pudiera irme contigo mañana –dijo Gordon–. No quiero ni pensar en lo que tendrás que soportar cuando llegues allí.

–Ojalá yo pudiera quedarme aquí –dijo ella.

–Volverás. –Gordon la atrajo hacia sí y ella intentó grabar aquel momento en su memoria.

Nunca volvería a ser exactamente igual. No volverían a estar en la cabaña de Gordon, aislados del mundo. Nunca más sería tan sencillo. Estarían en su casa y volverían a formar parte del mundo, que intentaría arrebatarles cuanto pudiese. Esperaba al menos que en el rancho al pie de la montaña pudieran recrear parte de la atmósfera de aquellas dos semanas.

–Quiero que el rancho sea exactamente como esto –dijo a Gordon, y él se echó a reír.

–¿No podría ser un poco más grande, Tanny? Aquí tropiezo con algo cada vez que me levanto de la cama –bromeó Gordon, pero sabía a qué se refería Tanya. Durante años había estado pensando en un rancho propio y había llegado el momento de poner en práctica sus ideas.

No dejaron de hablar hasta la madrugada, e hicieron el amor al amanecer, cuando el sol asomaba. Luego se envolvieron en una manta y salieron a contemplar el astro sobre las montañas. Fue realmente maravilloso.

–Va a hacer un bonito día –comentó Gordon–. Ojalá pudieras compartirlo conmigo.

A Tanya la entristecía pensar en el momento de la partida, pero ese momento llegó y con él las despedidas. Hartley retuvo a Mary Stuart entre sus brazos durante largos minutos. John Kroner y su pareja acudieron para despedirse de todos y dar un abrazo a Zoe y las demás. Y todos aplaudieron cuando Gordon besó a Tanya sin reparos.

Antes de marcharse, las tres amigas dieron las gracias a Charlotte Collins y finalmente subieron al autobús. Mary Stuart se quedó mirando a Hartley por una ventanilla y Tanya asomó la cabeza para advertir a Gordon que se mantuviera alejado de los potros. Gordon no dejó de agitar el sombrero con el brazo sano hasta que Tanya desapareció de su vista. Zoe se preguntó si volvería a ver aquel lugar y Mary Stuart rezaba en silencio por que pudiera reunirse con Hartley cuando volviera de Londres.

Cuando el autobús se alejó del rancho, las tres permanecieron sentadas en silencio, ensimismadas durante horas. Tom había previsto llegar a San Francisco a medianoche.

21

Cuando el autobús se detuvo frente a la casa de Zoe, las tres amigas estaban dormidas. Después del silencio de la partida habían charlado y bromeado sobre los hombres de sus vidas. Comieron algo en compañía de Tom y se quedaron dormidas. Tanya tuvo que despertar a Zoe y ésta le dedicó una sonrisa. Zoe les había hecho prometer que entrarían un momento para conocer a su hija aunque ésta estuviera durmiendo.

Después de que Tanya despertara también a Mary Stuart, las tres subieron los escalones de entrada de la casa de Zoe, que tuvo que hurgar en el bolso para encontrar las llaves. Abrió la puerta con sigilo y entró de puntillas en la sala de estar seguida por las otras. Había juguetes por todas partes, un plato con resto de comida y una botella, y luego los vio a ellos. Sam dormía profundamente en el sofá acunando a Jade en los brazos. La habían esperado durante horas. Hacía rato que Inge se había acostado y Sam había dejado que Jade se quedara despierta para recibir a su madre. Las tres mujeres los contemplaron con aprobación.

Zoe se acercó y se inclinó para besar a la niña dormida. Sam abrió los ojos, la vio y sonrió sin moverse. Zoe besó también a él, primero en la mejilla y luego en los labios.

–Te he echado de menos –dijo él. Se levantó con la niña en brazos. Jade seguía profundamente dormida. En las dos últimas semanas, ella y Sam se habían hecho buenos amigos y se había dormido muy contenta en sus brazos esperando a mamá–. Estaba ansiosa por verte –explicó, haciendo sonreír a Zoe–. Yo también –añadió, rodeándola con un brazo–. ¿Estás bien?

Zoe asintió.

Mary Stuart y Tanya estaban impacientes por seguir viaje. Tom quería beber café y seguir conduciendo para llegar a Los Ángeles por la mañana, por lo que aún quedaban seis horas más de trayecto. Les hubiera gustado pasar más tiempo con Zoe y su pequeña familia, pero no podían. De todas formas se marcharon tranquilas, sabiendo que Zoe estaba en buenas manos.

Sam seguía rodeando los hombros de Zoe cuando se despidieron con lágrimas en los ojos. Agitaron la mano desde la puerta cuando el autobús se alejó y luego Sam llevó adentro a Zoe, dejó a Jade sobre el sofá, tomó a la madre suavemente entre sus brazos y la besó.

El autobús llegó a Los Ángeles a las seis de la mañana como habían previsto. Hacía casi veinticuatro horas que habían abandonado Wyoming. Al entrar en casa de Tanya, Mary Stuart encontró un fax de su marido. Bill quería saber cuándo llegaría a Londres exactamente. A Tanya le esperaba una larga lista de mensajes de sus abogados, su secretaria y sus agentes. Después de dos semanas en Wyoming, todo aquello había perdido parte de su importancia. El sol encontró a Mary Stuart y a Tanya sentadas a la mesa de la cocina. En cierto sentido era agradable volver a estar en casa, aunque ambas echaban de menos el rancho. Conversaban sobre Gordon y sobre Hartley, sobre la extraordinaria aventura vivida, que ahora les resultaba difícil de creer.

—¿Cuándo te vas a Londres? —preguntó Tanya.

—Había pensado quedarme aquí hoy y mañana y marcharme el miércoles —contestó Mary Stuart—. A menos que quieras echarme antes.

—¿Bromeas? Ojalá te quedaras para siempre. Y espero que vuelvas pronto.

Antes de despedirse, habían hecho prometer a Zoe que

se mantendría en contacto con ellas y hablaron de pasar un fin de semana juntas en alguna parte, en Carmel, si a Zoe le apetecía, o en Malibú, incluso en San Francisco. No iban a permitir que el tiempo, la distancia o, peor aún, la tragedia, se interpusiera entre ellas.

Tanya pasó todo el día trabajando con su secretaria. Gordon la llamó a última hora de la tarde. Estaba bien, trabajando a ritmo suave en los establos, pero la echaba de menos. Explicó que había ido a ver el rancho recién comprado y que había encargado unos planos a un constructor. Le aseguró que podrían vivir en el rancho en muy poco tiempo. Por su parte, Tanya le habló de la angustia de volver al mundo real y él le pidió que aguantara hasta que pudieran reunirse de nuevo.

–Estoy impaciente –dijo ella.

–Y yo –le aseguró Gordon, cerrando los ojos para imaginarla tal como la había visto en su cabaña por las mañanas.

Gordon hablaba desde una cabina y tenía que echar monedas con frecuencia, pero se negó a dejar que le llamara Tanya o a llamarla a cobro revertido. Era obstinado. Finalmente prometió llamarla al día siguiente y se despidió dándole recuerdos para Mary Stuart.

Mary Stuart no sabía nada de Hartley, pero tampoco lo esperaba. Habían acordado no ponerse en contacto hasta que ella volviera de Londres. Entonces usaría la contraseña que decidiría su futuro.

Aquella noche Tanya la llevó a cenar a Spago. Le presentó al propietario, Wolfgang Puck, y le señaló a todos los famosos. Victoria Principal cenaba con un gran grupo. También estaba allí George Hamilton, Harry Hamlin, Jaclyn Smith, Warren Beatty... y George Christy, de la revista *Hollywood Reporter*, en una mesa apartada. Naturalmente todo el mundo conocía a Tanya, pero aquél era uno de los pocos lugares de Hollywood donde una estrella de cine, por importante que fuera, podía estar segura de no ser molestada.

Al día siguiente, Mary Stuart fue de compras mientras Tanya ensayaba. Gordon volvió a llamar y Bill mandó un fax para confirmar la hora de llegada de su esposa. El fax era tan impersonal como de costumbre, y ella meneó la cabeza al verlo.

Cuando se fue al día siguiente por la mañana, ambas amigas se abrazaron llorando.

–Todo saldrá bien –dijo Tanya para animarla–. No te preocupes. No dejes de pensar en Hartley.

Y eso fue lo que hizo Mary Stuart durante todo el viaje a Londres. Incluso le escribió una carta. La primera, pensó sonriendo para sí. Tal vez él la guardara. Le decía lo mucho que significaba para ella, le recordaba los días maravillosos de Wyoming y le explicaba lo vacía que había estado su vida hasta conocerlo a él. Pensaba mandársela desde el hotel de Londres.

El hotel había enviado un coche para recogerla en el aeropuerto. Finalmente se alojaría en el Claridge, como su marido. Le pareció que facilitaría las cosas, pero había reservado una habitación separada. No tenía la menor idea de si Bill se había enterado o no. De hecho, se lo habían dicho en el hotel.

Mary Stuart pasó rápidamente por la aduana y llegó al hotel poco después. En el Claridge la acompañaron a su habitación como si fuera un dignatario extranjero, y le informaron de que el señor Walker se hallaba en la suite que usaba como despacho trabajando con su secretaria, pero Mary Stuart no le llamó al llegar a su habitación. Quería arreglarse primero. Se lavo la cara y se peinó; como siempre, su aspecto era impecable con el traje de lino negro que había soportado el viaje desde Los Ángeles a Londres sin arrugarse.

Después de tomar una taza de té, llamó a Bill. Eran las diez de la mañana y ella ignoraba que Bill estaba fuera de sí. Él sabía que el avión había aterrizado a las siete. Suponía que había pasado por la aduana a las ocho y que había llegado al hotel a las nueve. Había llamado a recepción para confirmarlo. Sabía que ella estaba en su habitación y esperaba su llamada haciéndose mil y una preguntas. Pero Mary Stuart no tenía prisa. Era jueves. Había intentado localizar a Alyssa sin éxito, por lo que pensaba volver a Nueva York el viernes.

Bill respondió al primer timbrazo. Bill afirmó que bajaría de inmediato a su habitación, y salió advirtiendo a su secretaria que no quería ser molestado porque se hallaría en una importante reunión.

Mary Stuart abrió la puerta y miró a su marido. Le resultó doloroso comprobar que seguía pareciéndose al hombre al que tanto había amado, pero sabía que por dentro era diferente.

—Hola, Bill —dijo cuando él entró. Bill estuvo a punto de abrazarla, pero vio su mirada y se contuvo—. ¿Qué tal estás?

—No muy bien —respondió él, sorprendiéndola.

—¿Te ocurre algo? —preguntó Mary Stuart, por extraña que pareciese la pregunta, dadas las circunstancias.

—Me temo que sí —respondió él sentándose en una silla y estirando sus largas piernas.

—¿Qué es? —Supuso que el caso no iba bien y lo lamentó por Bill. Desde luego le había dedicado tiempo y esfuerzos suficientes para ganarlo.

—En realidad —dijo él mirándola con pesar—, he arruinado mi vida y la tuya.

A Mary Stuart le sorprendió el aspecto vulnerable y patético de su marido, así como sus palabras. Se preguntó si estaba a punto de hacerle alguna horrible confesión, como que tenía una aventura con otra mujer desde que estaba en Londres. En cierto sentido eso hubiera facilitado las cosas, porque no era tan fácil decirle que quería el divorcio como ella había pensado. De repente tenía delante a una persona real con arrugas y defectos y todas las cosas que había amado en él.

—¿Qué quieres decir? —preguntó, desconcertada.

—Creo que lo sabes muy bien. Por eso estás aquí, ¿verdad? Soy un estúpido, pero eso lo he adivinado. He sido un completo idiota. Me he pasado un año ocultando la cabeza en la mesa de mi despacho, convencido de que si dejaba de hacerte caso el tiempo suficiente te irías, o desaparecería mi dolor y mi sentimiento de culpabilidad, o Todd volvería, o acabarías por olvidar todas las estupideces que te había dicho. Pero nada de eso ocurría y la situación no hacía más que empeorar. Yo me sentía peor y tú has acabado por odiarme, lo que era predecible, teniendo en cuenta el modo en que me he comportado contigo. El único que no lo había previsto era yo, y me avergüenza decirlo. —El aire de adolescente de su marido al confesar todo aquello hizo que Mary Stuart sonriera a su pesar. Algunas veces resultaba encantador—. Bueno, supongo que nada de todo esto es nuevo para ti. Creo que soy el único asombrado, no sólo por mi propia estupidez, sino también por mi comportamiento. Así que ahora has venido para hacerme saber muy cortésmente y en persona, lo que te agradezco, cariño, que vas a divorciarte de mí. —Bill se conducía como un criminal ayudando al verdugo a preparar la guillotina mostrando su conformidad con la sentencia, lo que en realidad hacía más difícil ejecutarla.

—¿Dónde has estado todo este tiempo? —preguntó Mary Stuart. Era algo que necesitaba saber—. ¿Cómo pudiste alejarte de mí de ese modo? Ni siquiera me hablabas ni respondías a mis preguntas.

—Me sentía desgraciado —respondió él. Bill era el maestro de los eufemismos. Mary Stuart se recordó mentalmente que debía pensar en Hartley—. Bueno, ¿y qué hacemos ahora? ¿Has traído los papeles de divorcio?

—¿Era eso lo que esperabas? ¿Los quieres?

—¿Los has traído?

Parecía dispuesto a firmarlos, y a Mary Stuart le molestó

que fuera capaz de renunciar a una vida en común de veintidós años con tanta facilidad.

–No, no he traído los papeles del divorcio –respondió con tono airado–. Búscate a un abogado o redáctalos tú mismo. Yo no puedo hacerlo todo, por amor de Dios. He venido para hablar contigo, no para hacerte firmar nada.

–Oh. –Bill parecía sorprendido. Al enterarse de que su mujer había reservado una habitación aparte en el hotel, había creído que el divorcio era seguro–. Estás muy enojada conmigo, Stu –dijo con tristeza, deseando poder dar marcha atrás al reloj–. No me extraña. He sido un auténtico canalla contigo. No tengo excusa, aunque te la mereces. Todo lo que puedo hacer es pedirte perdón. He estado confuso desde la muerte de Todd. Me sentía tan culpable que no sabía a quién echarle la culpa. Me culpaba a mí mismo, pero eso no podía soportarlo, así que fingí culparte a ti. En realidad siempre he estado convencido de que todo fue culpa mía.

–¿Cómo podía ser culpa tuya? –preguntó Mary Stuart, asombrada–. No fue culpa de nadie. Fue horrible para todos nosotros, incluso para Alyssa. Ninguno de nosotros se merecía una cosa así. Me enfadé con Todd cuando vacié su habitación, y lo curioso es que después me sentí mejor.

–¿Has vaciado su habitación? ¿Por qué?

–Porque hacía tiempo que deberíamos haberlo hecho. Di sus ropas a gente que las necesitaba y guardé el resto en cajas. Creo que pensaba que si dejaba su habitación tal como estaba el tiempo suficiente, al final él acabaría volviendo. Por fin me di cuenta de que eso no iba a ocurrir.

–Creo que yo lo he comprendido aquí en Londres.

–Quiero vender el apartamento –dijo Mary Stuart de pronto, sorprendiendo a su marido una vez más–. O haz con él lo que quieras –se corrigió–, pero no quiero vivir en él. Es deprimente. Ninguno de nosotros conseguirá superarlo mientras vivamos allí. Tú puedes quedarte en él si quieres, pero yo me voy. –Aún no había decidido si alquilaría un apartamento al volver a Nueva York o se iría a vivir con Hartley.

–Olvida el apartamento –dijo Bill con aspereza–. ¿Quieres vivir conmigo? Creo que la cuestión es ésa.

–No, no quiero –contestó ella tranquilamente, y su marido se quedó de una pieza. Era la respuesta que esperaba, pero no por ello le había gustado oírla–. No quiero seguir viviendo como lo hemos hecho durante este año. Viviría contigo si todo fuera como antes, pero eso se ha acabado.

–¿Y si pudiéramos retroceder? Si pudiera ser como antes, ¿qué harías?

–Eso no ocurrirá –dijo ella con tristeza. Al levantar los ojos vio lágrimas en los de su marido y sintió lástima por él. Ella había llorado tanto en el último año que ya no le quedaban lágrimas–. Lo siento.

–Yo también –dijo él, más vulnerable que nunca. Era una pena, los ladrones de cuerpos lo habían devuelto demasiado tarde, pero seguramente no importaba, sólo sería una corta visita. Si Mary Stuart aceptara volver con él, sin duda reincidiría como un estúpido y ni siquiera le hablaría, pensó ella–. Siento haberme comportado como un maldito idiota –añadió Bill con labios temblorosos–. No supe asimilar lo ocurrido.

–Tampoco yo –dijo ella, y los ojos se le llenaron de lágrimas pese a su reticencia–, pero te necesitaba. Estaba sola. –Mary Stuart estalló en sollozos.

–Yo también estaba solo. Ni siquiera me tenía a mí mismo. Eso era lo más horrible. Era como si hubiera muerto con Todd y tuviera que matar también nuestro matrimonio.

–Lo has hecho –le acusó ella abiertamente, pero al verle llorando y con un aspecto tan desolado, sintió deseos de abrazarlo.

–Ojalá pudiera volver atrás, Stu, pero no puedo. Lo único que puedo hacer es decirte cuánto lo siento. Tú te mereces algo mucho mejor. He sido un canalla y un imbécil.

–¿Y qué se supone que he de hacer yo con eso? –dijo ella, empezando a pasearse por la habitación. Por primera vez en la conversación parecía nerviosa–. ¿Por qué me dices ahora que fuiste un canalla? ¿Por qué no hiciste nada para evitarlo en su momento?

–No sabía cómo dejar de serlo. Pero lo he descubierto al llegar aquí. Comprendí que había cometido un error en cuanto aterricé en Londres. Me sentía tan solo que no podía pensar con lucidez. Quería que estuvieras aquí conmigo. Quería pedirte que vinieras, pero me sentía demasiado avergonzado, y tú parecías pasártelo muy bien en un maldito rancho para turistas. Seguramente te habrás enamorado de algún vaquero –dijo, más pesaroso que nunca.

Mary Stuart lo miró con deseos de sacudirlo con fuerza.

–Eres un completo idiota –dijo. Lamentaba no habérselo dicho meses atrás.

–Lo siento, no lo decía como un insulto. Me refería a que me merezco una cosa así.

–Te mereces una buena patada en el trasero, William Walker. ¿Qué significa eso de que te sentías solo cuando llegaste a Londres? ¿Cómo pudiste ser tan estúpido como para venir a instalarte aquí dos o tres meses y dejarme abandonada en Nueva York? ¿Por qué habría de seguir casada contigo después de eso?

–Tienes toda la razón. No deberías –reconoció él humildemente.

–Bien. Me alegra que estemos de acuerdo. Divorciémonos. –Por fin lo había dicho. Todo había terminado.

Pero Bill la miraba y meneaba la cabeza, lo que la desconcertó aún más.

–No quiero divorciarme de ti –dijo él, como un niño que se negara a ir al dentista.

–¿Por qué no? –repuso ella, exasperada.

–Porque te quiero. –Él la miró a los ojos, pero Mary Stuart apartó la vista.

–Me temo que es un poco tarde para eso –dijo con tristeza. No volvería a creer que la amaba después de que le hubiera negado todo cuanto le debía como marido.

–Nunca es demasiado tarde –dijo él sin dejar de mirarla, pero ella negó con la cabeza–. ¿Quieres decir que no puedes perdonarme? Eso no es propio de ti. Siempre has sido una persona indulgente.

–Seguramente demasiado –repuso ella–. De alguna manera sé que es demasiado tarde para mí. Lo siento de veras.

Se levantó y le dio la espalda. Contempló las azoteas de Londres desde la ventana. Quería poner punto final a aquella discusión. Le había dicho que quería el divorcio. Para eso había ido hasta allí. Tenía que mandar un fax... «Bonjour, Arielle.» Quería que Hartley lo encontrara en su casa cuando llegara a su apartamento el viernes.

Mientras tanto, no se había percatado de que Bill se acercaba a ella por detrás, y dio un respingo cuando él la rodeó con los brazos.

–No hagas eso, por favor –pidió sin darse la vuelta.

–Quiero hacerlo –dijo él con desesperación–, sólo una última vez, por favor... déjame abrazarte...

–No puedo –protestó ella sintiéndose peor que nunca y se dio la vuelta para encararse con él.

Bill la estrechaba contra sí y tenía el rostro a unos centímetros del suyo. Mary Stuart quería decirle que ya no le amaba, pero no tuvo el coraje suficiente, y tampoco era verdad. Pero lo sería un día. Sólo necesitaba tiempo. Le había amado demasiado tiempo para que su amor se desvaneciera de repente, pero Bill le había hecho tanto daño que no deseaba amarle.

–Te quiero –dijo él mirándola a los ojos.

Ella cerró los suyos. Él no quería soltarla y ella no quería mirarle.

–No quiero oírlo –dijo, pero no hizo el menor movimiento.

–Es cierto. Nunca he dejado de quererte. Te amo... oh, Dios mío, aunque me dejes ahora, por favor, créeme. Siempre te querré... igual que quería a Todd... –dijo Bill, echándose de nuevo a llorar.

Sin darse cuenta, Mary Stuart apoyó la cabeza en su hombro. De repente recordó el dolor que sintió cuando ocurrió la tragedia y Bill no había estado a su lado para ayudarla. Ahora lloraba por su hijo y ella también lo hacía, aferrada a su marido.

–Te quiero tanto –repitió Bill, y luego la besó.

Mary Stuart intentó apartar la cara y alejarlo de sí, pero no pudo. De repente le devolvió el beso, detestándose por hacerlo. ¿Cómo podía ser tan débil? ¿Cómo podía rendirse tan fácilmente? Lo peor era que deseaba besarle.

–No, por favor –dijo cuando Bill dejó de besarla. Estaban los dos sin aliento. Ella comprobó que besarle había suavizado el dolor, aunque no lo borrara por completo. De repente volvieron a besarse como si no fueran a separarse nunca–. Esto no es correcto –jadeó ella–. Había vuelto aquí para divorciarme.

–Lo sé –dijo él sin dejar de besarla.

De pronto, de los besos pasó a acariciarla y ninguno de los dos comprendía aquella atracción desmedida. Después de un año de abstinencia les embargaba un deseo incontenible, y antes de que repararan en lo que estaban haciendo se habían metido en la cama. Jamás se había sentido tan excitada por él, y jamás él había conocido una pasión así por ella. Cuando por fin pararon, sus ropas yacían esparcidas por la habitación y ellos estaban rendidos. Mary Stuart sonrió contemplando a su marido, y de repente se echó a reír. Todo aquello era absurdo, pero él también sonreía.

–Esto es repugnante –dijo–. He venido aquí para divorciarme de ti –repitió.

–Lo sé –dijo él sin dejar de sonreír–. Es increíble. No sé qué ha ocurrido… hagámoslo otra vez…

Volvieron a hacerlo una hora más tarde. Charlaron e hicieron el amor, y él lloró por su hijo y por lo que le había hecho a Mary Stuart acunado por ella, e hicieron el amor de nuevo, Bill no volvió a ver a su secretaria en todo el día. La pobre mujer no hacía más que decirle a todos los que preguntaban que se había marchado a una importante reunión y eso era todo lo que sabía.

A las seis de la tarde todavía estaban desnudos en la cama. Bill le preguntó si quería que llamara al servicio de habitaciones, pero ella le aseguró que lo único que necesitaba era estar con él y se durmió en sus brazos. Cuando se despertó a la mañana siguiente, Bill la contemplaba rezando para que no fuera un sueño. Si una certeza tenía en una vida incierta, era que no quería perder a Mary Stuart. Se lo dijo a ella durante el copioso desayuno, que tomaron con hambre. Bill le preguntó qué quería hacer ese día, hablando como si estuvieran de vacaciones.

–¿No tienes que trabajar? –preguntó ella terminando su tortilla y bebiendo un sorbo de café.

–Me tomaré el día libre. Quiero estar contigo antes de que vuelvas a Nueva York. Te llevaré al aeropuerto –añadió luego con una triste mirada.

Pero después del desayuno hicieron el amor nuevamente y Mary Stuart perdió el avión. Hubiera podido llegar a tiempo si se hubiera marchado enseguida, pero no era lo que quería. Quería quedarse con Bill un día, una semana, todo el tiempo que él permaneciera en Londres. Y eso fue lo que le dijo cuando se metieron en la bañera.

–¿Te quedarás? –preguntó él con ternura, y cuando ella asintió, le dio un beso.

–Sólo he traído botas vaqueras y tejanos, y un par de vestidos de ciudad. –Sonrió. Su marido parecía más feliz que nunca.

–Serás la sensación de Londres. ¿Es necesario que tengamos habitaciones separadas?

–No –contestó ella–, pero sigo queriendo vender el apartamento.

Bill opinaba que era una buena idea. Había llegado el momento de restañar las heridas, de volver a reencontrarse, de volver a empezar. Él estaba empeñado en conseguirlo y agradecía a Mary Stuart que le permitiera intentarlo. Le juró que la pesadilla del año anterior no volvería a producirse jamás, y después de lo que habían hablado ella tenía motivos sobrados para creerle.

Por la tarde Bill la invitó a dar un paseo por el puro placer de su compañía, pero primero tenía que pasar por su suite. Había llamado a su secretaria y le había prometido firmar unos documentos. Mary Stuart le dijo que le esperaría en el vestíbulo.

Se vistió pausadamente pensando en Hartley y en las dos semanas que habían pasado juntos. Después de ponerse un vestido de lino marrón, escribió una nota con manos temblorosas. Parecía un poco despeinada, más juvenil, menos arreglada que de costumbre. Tenía que ir de compras si quería quedarse en Londres, pero no pensaba sino en él, en el hombre con el que había cabalgado por entre las flores silvestres de Wyoming.

Bajó al vestíbulo y habló con el recepcionista. Podía enviar su fax desde allí, desde luego, pero el hombre le recordó que su marido tenía una línea privada en su suite. Ella repuso que prefería mandarlo desde recepción y le dio el número de fax. Tenía los ojos empañados de lágrimas cuando le tendió el papel con dos únicas palabras.

–Lo enviaremos inmediatamente, señora –dijo el recepcionista.

Mary Stuart tembló al pensar en el dolor que aquel fax les causaría a ambos, pero Hartley había sido más inteligente, había comprendido mejor que ella lo que podía ocurrir.

El papel decía: «*Adieu*, Arielle». Nada más. La carta no la envió nunca. Ya no tenía sentido. Le había prometido tan sólo dos palabras, sin explicaciones.

–¿Lista para tomar un poco de aire fresco? –preguntó Bill cuando bajó por fin. Le pareció que Mary Stuart estaba otra vez triste y se inquietó al ver que había estado llorando. La abrazó allí mismo, en el vestíbulo–. Todo irá bien, Stu... te lo juro... te amo.

Pero Mary Stuart no pensaba en él. Acababa de decirle adiós a un amigo. Luego se cogió de la mano de su marido y salieron juntos a la calle. El portero los contempló caminar cogidos de la mano y sonrió. Era agradable, y raro, ver parejas felices. La vida parecía más fácil para ellos. O quizá sencillamente eran afortunados.

Título de la edición original: *The Ranch*
Traducción del inglés: Gemma Moral Bartolomé,
cedida por Plaza & Janés Editores, S.A.
Diseño: Emil Tröger
Ilustración de la sobrecubierta: Mario Vilar
Foto de solapa: Charles Bush

Círculo de Lectores, S.A. (Sociedad Unipersonal)
Valencia, 344, 08009 Barcelona
3 5 7 9 8 9 0 4 8 6 4

Depósito legal: B. 590-1998
Fotocomposición: gama, s.l., Barcelona
Impresión y encuadernación: Printer industria gráfica, s.a.
N. II, Cuatro caminos s/n, 08620 Sant Vicenç dels Horts
Barcelona, 1998. Impreso en España
ISBN 84-226-6945-5
N.º 33423